Ni Jiu

漫娱图书

Drowning in Wine

溺症

奶口卡 著

长江出版社
CHANGJIANGPRESS
漫娱图书

Drowning in Wine

连诀……

我想回去了。

在这一刻，连诀感觉多年来自以为冷静的自己并不真实，

正是沈庭未将他从浑噩的过往中唤醒。

目录

Contents

Drowning in wine

沈庭未没有别的办法。
如果有人能帮他，
他能想到的人，只有连诀。

CHAPTER 01

◎第一章

奇怪的男人

Strange Man

0~1

年轻的男人裹着一身微凉的潮气推门进来，迎宾感应器悬挂在门上，冰冷的机械女音伴随着淅淅沥沥的雨声在店门口响起："欢迎光临——"

"您好。"柜台后的姑娘闻声放下手机，抬起头，微微一怔。

进门的男人发丝微湿，略长的刘海贴在前额，额角密布着一层细小的冷汗，又或许是雨珠，从脸色来看，她猜测可能是前者。

他面颊上泛着不自然的潮红，嘴唇却苍白得像纸，几乎是跌撞着扑到柜台前。

姑娘吓了一跳："需要什么药？"

男人气息微弱："你好，请给我一支热感抑制喷雾。"

"……什么？"她没听清楚，更准确地来说是没听懂。

男人撑在玻璃柜上的手骨节因用力而泛白，浅褐色的眸底像是浮着浓稠的雾气，目光有些涣散，他沙着嗓子重复："热感抑制剂。"

"……热感？"姑娘愣了愣，好一会儿才反应过来似的问，"你是说退烧药吗？有退烧贴和口服药，我拿给你看……"

男人摇了摇头，略微皱起眉，有些急迫地催促："喷雾，或者注射剂，有吗？"

“注射药物药店是不允许出售的。”姑娘的表情有些困惑，“这个热感喷雾是退烧药吗，没听说过有可以退烧的喷雾啊，你是不是记错了？”

“也没有……”男人神情恍惚，垂着眼睛喃喃自语。他纤长的睫毛轻微地颤动着，眉头皱得愈深，嘴唇慢慢抿成一道没有血色的弧度，像是极力忍耐着什么。

大概是这个样子看起来实在狼狈，连柜台后的姑娘也慌张起来，连忙站起身：“您是哪里不舒服？体温测过了吗？如果需要的话我可以给您推荐同类型药物……”

男人这才从短暂的失神中回过劲来，摇摇头，低声道了句“不用了”，转身打算离开。

姑娘看他面色愈发难看，不放心地道：“那个……你要是烧得厉害的话去医院看一下吧。”

“欢迎光临——”门再度被人从外推开。

来人将收好的雨伞搁在门口的伞架上，转身时，注意到正埋头朝门口走来的青年。他扭头看了看身旁的玻璃门，顿了顿，见人已走近，来不及提醒，便只好略微往青年跟前挡了挡。

男人没留意，猝不及防撞进对方怀里，身体小幅度地晃动了一下，面前的人抬手在他侧腰拦了一下，送入耳鼓的声音低沉：“小心。”

对方身量挺拔，熨帖的黑色大衣上沾着萧瑟的凉意，身上带着夜雨微寒的湿气。有股极淡的木质香气钻进男人的鼻腔中，这股香气似乎带有安定心神的成分。他攀着对方的手臂艰难地站稳了。

连诀垂眸看着抓在自己臂上的手，眉头微微皱起，收回目光时无意中扫到青年白皙的耳尖中间，有颗殷红的小痣，目光鬼使神差地在那处停留了一瞬，但很快收回手臂，不动声色地向后退开，拉开两人间的距离。

“你还好吗？”

面前的青年垂着眼，落在身侧的手指攥得根根泛白，他潦草地点了下头，浓黑的睫毛稍掩双眸，快速往连诀身后那半扇标着“已坏别推”的玻璃门上扫去一眼，匆匆道了声谢谢，随后走出连诀好心帮他拉开的门，快步消失在灰蒙蒙的雨雾中。

雨声被隔绝在沉重的大门外，雨雾将玻璃门外的霓虹晕成模糊的光影。

连诀走过来，柜台后的姑娘还伸着脖子朝外头张望。

“那人怎么了？”他随口问。

“不知道……看着好像不太舒服的样子。”她收回目光，见连诀从靠近收银台的货架上拿起一罐山楂丸，无奈道，“连先生，这山楂丸就是再好吃也是含有一定药物成分的，不能当零食吃。”

“我知道。”连诀淡淡地笑了一下。他从口袋里掏出手机，一会儿没看，聊天软件里又弹出很多条消息，他点开语音条，手机里传出稚气的童声。

“你在回来的路上了吗？有没有买山楂球呀？

“我考了双百分，老师和你说了吗？

“阿姨昨天说，我期中考试拿到一百分就给我买一份手握披萨，可是她忘记了。”

连诀耐心地听完对面的诉说，按住语音键，说：“你不是晚饭吃多了肚子痛吗？还吃披萨。”

对面的消息很快回复过来：“……我撒谎了。其实我没有肚子痛，我只是想吃山楂球了。”

连诀决定不回复了，把手机放回口袋里。

姑娘听到这里笑了：“小孩子嘛，嘴馋撒个小谎很正常，别生气呀。”

“没生气。这个年龄如果还不懂得分辨是非对错，以后会很麻烦。”连诀把手里的东西递给她。她干笑了两声，拿起那罐山楂丸扫码结账，随口跟他闲聊：“连先生，我记得你好像是做医疗器械的？”

“嗯。”

“你听说过什么，热感抑制喷雾吗？”

“热感抑制喷雾？”连诀抬眼，“没有。怎么了？”

“刚才那个人，进来说要买什么热感抑制喷雾。”她拿了袋子帮连诀把山楂丸装起来，“我还从来没听说过喷雾型的退烧药呢……”

“喝多了吧。”连诀接过袋子，“一身酒气。”

“有吗？”她皱着眉头在空气中嗅了嗅，“没有吧，我刚才怎么没闻着啊？”

连诀拿起雨伞准备离开时，脚步停顿，温声问：“这附近有卖手握披萨的吗？”

“有，出门往右走，过个马路就有一家，就在斜对面路口那儿。不过这个点估计要排队。”

“谢谢。”

“……嘴硬心软。”她望着那人离开的背影，无奈笑笑，轻声惋叹，“英年早婚，可惜。”

0~2

男人撑着柜台，沙哑的嗓音里带进一丝祈求，再次重复：“可以帮我开间房吗？”

酒店前台的女孩神色复杂地盯着柜台前面这个精神状态看起来不太正常的男人，很快把对方递过来的卡片推回去：“不好意思先生，最近查得严，没有身份证不能住，你去别的地方看看吧。”

男人将卡片推回去：“这是我的身份证……”

女孩有些不耐烦了，皱起眉头，语气不善：“不能住，走吧走吧。”

待男人面色苍白地收回卡片转身离开，女孩才无语地跟身旁的同事吐槽：“现在办假证的也太糊弄人了吧，他那身份证号十一位数，以为填手机号呢……”

旁边有人压低了声音，小声说：“这人看着不大对劲儿啊，不会是……”她指了指脑子，“这里……”

“谁知道呢。”

细密柔和的雨丝打在脸上，男人的白色衬衫上洇出的深色水点扩散开，慢慢连成大片潮湿的水痕，肌肤被湿冷的衣衫激起鸡皮疙瘩，身上乍起阵阵寒意，体内却蒸腾翻滚着热浪。矛盾的体感折磨着他的身体和意志，一呼一吸间是炙热辛烈的酒气，浓醇甜腻的果酒香气中裹挟着雨水的腥潮，搅和得他大脑昏昏沉沉。

脑中尚存的一丝意志告诫他，一个正在发烧的人是不该在外面到处走的。模糊的视线中霓虹灯影融得难以辨认，他眯起眼睛，艰难地看清马路对面的快捷酒店字样。

那家手握披萨确实很火，外面还下着雨，买披萨的队伍仍从门口排到了路口拐角。连诀拎着打包好的盒子往回走，晚上人多，闹市区这边的车位不好找，他的车停得有点远，需要过一条马路再往前走一小段距离。

刚走近路口，指示灯从绿灯变成红灯，连诀撑伞在路边站定，虚望着眼前缓缓游动的车流出神。红灯结束前最后三秒，连诀略一分神，余光瞥见一个人跌跌撞撞地冲向马路。与此同时，几辆车着急地趁这空隙慌忙想要轧过斑马线。

连诀还未来得及开口，身体先于理智动了，不等彻底回过神，已经下意识伸手捞住了那个险些闯进车流中的人。旁边经过的司机显然也被吓了一跳，他一脚刹车踩到底，放下车窗气急败坏地朝那人吼道："没长眼睛啊！"

袅着热气的手握披萨被打翻在地上，挂着拉丝芝士的虾仁在湿漉漉的马路边滚了两圈，浓郁的果酒香从怀中人身上弥漫开来。

是他。

连诀的目光从他耳尖那颗红得几乎能滴出血来的小痣上移下来，看向他袖口下那截白得扎眼的小臂，这才发觉他手臂上泛着一层细密的鸡皮疙瘩。连诀将他扶正，这人摇摇欲坠的身体单薄得仿佛雨再大些就能将他融化，手劲儿却不小。

"你怎么了？"

低沉的声音在男人发顶响起，面前陌生却又熟悉的木质香气轻柔地将他包裹住。

是刚才那个人。

男人记得这个令他安神的味道。他抬起眼眸，细长的柳叶眼尾晕染着薄薄的绯红，抓着面前人的手臂如同抓着一根救命稻草，声音颤抖："……求你，帮帮我。"

斑马线对面的指示灯变成绿色，旁边女孩的伞骨边擦过男人的后背。连诀伸手将人往自己伞下稍带，浓郁的酒气扑鼻而至，他微不可见地抿了下唇，蹙眉看着面前脸色不太好的男人。

"不舒服？"

男人略一点头，又很快摇了摇头。连诀的大衣袖口被男人的手攥起褶皱，他向内抽了抽，对方却没松。

“需要送你去趟医院吗？”

男人仍然摇头，抬起眼睛看着他，嘴张得有些艰难，声音细而虚弱：“……你可以带我回家吗？”

身侧马路上车流如织，鸣响的汽笛声盖过了男人微弱的音量，连诀只隐隐听清他说“回家”。顿了一下，连诀问：“你家在哪儿？”

男人再度摇了摇头，神色有些难堪：“不、不是我家。”他细眉紧皱，看上去似乎不舒服极了，闭了闭眼睛，嘴唇慢慢抿了一下，更加困难地开口，“或者酒店，用你的证件，可以吗？我的证件好像有问题，她们不肯给我开房……”

连诀抬眸往马路对面的快捷酒店扫去一眼，点了头，沉声确认道：“你真的不需要去趟医院吗？”

“不用……医院。”男人像是要证明自己没有到要去医院的地步，松开了连诀的手臂，身体小幅度地晃动了一下，才在连诀面前站稳了，重复道，“不用去医院。”

他低着头，个头只到连诀下巴，从连诀垂眸的角度刚好能看到他烫红的后颈与平坦瘦削的肩颈，男人身上的白色衬衫被雨水淋湿，薄而透明，清晰地描绘出他轻微颤动的蝴蝶骨。

他在发抖。

“我只是，有点头晕……”男人垂着眼，轻轻揉了揉额角，沙哑的声音里带着一点懊恼，“我好像醉了。”

连诀本想就近将人送去对面那家快捷酒店，结果却因登记信息与入住人不匹配，被酒店前台婉言拒绝了入住。

男人蜷在酒店大厅靠窗的沙发角落，侧额抵着冰凉的玻璃窗，昏昏欲睡。连诀走过去，叫了他一声。男人的脸被蒸得红透，眼梢也晕着绯红，瓮声“嗯”了一下，算是昏睡过去前最后的回应。

外面雨势大了，雨水在玻璃窗上拍打出沉闷的声响，流泻在窗上的雨水汇成更迭流动的薄绸。酒店外的霓虹灯在窗前映出暖黄色的光影，为男人不太安稳的睡颜镀了层柔和的光边。

连诀抬眼扫过墙上的挂钟，九点半了。他收回目光瞥着沙发上睡熟的人，这才意识到他刚才给自己捡了个多大的麻烦。

司机是在半小时后赶来的，连诀撑着伞站在路边，身旁的男人半倚靠着他。想必是湿冷的衣裳贴在身上滋味不太好受，晚上天气又凉，那人下意识贴近身旁的人，妄想从对方身上汲取温暖。

司机推开车门撑着伞下车，注意到连诀怀中搂着人，微怔了一下，很快毕恭毕敬地向连诀颔首："连先生。"

连诀绷着脸把一个劲儿往他身上靠的醉鬼拉开，将人丢给司机："送他去酒店。"

司机下意识接过人，闻言一愣："哪家酒店？"

连诀拉开袖子看了一眼腕表："随便找家五星酒店，用我的名字给他开间房。我还有事。"

话刚说完，手腕却被人一把抓住。刚还醉得神志不清的男人挣扎着从司机怀里撑起身，细长的眸子微眯着，眼里含着一层雾蒙蒙的湿气，要哭了似的："别走，帮帮我……"

司机有些尴尬地站在一边，小声叫道："这，先生……"

连诀微眯起眼，打量着面前的男人，企图从他脸上找出半点装醉的痕迹，未果。

兜里的手机再一次振动起来，连诀短暂地收起目光，神色漠然地甩开他的手，男人仍被他不算大的动作带得踉跄，好在一旁的司机扶了一把，才晃晃悠悠地站稳了。

连诀淡淡瞥了他一眼，将手里的伞递给司机，掏出手机接起电话："怎么了？"

"先生，您今晚还回来吗？"阿姨在电话那头犹犹豫豫地开口，"童童还没睡呢，说要等你回来。"

连诀微蹙起眉："等我做什么，让他去睡。"

"今天考了好成绩，一直挂念着你回来表扬他呢。"阿姨无奈地叹了口气，"结果刚才又惹您生气，现在自责着呢。"

"我没生气。"连诀说。

"那您现在有时间吗？我让童童过来跟您说句话？要不我看他今儿晚

上可难睡了。”

连诀往旁边看了一眼，男人耷着脑袋手足无措地站在一旁，单薄的身板在夹着雨丝的夜风中打战。他对着电话那头低低应了一声，等待对面接听的空当里从等在旁边的司机手中拿回伞，抬了抬下颌：“送他走吧。”

司机打开车门，客客气气地对男人道：“您请。”

连诀没再看他，拿着伞往旁边走了几步。

电话那端停了一会儿，响起一阵啪嗒啪嗒的脚步声，很快有人接起电话，声音里带着不平稳的喘息：“连叔叔，阿姨说你没有生气。”

连诀淡淡地“嗯”了一声，纠正道：“以后要叫爸爸。”

对面的人好像不太好意思，但还是很快叫了一声：“爸爸。”

这一声让连诀的语气稍缓下来：“怎么还不睡？”

那边安静了一下，小孩子喘平了气，小心翼翼地问：“……你不回来了吗？”

“回，晚些。你困了就先睡。”

对面的孩子很乖地说了声“好”，语气却不情不愿，连诀只当没听出来，问：“还有什么事吗？”

“没有了。”

“嗯，那先这样。”

连诀正要挂断电话，那边又突然叫住他：“……等一下，爸爸，还有、还有一件事情。”

“什么？”

“今天发的卷子，老师说要让家长签个名字，明天还要带回学校去……”

“给阿姨签。”

“……哦。”

“好了，我挂了。”连诀说，“你睡吧。”

待连诀挂了电话，身后司机轻轻叫了他一声：“连先生。”

他转过头，见两人还杵在原地没动，沉声问：“怎么还不走？”

司机为难地看了看旁边还垂着头没动的男人。

男人咬着苍白的嘴唇，鼻尖冻得发红，脸上的湿润不知是泪还是随风吹来的雨。

连诀心里略生出几分不耐，收好手机走过来，对男人说：“他会送你过去的。”

男人仍是不动。

沉默片刻，连诀的目光从他身上移开，问司机：“离这儿最近的五星酒店是哪家？”

“希顿，先生。”司机很快回答，“您的卡在车里。”

“嗯。”连诀拉开副驾驶的门，强行把男人塞进车里，合上车门，从口袋里拿出车钥匙递给司机。

司机一怔。

“我的车停在马路对面，你开我的车回去。”

0~3

房门“嘀”一声打开，连诀带人进门，随手开了盏灯。是床头昏黄的暖光。

他踩着厚而柔软的地毯走进去，将没有多少重量的人丢在床上。

男人跌进大床里，他的扣子松了两颗，贴在身上的衬衫因床垫微陷而起了褶皱，下摆掀起，露出一小截雪白纤瘦的窄腰。他难受地闷哼一声，湿发凌乱地散了满枕，很快将枕面洇出一小摊深色的水痕。他浓密的睫毛随眉头蹙得愈紧而轻颤起来，低低地喃了句什么。

连诀面无表情地站在床边，脸上再也找不出先前的温和，声音冷下来：“说吧，你到底想干什么。”

男人仿佛被他陡然发寒的声音冻到，轻微抖了一下，慢慢从床上撑起身子。

连诀的眼睛微微眯起，下颌线紧绷，居高临下地看着他的动作。

男人想下床，奈何双腿发软，脚刚踩在地上，便一个踉跄跌在床边。他冷白的双手死死抠进地毯的长毛中，瘦削的肩胛骨微微凸起，像一对漂亮而脆弱的蝶。

他抬起头，看向连诀，莫名让连诀从他眼中读出几分绝望来。不等连诀弄明白他表情里的含义，男人竟直起腰，靠使不上力的双膝蹭着身下被他弄湿的地毯，跪爬着凑到连诀脚边。他攀着连诀的双腿，费劲地撑起身：“先生……”

男人学着刚才的人叫他，失控状态下声线难以保持平稳，沙哑而颤抖的嗓音里带着哭腔。

“帮我……”

帮我回家，可以吗？

话音未落，男人胸口倏地一痛，被连诀不留情面地一脚踢开。

男人跌在地毯上，用力地咳嗽了两声，声音却蓦地被憋回了胸腔里，他噙着水光的眸子微微睁大，诧异地看着面前的人。

连诀身形高大，背后落地窗洒进的浅白月光从他宽阔的肩膀上方漏出些许，深邃的五官半掩在阴影中，他俯视着脚边的人，表情微冷。

先前只是见这人不舒服，看人倒在眼前还不出手相助非君子所为，便索性搭了把手。哪料到这人不识好歹，玩这出下三烂的把戏。连诀在生意场上摸爬滚打这么些年，见过的招数没有一千也有八百，早听闻这次海外招标会参与竞标的公司手段不入流，却没想到是这种方式。

他连诀也不是任人拿捏的善茬。

他脚踩在男人起伏的胸膛上，漠然地看着脚边人逐渐褪去血色而变得苍白的脸，沾着雨水的鞋底弄脏了男人的衬衫。

“谁让你来的？”

男人凌乱的黑发微微遮眼，柳叶儿般长而轻扬的眼尾晕染出艳红，目光像是呆住了，呼吸紧促，嗓音发涩：“没有……人……”

连诀的鞋尖慢慢移上去，抬起他瘦削白皙的下巴，凌厉的眼神像带着刃，狠狠剐在男人的脸上。

“那就是想要钱？”

男人拧紧眉头，被迫扬起下巴，细长的雾眸里映着床头暖色的光，下意识抓着他的裤脚，表情仍是僵着：“不，不用钱……”

连诀眸色顿时沉了下来，冷嗤一声，心道，果真不识好歹。

“我不管你是被谁叫来的。”连诀抬脚，“回去告诉他，想争取就大大方方来拿，再搞这种下三烂的把戏……”

他用鞋尖在男人耳根处点了点，力道不重，却让男人清晰地感觉到一股强烈的压迫与警示的意味。

“否则，也别怪我陪他玩。”

脸颊一侧稍凉的触感离去，逼仄的压迫感也渐渐消失，男人闭了闭眼睛，扬起修长的脖颈大口大口地喘息着。

连诀收回腿，看到自己皱起的裤脚时略一蹙眉，转身离去。手刚触碰到门把手，他听到身后窸窣的响动，接着衣摆被人攥住。

“先生，你误会了，我，我只是不舒服……”

连诀转过头，男人眼神涣散，话落忽而松开他的衣摆，俯身撑在地上干呕起来。

这人难不成真的只是喝醉了？

连诀犹豫着蹲下身，拍了拍他的脊背，对方似乎是在发烧，雨水打湿的衬衫贴在身上带着湿漉漉的热度，男人抬起头，眼中闪过一瞬迷茫，有些怔神。

连诀蹙眉睨着男人，男人身上的酒味浓得腻人，有一瞬甚至让连诀产生了自己也微醺的感觉。他垂下目光看着男人蒙眬的双眼：“你到底喝了多少？”

男人的脑袋昏昏沉沉，他看着连诀两瓣薄薄的嘴唇翕动着，却什么也听不清楚。连诀的声音传入他耳中变成嗡嗡的一片，像抽空了他所有的力气，他无措地摇了摇头，伸手扯住连诀的衬衫衣角，喃喃道：“为什么这里没有热感抑制剂……”

连诀不耐烦地问他：“你在说什么胡话？”

男人因为干呕剧烈地咳嗽起来，连诀却不肯就这样轻易地放过他：“你叫什么？”

男人双眸失神，哑着嗓子道：“沈……庭未……”

外面的雨不知道是什么时候停的，凌晨的街道上空荡荡的，空气中泛着凉意。

连诀坐在驾驶位，没关车门，点了根烟叼在嘴里，掏出手机打了个电话。

“查一个叫沈庭未的人。”

CHAPTER 02

沈庭未

Shen Tingwei

◎第二章

0~1

连诀刚进门，客厅的灯就亮了。阿姨披了件短毛睡毯从房间里出来：“先生回来啦。”

他低头在玄关换鞋：“还没睡？”

“年龄大了睡眠轻，听见车声就起来看看。”阿姨走过来，帮连诀把大衣脱下来，“呀”了一声，“先生喝酒了啊，自己开车回来的？”

“没有。”连诀解开袖子上的纽扣，把袖口折起，“童童睡了？”

阿姨将信将疑地看看他，没听明白他这句“没有”是没有喝酒还是没有开车。连诀不愿意多说，她到底不好啰唆什么，只道：“睡了，跟你打完电话就睡了。先生想喝点茶吗？我去给你煮个醒酒茶……”

“不用。”连诀走到沙发前坐下，茶几上规规矩矩摊放着两张卷子，他拿起来粗略地看了一下，小孩的字写得不怎么好看，摆在一起倒是还算规矩，一笔一画的。

“童童放这儿的，说是万一你回来了能看到。”阿姨倒了杯温水放在桌上，有点无奈，“晚上说什么都不肯让我给他签字，我说要不就先放着，要是你没回来明天早晨我再给他签，这才应了。”

连诀从桌上的笔袋里抽出一支钢笔，在左上角红笔钩出的满分批阅旁，找了个空位签下自己的名字。余光扫到姓名栏，笔尖停顿，随后又在“康童”两个字前补了一个“连”字。

阿姨看到，眼中带着笑意：“手续下来了？”

连诀把笔帽扣上，将钢笔放回笔袋，拉好拉链：“嗯，这礼拜天带他去上户口。”

算起来，康童跟着他生活也有两年多了，前两年一直因为他的年龄不符合收养条件，收养手续始终办不下来，因此小孩上学出门都不方便。直到上礼拜连诀满三十岁，才终于把康童的领养手续办齐了，算是了去一桩心事，起码以后读公立学校不用他再费神了。

阿姨弄不清楚连诀工作上那些有的没的，只知道小孩有了实质的名分，上了正经的户口，这在家里简直算得上是头等大事了。她顿时笑逐颜开，边把茶几上的笔袋和卷子收回沙发上放着的黄色书包里，边笑着说：“那敢情好，礼拜天得多加俩菜！欸，从明天起就得加！”

连诀淡淡地笑了一下。

他靠在沙发里合眼休息了片刻，鼻间萦绕着微甜的酒气，让他没来由地想到晚上那个莫名其妙的男人。连诀手肘撑在沙发扶手上，偏着头疲惫地揉了揉眉心。

阿姨转头看到他的动作，问：“不舒服吗？”

连诀收回思绪，摇摇头。他睁开眼睛直起身，从茶几上拿起水杯抿了一口，也算没让阿姨白忙活。放下水杯以后他从沙发上起身，抬手解着衬衫领口的扣子，朝楼梯走去：“我先睡了，你也早点休息。”

阿姨在背后“哎”了一声。

沈庭未醒过来的时候眼前是黑的，房间里弥漫着浓郁甜烈的酒香，沈庭未轻轻吐了口气，又是这股令他头晕的味道——每次发烧身体都会散发出这股甜腻的酒香。尽管已经不是第一次闻到，他却仍然难以适应。

酒店的房间隔音很好，耳边安静得只能听到自己的心跳，窗帘拉得严丝合缝，床头的电子表上的数字亮着柔和的白光。他睁着眼睛望着眼前的虚空，出了会儿神，慢慢撑起身子坐起来。

脸颊还是烫的，浑身酸痛得像是要散架，喉咙里那股腥苦的味道随着逐渐恢复的味觉翻涌上来，随之而来的是强烈的不适感。体内像是有一只无形的大手攥住他的五脏六腑，往一处紧拧着，他掀开被子匆匆下床，脚踩在地毯上时，眼前黑了一阵，好在他及时撑住了床沿才没跌下来。

等眼前短暂的眩晕过去，他才察觉到自己的双腿发软使不上力气，只好强忍着胃里翻腾的恶心，扶着墙慢慢往洗手间挪。

刺眼的白炽灯亮起，他下意识眯起眼睛，踉跄着冲到洗脸池前，双手撑着冰凉的大理石面弯腰干呕起来。昨天没吃什么东西，胃里是空的，他呕了半天，除了一点清水以外再没吐出什么来，只觉得胃里还是像有针尖在刺那样一阵一阵地绞着疼。

他不用抬头，就知道自己现在的样子会有多狼狈，拧开水龙头，捧起凉水漱了几遍口。

重新抬起头，沈庭未默不作声地看向镜子中的自己。镜里人沾着水的脸上是病态的苍白，嘴唇却肿得润红，打湿的发丝被他随手拨到脑后，露出饱满漂亮的额头。

明明不应该是这样。

沈庭未闭了闭眼睛，唇越抿越紧。

……到底发生了什么？

……难道是那场车祸？

沈庭未记得那天，父亲友人介绍的朋友与他在餐厅会面，因为不太愉快，结束后他正开车跟好友电话吐槽，耳边就倏然轰起一声震彻耳膜的巨响。

他的后背随着车尾甩出去的剧烈冲击跌回驾驶位靠背上，安全气囊弹出来将他因惯力前倾的身体砸回去。头昏得厉害，耳道里又响起一阵嗡鸣，电话里着急的声音突然间像隔得很远，怎么也听不真切。

车门被人拽开了，狭窄空间中浓郁的酒香被争先恐后涌进来的空气稀释，沈庭未用力地喘气，胸口却愈发憋闷，像是有什么东西堵在胸腔里，压得他呼吸越来越困难。

有人拽住他的手臂把他往外拖，模糊的视线里有很多晃动的人影，有个瘦弱的中年男人膝软着跌跪在地上，声音颤抖，痴怔地重复说着“对不起”。耳边很吵，有很多人，远处响起尖锐的警鸣……

他的眼皮沉沉地耷上，周遭的声音一点一点被抽走，耳边终于安静了下来。

湿冷的雨水打在脸上，唤醒了他沉睡的意识。再睁开眼，沈庭未发觉自己衣着整齐地倒在一条巷子里。

沈庭未那一刻是蒙的。他分不清眼前是什么地方，更弄不明白自己为什么会倒在这里，但身体上愈发怪异的感受让他无暇思考这些。

雨幕沉沉的黄昏，有些低的气温下，他的身体却越来越热，紧接着那股熟悉而又异常浓的酒香散发出来。这次发烧来势汹汹，他的头昏得厉害，喉咙里像有道火在灼，烧得他口干舌燥，却莫名地想要打寒战。

他需要抑制热感的药物。

但这个地方太陌生了，像是记忆里的空白区域，沈庭未只能无头苍蝇一般竭力抵抗热感症发作的不适应，到处寻找药店，然后迷茫无措地面对一次次拒绝与怪异的打量，再迷茫无措地前往下一家寻找所需要的药物……

终究无果。

无奈之下，他只能先暂时找一个能够抵御发烧的落脚点，不料竟遭遇到与买药时同样的窘迫。

直到再一次被酒店拒绝入住时，沈庭未模糊的意识也渐渐恍惚起来。

这里究竟是什么地方？

0~2

阿姨将早餐端上桌，康童才睡眼惺忪地从楼上下来，看到餐桌前的连诀时，他的步子明显加快了。

连诀闻声，视线从平板里抬起来，看了他一眼："别跑。"

康童很乖地慢下脚步走过来，搬开椅子挨着连诀坐下来。他叫了连诀两年多的"叔叔"，才开始改口还有点不太适应，红着脸小声跟他打招呼："爸爸，早。"

"早。"连诀收回目光看回面前的财经早报，端起杯子抿了一口咖啡。

他穿着深蓝色稠面的家居服，头发也还没仔细打理，发丝柔顺地搭在额前，看样子像是刚睡醒。

康童学着他的样子，捧起杯子啜了口热牛奶，眼睛却黏在他身上似的没移开："你是昨晚回来的吗？"

"嗯。"

连诀说话时目光不动，康童原本想问问他有没有看到自己的卷子，也没好意思。还是阿姨送三明治过来时跟他说："先生已经看过你的卷子了，下次写名字的时候要记得写姓呀。"

康童眼睛这才亮了亮，说"好"。

连诀慢条斯理地吃完早餐，拿起餐巾在嘴唇上按了一下，看向康童:"几点去学校？"

康童连忙把嘴里嚼了一半的面包咽下去，说："七点四十。"

连诀看了一眼时间，还早，便点了下头："我送你。"

康童见他要起身，也忙不迭地擦了擦嘴，跟着站起来。连诀越过他椅后，在他肩膀上轻轻按了按："坐下吃饭。我去换衣服。"

等连诀上楼了，阿姨过来收拾连诀的餐盘，才笑着说:"手续办下来了，童童要上户口了，先生这是高兴呢。"

康童很少像这样坐在连诀的副驾位上。他起初还有点紧张地绞着书包带子，但连诀跟他说了两句话以后，他心里那点压不住的雀跃很快就表现在脸上了。

"上完新户口我就可以转去别的小学了吗？"

连诀开着车，没答话，只问："现在的学校怎么了？"

康童抱着自己的书包，肩膀耷拉着，有点别扭地说："这里的同学好像都不太愿意和我玩。上周那个陆鸣鸣过生日，我写了贺卡祝他生日快乐，他生气了，也没有邀请我参加他的生日宴会。"说到这里又扁扁嘴，"我也没有一定要参加他的生日会，就是……别的同学都被邀请了，没有人和我说。"

连诀抬眼，从后视镜里看了一眼旁边垂头丧气的小孩，淡淡地说："下次同学过生日，让阿姨或是刘叔叔帮你挑礼物。"

康童抿着嘴，闷闷地"嗯"了一声。

连诀把车停在康童的学校门口："下午放学我过来接你。"

康童摘安全带的动作停了，愣愣地看着他，小心翼翼地问："你今天不用工作吗？"

"嗯。"连诀伸手帮他解开安全带，"晚饭我们不在家里吃。"

康童迟钝地点了下头，捏着书包带子不自然地搓着："……我们是去爷爷家吗？"他听阿姨说了，办完手续就要去爷爷家认人，他还没见过爷爷，心里有点紧张。

连诀没否认，只皱着眉纠正：“不能叫爷爷。”

康童不太懂，有些困惑地看着他：“我不是叫你爸爸吗？”

连诀“嗯”了一声，看起来没有要解释的打算：“去学校吧。”

康童慢吞吞地背起书包，推开车门：“爸爸再见。”

连诀目送着康童磨磨蹭蹭地往私立学校走，被校门口的女老师催着才往前小跑了两步。

刚敛回目光，手机振动了一下，他打开看，是一条信息。

“连总，沈先生已经退房了。”

连诀拨了通电话过去：“跟紧他，看他去了什么地方，都见过什么人。”

“好的连总。”

“离安路？”出租车司机听到这个地址时愣了愣，不确定地转过头，“没听过啊。是市里的地址吗？我一会儿得交班，不跑长途的。”

沈庭未的头又有些痛了，他撑着发胀的太阳穴，哑声问：“这是哪里？”

“柳河路啊。”

“不……”沈庭未没来由地心里一慌，“我的意思是，这里是什么城市？”

司机莫名其妙地看了他一眼：“沂市啊。”

沈庭未按在额角的手一顿，蓦然抬起头：“……什么？”

司机说着，又往沈庭未上车地点的酒店门口瞅了一眼，这才恍过神来，几不可见地皱了下眉头：“您这是喝多了吧？提前跟您说好，吐车上要加洗车费的啊。”

沈庭未脸色有些白，对司机的提醒置若罔闻，很快推开车门匆匆下了车。

他眼前发昏，身上也酸得难受，先前洗完澡淡下的酒气被愈渐攀升的体温一蒸，又再度翻涌上来。他忍不住撑在路边的树干上又是一阵干呕。

沂市……

沈庭未的脑袋里还残留着沉沉的醉意，但他能够确定，自己从来没听过这个城市。

刚下过雨，气温低了些，沁凉的晨风里携着雨后的春寒，风吹起他的衣角，一小截腰腹露在外面。

其实吐不出什么东西，但还是难受，被冷汗沾得泛潮的衣衫贴在脊梁上，被风一吹像结了层薄冰，寒气几乎顺着肌肤往骨缝渗。沈庭未抓住敞开的下摆，指骨泛白，发烫的掌心按着隐隐作痛的胃。

他用手背在嘴边蹭了蹭，慢慢直起身，脚步却没动。沈庭未站在原地，怔望着清晨来往的行人，有些迷惘地想，接下来该去哪里?

连诀送完康童以后去了趟公司。

晚上要去陈褚连那里，所以晚上的国际视频会议临时改到了上午。

会议过程中，连诀破天荒地看了两次手机。他一边低头回消息，一边对视频另一端汇报到一半不知该不该停的海外项目经理说：“继续。”

会议一直进行到中午才结束，待会议厅里的人都一一离去后，连诀闭着眼睛靠在椅背里捏了捏鼻梁, 休息了一会儿, 才拿起手机拨了通电话出去。

“那人怎么样了？”他沉声问。

“沈先生现在还处于昏迷状态，初步检查结果是因发烧引起的。您提醒过他昨天有饮酒，所以医生没给他使用针剂退烧，只采用了口服药物退烧消炎，现在药效还没上来，沈先生的烧还没退。医生采集了他的血液样本送去做血液检测，化验结果要晚一点才能出来。”

连诀“嗯”了一声：“让你查的东西呢？”

对方沉默了一下，声音低了下来：“抱歉连总，目前还没有查到沈先生的身份信息。”

连诀没说什么。结果在他的意料之中，那人做好了万全的准备，要是那么容易被查出来，反倒让他起疑。

他靠在椅子上, 手指漫不经心地叩着桌沿, 说:“知道了, 有消息再通知我。”

“好的。”

0~3

康童从学校门口跑过来, 拉开副驾的门才发现是司机开车, 连诀在后排, 朝他稍一颔首。他吐了吐舌头，叫了声“刘叔叔好”，然后灰溜溜地关上车门爬上后座，抱着书包在连诀身边坐好。

“爸爸，我们现在就去大房子吃饭吗？”

“嗯。”

康童鼓着腮帮子点了点头，回了声“哦”，就没再说话了。

车刚拐进大院子的时候康童就紧张起来了，两只手绞着衣服下摆，眼睛滴溜溜地往车窗外面瞟。

车缓缓驶过花园，停在别墅门外的车位里。

下车前，连诀注意到康童摘儿童安全带时翻上去的衣领，抬手帮他抚平了，不等康童转过脸，他已经收回了手推门下车。康童在后面小声说了一句：“谢谢爸爸。”

康童跟在连诀背后，穿过一条很长的走廊，他原本偷偷侧着眼睛四处看，目光对上打扫的用人，对方对他微笑，他便怯怯地收回目光不敢到处瞟了。

连诀不知道什么时候停了下来，康童低着头跟在后面没留意，脑门撞上连诀的后背，正要道歉，手臂被连诀扯住。

“爸。”连诀叫了声人，拉着康童的细胳膊把人带到面前。

“叫陈先生。”连诀低声说。

沙发上坐着的男人头发还是黑的，但眼角已有很深的皱纹，抬眼看过来的时候表情有些严厉。康童有点害怕，稍稍往后躲了一步，被连诀抵着后背才站直了。

“陈先生好。”

康童听话地小声问过好，心里却想：为什么不是连先生？

陈褚连握着一盏茶，抿了一口，才对康童说：“小孩，你过来。”

连诀安慰性地按了按他的肩膀，在他背上轻轻推了一下。

“大方点。”连诀压低的声音在他头顶响起，虽然温柔，但也带着点威严。康童只好硬着头皮走过去。

陈褚连倒是没有他想象中那么可怕，反倒对他意外的慈祥，从茶桌的盘子里抓了一把开心果放进他手里，康童接不下，只好暂时放在桌边，陈褚连又拉着他在旁边沙发上坐下。

“叫什么名字？”陈褚连温声问。

他正要回答“连康童”，走过来的连诀已经替他答了：“叫康童。”

陈褚连没搭话，还看着他，康童稍稍掩住心里那点失落，重新跟陈褚连说：“先生好，我叫康童。”

陈褚连这才笑了：“男孩子嘛，是该大方点，虽然年纪还小，但也别什么都躲在大人后面。”

康童点点头：“谢谢陈先生，我知道了。”

陈褚连笑着拍了拍康童的手，跟连诀有一搭没一搭地闲聊。

他们闲聊的内容都是康童听不懂的医疗术语，他在旁边低着头，也不吭声也不闹，安静地听大人说话。但时间久了未免无趣，康童看了眼刚才陈先生给自己的开心果，伸手拢了过来。

因为没有口袋，康童只好先把手里的一大把开心果放在并拢的腿上，慢慢剥着壳。

剥了几颗开心果，康童无意间见陈褚连往他这里看，愣了一下，抬起头，把手里刚剥好的开心果递给他：“先生，您要吃吗？”

陈褚连摇了摇头，轻轻地笑了：“孩子倒是懂事。”

康童有点不好意思了，红着脸埋下头，陈褚连收回目光，淡淡地看了看连诀，叹了口气：

“懂事归懂事……但还是不如生个亲的，可惜了。”

康童手上刚剥开的开心果倏地掉在地上，陈褚连眉头细微地蹙了起来。

连诀神色不变，微微笑了一下，没说话，安静地揽过康童的肩膀，再招来用人把掉在地上的开心果清理掉。这动作虽然不算什么，但康童内心的不安似乎就此被抚平了，他眨了眨眼，用力忍住想哭的酸楚。

一时没人说话，沉默得有些不正常。

“宁雪后天回国，她和你说了吗？”陈褚连忽然说。

连诀顿了一下，说：“嗯。我后天过去接她。”

陈褚连的脸上总算带上了一点笑意，摇摇头：“合着你们都已经商量好了，那她去麻烦你，我也不用再管啦。”

连诀点点头：“您言重了，不麻烦。”

之后两人留在陈褚连处用晚餐，几人入座后，有个漂亮的阿姨从楼上下来，抚着陈褚连的肩，在他旁边的位置坐下。

“小诀来了？”女人先和连诀招呼了一声，看到康童的时候眼睛弯起来，笑得很温柔，“童童？是叫童童吧？”

康童不知道该怎么称呼，只好点点头，然后求助般地看向连诀。

“陈太太。”连诀说。

“陈太太好。”康童很快学道。

女人不高兴地瞪了连诀一眼：“乱教，叫什么太太，童童叫阿姨。”

康童迟疑了一下，还没开口，陈褚连皱着眉低声呵斥：“你才是乱教，乱了辈分。”

“有什么辈分？”女人若无其事地把散在耳鬓的卷发撩到耳后去，还看着康童笑，“童童想叫什么都行，不用理他们。”

从小寄人篱下，他敏锐地意识到这家人的关系似乎并不简单，康童不敢说话了，礼貌地点点头，但再没敢把脑袋抬起来，只能装作什么也不懂地继续吃饭。

在家的时候，阿姨为了照顾他，多数时候是做中餐，但陈褚连家的晚餐不太一样，做的都是西式餐点，光是酒杯就摆了一排，三副餐具从内到外排开，辉煌的灯光笼罩在雪亮的餐具上，晃得他不知所措。

康童不太会用刀叉，切牛排的时候金属的餐刀划在瓷盘上的声音有些刺耳。

陈褚连抿了口酒，忽略了这声音，转头问连诀：“小孩多大了？”

“十岁了。”连诀说。

康童在心里默默地补充，还没过十岁生日。

陈褚连把酒杯放下，语气不变，扫过来的眼神却带着家长特有的不满：“这么大了怎么连个饭都不会吃？”

康童吓了一跳，手里的刀叉掉在桌子上，碰撞出突兀的声响。餐桌周围蓦地安静下来。

康童无措地低下头，视线余光留意到连诀手臂上的肌肉绷紧了些，顿时更慌张了，两只手立刻从餐桌上放下来，轻轻吸了吸鼻子。

到底是陈褚连旁边的女人先看不下去了：“吃饭就吃饭，吓唬小孩子做什么。”

连诀的声音也比先前冷了些：“我最近比较忙，没抽出时间教他。吃饭吧。”

康童没敢再去碰刀叉，两只手在桌下紧紧绞着桌布边缘垂下的穗子，担心自己再给连诀丢脸，泪在眼眶里噙着，也没敢掉出一滴来。

他很小声地抽了下鼻子，试图把眼泪憋回去，旁边递来一张餐巾纸。他瓮声说：“爸爸，我没有哭呀。”

连诀没说话，把纸巾放在他腿上，收回手。康童眨了眨眼睛，趁没人注意他，拿纸巾在眼睛上按了一下。还没抬起头，就看到连诀把什么东西放在他面前。

“吃饭。”连诀接过他手上用过的餐巾纸丢进旁边的垃圾桶里。

康童看着面前切好的牛排，抬起头想说谢谢，连诀却已经转过头继续和陈褚连说话了。

吃完晚饭还没有要离开的意思，连诀跟陈褚连去楼上书房谈工作，留康童一个人坐在客厅的沙发上看电视。

电视调到新闻台，播的都是国家大事，他看了一会儿觉得没意思，但不敢调去少儿频道，更不敢到处跑，只得缩手缩脚硬着头皮继续发呆。突然脚边痒痒的，康童低头去看，是一只很小的白色博美犬，正叼着他脚上的拖鞋咬。

以前少有接触小狗的机会，这时见了雪团子似的博美，他喜欢得紧，又有点害怕，见左右没人注意自己，趁机小心翼翼地伸出一根手指头戳了下小狗的脑袋。结果小狗抬起头冲他叫得很凶，他吓了一跳，赶紧收回手。

一个带着笑的女声在旁边响起："哎呀，别怕，它就是装凶，不咬人的。"

康童扭过头："陈太太。"

"都说了不要叫陈太太，听起来很老。"女人无奈地笑了，在他旁边坐下，把小狗抱进怀里。看康童有点害怕，就把狗狗掉了个头，屁股那头朝着他。

"我看起来很老吗？"

康童摇摇头，犹豫了一下，还是决定实话实话："……您像姐姐。"

这话把女人哄开心了，她眉开眼笑，伸手捏了把康童的脸："真乖！"

其实康童对女人的年龄没有概念，只觉得她年轻，说话也很温柔，这时她笑得开心，康童也慢慢放下戒备，于是大着胆子问："那您有孩子吗？"

有孩子的女人才可以叫阿姨，家里的阿姨曾经教过他。

女人摸着小狗的脑袋："陈褚连倒是希望我有，可他自己的身体什么样自己没点数吗。"

见小孩一脸茫然，她才注意到自己说错了话，忙笑着说："没事。你喜欢小狗吗？"

康童点了下头，看着她怀里的小狗，想摸，犹豫地问:“它会不会咬人？”

女人拉起他的手，放在小狗的背上：“它很温顺的，不会咬你。”想了想又说，“但是外面的小狗可不能随便摸，也许会咬人。”

小狗背上的绒毛很柔软，他没忍住多摸了一会儿，女人笑着说：“以后想和小狗玩可以让司机送你过来，反正你爸爸那么忙。”

康童很快抽回了手，轻轻摇了摇头。

女人一怔，反应过来，叹道：“你怕陈褚连？哎呀没关系的，他就那个臭脾气，整天绷着张臭脸，跟你爸一样，其实人不坏。再说你来了，也不一定能见到他，别怕。”

康童心想：一点也不一样。虽然连诀也总是板着脸，但是连诀一点也不凶……还很温柔。

楼下的谈话顺利，但楼上却并不一样。等连诀下来的时候，康童已经靠在沙发里睡着了，身上盖了条千鸟格的粉色毛毯。

连诀没叫他，直接把小孩儿从沙发上抱起来。他礼貌地同陈家的用人告别，再让司机驱车回自己的住处。

窗外万家灯火，随着车子前行，他的半边脸都没入了阴影中。

小孩儿睡得很沉，一直到家都没醒过，连诀只好把康童一路抱进卧室放在床上。

阿姨跟过来看了一眼康童，小声问：“睡了呀？”

“嗯。”连诀帮小孩把鞋脱了。

阿姨走过来：“楼下煮了金银花水，先生下去喝点吧，解酒的，我来照顾他。”

晚上其实没喝什么酒，但连诀也确实有些疲惫。和陈褚连相处实在太消耗精力，他用了这么多年都没能适应。

但这天的事还没全部结束。

刚喝了两口金银花水，负责调查那个神秘男人的助理发了一份检测报告过来，各项数值连诀不太想看了，让他解释，他又说三言两语讲不清楚。

连诀把电话给他拨过去：“怎么回事？”

“检测报告没有什么大问题，但他有几项激素水平超标，都写在报告里了。”助理听出连诀喝了酒，声音里透着倦意，便认真地说，“连总，具体哪些您明天再看吧，激素异常的具体原因还不清楚，不能排除他是否有滥用其他药物，造成了激素水平超标。”

“药物，那是什么？”

“暂时还不能下定论，连总，还需要具体分析化验，其实这个最好是直接问当事人……另外，您确定沈先生昨晚有大量饮酒吗？”

“怎么了？”

“……不，连总，血液检测报告显示，他的血液里酒精含量为 0，沈先生他……应该是没有喝过酒的。”

CHAPTER 03

你想要什么

what do you want

◎第三章

0~1

连诀喜静，早些时候一直住在郊区的别墅里，后来有了小孩，学校距离太远不方便，索性在市区买了栋大些的房子搬过去。这边的房子一直空着，连诀没想过卖，但也没想留着做什么，只是当初选房子费了不少精力，觉得卖了可惜。

车开进院里，还没停稳，有人闻声迎出来。

助理见到车上下来的连诀，先是一怔，很快走到跟前，颔首叫道："连总。"

连诀进门脱下外衣，身后的助理接过去，先前神色里的几分诧异已经敛好了："您怎么过来了？"

连诀没搭话，扯松了领带："人呢？"

"在二楼客卧。"

沈庭未尚在浅眠中，手臂被人不算温柔地扯了一把，昏沉的意识才稍稍回笼。他艰难地甩开脑中混沌，还未睁眼，先听到耳边有道清冷的男声响起："怎么还在睡？"

连诀拿着从沈庭未腋下取出的体温计，借着床头台灯微弱的光线看了看温度。

身旁的助理解释道："沈先生的烧还没有退下来。血常规检查过了，没有大问题，应该就是普通的发烧。您来之前输了液，医生说今晚先观察一下，如果没退烧的话明天还需要去医院做个详细的全面体检。"

连诀"嗯"了一下，把体温计收好，搁下时，视线在床头柜上停顿了片刻，继而俯视着床上的人。

沈庭未还阖着眼，他的脸有些病态的红，浓长的睫毛细微地抖动着，呼吸也沉。

连诀看了他一会儿，朝身侧微一偏头："你先回去吧。"

"好的连总。"

待助理离开后，连诀才冷声开口："别装了。"

沈庭未有些难以面对昨夜的纠缠，此时被拆穿更是难堪，约莫是思索了几秒，才慢慢睁开双眼。

长时间闭眼，乍一见光觉得晃眼，他略感不适地眯着眼睛，适应了一会儿，才试着转了转视线。

床边站着一个高大的身影，宽阔的肩膀逆着门口走廊透进来的光，手上拿着一张小卡片在看——是他的身份证。

连诀的目光从证件上那张有些呆板的彩色照片上移过来，面前的人一双眼睛微掩着，表情也呆，比起照片却仍生动许多，尤其是那一双秀气的柳叶眼，哪怕是不带笑意，细而上扬的眼尾也蕴着几分压不住的温柔。

连诀眉梢微扬，言语中带着毫不遮掩的讥讽："工作证？"

沈庭未不明所以地愣了下神："什么……"

连诀显然不打算在这个话题上停留太久，随手把那张卡片丢回床头柜上："醒了就起来。"

沈庭未撑着床坐起来时有一瞬间眼前发黑，大概是躺得久了脑袋有点充血，或是太久没吃东西引发了低血糖。他抬手按住自己的太阳穴，闭着眼睛缓了一会儿，才后知后觉地反应过来，连诀刚才说的也许不是什么好话。

他心里沉了一下，但没反驳。

沈庭未没能从模糊的记忆里翻出自己昏倒前的片段，只是从眼下的状况来看，很明显，连诀又救了他一次。

沈庭未在床上昏睡了一个下午，身上的衬衫被他弄得皱了，袖口窜到手肘上，露出细白的小臂，他手腕上的伤痕还未彻底消退，衬得纤细分明的腕骨脆弱得一捏就碎。

助理弄不清楚沈庭未的身份，没敢贸然帮他换衣服，只备了一身干净的衣服放在枕边。

沈庭未哑着嗓子说："谢谢。"

他有些轻的嗓音混在房间中甜得令人生腻的气息里，听上去实在奇怪。连诀看了他一眼："换好衣服出来。"

连诀离开时没关门，沈庭未一直等他的脚步声远了，才抬手解开衬衫扣子。

他很久才换好了衣服下楼。

连诀端坐在沙发上，手中拿着一份报告书样的东西，听到声音后，把手上的东西放下，抬头看着楼梯上下来的人。

沈庭未有些局促地走过来，他身上的针织薄线衣本就是宽松的款式，又因尺码不合而显得领口开得更大，露出一片瘦削的锁骨。留意到连诀的视线，他不自然地扯了扯衣领，小声叫了一句："连先生。"

连诀朝一侧抬了抬下巴。

沈庭未坐在单人沙发上，纯棉的灰色家居裤也有些大了，裤脚松垮地垂到地上，他下意识往上扯了一下裤腿。

"你想要什么？"

连诀五官深邃得像是雕刻出来的，绷着脸时看上去冷得不带生气。沈庭未愣了愣，眼神中有些错愕："我没听懂你在说什么……"

连诀没有耐心跟他兜圈子，不等他说完，兀自打断道："钱，还是项目？"

沈庭未一僵，攥在裤子上的手紧了紧，嗓音还哑着，却比刚才冷下来许多："连先生，我很感谢你救了我。但我不是你想的那种人。"

连诀突然笑了，发觉在他面前自己总是很难保持住所谓的修养与气度，声音忍不住带着嘲弄："那你是做什么的？"

沈庭未慢慢抿起唇，表情有些僵硬。

"职业碰瓷的？"

沈庭未被他堵得哑口无言，连诀的目光锋利得像带着刺，沈庭未有些畏惧他的眼神，仓皇地错开视线盯着自己的膝盖。

他有片刻恍惚，心里那股奇异的不安再度涌上来，手指不由自主地捻着裤子柔软的布料，犹豫了半天，还是决定开口："你，身上的味道……是什么？"

连诀被他问得莫名其妙，眉头皱得更紧："什么味道？"

沈庭未的耳朵泛红，一双膝盖抵在一起，神色颇不自然地问："昨天，你身上的味道……那是什么？"

连诀冷睨着他这副扭捏造作的模样："怎么了？"

沈庭未：……

"Amber Topkapi。"连诀的目光瞥见沈庭未眼里的迷茫，有些不耐烦地补充，"香水，怎么了？"

"香水……"沈庭未垂下眼睫，喃喃自语。

"你喜欢？"连诀眯了眯眼睛，看着他这副表情就忍不住反唇相讥，"还是说闻到那个味道就会昏倒？"

沈庭未对他的讽刺充耳不闻，再次抬起头，目光里夹杂着连诀看不懂的情绪。他像是在确认什么，看着连诀："这里不是 su 市？"

连诀神色复杂地盯着沈庭未看了一会儿，意识到他的表情里半点不掺玩笑的认真，几乎有一瞬间就要被他气笑了。连诀的眸色黯下来，愈发觉得这人不可理喻到了极致："这又是什么路数？"

沈庭未不懂他嘴里所谓的"路数"是什么意思，却能很清晰地从他眼中读出恼火。

"……这里是什么地方？"

"怎么，又开始装失忆了？"

沈庭未不安地捻着裤子，心里那份隐隐约约察觉到的不对劲总算落到了实处。

为什么他在药店买不到抑制热感的药物；

为什么自己这两天见到的所有人都用异样的眼光打量他；

为什么这里的一切都怪异得让他觉得不真实；

……

沈庭未的脑袋里乱得厉害，越是想要弄清楚自己的状况，乱七八糟的问题越是在脑袋里丝丝缕缕地缠成一团，想久了只觉得晕。

沈庭未的表情太过难看，动作也太过拘谨，连诀看着他，不合时宜地想到昨天康童在陈褚连面前束手束脚的模样。连诀强压下心里的烦躁，冷冷地从他身上收回目光，拿起桌上那份身体检查报告，粗略地翻阅过一遍。

该让人来给他查查脑子。

那份刚刚压下去的心烦被鼻间萦绕的酒气勾得不上不下，连诀反复确认了几次，手中的血检报告里都清晰地显示着沈庭未没有饮酒的事实。

“你的身体是怎么回事？”连诀放下血检报告，决定直接问他，“还有酒味。”

沈庭未的呼吸很重，干燥的喉咙使得吞咽的动作都变得艰难。

“……我不舒服。”

连诀抬起头，不明白他为什么在这个时候又突然装起了可怜。

连诀与沈庭未对视了几秒，收回目光，伸手摸烟，突然想到烟在外套口袋里。

连诀不在人前抽烟，一是为了保持风度与礼貌，二是他也很少会有需要借助烟草压抑烦躁的时刻——但现在是了。

连诀起身要去拿，越过旁边沙发时手臂被沈庭未抓住，沈庭未慌张地问：“你要走了吗？”

连诀看着他的手，那份没压下去的烦躁更深：“你又想耍什么花样？”

“我为什么会在这里？”沈庭未太想弄清楚自己身上发生的怪事了，为什么一场车祸醒来，他会出现在这个陌生的世界，又想知道自己怎样才能回去，可他心里一万个问题还没来得及问出口，就被连诀带着寒意的目光瞪了回去。

连诀甩开他的手，迈步离开。

沈庭未没转头，因为连诀的脚步声很快在他身后不远处停了，接着有打火机响起的声音。

他的指尖还残留着连诀手臂上的温度，面前对方停留过的空气里，淡淡的木质香还未完全消散。

沈庭未读书时老师在生理健康课上就讲过，热感症是现阶段医学上最为棘手的慢性疾病，世界上百分之六十的人从出生起就会携带热感病毒，成年后热感症状将会周期性发作，每个月发烧三至五天不等。发烧期间会感到头昏、疲惫，体内会散发异香，常规的退烧药对此症状起不到任何疗效，对付热感症唯一的办法就是热感抑制药物。

饱受热感症困扰的人们经过长达十年的努力，才终于研究出了抑制药剂，据说抗热感药物最初是从人体内提取出的费洛蒙。然而拥有这种能够抑制热感症的费洛蒙的人少之又少，后来才有专家研究出同类替代品，使广大热感症患者能暂时缓解这种难熬的折磨。

沈庭未一直以为自己并不在这百分之六十的人中，直到昨天开始发烧……这是他成年后第一次出现这种症状，昨天靠着自己的意志力硬挺了过来，今天是第二天，运气好的话，就只剩下一天了……

沈庭未缓了口气，很快了……

0~2

连诀背对沈庭未，半靠着站在连接客厅的开放式厨房里，抽了口烟，拽下的领带被丢在手边的厨台上。微苦的烟草味混着周身挥之不去的辛甜，愈发浓郁的酒气从身后散过来，连诀没转头，嘴里缓缓吐出一缕烟雾，微微侧目。

沈庭未与他隔着冰冷的黑色大理石厨台，连诀没仔细看，也没留意沈庭未的表情，他想大概还是那样垂着眼睛可怜兮兮的样子。

半支烟抽完，身后的人还没开口。

“过来。”连诀说。

沈庭未绕过厨台，来到连诀跟前，他垂着头看着连诀脚下的地板，有些长的刘海半遮着眸子。连诀搞不懂他怎么总是把自己搞得好像很惨，被算计的人反倒像欺负了他，看得人火起。连诀想不通，索性不想了。

“不是不舒服吗？”连诀没有什么耐心，“愣着干什么，吃点东西回去休息。”

沈庭未还发着烧，吃完东西身上没力气，缩在沙发上不愿意动，连诀才没那个闲情逸致把人弄到楼上，索性把人丢在一楼客房的大床上。

沈庭未的眼皮很沉，脑袋跌进枕头里很快就睡着了。连诀把他身下的被子拽出来，沈庭未被他的动作带了一下，大概是姿势不大舒服，熟睡间眉头不由自主拧得更紧。他侧过身，一双细而修长的腿慢慢蜷起，略弓着背，搭在枕边的手也无意识地攥在一起，摆出一个别扭而十分缺乏安全感的姿势。

连诀把被子堆在他身上，又习惯性地把他半搭在眼前的手臂塞回被子里去，这个动作做完，一愣神的工夫，沈庭未已经随着他的动作往下缩了缩。他大半张脸埋进雪白的被子下，只垂着一根根浓黑细密的睫毛，像是慢慢睡得沉了，紧皱的眉头轻轻舒展开来。

这一觉睡得天昏地暗，半梦半醒间有人把什么东西塞进沈庭未腋下，很凉，冰得他打了个激灵。他艰难地撑起眼皮看了一眼，房间里没开灯，不知道是拉着窗帘还是天还没亮，眼帘中映着一道身形高大的模糊黑影。

温热的掌心在他前额一触即离，那人直起身，留下一句不冷不热的“继续睡吧”，没多看他一眼便转身离开了。

细微的关门声过后，四周再度陷入一片漆黑与静谧中，沈庭未的思绪还没来得及发散，眼皮已经阖了起来，不多时，呼吸也变得均匀而平缓。

再次醒来是因为房门被敲响。

沈庭未意识还未回笼，先感受到微亮的天光穿透他薄薄的眼皮，他慢慢睁开眼睛，目光对上头顶奢华的水晶灯，有一刹那恍惚。

厚重的墨绿色亚麻窗帘被拉开一条狭缝，和煦的晨光攀过窗台洒在床角，门外的敲门声以三下为一组，不疾不徐。

沈庭未脑袋里持续了两天的昏沉好像退去些许，身上的酒气好像也淡了下去，他缓缓回过神来，撑着床垫坐起身，轻声问门外人是谁。如果是连诀的话没有必要敲门。

“沈先生，起床吃早餐了。”门外的女声礼貌应答。

沈庭未迟钝了很久，才回了一句：“哦，好。”

枕边放着一套叠好的衣服，衣服领口的标签还没拆，上面带着一串让沈庭未心惊的零。

虽说他的家庭条件不算差，日子过得也算宽裕，但一件毛衣小几万，对他来说未免过分奢侈。

他犹豫了半天，才把衣服拿起来。

换衣服的过程里房门又被敲响了一回，门外人有些为难地催促："麻烦您稍微快一点。"

衣服比昨天那套合身一些。沈庭未穿好了衣服从房间里出来，一位看起来不到四十岁的女人正拿着一支红外体温枪在他门前焦虑地踱步。见他出来赶紧走过来，不等沈庭未反应，手里的体温枪已经对着他前额"嘀"了一下。

沈庭未一愣，女人低头掏出手机对着体温枪上显示的数字拍了张照片，不知道给谁发信息。手机对面很快回过来一条语音，是连诀的声音。

"嗯，让他用水银体温计再量一遍。"

女人这才呼了一口气，回了一句好，不好意思地跟沈庭未解释："连先生走的时候交代，八点前要帮您把体温量好，先生等下要开会。"

沈庭未点了下头，又问她："……那个，今天早晨，连先生是不是来过我的房间？"

"哦，连先生离开前给您量过一次体温，那会儿还有点烧。"她把手里的体温枪递到沈庭未眼前，示意他自己看，"现在温度应该是退下来了，您有哪里觉得不舒服吗？如果不舒服的话到九点钟我们可能还需要去一趟医院。"

沈庭未摇摇头："没有。"

"早餐已经准备好了，您先去吃点东西吧。"女人说，"我去拿体温计，您可能还要再量一次……体温枪有的时候不是特别准。"

"好，谢谢。"

早餐时间，沈庭未用了近半个小时，在对方莫名其妙又欲言又止的目光里弄清楚了这里的情况。

现实显然比他想象的还要糟糕。

那场车祸……他应该是在车祸后，来到了这里。

沈庭未低垂着眼睛看着面前的餐盘，现在所处的环境与他之前所在的地方似乎没有什么区别，但又完全不同。

大家说着相同的语言，穿着相同的服饰，吃着相同的食物，住着相同的房子……可这里的人却不用饱受热感症的困扰。沈庭未甚至有一瞬怀疑是不是前段时间网络热门的整蛊节目为热感症患者开设了特别真人秀。曾经他所在的地方因为热感症患者过多，管理者们费尽心思为热感症患者争取到许多优待福利，久而久之，社会资源开始向热感症患者倾斜，而剩余的百分之四十的人自然坐不住。这些年来民众号召平权的话题屡上热搜，在这样一个娱乐时代，为了博眼球，某些没有底线的无良摄制组没什么做不出来的。

但……

沈庭未酸痛的后腰保持挺直有些困难，他微微朝后靠着柔软的椅背，盯着面前餐盘上精致的纹路出神，指尖在桌下捏得发麻。

脑子里的想法很快被自己否定了——大概没有人会为了一个娱乐节目耗费这么大心力。

所以，他现在是“死”了吗？

“沈先生，您还好吗？沈先生？”

见他不语，女人神色怪异地看了看他，弯腰将他方才谈话时掉落在地上的刀叉收走，换了一副新的过来。他这才缓过神来，抬头道了声“谢谢”，继续心不在焉地切着面前的餐包。

不等他继续胡思乱想，院子里有车子驶了进来，女人闻声起身出去看，是沈庭未上次见过的那位司机。

“沈先生，连总派我送您回去。”

连诀开完晨会，手机上显示着司机的未接来电，他回拨过去问情况。听完电话那边司机支支吾吾的汇报，连诀的眸色沉了下来：“找不到？”

电话那边语气稍显为难，说沈庭未吞吞吐吐半天讲不清楚地址，司机说完沉默片刻，犹豫着对连诀说：“连总，沈先生他……有些奇怪。”

“怎么了？”

“沈先生开始说了一个地址，但我查了一下，地址似乎不在市内。我便想仔细再问一下，沈先生却不肯答了，说记不得自己住在哪里。后来没办法，我又按照沈先生刚开始说的地址在全国范围内搜索了一下……没有找到那个地方。”

连诀冷漠道：“送他去精神病院。”

0-3

连诀的电话再次打过来时，沈庭未已经做完了脑部检查，正一个人在诊疗室里填一份测试问卷。填完从房间里出来，那位陪同他过来检查的助理将手机递到他手里。连诀不带任何语气波动的话语从听筒里传出，显得有些冰冷："我警告你，不要跟我装疯卖傻。"

"我没在装。"沈庭未平静地说，"连先生，我没有病。"

电话中安静了一秒钟，连诀才继续说："配合检查，别耍花招。"

沈庭未几乎能从他的语气里看到他那副一贯微扬着下颌、高高在上的表情。

"我会的。"沈庭未想了想，又补了一句，"我对你没有任何企图。"

他耐心地等了一会儿，连诀没再说话，沈庭未只好把手机递还给连诀的助理。

助理接过电话，低声叫道："连总。"

不知道连诀说了什么，助理很快回答："好的连总。"

主任医师坐在方桌对面，看着沈庭未在谈话过程中，用修长而灵活的手指不断地重复着将魔方打乱又复原。

"你有一些轻微的焦虑。"医生放下手中的问卷，最终下了结论。

沈庭未手中的动作停下来。

"是的。"他抬起头，"医生，我很焦虑。"

检查结束后，医生将诊断书递给助理，给他详细讲解了检测单上的各项数据，又同他解释："脑部检查没有发现任何问题。以患者目前的状况来看，基本可以确定患者患有轻度焦虑。但焦虑障碍是现在社会人群中比较常见的心理疾病之一，在不影响正常生活的情况下不需要办理住院。"

沈庭未默不作声地坐在旁边，直到助理接过诊断书，礼貌地让医生帮忙开药时，才略感诧异地抬起头。他以为自己会被强制住院，毕竟这对于连诀来说应该不算什么难事。

回去的路上，与沈庭未并排坐在后座的助理来回地翻阅着手中那份查不出问题的检测报告。沈庭未的目光从他手上扫过，语气自嘲地安慰起看起来比他还要焦虑的助理："也许是他们的机器检测有误。"

助理抬起头，深深地看了他一眼：“他们医院使用的是我们公司的设备。”

“嗯？”沈庭未半天也没能从这两者间找出必然联系，眨着眼睛看着他，等待下文。

助理几不可见地蹙了下眉，收回目光，生硬地说：“我们公司的设备是国内顶尖的，不可能有问题。”

……

沈庭未转过头看向窗外向后倒退的树影，忍不住略带恶意地在心里揣测连诀的公司是不是以自负作为企业文化。

接着便是一路无言。他想象里车会停在某个拐角将他扔下的情况并没有发生，助理只将他送去别墅后就同司机一起离开了，甚至吝啬于多同他讲一句话，也没留下连诀的一句交代或是告诫。

早上那个为他做了一顿早餐的女人也不在，偌大而冷清的房子里只有他一个人。

沈庭未在客厅里环顾了一圈，走到沙发前坐下，伸手捞过一个靠枕垫在腰后，胸口强烈的心悸仍然持续着，莫名的恐慌伴随着身体快要散架的酸痛，让他坐立难安。

他从袋子里拿出医院给他开的口服药，漫不经心地看完了药盒上的成分表，阅读完吃完药可能出现的副作用后，又不想吃了。他把药盒推回茶几上，在沙发上呆坐了一会儿。

沈庭未十分有寄人篱下的自觉，不该去的地方不去，不该碰的东西不碰，到后来在沙发上坐得实在无聊了，才从茶几下层的抽屉里找出电视机的遥控器，打开电视调了个市台看。

市台正在播放午间新闻，多是些马路上的不安全行为，沈庭未百无聊赖地看了一会儿，便放弃了从电视上获取有用信息的想法。

没有什么特别的，这里的新闻节目与他之前看过的唯一区别，可能仅在于节目下端不会滚动播放因热感症发作引起的治安紊乱事件——这种事件实在屡见不鲜，如果要每一条都详细播出，电视台可能就没什么别的事情做了。

沈庭未拿起遥控器准备关掉电视时，忽然想到自己。他盯着黑掉的屏幕有片刻出神。

他的名字现在是不是也正滚动在新闻节目下方？那位最后与他通电话的朋友会不会因此自责？还有，一直以来视他为骄傲的父母……他们现在怎么样了？一些刻意不去想的事情，此刻不受控制地冲进脑海里。沈庭未的呼吸本能地收紧，心口像被什么东西堵住，心悸愈发严重起来。

沈庭未最终还是将桌上的药抠开吃了两粒，强迫着自己冷静下来，为接下来做打算。

他的身份证还在楼上的客房里，钱包应该还在那天穿的裤子口袋里，不知道是不是也在楼上。想到这里又觉得自己有些多此一举，拿到钱包也没用，他今天特意留意了一下，这边的钱币和证件与他所持的显然并不通用。

其实就算是通用，他随身携带的现金也不足以支撑他在这里生活一个礼拜。

沈庭未靠在沙发扶手边，撑着涨痛的额角，心口的坠痛感非但没有缓解，反而头也跟着疼起来。他在离开和留下之间艰难地抉择了一会儿，最终决定还是暂且先留在这里，等连诀回来再做定夺。

0~4

康童跪坐在副驾驶位，贴在防窥玻璃上的脸挤得变形，看到马路对面走过来的连诀，眼睛先弯了起来。

连诀拉开车门上车，把手里的披萨盒递给康童。

“谢谢爸爸！”

这一声爸爸比往常叫得都要响亮，连诀心觉好笑，唇角比起平时多了一道浅扬的弧度。

“安全带。”

康童把披萨放在腿上，拉过安全带系好，趁他不注意，偷偷掀开纸盒看了一眼，藏不住的笑意浓上几分，不料却被连诀逮了个正着。

连诀不允许康童在车上吃东西，他赶紧合上盖子装作无事发生，转移话题：“爸爸，我们明天去办户口吗？”

“嗯。”

康童眼睛转了一圈，还要说话，连诀的手机响了，他便立刻乖乖闭上嘴，等连诀接电话。

“连诀同志，我下飞机了，还不速来接驾？”

从市区到机场用了近一个半小时，车停在国际机场航站楼前。没一会儿，航站楼旁的咖啡厅门被人从里面推开，一个女孩儿打着电话向外张望，看到连诀的车，兴奋地冲这边挥了挥手。

连诀挂断电话，交代康童待在车里别动，推门下车朝女孩走过去。

“不是明天回来吗？”连诀接过陈宁雪的行李箱，“和爸说过了吗？”

“没呢，这不是想给你们个惊喜吗？”陈宁雪把外套搭在连诀臂弯上，将散在肩上的长发扎起来，“国内真的有够热的，我今天穿得像只熊，早知道应该提前查一下天气。”

与陈宁雪同行的女伴用暧昧的眼神打量了一下连诀，轻轻捅捅她的胳膊：“宁雪，不介绍一下啊？”

陈宁雪扎好头发，抛回去一个更暧昧的眼神，挽上连诀的胳膊，笑道：“我童养夫。”

女伴脸上露出些许讶异的表情：“真的假的？”

连诀脸色微沉，还未开口，陈宁雪已经松开了他的手臂：“废话，当然是假的，这是我哥。”

连诀把陈宁雪的行李放进后备厢，陈宁雪与友人道别后，从车尾绕过习惯性地走到副驾门边，拉开车门时却愣了。

她与副驾上的康童面面相觑了几秒，正当康童犹豫着要不要下车把副驾的位置让出来时，陈宁雪才猛然反应过来：“你是童童吧？哎呀我都差点忘了，之前你爸发了你的照片给我，怎么本人跟照片一点也不像啊。”

康童不知道连诀什么时候给她发过自己的照片，也不知道发的是什么时候的照片，半天答不上话，他手足无措地捧着披萨盒，怯怯地看着她，小声叫道：“小雪姑姑。”

连诀合上后备厢走过来，替康童回答：“比那会儿胖了点，之前有点营养不良。”

康童跟着连诀的话点点头：“我长胖了。”

陈宁雪亲昵地捏了捏他有点婴儿肥的脸颊：“不胖，现在正好。”

连诀本打算先把陈宁雪送回家，陈宁雪却不乐意：“那女的是不是还在我家啊？”

连诀从后视镜里看了她一眼，陈宁雪在后座拧着眉头摆弄手机，就差把不爽俩字挂脑门上了。

其实陈宁雪从小脾气性格就不错，不内敛不认生，见谁都笑脸相迎，亲戚长辈里没谁见了不夸上一句大方懂事的。但这劲头没维持多久，自打五年前陈褚连给她娶回来个小妈，她的叛逆才初步显露。奈何这场叛逆来得太迟，导致陈宁雪对任性二字操作得不够熟练，硬生生把自己气去了大西洋对岸，打那以后能不回来便不回来。可谓长他人志气灭自己威风第一人。

连诀不想掺和她们之间的事，“嗯”了一声，没多说。

陈宁雪闻声从手机上抬起头，难得刻薄地说：“老头还没跟她离呢？够长情的啊。”

康童不明白为什么新来的小姑姑对那个漂亮阿姨有那么大的敌意。他倒是很喜欢那位阿姨，笑起来很温柔，还让他摸她的小狗。但大人说话的时候他不敢插嘴，只敢转着眼睛在心里反驳。

车开进市区，连诀让等在高速口的司机把康童接走，自己开车载陈宁雪去吃午餐。

“吃中餐吧，西餐我都要吃吐了。”陈宁雪提议。

已经过了饭点，餐厅用餐的人寥寥无几，陈宁雪太久没有像这样长时间听人讲过国语，不想坐冷清清的包厢，跟连诀在二楼大厅找了个靠窗的位置坐。

“哥，你竟然真的养了个小孩。”陈宁雪脸上露出了点不可思议的表情，“你之前和我说的时候我还以为你在开玩笑。”

连诀把菜单递给服务生，目光不咸不淡地掠过来：“我什么时候和你开过玩笑。”

陈宁雪隐约从他表情里读出了不满，识趣地没再问了，改口道：“你没和爸说我回来了吧？”

“还没有。”连诀抿了口柠檬水，“你自己说吧。”

陈宁雪微微撇嘴，拆开一副餐具：“其实我就是不想回家，才没跟爸说的。哎，我能不能不在家里住啊？我一想到要一日三餐面对她，我恐怕连饭都吃不下。”

陈宁雪说到这里，想到什么，突然抬起头看着连诀：“啊，哥，我记得你是不是在郊区那边还有套房啊？要不我干脆去你那儿住得了。”

连诀神色不动，淡淡地说道：“我那儿不方便。”

陈宁雪原本只是过个嘴瘾，毕竟回都回来了，自然还是要在家里住的，但眼下见他这么说，突然按捺不住好奇顺着他的话问下去：“啊？为什么不方便？”

“有朋友在。”

连诀说完，陈宁雪表情微变，她坐直了腰，目光略携试探：“女朋友啊？”

连诀语气平静，否认得很快：“不是。”

陈宁雪脸上的表情这才稍稍轻松下来，接着又若无其事地将头发拨到背后，轻轻笑道：“你怎么还不交女朋友啊？”

连诀替她往面前的水杯里添了些水，随口道：“工作忙。”

陈宁雪斜觑着他，忍不住取笑：“我看你忙得都要出家了。”

0~5

沈庭未醒过来的时候天色已经暗了下来。缓解焦虑症的药物里大概含有什么安眠成分，他这一觉睡得很沉，没有做梦。

房子太大，耳边太安静，沈庭未睁开眼睛，随着渐临的夜色视线里一片黯淡，只有挂钟走针时的细微响动在静谧的环境里有节奏地拨动着沈庭未的神经。

睡着前的那阵心悸已经褪下去了，取而代之的是铺天盖地却又找不到缘由的失落。

沈庭未保持着睡醒的姿势，侧靠在沙发角落一动不动，睁着眼睛发了会儿呆。

强烈的孤独感随着落地窗外洒进来的浅白月光压在他身上，他忽然发觉原来清醒比发烧更难挨。

半晌才察觉到饿，他坐起身，摸索着找到客厅的灯。

头顶灯光亮如白昼，煞白的光刺痛了不适的双眼，他站在原处闭着眼睛缓了一会儿，待穿透眼皮的光线逐渐变得柔和，才再次睁开眼。

对开门的冰箱里堆满了新鲜的食材。他看过独立包装盒上昂贵的价签，犹豫半晌，只拿出一瓶凝着冷霜的矿泉水与一包速冻水饺。

简单吃完晚餐，他将使用过的东西仔细清洗过，原封不动地归纳回原位，在客厅里等到半夜，不见有人回来，最后撑不住才回到一楼那间客房去睡了。

他本以为自己很快就能再见到连诀，事实却不如他所料，这里显然不是连诀的日常处所。

接下来的几天里，沈庭未都没能再见到任何人，于是他不得不重新规划自己接下来的打算。

连诀的助理是在第四天的早晨过来的，沈庭未听到声音从客房出来，看到助理似乎在检查冰箱里的食物。

助理合上冰箱门，目光又扫过一尘不染的厨房，面露疑惑地看向沈庭未："你这些天都吃了什么？"

沈庭未指向冰箱下层的冷冻室，如实回答："水饺和汤圆。"

助理有些诧异："你不会做菜？"

沈庭未没回话。

在别人家做菜是带着罪恶感的，他没有长时间在别人家留宿的习惯，尤其像这样独自待在空荡荡的房子里这么多天——尽管主人不在，他仍感到拘束。

助理见他迟迟不语，想必是误会了什么，从口袋里掏出一张名片放在厨台上："沈先生今后若是有什么事情可以打给我。我等下叫阿姨过来。"

沈庭未拿起那张名片，上面只有一个名字和一串数字，没有职称，也没有公司名称。他想这位林琛先生大概是连诀的私人助理，毕竟好几次见面都是工作时间，连诀都没有把他带在身边。

短暂的对话结束，林琛说自己还有别的事情要忙，离开前询问沈庭未还有没有其他需要。

沈庭未思考片刻，说："我想与连先生通电话。"

林琛拒绝得不留余地："连总目前人在国外，那边现在是晚上，沈先生有什么事可以先和我说。"

沈庭未了然地点头，没执着于与连诀通话，而是看着林琛，缓缓开口：“请问我可以离开吗？可以的话，能拜托你帮我办张身份证吗？”

林琛无法擅自代替连诀做出决定，最终还是给连诀打了通电话。

海外的项目进行得意外顺利，连诀作为公司法定代表人自然需要亲自过来签署合同。接到国内打来的电话时庆功宴已经快要结束了，他正独自站在会客厅二楼的露台抽烟，背后的玻璃门隔绝了酒会上觥筹交错的喧嚣。

他深邃的眉目半掩在夜色里，指间一抹橘火倏明，接通电话，手机屏幕在他侧脸投出一片冷白的光。连诀虚眠着远处海平面上闪烁的渔火，问：“什么事？”

电话那端林琛不急不缓地向他转达完沈庭未的请求，半晌没等到回应，林琛也不催，电话始终保持着安静接通的状态。

许久后，连诀嘴里徐徐吐出一缕烟雾，被挟着腥咸气息的海风扑回脸上，视线被白色的雾气暂时遮蔽，他微微眯起眼睛，将手里快要燃尽的烟头碾在手边的烟灰缸里。

“按他说的办吧。”

挂断电话，连诀倚在露台吹了会儿风，重新将领口扯松的领带系好，端起手边细长的香槟杯回到酒会上。

随连诀前来签署合同的公司法务部副经理正代替他与人寒暄，余光见他过来，略松一口气，与人打了声招呼后快步走过来，压低了声音对他道：“连总，瑞康集团的周总刚才过来找过您。”

连诀轻轻晃动着高脚杯，杯中澄黄微透的酒液在灯光照射下蕴着流金碎光，他的目光漫不经心地扫过会场：“人呢？”

“刚才还在这里……”法务部副经理扭过头四处张望了一圈，不等他找到人，身后一道拖长的声音响起，语气熟络得像是与连诀相识多年。

“连老弟！”一个西装革履的中年男人携着女伴闲庭信步地朝他走来，人还未走到跟前，香槟先冲他扬起，“哎，早就听闻连总年少有为，今日一见，果然名不虚传啊。”

来人的女伴身上浓郁的香水味让连诀略感不适地蹙眉，他小幅度后撤一步，冷淡却不失礼貌地稍稍颔首：“周总。”

西服外套勉强掩住男人发福的肚腩，他端起香槟与连诀碰杯，笑时眼尾拉出深深的沟壑：“恭喜啊连总，初来乍到就拿下这么大的单子。”

“承蒙相让。”

连诀浅抿了一口酒，随手将酒杯递给身后的法务部副经理。

都是生意场上摸爬滚打多年的人精，周总一眼便看出这是不打算继续喝了，脸上笑意不减，也将酒杯递给身旁的女伴。

“您这话就抬举我了。我们公司这不是刚上市嘛，有机会就派大家过来学习学习长长见识，业内谁不知道您风决集团啊，我们这怎么敢比。”周总抬手在连诀肩头拍了两下，半真半假地开玩笑道，“不过连总您也是，在行业里一家独大得未免也太久了，现在又正式打开了海外市场，偶尔也要给我们这些小公司留口饭吃啊。”

连诀不动声色地侧肩，语气里带着敷衍：“您客气了。”

见他连场面话都不愿多说，周总讪讪地笑了笑，冲身旁的女伴使了个眼色。女伴会意，抬手拦下身旁路过的服务生，把男人喝过的香槟放下，又从托盘中取出两杯红酒。

女人漆黑的长卷发披在肩上，上扬的眼尾轻挑着，一袭艳红的鱼尾礼服勾勒出性感的曲线，她向前一步，将手中一个高脚杯递给连诀：“今天我们周总身体不太舒服，不如我来替周总敬您一杯，连先生可愿意给我个面子？”

面前这位连总倒是确如传言中那样有副上乘的皮相，鼻梁高挺而眼窝深，薄唇轻抿着，看向她的眼神里透着不加遮掩的鄙夷，璀璨的灯光落进他漆黑的眉眼，带着与生俱来的贵气与傲慢。

确实是副薄情相。

女人倒是不怎么在意他目光里的轻视，他不动，她的手也不收，似乎丝毫意识不到尴尬。

连诀腰背挺得板正，剪裁精良的西服勾勒出坚实的肩膀，熨帖的西裤垂感颇好，衬得西裤下包裹的一双腿笔直修长。

她稍稍偏头，将垂在颈窝里的卷发拨回肩上，举手投足都透着妩媚。能与这样的精英人士睡一晚也是好的，若是真把人伺候高兴了，有机会留下当个暂时情人，怎么不比身边人强。

僵持片刻，连诀抬手去接她递来的酒杯，他眼睫微垂，接得不专心，女人手中的酒杯向他身前倾斜，脱手的玻璃杯擦着他笔挺的西服滑落，不出意外地在他脚边溅起细碎的玻璃残片。

女人脸上佯装出的错愕与周总脸上假模假式的薄怒，像一场恶俗的情景剧。

“哎，你看这事弄的。”周总低斥着身旁的女人，“你也是，笨手笨脚的，连个酒都不会敬。”

“抱歉连总！”女人手足无措地看着连诀的衣服，“我帮您擦……”

服务生过来帮忙，连诀从他的托盘中拿起干净的手帕，隔着帕子冷淡地拂开女人抚上他胸膛的手，漫不经心地擦拭着倾洒在他西服上的红酒。

周总训斥了女人片刻，抬眼看着连诀，脸上堆起暧昧的笑意：“要不，今晚让她陪您？给您赔罪？”

连诀不紧不慢地将被红酒弄脏的外套脱下，递给身后的法务经理，道：“不必了。

“我还有事，就先失陪了。”他话音一顿，撩起眼皮，平静地从两人身上扫过，淡淡地道，“清理费联系我助理就好。”

……女人脸上这次的错愕比起先前要真实得多。

连诀敛回目光，转身离去。

这种最直白也最卑劣的把戏比起沈庭未来说，实在差了不止几个档次。

连诀将衬衫袖口的扣子解开，将袖子挽上手腕，衬衫上沾了淡淡的红酒香气，比起记忆中的味道要更辛烈些。

所以沈庭未到底是谁？

C H A P T E R 0 4

再次相遇 see you again

◎第四章

0~1

沈庭未的身份证办得没有他想象里容易。他在连诀的别墅里等了近两周，中间林琛带人过来给他拍了几张照片，还准备了一份文字材料交代他背熟，并让他严格按照材料上的内容配合回答前来走访的户籍调查员。

两周后，林琛把办理好的身份证与一份崭新的户口本交到他手里时，沈庭未接得有些愧疚："抱歉，我没想到会这么麻烦。"

"没事。"林琛脸上挂着往常那副公式化的笑容，像是没有丝毫个人情感的假人，询问他还需不需要跟连诀通电话。

沈庭未想了想，说不用了，只叫他帮忙转达自己的谢意。

离开前林琛问他想去什么地方，需不需要司机送他。他摇摇头，犹豫着从对方为他准备的一沓现金中抽出一张，想说以后会还，又觉得连诀不会在意这点钱——他要真的还钱说不定还会被连诀曲解成别的意思——他不想再让连诀误会什么，便只认真地道了声"谢谢"。

沈庭未两手空空地从那栋别墅里出来，望着空荡荡的街道，长长地吐了一口气，沉闷多日的心情莫名轻松起来。

他住的那间客房里有一部笔记本电脑，沈庭未打开时发现网络已经连接好了，大概是连诀或是林琛替他准备的。提前查询了招聘网站，筛选掉需要学历与工作经验的，适合的招聘信息所剩不多，包吃住的就更少了。他仔细地把招工地址与电话抄在纸条上，连酒店端盘子的也算上，打算一家一家过去面试。

沿着先前从医院回来的那条路走了很久，有几辆空闲的出租车经过他时慢了下来，他摆摆手，拒绝了对方的搭载。

身上只揣了一百块，他不知道从这里到市区的路程有多远，反正现在时间还早，多走一段也能省下些打车费。他需要留些钱为今晚做打算——万一没找到合适的工作，晚上或许需要找一家青年旅舍暂住。他查过了，这里最便宜的旅舍大概要七八十块一晚，剩下的留作伙食费，大约也能再撑一天。

一辆黑色的商务越野车从他旁边的马路上飞驰而过，很快在不远处停了下来。

沈庭未走得不专心，一路上都在大脑里回忆昨天看过的市区地图。他没有手机，只能将重要的事情尽量记在脑子里，好在他的记忆力不错，看过的东西仔细捋一下，基本上都能回忆起七七八八。直到从停在路边的黑色越野车旁走过，车里的人开口叫住他："沈先生。"

沈庭未脚步顿住，还没彻底缓过神来，转过头茫然地看过去。

"上车吧。"林琛说，"送你到市区，刚好我也要回去，顺路。"

沈庭未踌躇了一下，还是上了车，道："谢谢。"

林琛微微扯了下唇角，低头看回膝上的笔记本电脑。他似乎正在处理什么重要的事务，手机不时响动，沈庭未始终保持安静，目光避开他的电脑屏幕，望着窗外清冷的街景出神。

"是的连总，文件已经发进您的邮箱里了。"林琛的视线从沈庭未的侧脸掠过，按着语音键继续道，"另外，沈先生已经离开了。"

沈庭未正望着路边一位推着板车卖时令水果的老妇，听到身旁人提起自己时也没转头，盯着板车上那筐个大饱满的桑葚，没头没尾地想，春天到了。

进入四月后天气回暖得很快，毛衣很快就穿不着了。

康童从学校回来，小脸热得通红，阿姨帮他脱下高领毛衣，找了件薄些的小开衫给他套上，催促他快去洗把脸。

“等下宁雪小姐过来接你，要领你上什么儿童乐园玩。”阿姨一边帮他准备出门要带的蜂蜜水，一边扬声说。

洗手间的水声很快停了，康童脸都没擦就兴奋地跑出来，纠正她：“阿姨，是蹦床乐园！”

“对对，蹦床乐园。”阿姨扭头见他脸上挂着的水珠，无奈地笑笑，拿了毛巾过来帮他擦脸，“我是搞不懂你们小孩子玩的这些东西，以前上公园里五块钱一张门票能玩一天，现在蹦床都要专门弄个乐园了。”

“不是只有蹦床的。”康童掰着指头一一数着之前在同学照片里看到的项目，“里面还有海洋球，还有很高很高的滑滑梯，要坐着皮艇滑下来，还有一个跳楼的……”

“呀，还要跳楼啊？”阿姨一愣，有点担心了，“那能安全吗，小孩子能玩吗？”

“能呀，我同学他们都玩过了，下面有海绵垫的，掉下来一点也不疼。”康童越说越心虚，最后难为情地笑笑，“其实我也不知道疼不疼，我还没去过，他们都说不疼。”

阿姨听得心酸，怜爱地摸了摸他的头发：“去玩吧，注意安全呀，水壶里的水要都喝掉，回来阿姨要检查的。”

康童口中那个“跳楼”的项目叫蜘蛛塔，是蹦床乐园里最热门的游乐项目——站在几米的高台上往下躺，中间有层层叠叠的橡筋网格作为缓冲，最后整个后背着落在底下厚实的海绵垫上，比起屁股着垫时那点微乎其微的疼痛感，下坠时濒临失控的体感刺激对康童的吸引力要大得多。

康童乐此不疲地玩了几次，扒着高台上的护栏对埋在海洋球里休息的陈宁雪喊：“姑姑，你也过来呀，这个好好玩！”

陈宁雪本来对蜘蛛塔的高度有点恐惧，但架不住康童一次又一次地叫，只好硬着头皮上了。

康童背对着蜘蛛塔，扒着护栏跟她讲解：“你就这样，背对着后面，然后闭着眼睛往后躺，一点也不可怕。”

陈宁雪上来的时候觉得自己还能扛住，结果站到这里，望了一眼下面的高度心里就开始发怵，忍不住打退堂鼓：“这哪里不可怕了，算了吧，我真的不敢玩。”

“姑姑你试一下嘛！”康童自己玩得亢奋，按捺不住想找人分享，他把位置让开，走过来推着陈宁雪的腰让她往跳台边上靠，“可好玩了，你快来。”

负责维护蜘蛛塔的女工作人员看着他们一大一小两个人你推我躲僵持了好半天，站在边上笑了好一会儿。

等他们走近了，工作人员从旁边的置物架上取下一个塑料箱，对陈宁雪说：“您好女士，高空项目游玩前请检查一下身上有没有尖锐物品，钥匙首饰等都要摘下来，小心受伤与物品掉落。”

陈宁雪被康童闹得没办法，无奈抬手摘下耳环：“哎呀好啦，就一次啊。”

康童用力点头，笑得眼睛黑黑亮亮的：“我在下面等你，奖励姑姑吃冰激凌！”

陈宁雪被他逗笑了：“哈哈哈哈好，那我要吃香草味的。”

康童从楼梯跑下去，陈宁雪把耳环和手表都摘下来放进箱子里。

底下有人叫了一声什么，女工作人员转过头跟下面的人说话，陈宁雪深呼吸了几遍，才鼓起勇气走到跳台边上。康童在下面仰着头叫陈宁雪快点下来，陈宁雪被他催得更紧张，声音都有点发颤：“不要催啦，这就来了。”

说完吐了口气，把头发绑起来，她眼一闭，心一横，学着康童刚才的姿势就往后仰下去。

身体刚沉下去的时候陈宁雪的心悬到了嗓子眼，但很快后背接触到缓冲网，心理负担卸下许多。下坠的过程比想象里要快得多，陈宁雪闭着眼睛，忽然察觉到脖颈被什么东西用力扯了一下，她还没来得及细细反应，身体就已经平稳地落进软垫里了。

她从网下爬出来，脖子上火辣辣的疼痛难以忽略，她抬手试探着摸了一下，颈侧被她指腹擦得刺痛。

康童从前台的哥哥手里接过两支比他脸还高的香草冰激凌，蹑手蹑脚地朝蜘蛛塔的方向走。快走近了，看到刚才塔上那个年轻的女工作人员正跪在软垫上找什么东西，陈宁雪也略低着头四处寻觅着什么。

“姑姑。”康童把冰激凌递给陈宁雪，好奇地问，“你们在找什么？”

“我的项链掉了。”陈宁雪说。

“啊？”康童一听，也顾不上吃了，连忙弯腰帮着找。

康童他们来得晚，这会儿距离下班时间已经很近了，场馆里人不多，刚才前台帮康童打冰激凌的男生也走过来，询问他们发生了什么事。

女工作人员叫常开心，她心知是由于自己工作分心，没有尽到看管和提醒的职责，自责得眼圈都红了，小声对男生说：“顾客的项链掉了。”

同样在这里工作的沈庭未看着面前的女顾客——陈宁雪从穿着到配饰都明显价值不菲，项链想必也不会便宜，怪不得常开心害怕。刚参加工作的小女孩手头没有闲钱，一条项链可能要赔上几个月的工资，沈庭未的现状更是拮据，安慰的话说不出来，只好先代她跟女顾客道歉，再赶紧帮着找。

“是一条玫瑰金的项链，吊坠是四叶草的形状，周围有一圈碎钻。”陈宁雪跟他形容。

沈庭未跪在垫子上仔细找了很久，连拼接缝都认真摸过一遍，仍不见项链的踪迹。

等在一旁的陈宁雪手机响了起来，她接起电话，意外地向场馆大门处张望：“哥？你已经到了？”她拍了拍康童的肩膀：“去换鞋，你爸来接我们吃饭了。”

项链找不到，常开心像个做错事的小学生，眼泪悬在眼眶里，眼看就要掉。看得陈宁雪心软，反而温声软语安慰起她来：“没关系啦，一条项链而已，不是什么贵重物品，掉了就掉了吧。”

她不说还好，一说完常开心的眼泪就扑簌簌地往下掉，陈宁雪笑得有些无奈：“怎么还哭了，真的没关系，也是因为我自己大意才掉的。你们也要下班了吧？不用找了，快吃饭去吧。”

她不好让连诀一直站在门口等，简单地安慰了女孩两句，便领着康童准备离开。

常开心吭哧瘪肚地把还趴在网下的沈庭未叫出来。

大概是低头的时间久了，沈庭未起身时眼前又是一黑，身体不自然地晃了一下，被常开心连忙扶住了。她眼泪还没擦干，担忧地看着沈庭未略显苍白的脸：“你怎么了？又头晕了？”

沈庭未被她扶着站稳了，闭着眼睛等眼前这阵短暂的黑沉过去，才摇摇头，拍着她的手臂催促："去留一下顾客的联系方式吧，等会儿我打扫卫生的时候再仔细找找，找到了再还给人家。"

常开心被他提醒，恍然点头，急急忙忙地朝陈宁雪的背影追过去。

连诀接过康童的水壶，视线还停留在不远处那道单薄的背影上。

那人背身在蹦床上蹲下来，低着头像是在找什么东西，身上松松垮垮的黑色工装随着他半跪的姿势绷在背上，勾勒出窄瘦的腰身。

陈宁雪把电话留给旁边的姑娘，抬起头看到连诀异样的表情，顺着他的视线看过去，疑惑地问："看什么呢？"

连诀很快收回目光，淡淡道："没有。刚刚怎么了？怎么这么久？"

"姑姑的项链掉了。"康童稍撇着嘴，垂着眼睛有点自责，"都怪我非让姑姑陪我跳楼，把姑姑项链弄掉了。"

"跳什么楼跳楼！"陈宁雪笑着捏了捏他的脸，"这样吧，罚你一会儿吃完饭给姑姑再挑一条，让你爸赔我。"

"让他自己赔。"连诀揽过康童的肩膀，转身时视线不由自主地又落回那人身上，在还没被陈宁雪察觉到时又敛回来，"走吧。"

0~2

蜘蛛塔和攀岩壁挨着，下了班以后沈庭未在周围又仔细找了个遍，都没有见到那条项链的踪影，想着多半是掉进攀岩壁下面的海绵池里了。

海绵池里堆满了粉与浅灰色的高密度海绵块，从中找寻一条项链的困难程度不亚于大海捞针。沈庭未在海绵池里翻找了足有一个半小时，后来实在热得受不了了，才攀着池沿翻出来。

场馆的中央空调到下班的时间就自动关闭了，蹦床乐园里为了安全起见做了全封闭的隔离网，虽说场地是足够宽敞的，但长时间的空气不流通，待久了也免不了觉得闷。

这个不冷不热的季节卡在这里，没到换夏装的时候，里衬抓绒的春季工装穿着又太厚。鉴于老板不常过来，有不少员工平时上班会偷偷换上比工装薄些的黑色卫衣充当工作服，店长理解大家热，索性也就睁一只眼闭一只眼了。

沈庭未没有衣服可以换，只能每天替换着穿入职时拿到的两套工装。

四月的天气已经有二十四五度了，室内温度还要更高一点，他鼻尖渗着薄薄一层汗珠，工装的袖子拉得很高，坐在池边扯着领口透气。

常开心从冰柜里拿出一瓶运动饮料，走过来在他旁边坐下："喏，请你喝。"

"谢谢。"沈庭未接过来，用手背擦掉落入鬓角的汗，拧开盖子灌了一大口，目光还片刻不移地落在海绵池里。

"不好意思啊未未，耽误你下班了。"常开心有些过意不去，"要不晚点我请你吃饭吧？"

"不用。"沈庭未摇摇头，唇角牵起温和的弧度，像在安慰她，"总是要找的，不然明天有小孩子过来玩可能会被划伤，到时候会更麻烦。"

"也是……"常开心垂着眼睛低声应了，她漫不经心地踢开靠近池壁的海绵块，"不会是掉在这里面了吧，要不我们把海绵都拿出来再找找？"

"别的地方我都找过了。"沈庭未把瓶盖拧上，将水瓶放在旁边，撑着台沿又跳了进去，转过头扬起脸说，"先翻开找找看吧，说不定……"

沈庭未的视线里好像有什么东西被闪亮的灯光折射出细碎的光点，他话音顿住。大约是先前常使用电子产品的缘故，他的眼睛有点散光，看东西久了有些费力，于是细而长的眸子轻轻眯了眯，果真看清了碎光闪烁处的吊坠。

"嗯？说不定什么？"常开心疑惑地看着他，说话间也准备往里跳，被沈庭未赶忙出声制止住了。

"等下等下，先别动！"

常开心被他喊得一怔，伸出去的那条腿卡在半空，也不知道要落还是收回来，只好傻傻地保持着这个姿势不动，看着他："咋啦？"

沈庭未迈开步子蹚着满池的海绵块朝她走过来，伸手捻住她腿边拼接缝里卡着的细链子："这个是不是？"

常开心跟着他的话低头去看，不料重心不稳，倏地栽下去，嘴里发出两声惊呼："哎哎——"

沈庭未正一手拽着链子往外扯，头顶的黑影压得猝不及防，一时没来得及躲开，被栽下来的常开心砸了个正着，身体向后倾仰着跌进海绵池里。

常开心很瘦，浑身没有二两肉，跌在他身上其实没有多重，沈庭未的太阳穴却突地一跳。他原本抬手是想护一下常开心，不料脑袋砸进海绵里时立刻感到一阵几乎让他昏厥过去的眩晕，强烈的不适感让他抬了一半的手下意识攥起来，好半天都没缓过来。

常开心的脑门猛地磕在他的锁骨上，痛得龇牙咧嘴，捂着脑门从他身上翻开，又觉得好笑："哎我去，磕死我了。"

半天没等到回声，常开心拍了拍沈庭未，笑着问他："哎，未未，干吗呢还不起来？"

她转过头，才见沈庭未仍保持着刚才的姿势，身体半陷进海绵池里一动不动，痛苦万分地拧着眉头，额角布着涔涔冷汗。常开心吓了一跳，赶紧起身："未未？"

叫了几声仍不见沈庭未应她，常开心吓坏了，着急忙慌地从兜里摸手机准备叫救护车。但不等她把电话从口袋里掏出来，手腕被人轻轻碰了一下。

沈庭未血色褪尽的嘴唇还紧紧抿成一线，眼睛也合着，好一会儿才收回胳膊搭在眼前，气息听起来有些虚弱："我没事。"

常开心急遽的心跳还没缓下来，急得在他胳膊上拍了一下："吓死我了你，我还以为我把你砸死了！你还好吧？哪里不舒服还是怎么回事？"她拖着沈庭未的胳膊，想把他拉起来，却被沈庭未轻轻挣脱。

"我缓一下。"沈庭未的嘴唇翕动了两下，半晌后，眼睛缓缓睁开，眸里有些黯，"……我刚刚有点不舒服。"

常开心担心得要命："你最近怎么老不舒服啊？"说话间她无意中触碰到沈庭未的手腕，忙抓住他的手腕惊叫一声，"呀，你身上怎么这么热，是不是发烧了？"

沈庭未随口应了声"可能是"，借着她的力气慢慢坐起来，把手里攥着的项链给常开心看："等下给那个顾客打电话叫人过来取吧。"

常开心说好，又忍不住抬手碰了碰他的额头，碰完又摸摸自己的："怎么这么热的天也会发烧啊，去医院看看吧。"

沈庭未的脸色还有些苍白，消停了半个月的心悸莫名再度袭来，心口紧得让他有些喘不上气，他默不作声地调整好了自己的气息，才撑着身体站起来，对常开心说："知道了。走吧，该下班了。"

沈庭未锁好门，常开心已经给顾客打完了电话，正蹲在马路牙子上低头抱着手机看。

"走了开心。"沈庭未叫她。

常开心应了声"唉"，却没动，手指还在屏幕上划拉着。

等沈庭未走近了，突然听她惊呼一声，常开心站起来，把手机杵到他眼前："哇，这条项链是宝格丽的，官网上标价快八万块呢！"说完又觉得庆幸，她拍着胸口长出了一口气，"妈呀，这么贵的东西丢了都不着急……还好这个小姐姐人好，项链我们也找到了，要是换个人我一年工资都不够赔的……"

沈庭未没听过这个牌子，但听到这个夸张的价格还是觉得兜里的项链有些烫手，便把手从口袋里拿出来，问："顾客说什么时候过来取？"

"她说在附近吃饭，九点左右到。"

沈庭未点点头，说："那晚点我过来送吧，你住得远，跑一趟不方便。"

"行。"常开心把手机揣起来，抬头往路边瞥过去，抓住沈庭未的胳膊，"我陪你去医院看看吧？"

沈庭未说："不用了，明天，明天我自己去医院。"

"现在就去吧，这么烧着怎么行？"常开心拖着他的胳膊催促道，"走嘛，看完再回去又用不了多久。"

沈庭未还是拒绝了。

常开心看了他一眼，在心里叹了口气，说"那行吧"。她知道沈庭未的经济状况有点困难。先前听场馆里的同事闲聊的时候提起过，他们工作的地方给外地员工安排有宿舍，沈庭未也住在那里。

他搬过去的时候身上什么也没带，也从来没见他点过外卖打过游戏，本来以为是不喜欢这些，大家不好主动地问他。但上回沈庭未的室友回去得晚了，正好撞见沈庭未在厨房煮清水挂面吃，问他要不要加点酱，他说吃不惯。她不是特别容易心软的人，但这话听得心里怪酸的。

年轻人一般不容易陷入债务危机，如果沈庭未过得这么艰难，很容易让人猜测他是不是出了什么事情。按理来说，他俩关系不错，有事的话大家帮个忙也就过来了，但沈庭未从来没跟她张口提过借钱之类的事情，搞得常开心也不好意思问，就是想帮一把也使不上劲儿。

两个人在路口分开以后，沈庭未沿着人行道往前慢慢走了一段，晚上的气温降下来些，偶尔走得快了有清爽的晚风扑在脸上，但那阵心悸却迟迟没有过去，反而愈发严重起来。

他犹豫着从裤子口袋里摸出一把零钱数了数。其实也不用数，除去先前找工作那天花掉的几块钱交通费和前些天的必要开销，剩下那点每天计算着用，就是再数也数不出花来。

说起来这份工作找得意外的顺利。

沈庭未过来面试的时候对方询问了他不少问题，提到学历相关的他免不了回答得有些磕绊，毕竟他来这个世界都是一场意外，要瞒着不敢承认，说谎就变得很艰难。他本科是学法律的，但曾经熟稔于心的规则在这个世界并不能完全适用，相当于白学了，对方问起时，沈庭未思来想去，最后含混地回答自己只读到高中。

这答案连他自己都不满意，结束后也没抱太大希望，以为和前两次面试一样。第一次让他回去等通知，其实就是婉拒，完全没有后文。第二次更甚，面试官听闻他没手机以后便连客套话也不说了，告诉他抱歉不合适。

但没承想，这次居然出现了转机。聊完以后面试他的店长竟直接拿了份入职申请表让他填写，并问他什么时候可以开始上班。

他怔了怔，才赶紧回答“现在就可以”。

他没地方住，在店长询问时答了是外地来这边工作的，没有亲戚，就被安排了员工宿舍。店长带他去宿舍的路上沈庭未没忍住多问了一句，店长才告诉他，虽然他的履历并不符合应聘条件，但做服务行业的最看重亲和力。他在外形上颇具优势，长了副温柔的眉眼，说起话来也温声细语，与孩子打交道再合适不过。

说是员工宿舍，其实条件还行，就在蹦床馆对面的住宅小区里，是个四室一厅。外地员工也没几个，有空调的房间只有两间，一群大小伙子也不怎么讲究，现在天气热了就凑合凑合挤在一个屋里睡。

空调有限，天气也渐渐的热了，其他员工邀他一起住，沈庭未身体特殊当然不敢，解释不太方便后他们也不坚持了。幸好宿舍还剩最后一个面积最小的单间，勉强放下一张床和一个衣柜，尽管没空调也没窗户，但对于沈庭未来说已经是非常不错的条件了，最起码没有真的流落街头。

沈庭未开门进来时，两个室友正弓着身体在厨房里吃外卖，餐桌上的交谈声被开门声打断，气氛一时陷入尴尬的沉默中。

一个在场馆里没怎么说过话的男生最先打破了沉默："哎沈哥，才回来啊。"

沈庭未"嗯"了一声，把房门关好，又觉得自己的回答是不是有些冷漠，便补了一句："今天打扫卫生耽搁了一会儿。"

"这样啊……"男生神色貌似有点尴尬，指了指桌上的外卖，"我们俩今天点得有点多，你要不要一起来吃点？"

沈庭未也觉得尴尬，想说不用了，对面的男生早已经从塑料袋里拿了份米饭出来，还顺手帮他拆了餐盒，把餐具和拆开的饭往空位上一推："换完衣服快出来吃啊。"

沈庭未从小性格就内敛，不大擅长接受别人的好意，一时不知道该怎么面对这样的情况，说谢谢好像太客气，但也不能什么都不说。等对方把视线移回平板上的综艺节目里，他才木讷地回了句："哦，好。"

他回房间里换了件薄T，胸前印了个挺滑稽的熊头。衣服是他前两天在附近大学城的夜市上买的，他去的那会儿人家已经要收摊了，按进价卖给他的，花掉了十八块钱。

夜市上的断码尾货没有尺码可以选，T恤衫对他而言很大，衣摆盖过胯骨，面料是劣质的化学纤维，一出汗贴在后背上就痒。但他还是一直把它当作家居服在穿——他没有裸睡的习惯，尤其在这样完全陌生的环境下，赤裸会让他更没有安全感。

换完衣服后目光刻意地停留在桌上的药盒上，这是他之前走的时候从连诀那里拿来顺手装在口袋里的。过来这边的头两天他吃了两次，后来正式上班以后作息与生活节奏恢复了正常，焦虑不安的情绪慢慢也有了缓解，便没再吃了。

药盒里还剩一板药，他的指尖隔着衣物触碰着小腹，犹豫片刻，还是从锡纸板里抠出两粒，就着早晨杯里没喝完的凉白开吞了。

等他从房间里出来，室友已经回房间了，桌上给他留着饭。

沈庭未看着塑料餐盒里明显一口都没动过的鱼香肉丝和紫菜蛋花汤愣了很久，才被鼻腔里涌进的酸楚拉回神。

他们还不算朋友，却对他充满善意。也是来到这个世界后，直到他找到这份工作遇到这些人，才真实地感觉到一点温暖。焦虑引发的心律不齐短暂地被心头涌进的暖意取代，他转头看看室友紧闭的房门，拉开椅子坐下。

沈庭未这些日子没怎么吃过带油水的东西，浮着红油的鱼香肉丝一入口就让他觉得喉咙一紧，他咀嚼了没两下就囫囵吞下去。胃部与喉咙痉挛般的收缩让他吞咽的动作变得艰难，强压在心底的想念在这一刻彻底憋不住，他突然开始疯狂地想念他的家，想念不论何时回家都能吃到的家常菜，想念父亲晚归时身上覆着有凉意，却仍让人觉得温暖的芍药香。

他半垂着眼睫，用手背把眼角的湿热抹开，低头扒了几口米饭。和着嘴里泛起的咸涩慢吞吞吃完了饭，他把餐盒收拾起来，就着厨房洗碗池上水龙头里的冷水洗了把脸，抽了张纸巾擦干脸上的水，按了按酸涩的眼睛，捎带上垃圾出门。

他得去把项链还了。

0~3

蹦床乐园在市体育中心里，外面有个很大的广场，现在天气慢慢暖和起来了，不少附近的居民晚上会来广场上散步乘凉。

沈庭未没有手机，联系人不方便，吃完饭便很早去广场上等着。

药效还没发作，他发胀的太阳穴里一阵阵突跳着。

不知道等了多久，有辆车在不远处停下来，他余光留意到了，没抬头看。有婴儿车停在他旁边，不知出于什么心理，沈庭未仰起头和推车的女人搭话。

“他多大了？”沈庭未看着婴儿车里咬着磨牙奶嘴对他笑的奶娃娃问。

“半岁了。”女人甩亮一只水蓝色的荧光棒，往婴儿眼前晃晃，小孩黑亮的眼睛却转都没转，一个劲儿盯着沈庭未咯咯直乐。

“嘿，奇怪了，还是第一次看他这么喜欢谁。”女人笑着弯腰摸摸宝宝的脸，“看哥哥长得帅就笑这么开心啊。”

沈庭未微微牵起嘴角，伸手想去碰小孩子冲他伸出的手，有人在他跟前站定：“嗨？”

沈庭未快碰到小孩子的手顿在空中，很快收了回来。

陈宁雪可能也是临时接到电话来的，比起之前来蹦床乐园那回，这次她穿了相对正式的套裙，像即将去赴一场约会，首饰都是成套的，妆容也很精致。沈庭未看了眼就移开视线，站起身朝她鞠了个躬：“不好意思，麻烦您专程跑一趟。”

“是我要谢谢你呢！真的太辛苦了。”陈宁雪笑着，毫不在意，伸手就要接过项链。

沈庭未没有立刻给她，而是把卡扣那里变形的地方指给她看：“不好意思陈小姐，我找到的时候检查了一下，这里好像有点变形，要是需要送去修理的话……”

“啊，没事没事，估计是我自己不小心弄的。”陈宁雪接过去，根本没仔细检查，看起来也很不放在心上，朝他笑了笑，“谢谢啊，这么晚还麻烦你。”

“没事，我住得很近。”沈庭未说。

陈宁雪含笑把项链放进身上背的小包里，目光随意地从他身前的图案上掠过，随口说：“哇，这个牌子出新款式了吗？好可爱啊。”

沈庭未乍然一愣，跟着她的视线往自己身上看了一眼，接着脸上浮起一抹尴尬：“这个应该……”

“我之前还一直嫌弃虎头款土，小熊倒是蛮可爱的。”陈宁雪把包扣好，又意犹未尽往他衣服上扫了一眼，“回头我也要去……呃。”

……

“刚刚好尴尬啊哥，我要死了！”陈宁雪钻进车里，扇着滚烫的脸开始对连诀抱怨，“太尴尬了太尴尬了！”

连诀没理她的聒噪，把手里的烟掐了，目光还凝在远处慢慢往回走的背影上。

一个多月没见，沈庭未的头发比之前长了些，稍长的黑发衬得露在衣领外那截细瘦的后颈白得晃眼。虽说天气已经回暖了，但晚上只穿一件薄T恤还是凉的，他大概也觉得冷，往回走时吹了风，微微缩一下脖子，接着步子加快了些。

过了马路，沈庭未的身影就看不见了。连诀收回目光，心想这人怎么整天这副弱不禁风的样子，走个路也晃晃悠悠的。

他把车窗升了回去，见身边的陈宁雪还在尴尬个不停，皱着眉问："怎么了？"

"就刚才那个小哥哥，我乍一看他穿的衣服，想说是新款吗，他家怎么还开始做熊头款了，还挺可爱的，结果我再仔细一看——K、A、N、Z、O。"陈宁雪一边说一边比画，末了系好安全带，撑着额角，"那一瞬间你知道吗，地上但凡有个缝我怀疑我们俩都得比比谁钻得快。"

连诀：……

一直到连诀把人送回家，陈宁雪都还没从"帅哥怎么能穿 fake"的话题里抽离出来。

连诀叩了叩方向盘，睨她一眼："快进去吧，一会儿爸该着急了。"

"我跟你在一块儿他怎么可能着急。"陈宁雪摘下安全带，却没急着下车，扭头看着连诀，笑了笑提议，"再说都这么晚了，哥你开车回去也累啊，要不晚上留家里住呗。"

"不了。"车没熄火，连诀从车内后视镜看着宁雪，语气平淡地说，"我明天下午要去趟医院。"

"去医院？"陈宁雪反应了一会儿，啧了一声，话还没说眉头先蹙起来，"她的检查报告出来了？"

连诀嗯了一声，提醒道："回去以后说话做事都注意点，心里有点数。"

说到那人陈宁雪就烦，这会儿更是一天的好心情瞬间尽数消失。她耷拉着脑袋，把包甩回肩上："走了。"

沈庭未一大早就醒了。他最近头痛得越来越严重了，身体时时刻刻都在发烫……还有那股萦绕在身边的甜酒味。昨晚他用体温计测了温度，果然又烧起来了。吃过药，他整个人迷迷糊糊的，还不到十一点就睡着了。一觉睡醒沈庭未仍然觉得浑身发烫，连同吐出的气息都有些滚热，他翻出体温计又量了一次，退烧药没有起到任何作用……热感症又来了。

虽然早有预感，但沈庭未在看到温度计上的数字后，心跳仍不可抑制地断掉一拍。

沈庭未躲进洗手间，脱下衣服，镜子里自己的皮肤泛红，耳朵尖更是红得能掐出血来。他打开淋浴花洒，调到凉水冲洗着身体，企图用物理方式降温，冲着冲着眼睛就红了。他胡乱抹了几把脸，努力忍住抽泣的声音——不能哭，绝对不能哭。

太丢人了。

在这个陌生的世界，带着一种别人听都没听说过的病，一种前所未有的无助感将他淹没。

洗手间是干湿分离的，浴室的毛玻璃门没法上锁，外面趿拉着拖鞋走近的声音响起，沈庭未浑身一抖，连忙出言制止："有人，等一下！"他的声音也抖得不行，可沈庭未已经没心思掩饰了。

快走到门口的脚步声停了下来，门外的同事闻言迟疑了一下，关切问："沈哥，你怎么了，不舒服？"

"没事……"沈庭未答应着，"我马上出来，马上……你等我一会儿。"

一边说着他一边赶忙关掉花洒，仓皇地擦干身体，拍了拍脸，这才装作若无其事地推开了门。

沈庭未从洗手间出来，沙发上玩手机的同事起身，蓦地对上他泛红的眼睛，怔了怔："你真没事吗？要是不舒服的话我今天帮你请个假吧，今天不是周末，咱们那儿也不忙……"

沈庭未很想摇头说不用，耳朵里却还持续嗡鸣着。

"谢谢。"他的声音放得很低，"……如果可以的话，能不能麻烦你，借我点钱？"

市医院不分什么工作日与休息日，不管什么时候过来候诊大厅里基本上都人满为患。

诊疗室来回进出的人摩肩接踵，沈庭未在门口杵了许久，才终于等到一个暂时空出的间隙挤进去。

上了年纪的女医生推了推眼镜，抬眼瞥过来："哪里不舒服？"

沈庭未的呼吸间都带着甜甜的酒气，他把口罩往下拉了拉，闷声跟医生说自己的情况。

“头痛干呕，高烧不退是吗？常规检查都做过了吗？”

空气里弥漫着刺鼻的消毒水味，走廊上很快又挤满了人，里面的人还没出来，外面的人就要进。连诀侧着身，站在诊室门外皱眉，几人之外那道身影孤苦伶仃显得有几分可怜，连诀心想最近见他的频率高得有点离谱了。

“做过了，都没什么问题。”

连诀听到沈庭未小声和医生交谈，他口罩两侧的黑色细绳在耳后勒出一道红印，诊疗室里的人挤得越来越多，七嘴八舌的话语声很快盖过了沈庭未细若蚊蚋的音量，他微弓的脊背在人群里显得单薄，过了一会儿，孤零零地起身，看样子是准备离开了。

大概是屋里太闷，他转过身时就把口罩摘了下来，手指撩动了遮在耳尖的碎发，将被诊室明亮的灯光映得粉而透明的耳郭露出来。

他走过来时连诀仍保持着原本的姿势没打算躲开，沈庭未却没抬头看，垂下的睫毛将盛着雾的眸子掩去大半，神色透着明显的憔悴。从连诀身旁走过时，他瘦削的肩膀无意蹭过连诀的胸口，熟悉的淡甜酒香在连诀鼻尖掠过，又很快消失在更为浓郁的消毒水味中。

待刚才进去的人从诊室里出来，连诀才敛好思绪进门：“您好，我来拿余曼的检查报告。”

待连诀取了孕检结果上车，司机将车子发动：“回陈先生那里吗？”

“嗯。”

连诀把拿来的检查报告随手放在身旁座椅上，陈宁雪几分钟前发来消息问结果，连诀回复完，对面就没再回了。

医院路段有些拥堵，车只能缓慢地在车流中挪动，等红绿灯的时候连诀随意地往路边扫了一眼，目光竟又落在那个身形清瘦的人身上。

沈庭未刚从医院出来，沿着人行道走得很慢，看着是有几分心不在焉，否则也不会险些被旁边骑自行车穿行的学生撞上。山地车把似乎在他手臂上蹭了一下，带得他脚步略一踉跄，换了别人这个时候就该把人叫住，好歹斥上两句让人赔礼道歉，他倒好，抬手捂着被蹭红的手肘，往边上靠了些。

连诀没来由地想到先前这人被欺负了也不会喊，只会红着鼻子掉眼泪，倒确实像是吃了亏也不会去反驳的软弱性格。

想着他又迟钝地察觉出奇怪。

奇怪沈庭未这个人。

沈庭未从他那里离开将近一个月了，后面林琛打来电话说给他准备的钱他没收，连诀也没觉得疑惑，当被问到要不要派人盯着时，连诀想也没想就说算了——他笃定沈庭未还会再找借口回来，他也确实好奇沈庭未的真实目的。奇怪的是，沈庭未没有再出现过，正如他所期望却又颇感意外地在他视线中彻底消失。

如果不是昨天晚上再次相遇，连诀几乎快要忘了这人的存在。

他这才开始重新审视起沈庭未当初找上他的动机——也许真就只是身体不舒服。看他这副呆头呆脑的模样倒不是没有这种可能。

或许是后知后觉的愧疚作祟，或许是沈庭未的狼狈相他实在看不下去了，连诀眉宇间有了细微的牵动，心念微微一动，话就问出了口："之前你女儿是不是在游乐场打过工？"

连诀忽地开口，引得司机一怔，很快回答："对，去年做了两个月暑假工。怎么了连总？"

"在游乐场办会员卡的话，工作人员都会有提成吧？"

"应该是吧。"

半天没等到后文，司机抬头从后视镜里看向连诀，连诀仍侧脸望着窗外，不知道在看什么。

眼前红绿灯变了，后车鸣笛，司机犹豫着开口："连总，走了？"

连诀目光不动，应了声"嗯"。

0~4

沈庭未从医院回来时时间还早，但他没去上班，回到房间里睡了个昏天黑地。

宿舍的隔音很差，室友结伴回来时的开门声与谈笑声响起，他便醒了。

双眸茫然地望着眼前的昏暗，有人"啪嗒"一声拍亮了客厅的顶灯，泛黄的灯光从门缝透进来，沈庭未拉高被子遮在眼前，光线却仍穿透了他的薄被洒在他眼皮上。

尽管他不愿意，意识还是很快从模糊转为清晰，混杂着脚步的笑声越靠越近，接着他的房门被敲响了。

“沈哥，你在屋里没？”

沈庭未把被子拉下来，回了一句“在”。

外面的人大概从他喑哑的嗓音里听出了疲倦，顿了顿，有些抱歉地说：“啊，你在睡觉吗？你要是不舒服就先休息……”

沈庭未已经坐起身，一边下床一边清了下嗓子，说：“没事，来了。”

房门打开，顷刻间泻下来的光让沈庭未艰难地将眼睛撑开，他问：“怎么了？”

“刚睡醒啊？”门外的同事见他还一脸迷糊的样子，忍不住催促道，“小王快跟沈哥说说，让他精神一下。”

沈庭未被他们没头没脑的兴奋搞得一头雾水：“……说什么？”

“昨天你接待的那个顾客，小孩儿叫童童对吧？”

沈庭未想了想，说：“好像是，怎么了？”

“今天人家专门充了会员卡，说是你服务态度好，冲着你充的。”

“啊？”

室友神秘兮兮地冲他笑了笑：“你猜猜充了多少？”

沈庭未见他这副表情，顿了顿，不确定地开口：“……一千？”

室友摇摇头，伸出五指在他眼前晃晃：“这个数。”

“五千？”

沈庭未皱眉，蹦床乐园的门票不过一百五十块，充会员也只是能在单次消费时优惠上十几块钱，如果是为了那条项链……毕竟是他分内的事，因为这个让顾客破费，他心里多少有些过意不去。

室友却再度摇头，在他诧异的目光里一字一顿地说：“五、十、万！”

沈庭未脸上表情僵住：“什么……”

“娘哎，这是要传家啊！”室友回想到下午的场面仍是一脸不可思议，末了打量了沈庭未半天，半开玩笑半认真地说，“哥……你不会是要少奋斗二十年了吧？”

沈庭未到底没办法心安理得地接受这份堪称奢侈的好意，他跟同事借了手机打给常开心，辗转要来那位女顾客的电话，晚餐前找了个合适的时间给人拨过去。

对面很久才有人接，语气不如昨天见面时温柔，稍快的语速透露着主人此刻烦躁的情绪："喂，哪位？"

"……陈小姐？"沈庭未停顿了一下，"您好，我是昨天蹦床乐园帮您找项链的沈庭未。"

对面的人安静了一秒，似乎才想起他是谁，语气比起刚才缓和些许："你好，请问有什么事吗？"

"今天听我同事说，您在我们这里办了张卡……"沈庭未说着话，听到电话那头有人喊了句什么。女顾客不耐烦地对电话外那人回了句"知道了"，然后继续问他："什么卡？"

"今天下午您在我们这里办理的会员卡，署名是连康童小朋友。"

陈褚连不时派用人过来催促陈宁雪过去吃饭，陈宁雪被催得心烦，心想大概是童童玩得高兴了，回去缠着连诀给办的，也没在意，礼貌打断道："抱歉，我这边有点事，要是卡有问题的话，下次孩子过去玩的时候麻烦你再提醒我一下。"

"不是卡有问题……"

沈庭未急急忙忙地开口，却被陈宁雪再次打断："卡没问题就行。

"如果没有别的事情的话，我这边要去忙了，再见。"

"陈小姐……"

陈宁雪没等对面的人说完话就挂断了，收起手机边往餐厅走，边道："来了！家里吃个饭还要一直催催催，不知道的还以为联合国换秘书长呢还得人人到场。"

陈褚连表情不悦："宁雪，怎么说话呢？出去待了几年怎么越来越没大没小了。"

余曼招呼连诀坐下，轻拍了下陈褚连的胳膊："行了，孩子都这么大了，别当着这么多人面吵，坐下了就快开饭。"

陈宁雪最见不得她这样惺惺作态，毫不遮掩地翻了个白眼，不情不愿地在连诀旁边坐下。

陈褚连自从下午看完了余曼的孕检报告后便喜上眉梢，眼尾的皱纹都深了几道，当即叫管家晚上多加几道菜。陈褚连心情好，晚饭吃得自然顺利，席间陈宁雪拉着脸故意将餐具弄出的响动都没引来陈褚连的不满。

陈褚连把用人端来的燕窝搁在余曼面前，余曼笑了一下，被陈宁雪瞥见。“看她得意的。”陈宁雪手持餐刀戳在盘中的肋排上，嘀咕说，“不知道的还以为她揣了龙种呢！”

连诀将红酒送到嘴边抿了一口，神色不变，同样低声道：“对于很多人来说，确实是这样。”

“我也没觉得我在家的待遇有多像公主啊？”陈宁雪偏头与他低语攀谈，“你有这种感觉吗？皇太子。”

连诀无声将杯子放在餐布上，淡淡道：“不一样的。”

陈宁雪愣了愣，下意识抬眼看他，连诀却还是那副平静的模样，脸上没有多余的表情。

愣了个神的工夫，餐桌上的话题已经从饮食营养聊到了孩子的名字。陈褚连的几个提议都被余曼驳回了，他拿不定主意，便把话头抛向连诀：“你们有什么建议吗？小诀觉得呢？”

连诀的嘴角带着温和的笑意，眼中却没有任何波澜，思索片刻，道：“不如叫陈卓。”像是读书时被老师提问，回答得礼貌认真却不含感情，“卓越的卓，您觉得呢？”

“陈卓，沉着……不错，这个名字好。”陈褚连大笑道，“我陈褚连的儿子自然卓越不凡。”

“陈卓，遇事沉着。这个名字倒确实不错。”余曼佯装思考了一下，话却是早在心里排列好的，好像就等一个当口说出来，“但万一是女孩儿呢？总不能叫小卓吧，多难听啊。”

陈褚连几不可见地蹙了下眉，却仍顺着她的意：“你想要女儿？”

“也不是，都一样的。”余曼笑笑，“不过要是能有个像宁雪这么漂亮的女儿倒也不错。”

这话说得刻意，像是讨好，又无端让陈宁雪心里生恶。陈褚连却明显被体贴的妻子取悦，顺应着将话头转向陈宁雪：“宁雪想要弟弟还是妹妹？”

陈宁雪心想：我想要个屁！说出的话还是稍微收了点刺，但也没好到哪里去：“随便，又不是我生。”

余曼的眼尾细微地抖动了一下，不等陈褚连发作便笑起来，声音温柔：

“我像小雪这个年龄的时候也不喜欢小孩。年龄差得太大了，玩不到一起去。”

陈褚连点头道：“确实，现在的小孩子挺孤单的，不像宁雪那会儿，最起码有连诀能陪她说说话。”说着话锋一转，抬头往这边扫了一眼，目光不知是在陈宁雪还是连诀身上转了一圈，脸上笑意不变，风轻云淡道，“如果能有个同龄的小孩子陪他玩就好了，也不至于孤单了。你说是不是啊，连诀？”

突然抛来的话头使连诀下颌线不自觉收紧，他不动声色地取了餐巾在唇上轻按，含含糊糊应了声“嗯”。

“最近还在看医生吗？”陈褚连端起红酒，若无其事道。

连诀闻言脸色微变，抬眼望向陈褚连，眼神里锋芒未掩。

身旁人的声音却兀地插进来：“看医生？哥，你怎么了吗？”

陈褚连像是完全没注意到他投去的目光，抿了口红酒，侧脸与余曼耳语交谈。半晌，连诀收回目光，唇角那道模式化的弧度放平了，生硬地回答：“嗯，前几年休息不好，找医生调理了一下。”

“那现在呢？好点了吗？”陈宁雪神色担忧，“是不是工作太累了？”

“现在没事了。”

陈褚连抬眼看过来，缓缓道：“没事就好啊。如果说没什么大问题了，我看，要个自己的小孩也能提上日程了——领养的孩子，怎么也比不上自己生一个。”

复杂的情绪混成怒火在心口沸腾，维系住表面的平和已经很难，连诀没做反应，一言不发。

陈宁雪的表情也不好看，一整晚耳边怀孕生子的话题不断，这会儿强压的情绪已经游移在爆发边缘，在陈褚连再一次提起时终于忍不住冷了脸：“还能不能吃饭了？你自己生孩子就得上赶着让全世界陪你生孩子？我哥才多大啊？他连个女朋友都没有生什么生。”

这话一出，气氛顿时凝固住。连余曼的心都跟着提起来，想出来打个圆场，不料陈褚连却没恼，反而不急不缓地开口：“他想有还不是马上的事？”

与他话音同步落下的是刀叉与餐碟轻碰的声响。“我吃好了。”连诀平静起身，声音没有起伏，“您慢慢吃，我先走了。”

他从座位上离开时，听到身后传来拖动椅子摩擦地板时的刺耳声音，陈宁雪沉着声音说：“我也吃好了。”

这个家向来是不允许这样的事情发生的，长辈还没吃完饭没有小辈先离席的道理。于是陈褚连低呵道：“都给我坐下！”

管家拿着连诀的外套不敢吭声，连诀脚步不停，从管家手中拿过外套，径自离开了。

“打野人呢？你会不会玩？”

“就知道送？！”

旁边的人嘴里叼着烟含混不清地骂着脏话，骂急了就把桌上的键盘拍得咣咣响，烟灰顺手掸进吃完的泡面桶里。

网吧在地下一层，浓得呛鼻的烟味夹杂着放了许久的泡面的油腻馊味充斥在封闭的空间里，沈庭未闻得反胃又别无他法，只能倍感不适地按住自己绞痛的胃。他微微屏息，努力将注意力放回眼前的屏幕上——他在浏览器里输入自己的病症，一条一条浏览下来。

身旁那人大概是游戏输了，把耳机拽下来摔在桌上，又将手里的烟头丢进泡面桶里，起身离开。等人走远了，沈庭未这才继续在网上查询，想了想又在搜索词中加入了“持续发烧”几个字。

查询结果映入眼帘，其中的内容却让他胆战心惊。

他呼吸倏地一紧，“癌症前兆”“癌细胞扩散”之类的字眼充斥屏幕，想要关掉才发觉自己连手都在抖。

从网吧里出来，沁凉的晚风扑在脸上，沈庭未才喘了口气。

一直到回宿舍躺在床上，刚才浏览过的内容还没能完全从脑中消散。

或许是他的焦虑症比先前要严重些，心悸才比以往来得严重，心口不断收紧的感觉让他连呼吸都变得困难。医生提醒过他，如果实在不舒服，可以适当加一颗药，吃完闭上眼睛什么都不想地睡上一觉，醒来就会好很多。

药就在与床相隔两步远的桌子上。

沈庭未一动不动地躺着，门缝透进来的光在天花板上划出一道泛黄的灯影，天花板上斑驳的霉点在光下暴露出肮脏丑陋的表面。

他漫无目的地盯着数了一会儿，视线里的光影因氤氲的雾气变得模糊，于是他闭上眼睛。

客厅的灯不知道什么时候熄灭了，透过眼皮的光暗淡下去，继而浮上浓稠的黑暗。夜色遮蔽视线而放大感官，他清楚地听到自己不平稳的心跳与呼吸。

沈庭未紧紧闭着眼睛，没理会沿着眼角落进耳鬓的湿热，然后放任情绪侵袭，陷入巨大的恐惧与无力中。.

该怎么办呢？他这个样子，在这个陌生的世界，能养活自己就已经很难了，现在又带着这个治不好的病……

冷静是用整夜无眠换来的。

直到客厅有动静响起，沈庭未才从平静后的挣扎中做出抉择。

他拿着从室友那里借来的手机，轻轻吐了口气。那个电话并不需要他刻意去记，一连串 8 的号码高调得让人看了一遍就很难忘记。

对面接通得很快，还不等沈庭未做第二个深呼吸将气吐出来，听筒里便传出冷淡且礼貌的声音："您好。"

沈庭未刚讲出一句"您好"，电话那头很快便认出他来："沈先生？"

"嗯……"沈庭未躲在房间里，声音放得很低，"林先生您好。"

林琛迟疑一瞬："有什么事情吗？"

在这个世界，如果有人能帮他，他能想到的人有且只有连诀。沈庭未闭上眼睛轻轻吐息，握着手机的手因用力而骨节泛白，他不能确定连诀是否愿意帮他，但他没有别的办法了，连诀身上的气息似乎能够帮助他暂时缓解病症。沈庭未只能把最后一丝希望寄托在他的身上。

除此之外，连诀也是他来到这个世界后第一个愿意帮助他的人，他只能试试……

"可以麻烦您帮我联系一下连先生吗？"

连诀接到电话的时候公司正在进行每周一次的例行晨会。

不是重要的会议，所以当林琛的电话打来时，他没叫停市场部与销售部两位总监的争执，独自起身去会议室外接了电话。

昨晚睡得晚，连诀疲惫地揉了揉眉心，接通电话：“怎么了？”

林琛熟知他的习惯，直奔主题：“连总，沈先生打电话找您。”

连诀按在眉心的手一顿：“谁？”

“沈庭未。”

连诀皱眉，不可避免地立即联想到昨天让人办的那张卡。他知道了？

“把电话转过来。”

等待电话接通的过程里，连诀朝会议室里扫了一眼，两位总监的口头战争不负众望地升级到了拍桌子瞪眼。两位都是公司元老级别的员工，工作上意见不统一本就是常有的事，但两人又都是强势的性格，这样的情况时有发生，连诀原本对无效争执的容忍度不高，但时间长了竟也习惯了。

他抬手叩了叩会议室的门，提醒二人小声点，奈何两人正在兴头上，谁也没注意到这边的动静。连诀正要推门进去，耳根的聒噪忽然被电话里的温声细语取代。

“连先生。”沈庭未的声音压得很低，不知是因为早晨刚睡醒还是嗓子不舒服，嗓音里带着不太明显的沙哑。

连诀推门的手停下来，他收回手，往会议室远处走了几步，问：“什么事？”

连诀等待了两秒，对面却迟迟不出声，他本不充足的耐心很快被这样的沉默耗尽，语气不耐道：“如果是因为那张卡……”

电话那端的人却与他同时开口，声音很轻，轻得好像尾音散进了空气里。连诀听清了，却恍惚地以为自己没听清，僵了片刻，才开口:“……你，说什么？”

再次开口显然比第一次要容易些，对面的人这次只微顿一下，就将刚才的话原封不动地重复了一遍：“连先生，你可以让我闻一闻你身上那个……a，a 什么的味道吗？”

连诀不用想就知道自己此刻脸上的表情会有多精彩，他甚至努力克制了半天，却仍失败了，对电话那头骂了句脏话。

“沈庭未，”连诀额角细小的青筋微迸，下颌紧绷起来，“你又发什么神经？”

对面的人低声说“没有”，接着又是短暂的沉默。

然后沈庭未入戏极深地、嗓音轻颤着小声询问他："……我真的没有办法了，求你，帮帮我好吗？"

连诀不可思议地发觉自己竟还从他语气里听出了那么点忍辱负重的意思。

连诀深深吸了一口气："我被你耍了一次又一次，还不够吗？"

"连先生，我……"沈庭未吞吞吐吐半刻，才低声说了一句，"我病了，现在只有你可以治我的病……"

连诀的情绪从未有过这样濒临失控的时刻，他抿着唇忍耐了片刻，最终还是没能忍住，几乎是从咬紧的齿缝中漏出一句："你是不是脑子有病？"

对面的人一顿，接着道："你可以帮我治病吗？"

"滚！"说罢不等对方再次开口，连诀迅速将电话挂断。他冷下脸站在窗边平复了一会儿自己紊乱的呼吸。

再回到会议室，争吵中的人目光扫过他黑沉下来的脸，竟不约而同地安静下来。连诀黑着脸在会议室里环顾一圈，底下人被他突如其来的低气压带动得不由呼吸微屏，跟着紧张起来。

他的目光停留在研发部的黄总监身上。对方陡地心里一慌，低下头正反思自己部门最近是否有什么地方做得不到位，就听连诀说："我们公司去年供给市精神病院的那批设备，今天派人过去维护检测，检测报告晚上下班前拿给我看。"

黄总监：……

结果在沈庭未的意料之中。

他本也只是抱着放手一搏的想法，才做出这个答案显而易见的选择。他勉强牵起一个微笑，从房间里出来，把手机递还给同事。

不管心情怎么样，时间到了，班还是得上。

C H A P T E R 0 5

◎第五章

跟着我

Follow me

0~1

“我要走了。”

连诀看到消息时毫不意外，给陈宁雪拨了电话回去。

“什么时候？”

“现在！立刻！马上！”

陈宁雪似乎正忙着收拾行李，电话里的气息不稳，说着声音提高了八度，嗓音显得有些尖锐：“我真的一分钟都待不下去了！什么破家！那个余曼，怀了个孩子可算是挺起腰板来了，整天端着副正宫娘娘的架势摆谱，装腔作势！”

连诀一边做着手头里的事，一边听她抱怨，等她骂完了，才开口：“订好票我去送你。”

电话那端大概是发泄完了怒火，在他这句话落下后安静了片刻。

陈宁雪的声音突然缓下来：“哥，我感觉我没家了。”

“别乱想。”连诀看完了邮件，把桌上开了免提的手机拿到耳边，“在陈家，她算外人，你和爸才是一家人。”否则也不会连一份产检报告都要让自己特意跑一趟，他想着，却没说出来。

陈宁雪只当他在安慰自己，瓮声应了句“嗯”，那边大概有人敲门，她扬声问：“谁啊！”

“宁雪小姐，先生让您去他书房一趟。”

“……知道了。”陈宁雪对连诀抱怨，“估计又要给我做思想工作，烦死了。”

直到下午临近下班，连诀都没接到为陈宁雪送机的电话。

研发部叫了个实习生过来送医院设备的检测报告，小孩第一次见高层领导，说话语无伦次。连诀听得云里雾里，头也不抬，说知道了，他自己看。

检测报告自然不会有问题，公司的设备定期有专人去医院检查维护，如果有问题不会等现在才发现。连诀简单翻了两页就放下了。

如果设备没问题，有问题的就是人。

他靠在椅背里，望着窗外渐渐没入高楼的浅金余晖，皱着眉想昨天临近黄昏时在医院见过的那人。

所以，昨天的碰见不是巧合？不知道以什么方式知道了他要去医院，所以提前装出那副可怜兮兮的样子过去等着？连诀简直要被沈庭未做戏做全套的精神感动，又忍不住怀疑自己在他眼里到底是怎么样的智商，才让他这么肆无忌惮地一次又一次戏弄自己。

正思索着，手机响了。

“晚上回家吃饭。”是陈褚连。

连诀预想得不错，陈褚连在家中设了晚宴，亲朋好友应邀而来，齐聚一堂，寓意明显——年过半百喜添新子，是值得摆宴。

陈褚连满面春风，而另一边的陈宁雪却沉着脸。她本就不喜欢这种场合，更何况又是以这种理由举办的宴会，明眼人一看就知道她在生气，也没人来自讨没趣找她搭话。

连诀与还算相熟的几位陈褚连的下属三言两语寒暄后，见她落单，便朝她走过来。不料陈宁雪见他走近的第一反应是左顾右盼想要找地方躲。

“你在干什么？”连诀问她。

“没有啊。”陈宁雪避开他的目光，若无其事地端起香槟抿了一口。

她不愿意说，连诀自然不会多问，和她一同入席就座。但没过多久，他就明白了陈宁雪今天的反常。

晚宴开席后不久，陈褚连便正式宣布了妻子有喜的大事，含笑接受完亲友的祝福，笑道：“……不过啊，除了刚才那件事之外，其实今天还有一件事要跟大家宣布。”

陈褚连的声音不大不小，却足以让满座宾客听清：“我女儿宁雪也老大不小了，前几年在国外瞎混了几年，也该收收心了。连诀呢，这几年事业也算稳定下来了。”

连诀心中莫名有所预感，陈褚连接下来的话或许会让他不舒服，果不其然。

“我就想着啊，下个月干脆把他们的婚事先定下来。”陈褚连说，“也省得宁雪天天惦记着往外跑，这家还是根啊，还是得有点什么牵绊，你们说是不是啊？”

“恭喜啊陈老，这是好事成双啊。”

“可不是吗，好事啊，我敬您一杯。”

众人皆无人意外，好像事情本来就该这么发展，除了连诀。

陈宁雪不放心地转过头悄悄看他，连诀面色阴沉地盯着眼前的餐点，颈侧的血管因紧绷而微微凸起。陈宁雪看清了，莫名慌了神，从落座后便收紧的手不自觉攥得更紧。

陈褚连的目光自始至终没往连诀身上落过片刻，只问：“宁雪，你觉得呢？”

陈宁雪匆忙收回目光，怕被连诀察觉自己的失态，垂着眼含糊地说了声：“都行。”

没有人问过连诀的意见，气氛也并没有因为连诀难看的脸色而发生任何变化，众人不约而同地将他的个人意愿排除在谈论的重点之外。

许久后，连诀突兀地开口：“宁雪是我妹妹。”

周围的谈话声慢慢安静了下来，陈褚连不太明显地皱了皱眉，然后笑了。像是听到了多么好笑的笑话，陈褚连在诡异的安静中兀自笑了一会儿，睨着连诀的眼神里却带着不容置疑的威严：“她姓陈，你姓连，连诀，你们这叫青梅竹马。”

“对啊小诀。”往日里被连诀唤作叔父的男人也笑着附和，“你和小雪既无血缘，又不同姓，怎么算得上兄妹。你从小在陈家长大，现在跟小雪结了婚也是亲上加亲，好事一桩，何必拘泥于一个称呼。”

连诀很想说些什么，但对方话里流露出的“养育之恩”如同一座大山，压得他有一瞬间觉得透不过气。

陈家领养他，供他读书，又把最重要的产业之一交给他经营。如果不是因为陈褚连，连诀无疑走不到现在这一步，他没有办法否认陈褚连对他的恩情。

四周的空气一点一点被抽空，他清晰地感受到自己的呼吸变得沉重。所以，哪怕他在生意场上巧舌如簧，哪怕他心中排列出万句能够用于反驳的话，此刻也只是张了张嘴，最后什么也没说。

晚宴结束后连诀便离开了，走出陈家前陈宁雪看着他欲言又止，他面无表情，像往常一样道了声“走了”，没去看陈宁雪的表情。

车行驶过江边的时候，连诀突然很想让司机停下来留在这里吹会儿风，但很快又在心里驳回了这个幼稚的念头。

回到家的时候康童还没睡，正趴在客厅的茶几上摆弄连诀上次出国回来带给他的玩具。

晚餐的时候听阿姨说连诀去陈先生家了，康童就理所当然地以为连诀晚上不会回来，结果连诀突然进门，晚睡被抓了个正着，他一着急，碰倒了旁边刚搭好的灯塔模型。零件散了一地，康童站在旁边手足无措，想去扶又怕被责备，心虚地叫了声：“爸爸……”

阿姨接过连诀的外套，忍不住替康童解释：“明天周末嘛，我看他想玩，就让他多玩了一会儿。”

连诀“嗯”了一声，接受了这个理由，随口道：“玩吧。”

大概是他没控制好表情和语气，从而显得太过冷漠，康童明显比刚才更局促了，小声跟他道歉：“爸爸对不起，我没听你的话……”

连诀看到康童慢慢红起来的鼻头，有些不耐地在心里反思自己有那么可怕吗，看到他脚下散落满地的乐高零件，又没来由地想：康童一个人是不是真的太孤单了。

于是他今天第二次想到沈庭未，想到沈庭未对他说“病了”“只有你可以治我的病”。想到这里他皱起眉，不知出于什么原因，想上楼休息的念头一转，朝康童走过去：“你在拼什么？”

0~2

蹦床乐园到了周末总是特别忙，顾客从早到晚不间断地来。沈庭未没有固定负责的区域，哪里忙就去哪里顶上，一天下来也不轻松。

刚帮着滑草区的同事把几个笨重的橡皮艇搬上去，还没等他喘口气，就听到另一个同事在下面叫他。他应了声“来了”，把还没拧开的水瓶又放回去，走过去问：“怎么了？”

“哥，你快帮我顶一下，这些小孩儿非要看表演。”

沈庭未下意识想拒绝，他工作之余看过同事在蹦床上做极限表演、跑墙一类的高难度技术活，且不说他不怎么会，就算他会，凭借他现在的身体状况也不太适合做激烈的运动。

男生轻轻拽了一下他的胳膊，面色尴尬，凑在他耳边小声说：“我前段时间不是割了那啥嘛，还没拆线呢。你之前不是跟陈哥培训过几天吗？你给他们随便蹦两下糊弄一下就行。”

沈庭未心中有所犹豫，但同事们平时待他都不错，说不出个正当理由拒绝的话又实在过意不去。纠结许久，只好点了点头，说行。

沈庭未平时很少到蹦床上来。此刻两边坐了几个八九岁的小朋友，都捧着脸满眼期待地看着他，他不免有些紧张，奈何话已经说出去了，只好硬着头皮上。

刚过来的时候他跟着蹦床馆外聘的专业老师学习了几天，沈庭未仔细回忆着老师讲解过的要点，往后退了几步，站在最远的蹦床上。他闭上眼睛，听到旁边有小朋友很激动地喊“要飞了要飞了”，莫名觉得有些好笑，紧张的心情跟着松弛下来，在小朋友期待的呼喊中往前跑了两步。

都说跳蹦床解压，沈庭未踩上软乎乎的弹力床才真正意识到果真如此。

双脚着落的力道越重，身体弹得越高，随着自身跃起时而失重的感觉比想象里有趣得多，短暂的头脑空白让他慢慢开始忘记最近生活里的烦恼，甚至最后跃至高空时他尝试着用学习过的方法在空中做了一次屈体空翻。

结果可想而知，初次尝试非常失败。

他下坠的那一刻心想自己刚才的表现是不是很糟糕，但小朋友们笑得很开心，他也觉得挺高兴的。

跌回蹦床上时他下意识侧身用肩膀抵住蹦床，因惯性被再次弹起的时候他翻了个身用脊背着落，但尽管如此还是感觉太阳穴不太明显地抽痛了一下。

蹦床的弹力慢慢变小，他轻轻按了按头，痛感减轻了。

“沈庭未！”前台的女孩在蹦床下喊了他一声。

他被几个小朋友从蹦床上拽起来，在他们盲目且夸张的吹捧下应着：“来了。”

“不是我找你。”女孩往门口指了指，“外面有人找你，一个帅哥！”

沈庭未闻言诧异地望过去，是……连诀。

连诀西装革履板板正正地站在门口，身上单调的颜色混在充满活力的色彩中格格不入，显得矜贵而冷清。因为距离远，他看过来时略眯着眼，眼神却是与身形不符的懒散。

他怎么来了？是因为那天的电话吗？沈庭未心神不宁地往蹦床外走。

几步台阶下了一半，沈庭未的脑袋又是一痛，这次的痛感比刚才强烈了一些，但也没有到走不了路的程度。或许是慌张大于疼痛，他脸色不太好看，忍不住扶着护栏站了一会儿，按住眉心缓了足有两分钟，待这阵痉挛般的疼痛过去才继续下楼。

连诀来了很久，目睹了他拖着橡皮艇爬上爬下好几趟，也看到了他在蹦床上的“精彩”表演。因此，沈庭未这会儿的动作就显得刻意至极，连诀决定收回先前对他演技的夸奖。

沈庭未的鼻尖还带着薄汗，脸也微微泛红，走到面前时连诀才发现他似乎比一个月前更瘦，黑色的卫衣穿在他身上显得空荡。

沈庭未站在连诀面前有些不自然。他可能很热，小动作不断，先是抬手蹭掉鬓边滴下来的汗，又把衣袖拉高，连诀注意到他不足一握的手腕才肯定下来，他确实比之前要瘦一些。

沈庭未看着连诀：“连先生，你怎么……”

“生着病还出来卖艺？”连诀打断他，用他一贯嘲讽的语气。

沈庭未脸色僵了一下。

连诀显然并不在意他的神色：“跟我过来。”他说完，不等沈庭未反应，兀自转身。

沈庭未迟钝地跟上。

安全通道里光线昏暗，使本就逼仄的空间更显得压抑。

连诀拿了根烟叼在嘴里，沈庭未看着他打火的动作，嘴唇动了动，没说话。

打火机中蹿起的火光映出连诀凌厉的侧脸线条，他微眯着眼睛吐了口白雾，见沈庭未欲言又止，想当然地误会成别的意思。他从口袋里掏出烟盒丢给沈庭未，沈庭未手忙脚乱地接住，动作有些滑稽，拿稳了以后茫然地看着他。

连诀遽然笑了一声，觉得他呆头呆脑的样子很是愚蠢。

沈庭未停了一下才反应过来："我，我不会抽烟……"

连诀没在意这点小小的乌龙，抽了口烟，直奔主题："什么病？"

沈庭未轻轻点了下头："……发烧。"

连诀扫了他一眼："说谎前好歹做做功课，上网查个什么疑难杂症出来再说。"

沈庭未被他语气里的揶揄惹得脸颊一热，表情有些难堪："我没说谎。"

连诀没说话，看样子也不打算说话，脸上没有太多表情，就这样淡淡地看着他。

沈庭未下意识地浑身一抖，像只受了惊吓的兔子，连忙往后退了一小步。

连诀捻灭手里的烟："收拾一下，跟我走。"

沈庭未抬起眼，问："……去哪儿？"

"你不是讹上我了吗？"连诀这次的笑容明显得多，声音却很冷，"好啊，我帮你治病。

"从现在开始，你的命归我。"

情况出乎意料，沈庭未呆了很久。他回过神后脑中钻进的第一个想法是：连诀需要我做什么？

这么想着，便问出了口。

连诀冷淡的表情让人很难猜测他的情绪，他看了沈庭未很久，才意有所指地开口："跟着我，你想要的我都会给你。"

尽管沈庭未理智上想拒绝，但沉默片刻，张口的话仍显露出了顺从："我要先回宿舍收拾东西。"

他没有精力揣测连诀的意图，哪怕是利用他或是羞辱他都一样，他必须接受。不是他想要什么，而是，但凡有一丝希望能治好自己的病，他都会争取。

现在，连诀就是那一丝希望。

他需要平静安稳的生活，连诀能够给他。这份生活里最坏的无非就是被连诀刁难，或是被他利用。最好的也一样——从施舍变成了一场交易，虽然他不知道自己能帮到连诀什么，但连诀的要求他都会尽自己所能去做。

想必连诀不常到这种地方来，他用近似审视的目光打量着张贴着小广告的破败的楼道，以及眼前锈迹斑斑的灰红色防盗门。看到沈庭未的手按在年月久矣的旧门把上，他眉头皱了一下，像是看到了什么脏东西。

沈庭未转动完钥匙，又抓着反光的金属门把用力晃动几下，门才应声而开。

"我很快就——"

沈庭未想说"我很快就出来，你可以在这里等我"，连诀没有给他把话说完的机会，越过他进了门。

餐桌上有昨晚同事吃完后没有收拾的外卖盒，天气热了，剩饭放了一天，味道可想而知。

连诀手臂微动了一下，但还是那样板正地站着，沈庭未注意到了，他猜想连诀可能是想抬手掩一下口鼻，不知道出于什么原因，忍耐住了。

"收拾吧。"连诀的催促很委婉。

卧室门被打开，黑洞洞的房间没有投进一点光，远看像个不可估测的洞穴。

沈庭未走进去，黑暗将他纤瘦的身体吞没，连诀站在门外，视线中只看得到他雪白的后颈。

沈庭未半天才在墙上摸到开关。灯亮起来，连诀发现他住的房间真的很小，小到连个整体衣柜也塞不下，甚至不需要转动目光，就能览尽房间所有陈设。

沈庭未没邀请连诀进去，径直走到床边。

连诀看他从洗得发白的旧枕套里掏出身份证和户口本，没忍住说："你就放这里？”

“我没别的地方可以放。”他回答。

沈庭未把证件收进口袋的动作堪称小心翼翼，连诀想问他至于吗，却莫名回味起他刚才的话，心想算了。

“衣服别拿了。”连诀想到他那天穿的 T 恤。

沈庭未应了声“哦”。那就没什么要拿的了。他离开前看到桌上剩下的半板药，犹豫要不要装起来，这个药很贵。从连诀的角度只能看到锡纸板边的空药盒，不耐烦地催：“吃完了可以重新买。”

沈庭未摇了摇头，最终没把药拿上，朝连诀走过来。

“没再吃了。”沈庭未声音很轻，“怕对身体有影响，就没吃了。”

连诀神色不明地看了他一会儿，忍无可忍地转身：“行了，东西拿完了就走吧。”

回去的路上两人默契地保持沉默。中途连诀打了两通电话，一通是叫人来收拾房子的，另一通沈庭未没听，听也听不懂。

他望着窗外发了会儿呆，道路两旁的树影快速向后倒退，看久了觉得困。副驾座椅调节到舒适的角度，他靠在座椅中没过多久便昏昏欲睡。

快要睡着时，他听到连诀问：“晚餐要中式还是西式？”

沈庭未睁开眼睛反应了两秒，然后轻轻地说：“都行。”又补充，“不用问我的意见。”

连诀“嗯”了一声，对电话那头说：“中餐吧。”

电话那端很快应道：“好的先生。”

电话挂断后，沈庭未对着车窗打了个哈欠，强打起精神坐直了。他轻轻吸了下鼻子，眼尾沾着刚才打哈欠泛起的潮湿，叫道：“连先生。”

连诀目不斜视地开车，没看他：“有话就说。”

“我已经发烧好几天了。”沈庭未看着他，顿了顿，继续说，“吃了退烧药也起不到作用，所以才冒昧联系你，除了你，我不知道还可以找谁。”

连诀安静地等他说完，嘴角稍带起一点笑意，却又不太像笑。他不冷不热地问：“你不是去过医院了吗？”怕沈庭未想不起来似的，刻意地提醒道，“前天下午。”

沈庭未眼里流露出诧异：“你怎么……”

连诀顺着他的话："路过。"

理由很扯淡，但连诀说完以后仍意识到自己配合表演的样子也像神经不太好，于是拆穿他："我看你是把脑子烧坏了。"

沈庭未心不在焉，没察觉到连诀细微的表情变化："检查费太贵了……"他的声音很低，听起来有些懊恼，"我没有钱……而且有点怕，我担心这边查不出来……"

连诀从后视镜里看着他垂眼思索的样子，慢慢吸了口气，用尽了毕生修养才总算吞回"有病"两个字。

他的目光从镜中与沈庭未对上，沈庭未的眼神里带着那种很会装可怜的薄雾，瓮声说："你可不可以请个医生帮我看看啊……"

连诀收回目光，冷淡打断道："这个以后再说。"

沈庭未想说这个没办法等太久，尤其今天下午感觉身体又没有力气，他侧眸，见连诀不耐烦的表情，于是抿了抿唇，不说话了。

0~3

晚餐只有两个人吃，但阿姨还是做得很丰盛。

饭菜还算合口味——准确来说比沈庭未这段时间吃的任何一顿饭都好过百倍，但他还是没吃多少，筷子只碰过离他最近的盘子。

餐桌很长，餐厅垂下的玻璃吊灯将餐具映得雪亮，冷白的光折射进沈庭未眸子里有些晃眼。连诀坐在对面，沈庭未微微眯起眼，还是看不清楚连诀的表情，索性放弃了。

连诀还没吃完，他不好先起身，干坐着也不太好。他盯着眼前那盘颜色鲜亮的爆炒虾仁，强压住气味引起的胃部翻涌，夹起一颗青豆放进嘴里。

屏息咀嚼了许久，沈庭未还是放下了筷子，他忍不住问连诀："你为什么要帮我？"

纵使沈庭未再迟钝，也不至于这么久还没看出连诀的敷衍——连诀大概自始至终都没相信过他的话。

"与你无关。"连诀没有抬眼，语气很淡，听上去却天经地义。

沈庭未皱了下眉头。明明是我的病，什么叫与我无关？他在心里说。

"哦。"他低低地应了声。

处于劣势的人没有谈条件的资格。

沈庭未没再说话，过了很长一段时间，连诀似乎才意识到自己刚才的话有些问题。

“你在我这里，”连诀话音顿了一下，强调道，“治病，不需要跟家里人打声招呼吗？”

沈庭未握着汤匙的手一顿，他没抬头，好像并不需要连诀这样难得的和善与体贴，声音很低地回答“没有”，他捏着细长的金属汤匙，修剪光滑的指甲卡进汤匙柄上的纹路里：“……我是说不需要了，你安排就好。”

连诀看了他一会儿，什么也没问，只回了声“嗯”。

话题结束得很干脆，突然提起的家人让沈庭未的情绪变得很低落，他不说话，连诀更是不会主动开口，后面两个人都没再出声。

晚餐后连诀一声招呼都没打就径自上了楼。

片刻后，沈庭未决定起身帮阿姨收拾餐桌。阿姨止住他的动作，惶恐地说：“沈先生，这些事情我来做就好。我泡了果茶，您可以去沙发上休息一会儿。”

沈庭未少有被人伺候的时候，眼下与人夺盘子又不太雅观，他犹豫了一下，将手里的盘子递给她：“辛苦你了。”

阿姨连道几声不辛苦，撤了盘子匆匆走了，好像与他多待一会儿才是辛苦，沈庭未只好转身离开餐厅。

刚在沙发上坐下，门口进来一个人，向他打了声招呼：“沈先生。”

沈庭未当即起身，冲来人颔首：“林先生。”

林琛同样颔首，示意他不必拘束，他走过来，从皮质的黑色文件夹中取出几张表放在茶几上。

不等沈庭未看清楚表格上的字，楼梯上响起一道低沉严肃的声音：“来我书房。”

沈庭未下意识抬眼往声音源头望去。连诀不知道什么时候换了一件浅灰色的纯棉家居服，正站在二楼居高临下地睨着楼下，他高挺的鼻梁上架了副金丝细边眼镜，镜片泛着冷冽的金属光泽，掩去了他锐利的眼神，却又不知为何使他整个人看起来更冰冷而不近人情。

“好的连总。”林琛取出一支钢笔递给沈庭未，“麻烦沈先生填写一下。”

连诀说完话便转身进了书房，没有分半点余光给沈庭未，沈庭未收回目光接过钢笔的同时，心里莫名其妙地想：他近视吗？之前好像没见过他戴眼镜。

林琛是在两个小时后同连诀一起下楼的，沈庭未已经填好了表格上的个人信息，林琛检查过后，点了点头："还需要您的身份证和户口本原件。"

沈庭未从口袋里拿出证件，稍显犹豫地将证件递给林琛，他眼巴巴看着林琛将证件装进随身携带的皮包中，有些不解："不过，为什么要出国？"

林琛的眼神也带着同样的不解，视线越过沈庭未看向身后的连诀，又看回他，不确定地开口："连总没和您说吗？"

沈庭未有些茫然地看向连诀。

"你以为我在跟你玩过家家吗？"连诀提醒他，"别忘了我们的约定。我给你治病，你跟着我。"

连诀在沙发上坐下，没留给沈庭未太长的反应时间，对林琛说："订后天早晨的机票。"

林琛很快道："好的连总。"

"等，等一下。"沈庭未急忙打断，"后天不行，我还要上班……"

连诀冷觑了他一眼："卖艺也这么积极？"

沈庭未被他的话噎住了，终于忍耐不下去："你说话一定要这么……"

话没说完，他看了一眼旁边的林琛，心想算了，把刻薄两个字吞了回去。抬头，注意到连诀还盯着他看，似乎对他后面的话十分好奇，沈庭未嘴唇动了动，索性破罐子破摔，改口应了声："嗯。"

他清晰地感受到连诀眼神里的嘲弄，生硬地解释："工资还没发。"

连诀轻嗤了一声，却破天荒地没讽刺什么，大概是旁边还有外人在的缘故。

"辞掉。"连诀说。

其实连诀这句话说得一点也不凶，语气比起命令更像是劝说，但他不客气的口吻还是让沈庭未产生了一种奇异的逆反心理，他难得这样直接地说"不行"。

连诀对他的反应似乎也觉得意外，脸色很快沉了下来，沈庭未只能装作没看见。他在蹦床乐园还没工作满一个整月，先前面试的时候店长跟他谈得很清楚，要做满一个月才能发薪水，除了这个，还有那笔高额的提成。

沈庭未突然想到那张莫名其妙的充值卡，又想到先前电话里连诀说了一半的话。

“是你办的卡吗？”沈庭未神色有些复杂，“那张五十万的蹦床卡。”

“五十万的……蹦床卡？”林琛诧异地看向自家老板，他倒是早就知道沈庭未在蹦床乐园工作，但自家老板出手未免……太阔气了，实在让他大跌眼镜。

连诀端起水杯时不自然的动作让沈庭未有点想笑，他当然没敢真的笑出来，只若无其事地解释道：“我还要再工作一周才会发薪水……我想拿到薪水再辞职。”他认真地问连诀，“可以吗？”

连诀总算看了他一眼，放下水杯，起身时道：“随你便。”

0~4

这是沈庭未这段时间里睡得最沉的一觉。

醒来时眼前不再是不分昼夜的黑暗，窗帘缝隙中有一缕浅金色的晨光钻进来，他的呼吸间不再带着那股不论怎么清扫都除不去的霉尘味，脊梁也没有如往常那样被硬木床板硌得生疼。

他没有手机，楼下的客房里也没有挂钟，之前住的地方隔音比较差，每天早晨他都能听到隔壁同事手机闹钟响起的声音，从而能够判断时间。今天这一觉睡了多久他心里没有数，但还记挂着早起上班，也没敢赖床，醒了就很快从床上坐起来。

沈庭未不得不承认，连诀这个人虽说性格不怎么样，在很多细节上却能体现他近乎体贴的细心。

他从洗手间的储物柜里取出一支电动牙刷，又在几管味道各异的牙膏中纠结了一会儿，最终挑选了一支甜橙味道的。

简单洗漱完，沈庭未从衣柜里找了套衣服换上。衣柜里的衣服是连诀昨天晚上让人送来的，套过领口时沈庭未嗅到了衣服上有股很淡的柔顺剂的香味。不知道是不是真的瘦了许多，他分明再三确认了衣标，是自己常穿的尺码，可衣服套上身却仍感觉有些松松垮垮的。他隔着薄薄的衣料按了按自己的肋骨，好像确实比以前要明显一些。

从客房出来时，阿姨正背对着他在开放式的厨房里忙活，听到开门声头也没回地向他道了声早。

“李姐早。”沈庭未说。

有了昨晚帮忙收拾餐桌被拒绝的尴尬经历，沈庭未这次没自讨没趣上前帮忙，走到客厅看了一眼挂钟。

时间还早，沈庭未稍稍松了口气，杵在客厅没事做，便从茶几上的盘子里拿起一个蛋黄酥饼，坐在沙发上小口咬着吃。

阿姨转身将餐盘端上餐桌时注意到他，道：“哎呀，怎么这么早就吃点心啊？饿坏了吧？这就开饭啦。”

沈庭未捏着刚吃了两小口的酥饼，不知道是该继续吃还是放下。

阿姨笑笑：“沈先生要是没事做的话，麻烦您跑一趟叫先生下来吃早餐吧。”

沈庭未站到连诀门前，磨蹭着抬起手，正要敲门时房门被人从里面拉开了。

连诀半垂着眼从房里出来，动作娴熟地打着领带。沈庭未猝不及防后退不及，两人撞了个满怀，连诀像是也没料想到自己门前站了人，手里的动作顿了一下，下意识拉了一把身前踉跄的人。

“不好意思，我没注意……”沈庭未忙道歉。

清新的甜橙香味掺杂着极淡的牛奶香钻进连诀的鼻腔中，他放开沈庭未纤细的手臂，微微后撤半步，低眸看着面前的人，冷声道：“有事吗？”

“李姐让我来叫你吃饭。”沈庭未说。

连诀随口应了声“嗯”，越过沈庭未朝楼梯走。

思绪打了个岔，忘了手上系到哪一步，领带不尴不尬地系了个难看的死结，想解开重系，却因胡乱扯了两下而系得更紧。连诀的脚步在下楼的第三级台阶处停住，沈庭未跟在他身后，也不好越过他先下楼，于是安静地站在楼梯口等了一会儿。见连诀迟迟不动，才问：“怎么了？”

连诀转过身，臭着脸问：“你会解死结吗？”

沈庭未：……

不知道是不是这个结系得真的有些难解，沈庭未低头解领带的时间久到连诀忍不住怀疑他是不是故意拖延。

“还没好？”

“快了，等一下。”

沈庭未站得比连诀高了两个台阶，连诀的视线摆平了正好到沈庭未瘦削的下巴尖，沈庭未垂着眼睛盯着他的领带，薄薄的嘴唇轻抿着，神色专注得像是在做一道难度系数不低的数学题。

现下没有事情可做，连诀不知怎么就在心里评价起沈庭未的长相来了。他必须承认，沈庭未确实有着一副人畜无害的长相，否则他也不会第一眼就多管闲事。

沈庭未的眼型是很温柔的细挑眼，眼尾长而睫毛浓密，鼻梁并不过分得高，鼻尖却很翘，皮肤也细腻得比女孩更甚，五官拎出来单看都不是会令人觉得惊艳的类型，组合在一起偏偏别有一番滋味，好看，且耐看。

可惜，连诀想，金玉其外，败絮其中。

沈庭未无意中对上他的眼，眸里掠过刹那错愕，过分白的皮肤上浮起不自然的浅红。连诀移开视线，作势不耐烦地催促道：“快点。”

沈庭未低下头小声应道“哦”，没一会儿，收回了手，不知出于什么原因，又略微往后退了一小步：“好了。”

连诀没说话，摘下这条平添事端的领带转身下楼。

早餐的时候沈庭未强迫着自己吃了不少，忍着油腥味把盘里的煎蛋吃完，还是没控制住跑去洗手间干呕起来。

他洗了把脸从洗手间出来，门外焦急踱步的阿姨紧张地看着他泛白的脸色，问：“沈先生，是早餐不合口味吗？”

他摇摇头，小声安慰道：“合口的，是我今天不太舒服。”

他再回到餐厅时连诀已经没在了，阿姨将温牛奶放到他手边，说：“先生吃好了，刚才上楼去了。”

沈庭未捧着牛奶小口啜着，说“哦”。

连诀再次从楼上下来的时候换了一套衣服，深色的衬衫搭配笔挺的黑色西装，领带也重新系得规规矩矩。

见他径直朝门口走去，沈庭未赶紧跟出去，慌忙叫住他："那个，连先生，等一下。"

连诀在玄关换皮鞋，沈庭未局促地站着，直到连诀换好鞋转过身他还没开口。

快到蹦床乐园开馆的时间了，这边距离市区太远，打车的花费暂且不论，大清早在郊区打不打得到车还是另一说。沈庭未原本想问问连诀方不方便叫个司机送他，又担心这个请求会给人添麻烦，支支吾吾半天说不出口。

连诀很不满意他这副总是话说一半的磨蹭性格，语气不悦："有话就说。"

沈庭未这才小声说："我不知道要怎么去上班……"

连诀抬手看了一眼腕表，抬起眼："我只给你五分钟。"他转过身朝门外走，用一种十分不耐烦的语气说，"五分钟后不出来就自己想办法上班。"

沈庭未很快反应过来，忙一边应着"啊我马上"，一边急匆匆地蹲下来换好鞋跟上去。

沈庭未与连诀并排坐在后座，连诀大概没有听广播的习惯，车内没有一点声音，安静中弥漫着一丝尴尬的气氛，沈庭未如坐针毡，下意识往车窗一侧挪过去些。

担心连诀赶时间，车开进市区后沈庭未就让司机停下来把自己放下，司机从后视镜里看了连诀一眼，连诀低头看着平板，没说话。最后车还是绕了一圈停在蹦床馆外的南广场上。

沈庭未下车前想了想，还是对连诀道了声"谢谢"。

连诀仍头也不抬地看着平板，对司机说："走吧。"

沈庭未站在路边目送着汽车飞驰而去，转身朝场馆走。刚一进门，常开心就神色匆匆地朝他走过来，把他扯到一边，着急地问："你昨天什么情况啊？怎么招呼都不打就走了，晚上也没回宿舍。"

不等沈庭未找到合适的借口，常开心又压低了声音："昨天那人是谁啊？是不是找你麻烦的？"

沈庭未说不是，又问她怎么会这么想。

"不是就好。"常开心抚着胸口长出了一口气，接着不好意思地解释道，"我听李媛说有个男的来找你，西装革履的看着很不好惹的样子，还以为是有人找你追债什么的……”

常开心假模假样地嗔他：“还不是你，把自己搞得可怜兮兮的，我就忍不住想你是不是遇上什么事了。”

她再三确定沈庭未没遇上什么事情，这才稍稍放下心来，拍着他的肩膀说：“我把你当好朋友的，以后有难处就开口，别总怕麻烦我。”

沈庭未被她搞得心头一暖，点头说：“好。”

0~5

周日蹦床馆也是从早忙到晚，到晚上下班的时候，场馆里还有几个女孩意犹未尽地舍不得离去，被工作人员催促了几次才磨磨蹭蹭地出来换鞋。

闭馆后，常开心从吧台下面的储物柜里翻出一个药箱，找出一瓶药，招呼沈庭未把裤脚拉上去。

“嘶——”常开心一看到他泛起青紫的小腿就先拧上眉了，她晃了晃手里的药瓶，往沈庭未受伤的小腿上喷药，“你这儿怎么磕这么严重啊？”

沈庭未疼得呼吸一抽，轻轻缓着气：“下来的时候没注意，被边网绊了一下。”

“注意点吧哥，看得我腿都疼，得亏是没伤着骨头。”常开心叹了口气。

“试试能走吗？”常开心收好药箱，要过来搀扶他。

沈庭未被她小题大做的行为逗得笑了起来，无奈地拿开她的手，拉下裤脚站起来：“可以的，又没伤到脚。”

两个人从场馆出来的时候天已经黑透了，虽说沈庭未受伤的不是脚，但小腿阵阵钻心的疼痛不免对走路产生影响。他走得很慢，常开心配合着他的步调放慢脚步跟在一旁，嘴里叽叽喳喳地说着今天工作上的琐碎。

沈庭未一边有一搭没一搭地应和，一边在心里思考今晚该怎么回去，还是说回宿舍住一晚上？正想着，不远处有车短促地鸣了声笛，沈庭未下意识看过去，这才注意到清早他下车的位置上停着一辆黑色的商务越野。

“沈先生。”司机从车上下来，站在车边遥遥地向他颔首。

常开心的话说了一半卡在喉咙里，呆呆地看看司机与他身后的车，又看看身旁的沈庭未，不可思议地小声惊呼：“我的天！未未，合着你这是来体验生活的啊？”

“哪有我这样体验生活的。”沈庭未矢口否认，又不知道该怎么跟她解释。

常开心大方地摆了摆手，冲他扬了下眉：“豪门恩怨嘛，我懂。不用解释，一般知道太多的活不过两集，你快去吧。”

沈庭未哭笑不得地跟她道了别，慢吞吞地来到车前，礼貌地跟司机说了谢谢。

拉开车门的时候沈庭未心里莫名有一点紧张，确认后排没有人时才暗自松了一口气，他这副表情被坐进驾驶位的司机看进眼里，曲解成别的意思，好心解释道：“连先生还有工作，没办法亲自接您下班，所以派我过来。”

沈庭未十分尴尬：“我没有这个意思……”

沈庭未洗澡时就感觉淋了热水的小腿痛得厉害，洗完澡擦身体时发现磕伤的地方果然有浮肿的迹象，如果不处理一下恐怕会影响明天的工作。

阿姨不住家，晚上偌大的房子里就只有他自己，于是他拿毛巾擦干身体，只简单地系起浴袍的带子，趿着拖鞋从房间里出来，想去客厅找一找有没有药箱。

尽管在这里住过一段时间，但他对这里仍称不上熟悉，只能凭借自己的习惯猜测连诀会不会也把药箱放在茶几或是电视柜下的抽屉里，但他很快又否定了这个猜测，连诀或许不会有时间做这些事，这些琐碎东西大概率是保姆或是助理来准备。

打开的抽屉都是空的，实木的抽屉中连粒木屑都找不到，其实不仅抽屉，整个别墅都一尘不染，整洁得像个只供观赏的样板间，除了那个巨大的双开门冰箱里堆满了新鲜的食材外，再也找不到什么别的人气儿。

找不到药箱只得作罢，沈庭未合上电视柜下的抽屉，正要扒着柜沿站起来，想去看看冰箱里有没有冷冻好的冰块或是冰棒什么的东西，可以拿来冷敷消肿。

电子门锁的短促嘀鸣在宁静中响起。

沈庭未转过头时还没彻底反应过来，目光先对上进门那人望过来的眼眸。沈庭未怔了一下，接着视线中那双深而幽黑的眸子从混浊的雾气中慢慢恢复些许清明，目光生硬地从他身上别开，沈庭未这才连忙背过身去，将松松垮垮半敞着的浴袍拢起来。

连诀进门的动作停住，身体微侧，挡在门前，对身后的人道："你先回去吧。"

"好的连总。"门外人应，是林琛的声音。

沈庭未蹲在地上重新系好浴袍，站起身，杵在原地不知道自己现在是该回房间去还是先打招呼，直接回房好像不太礼貌。

好在连诀先开口了："找什么？"

连诀扯松了领带走进来，神色里稍带着疲惫。沈庭未没有立刻回答，他站在电视柜前，看着连诀走到沙发前坐下，手肘撑在沙发一侧的扶手上，揉了揉轻蹙在一处的眉心。

"你想喝点水吗？"沈庭未犹豫着问。

连诀看起来很不舒服的样子，很轻地哼了一声"嗯"，然后合着眼，用一种十分自然娴熟的使唤人的口吻，说："温水就行。"

沈庭未按他的意思端来半杯温水，刚靠近就嗅到连诀身上混杂着烟草气息的清冽酒气——他喝了酒。

连诀伸手接过温热的玻璃杯，抿了一口后，掀起眼又问了一次："刚刚找什么？"

擅自翻别人家的东西被逮了个正着，沈庭未有点尴尬，小声回答："我想找找有没有药箱。"

"怎么了？"

"磕到腿了。"沈庭未说。

连诀随着他的话低头去看，沈庭未不自在地往后退了一小步，露在浴袍外那片面积不小的淤青衬在他细腻白净的皮肤上，有几分触目惊心。连诀下意识问他："怎么弄的？"

话刚问出口连诀就后悔了，但他很快在心里给自己的反常行为想了一个合理的解释，那看起来真的很疼。

沈庭未愣了愣，在心里确定他是喝醉了，有些磕绊地回答："不小心绊倒了，在台阶上撞了一下。"

连诀抬起头来看了他一眼，沈庭未很容易地从他眼里读出了愚蠢两个字。

"药箱在楼上。"连诀说。

"不用了……"

沈庭未想找借口先回房间，但连诀并没有给他机会，站起来朝楼梯的方向走，言语很轻却好似携了几分不容拒绝："过来，我拿给你。"

沈庭未跟着连诀上到二楼，却在连诀的卧室门口停下来。

连诀走进卧室，打开灯，才发现沈庭未没有跟上来。

"你站在那里干什么？"

"我就不进去了。"

两个人同时开口，又同时闭嘴。

沈庭未站在门口没动，本意是想等连诀进去取药箱，却见连诀也不动。于是沈庭未只好说："麻烦连先生帮我——"

"药箱在电视柜下面第二个抽屉里。"连诀转身朝浴室走去。

沈庭未在门外干站了一会儿，待连诀把浴室门合上，才局促地走进去。

连诀的房间很大，房间里是清冷的灰黑色调，地板上铺着厚实的浅灰色羊毛地毯。窗帘没拉，冷白的灯光从落地窗外透进来，引得沈庭未下意识跟着往外望过去，窗外是别墅外的庭院，从布局来看大概是花园，因为太久无人打理而显得萧条。

沈庭未只看了两眼就收回目光，心叹可惜，他来到电视柜前，按照连诀说的打开第二个抽屉，从里面取出药箱。

药箱里的药品种类十分齐全，沈庭未找出跌打酒和棉签，将药箱收纳回原处，起身打算离开。他站在浴室门口犹豫不决，该不该敲门和连诀说一声？

正思索着，浴室里流动的水声突然停了，接着眼前的浴室门被毫无预兆地打开，潮湿的热气扑在沈庭未脸上。

连诀澡洗了一半，还没擦干的头发湿漉漉地往肩膀上滴着水，沈庭未有一瞬间感觉自己手足无措，低下头很快地说："我拿了药，先回去了。"他说完转身就要离开，手腕却被抓住。

"连先生，还有事吗？"沈庭未说，"没别的事我就先回房间了。"

连诀的行动比解释快了不止半拍，沈庭未诧异地看着再次拉住他的人："怎么……"

连诀的视线垂下来，他很快从沈庭未手中拿走那瓶跌打药，拿到眼前去看药瓶上的字。

“过期了。”他过了一会儿说。

沈庭未猜想跌打药过期与否应该不会有什么太大的问题，但连诀已经擅自把那瓶药丢进了垃圾桶。

“……哦。”沈庭未捏着一包棉签，眼巴巴地看了一眼垃圾桶里的药瓶说，“呃，那晚安，连先生。”

沈庭未回到房间，坐在床上，拉开浴袍看了下小腿上的伤，已经有些肿起来了。他轻轻用手指碰了一下，有点疼，但不碰到的时候好像还好。折腾了一趟，沈庭未已经不想再去冰箱里面翻看有没有冰块了，他关了灯，合眼躺在床上。

床上有一股非常淡的香味，大概是阿姨整理房间时喷过什么助眠剂，他的睡意来得很快，半睡半醒间，隐约感觉手腕上好像还残留着一点潮湿的热意，睡意蒙眬下想伸手去碰，涌冒而出的困倦却先一步将他吞没。

“连总，您要的药。”林琛把塑料袋递给连诀，“您伤到哪里了吗？需不需要叫医生过来？”

“不用。”

林琛的效率很高，从接到电话到送药过来只用了不到一个小时。连诀拿了药，在沈庭未的卧室门口敲了很久的门，迟迟不见有人出来开门，他旋动门把，轻而易举地推开门。沈庭未的戒备心低得让他不知道该说什么。

他走进去，房间里很暗，只有院里的装饰灯从窗帘缝隙中洒进来一道狭长的光，像是从黑夜中撕开的裂缝，照亮沈庭未熟睡的侧颜。

沈庭未轻垂的睫毛长而浓密，在眼睑下投出一小片阴影，皎白的光轻柔地笼下来，像细薄的纱，为他本就白皙的面庞覆上一层更为柔和的滤镜。

“沈庭未。”连诀叫了他一次，“起来涂药。”

没有回应。

连诀想不通怎么会有人能睡得这么熟。他的耐心在沈庭未身上总是非常匮乏，不太想管了，他把药放在床头柜上，起身打算出去。

床上的人这个时候动了，很轻地翻了个身，将脸转向连诀所在的方向。

沈庭未的身体在被子下窸窸窣窣地动了一会儿，好半天才总算调整到了一个舒服的姿势，他瘦削的下巴埋进了灰蓝色的蚕丝被里，接着又将半张脸都藏下去，只露出头顶与小巧的耳朵尖。

他的呼吸没一会儿就变得很重，连诀很是嫌弃地看了他一会儿，怀疑他再闷一会儿是不是就要把自己憋死了。半天，还是弯下腰，伸手过去把沈庭未蒙了半张脸的被子往下拉了一点。

他起身前，余光留意到床上的人嘴唇翕动了一下，眉头很快紧紧皱在一起。连诀没听清楚沈庭未说了什么，或许他只是动了动嘴，根本没发出任何声音，但连诀起身的动作还是不自觉地停了下来。

他温热均匀的鼻息里夹杂着酸甜的果酒香，味道很淡，不足以醉人，却将连诀还没完全褪下去的酒醺再度引出来，醉意大有卷土重来的趋势。连诀下意识想：这是什么味道？樱桃？还是蔓越莓？

“沈庭未。”连诀看着他，又叫了一次，声音放得很低。

沈庭未的睫毛轻微地颤动了一下，哼了一声，声音很轻，带着浓浓的鼻音。沈庭未大概是觉得凉了，侧身躺在床上，双臂交叠着轻搭在小腹前，腿慢慢蜷起来。大概是压到了小腿上的伤，他不由轻吸了口气，又调整了一下睡姿将身体翻正，把腿放平了。

他没有穿衣柜里准备的睡衣，不知道是尺码不合还是不习惯，身上只套了件宽松的棉 T 恤。

连诀无奈地看了他一眼，坐在床尾，仔细检查起他腿上的伤。

沈庭未几乎是在他的手刚贴上来的时候便倏然惊醒，一双还没彻底恢复清明的眼睛像噙着水光，惊恐地对上连诀极深的眸。

“怎么醒了？”

连诀低着头盯着他的小腿，沈庭未的瞌睡被吓了个干净，慌张地推搡他：“连先生……”

连诀的眼神带着一种十足强势的压迫感：“不装睡了？”

沈庭未一个激灵，动作快过于思考，本能地撑起身体往后躲。他呼吸一抽一抽的，鼻头很快红了起来：“你，你喝醉了？”

“嗯。”连诀没有否认。

连诀本来就凶，喝醉了恐怕更没轻重，比力气他是无论如何都胜不过连诀的，只好尽可能地将姿态放低，细声劝说连诀：“不用了，我自己来吧……”他推了推连诀的肩膀，“你快回楼上休息吧，连先生。”

连诀对于他的拒绝十分不满，不讲道理地质问沈庭未："我睡哪里什么时候轮到你来安排了？还是说这么快就把自己当主人了？"

沈庭未被他说得面红难堪，闭了闭眼睛，艰难地为自己辩驳："我没有这个意思……"

连诀微眯起眼，虚睨着他："那你是什么意思？"

见沈庭未迟迟不语，连诀故意刁难，扯着他的小腿动作强硬地帮他上药。沈庭未挣扎了一下，却拗不过醉酒的连诀，抽腿的动作被连诀轻而易举地压住，沈庭未倒抽了一口凉气："好疼……"

连诀一愣，闻声停下来，沈庭未还紧紧闭着眼睛，止不住地喊"疼"。他颤抖的呻吟听起来有几分凄惨，连诀的手仍扣着他的小腿，掌心下感受到他身体上瑟缩的抖动。

不像是装出来的。

连诀的醉意消退了几分，他的手往沈庭未腿上揉了揉，皱着眉头："娇气。"

沈庭未脸色煞白，顾不上推连诀，双手用力地捂着自己的头，难受至极地往一处蜷缩，声音被抽噎声打碎成断断续续的抽泣："头、头好痛，连诀……"

CHAPTER 06

出国

Go abroad

◎第六章

0~1

房间里的灯开到最亮，连诀穿着丝绸面料的睡袍，抱臂站在门口，脸色沉得看不出情绪。

沈庭未面色泛红，细白的脚踝上留着手指掐出的青痕，一点一寸都无不显示着连诀方才的恶行。

沈庭未遵循医生的话配合检查，站在门口的连诀把脸别到一边去，没去看他脚踝泛红的指痕。医生在他头部轻按："是怎么个疼法？持续着疼还是阵痛？你这样的情况多久了？"

"阵痛，现在好一点了。"沈庭未的嗓子还哑着，"昨天下午也疼过一次，中间休息了一晚上又不太疼了。"

医生扭过头意味明显地看了连诀一眼，清咳一声，本着对工作一丝不苟的态度继续问："那么这次引起头痛的原因是什么呢……也跟昨天一样吗？"

沈庭未紧张地绞着手，不知道该怎么回答。

他沉默的时间未免太长，一边的连诀可能看不下去，替他做了回答："没有。"

"哦，这个，连总。引发头痛的原因有很多种，可能是原发性的，也可能是继发性的，脑神经损伤也是有可能的……”医生说着不由得抹了把额角，继续与连诀说，“具体的原因目前还没办法直接判断，可能需要沈先生做个进一步的身体检查。”

连诀目光很淡地从沈庭未身上掠过：“嗯。”

医生微一颔首，转过头看着沈庭未，手在他侧腹轻轻按动，问：“沈先生，您还有哪里觉得不舒服吗？”

沈庭未搭在身体两侧的手攥在一起，沉默了许久。

“医生，”他略垂下眼，避开医生的视线，艰难地开口，“我……有没有可能是患上了什么……呃，罕见病之类的？”

医生被他问得一愣，好半晌没弄明白他的意思：“虽说确实不能排除这个可能，但是……”

沈庭未的神经一直绷得很紧，心跳的速度也快，比起胸腔中的强烈心悸，对他而言此刻更难挨的是无法克制的恐慌。但他知道自己没有退路，别无他法，否则也不会来找连诀自讨羞辱，所以哪怕在别人眼中他的话再匪夷所思再可笑，他也必须得硬着头皮说下去。

“我每个月都会发烧一阵子。”沈庭未的声音不大，但在这样凝固的氛围里足以清楚地落入两人耳中，“每次发烧都会头昏头痛得很厉害，还会想吐，吃退烧药也不起作用。”

他尽可能地一一细数自己发烧期间身体上出现过的状况：“这种情况是从上个月开始的，每次发烧要持续将近一周，我一开始吃过退烧药物，后来发现没有作用就没再吃了。这段时间里，我饮食上也不太规律，并且有过几次超负荷的运动。在今天之前也出现过几次头晕得厉害的情况，类似低血糖，最严重的一次有过短暂的昏迷。

“我去医院做过一些常规检查，都没有查出问题，可是我……发病的时候真的很难受。”

房间里持续了很长一段时间的安静。

医生小心翼翼地窥探连诀的脸色，犹豫着叫道：“……这，连总？”

连诀面色阴沉地看着沈庭未，下颌线因紧绷而显得锋利，凌厉的眼神中分不出是苛责还是愤怒。沈庭未始终低着头，支着清瘦的肩，不肯与他对视。

没过多久，连诀收回目光，转身朝外走去，冷淡地说："给他检查。"

医生迟钝地道了声"好"，再次看回沈庭未的眼神里莫名多了一丝怜悯："沈先生，我需要采集您的血液样本进行检测，还需要您配合一下。"

医生从客房里出来的时候，连诀正坐在沙发上抽烟。

"连总，沈先生已经休息了，血液样本我需要带回医院做进一步检测。"

连诀把手里的烟按进烟灰缸里，不带情绪地应了声"嗯"。

医生担心自己多言会引起连诀不满，不再多说什么："那连总，如果没别的事情我就离开了，化验结果明天一早我派人给您送过来。"

"不用了。"连诀说。

医生点头，道了声"好的"，停了一会儿又不确定地问："那化验还做吗？"

连诀身体前倾，思索了几秒，突然答非所问："有没有什么因素可以导致人自身分泌出一些比较特别的味道？比如说，果香、酒香之类的？"

医生怔了一下，很快回答："据科学研究表明，人的体内是会分泌一种特殊的激素，从而形成自己独特的生理气味，就是我们俗称的荷尔蒙，它的形成跟环境、饮食与基因等很多其他因素有关……但这酒香，倒是少见，不过也不是没可能，有些人体质特殊，因为发烧或其他原因导致代谢系统紊乱，会分泌出来这种气味也不足为奇。"

连诀若有所思地点了下头。

医生研究着他的表情，重新问："那血液检测……"

连诀收回思绪，想了想，说："做。把能做的检测项目都做一遍。"

"好的连总。"

在医生道别正要离去的时候，连诀又将人叫住："等一下。"

"连总还有什么事情？"

医生转过头，却见连诀正意味不明地盯着客房紧闭的房门，大概是留意到他的注视，连诀只看了一眼，很快便将头转回来。

"看一下他的小腿。"

连诀的语速太快，语气又太轻，医生一时间没听清，下意识问："什么？"

连诀已经从沙发上起身，向楼梯方向走去。

"右边小腿，检查一下有没有伤到骨头。"

随着天气一点点热起来，天亮得很早。

沈庭未是在薄光透过窗那一刻醒过来的，他合眼躺在床上，等待清晨这阵熟悉的心慌过去才从床上坐起来。

身体某处难以忽略的清凉感让沈庭未没来由地紧张。几个大大小小的瓶瓶罐罐还摆在床头柜上，沈庭未拿过来看了一下成分，也看不太懂，又放回原处。

他把被子掀开下床，小腿上的淤青周围也还湿润着，刚涂抹上去的药膏还没能完全吸收，看得出帮他上药的人不够细心，马马虎虎地把药涂在伤处就算完工。

沈庭未觉得自己的脾气太好，很轻易地原谅了造成这一切的“罪魁祸首”。

沈庭未洗漱的时候感觉胳膊有点痛，拉高袖子才发现针眼那块儿青了一片，可能是睡觉压到了抽血的手臂。他不疾不徐地洗完脸，甩了甩发麻的胳膊，从房间里出来，看到连诀时他的心突然跳得很快，不知道为什么很想躲开。

连诀身上还是昨晚那件深蓝色的丝绸睡袍，不知道睡过没有，从神色上看已经恢复了往日那样自内而外透露出的从容与傲慢。他端正而优雅地坐在那张很长的餐桌上啜一杯咖啡。手边的平板电脑里开着低到公放也不足以让人反感的音量，听上去像是沈庭未从来不会感兴趣的财经新闻。

他一定是听到沈庭未的动静了，姿势做了细微的调整，却没抬头。

沈庭未保持着站在房间门口的姿势，不过很快，端来牛奶的阿姨就看到了他，礼貌地向他问好：“沈先生早。”

“李姐早上好。”沈庭未身上带有一种令人舒适的特质，说起话来总是温柔的。

阿姨笑笑，将煎好的培根夹进烤得松软的面包里，放在他面前的餐盘中：“早餐已经准备好了，快过来吃。”

沈庭未走到餐桌前，对桌对面的连诀道了声：“连先生早。”

连诀不咸不淡地回了声“嗯”。

餐厅的右侧是整面透明的玻璃墙，这处采光极好，清晨柔和的光均匀地铺洒进房子的每个角落，昨夜还被沈庭未在心中暗叹可惜的荒凉庭院里，有工人正在忙碌地除草打理。

因为近期不时反胃的缘故，牛奶的腥味让沈庭未觉得难以下咽，他慢而安静地吃着早餐，一边盯着院子里枯燥的工作出神。

连诀的手机响了，沈庭未听到他问："什么事？"

沈庭未没有偷听别人电话的癖好，很快又将注意力放回到花园里翻松好土壤开始播种的工人那里，猜想种下的会是什么花。

他没有注意到对面连诀表情上微妙的变化，同时忽略掉的还有对方愈发奇怪的视线。

"连总，检查结果出来了，我觉得还是要跟您说一下这个结果……"

电话里的男声语气怪异，得到连诀的应许后，对方的呼吸很明显地紧了一下，接着用一种十分紧张的口吻继续向连诀汇报："沈先生的血液检测报告中的数值结果显示，沈先生，确实不太对劲。

"连总，您今天如果有时间的话，方便带沈先生过来一趟吗？……沈先生需要做个更全面的检查。"

沈庭未的手腕倏地被人抓起，他还没能彻底回过神来，像蒙了晨雾的眸色发灰，呆呆地看着连诀："怎么了？"

连诀的表情难以维持平稳，拽着沈庭未的手近乎粗鲁地把人从椅子上拉起："跟我去医院。"

沈庭未被他扯得脚步略一踉跄，手腕被他抓得很痛，还没顾得上收回，心里猛地一紧，好像看懂了连诀突如其来的反常。

连诀神情僵硬，动作中却带着前所未有的慌乱，沈庭未被他拖着往门口走了几步，才赶紧叫住连诀："等，等一下，你就这样出门？"

连诀脚步停下来，眼中出现了一瞬间不属于他的木讷，过了几秒才松开他的手，脚步加快朝二楼走去。

沈庭未揉了揉自己被捏红的手腕，待到连诀的身影彻底消失在楼梯上，才强压住想回房间吃一片药的冲动，抬手捶了捶胸口，企图让自己失常的心律缓和下来。

0~2

再高级的私人诊所也避免不了空气里那股让人难以忽略的消毒水味。

沈庭未坐在冷清的走廊靠椅上，手无意识地搭着小腹，从身旁虚掩着的诊室门里传出不大不小的交谈声，他没认真听，只依稀捕捉到“营养不良”“贫血”等不痛不痒的词汇。

连诀不时用单字应和，听起来像小学生上课回答问题一样认真，沈庭未半垂着眼，停了一会儿，视线里出现一双锃亮的黑色皮鞋。

“沈先生，这是您在蹦床乐园的工资。”林琛将一个鼓起的牛皮纸袋递给他，“连总今天已经让我代您过去办理了辞职手续。”

“嗯。”沈庭未情绪低落地接过，没多说什么。

林琛在他身边坐下，察觉到他的情绪，忍不住多了两句嘴：“其实连总主要也是担心您的身体。昨晚知道您受伤后连总还特意叫我送跌打药过来，今早原定的董事会议也因此延期了，看得出来连总是非常重视您的，还望沈先生不要责怪连总自作主张。”

沈庭未摇摇头，勉强地牵了下嘴角：“我知道。”

林琛笑了笑，沈庭未没再说话，继续盯着走廊地板的格砖花纹发呆。

连诀拿着检查报告从诊室里出来，林琛站起来，很快恢复到工作状态：“连总，合同已经按您的吩咐准备好了，机票也订好了，航班是今晚十点二十七分的。您需要的资料今早已经准备好了，明早九点落地，已经联系好了司机过去接您和沈先生。”

连诀“嗯”了一声，目光停在座椅上的沈庭未身上。林琛出于职业习惯下意识伸手去接他手中的东西，被连诀不着痕迹地避开。

沈庭未从椅子上起身，余光瞥到一片深色衣角，他抬眼，见连诀在他面前站定，正将手伸到他眼前。沈庭未一怔，被他意外的体贴搞得紧张起来，虚搭了一下他的小臂起身，看着他，表情微变：“……检查结果不好吗？”

连诀觑了一眼身边的林琛，对方很有眼力见地往后退了几步，连诀收回手，低声回答：“没有。”

近似敷衍的二字没能让沈庭未脸上流露出多少轻松，鉴于还有旁人在，他闭了嘴。

林琛没同他们一起回去，大概是自己开了车，总之从那间豪华的私立医院出来后就没再见到他的身影，一同离开的还有来时负责开车的司机。回程是连诀开的车，沈庭未张了张嘴，好一会儿才小声提醒他隔夜酒可能还没代谢。

“没喝多少。”连诀没说昨晚的醉意主要来源于沈庭未身上的果酒味，他不愿意过多回想昨晚的恶劣行径，“安全带系好。”

沈庭未说“哦”，低头系上安全带，抬起头时又问：“你今天是不是还要开会？”

“不用。”连诀说。

对话又一次陷入双向的沉默中，车里没开空调，沈庭未将车窗降下，留出一道很窄的缝隙，让流动的风吹进来。

车窗很快被升上去，连诀双目直视前方，问：“热？”

沈庭未说：“没有，我想透透气。”

“会感冒。”连诀说。

沈庭未没有说话，连诀过了一会儿又补了一句：“你现在身体抵抗力比较差。”

连诀好好说话的样子让沈庭未感到无所适从，他点了下头，抬起眼，绞着安全带的手指被勒得泛起红印，顺着连诀的话小心地往下问：“医生还说别的了吗？”

连诀从后视镜里看了他一眼，说：“没有。”

沈庭未呼吸一滞，胸腔下擂鼓般的震荡使得他没控制好语气，明显地紧张道：“那……检查结果怎么样呢？我的身体……”

连诀脸上维持的平静在他的问话里有了细微的改变，他自以为自然地调整了一下坐姿，生硬的语调却将掩饰下的心情暴露无遗：“目前还不清楚，检查报告上有一些数值……”连诀本想说比起正常人高得离谱，但看了看沈庭未紧张的样子，言简意赅道，“偏高。”

似乎是要安慰他，连诀很快又补充道：“但不排除是体质问题，需要多次检查才能确定你的情况。”

沈庭未点了点头。

两人很少有这样持续的、接近尴尬的对话，沈庭未看得出他的别扭，索性也不说话了。

倒是连诀看上去似乎有话想说，但沈庭未等了很久都没等到他开口，只好将脸转向窗外。

别墅里的工人还在忙碌地打理花园。

沈庭未在玄关换好拖鞋，想了一会儿，决定跟随连诀去二楼书房。

连诀背对着沈庭未站在窗前，听到身后的关门声时，手上刚摸到的烟放回了原处。

“连先生。”沈庭未看着他将窗户推开一道缝隙，“你现在有没有时间？”

其实连诀现在更想一个人待会儿。他闭了闭眼睛，心情还不能够在这么短的时间内完全整理好，于是只能尽量让自己看似镇定地转过身，对沈庭未说：“坐吧。”

想要聊一聊的人很久没说话，好像在等待连诀先开口。

连诀也的确先按捺不住。今天上午，白纸黑字的检查结果摆在眼前那一瞬间，他的第一反应是如果不是检查结果出现问题，那么自己和医生之间一定有一个人需要去看精神科。但他深知检查做了这么多遍出现错误的概率小之又小，想让自己保持冷静与理智不是靠努力就能做到的。

医生更是比他还努力地维持着医者的专业和冷静——尽管眼神里写满了难以置信——抠着脑门艰难地跟他讲述沈庭未的状况。

连诀看着他与正常人类男性无异的面庞，脸色还不算难看，但也足够僵硬：“你是……外星人？”

他想尽可能地让现状合理化，哪怕这个可能性也极度匪夷所思。

沈庭未皱着眉头盯着连诀，很有修养地没在这个时候问他是不是在开玩笑。他摇摇头，说：“我不是。”

“那你——”连诀停顿了一下，“你怎么总是发烧，还有那个酒味……”

沈庭未的表情一下变得很奇怪，他看了连诀很久，发现连诀脸上的困惑不是装出来的，一时间情绪变得低落。

从沈庭未来到这个地方后，就尽量避免自己去想这些事，为了让自己好过一点。但此时此刻被对方捅穿，像是将他压抑许久的委屈诱发出来，接着一股酸涩慢慢蔓延上整个眼眶。在情绪失控前，他别开眼，简短而小声地说：“我也没想到我会得这种病。”

气氛凝固了许久之后，连诀才像是突然意识到什么：“所以你找上我的目的是什么？”

沈庭未闷闷道：“……目的？什么？”

连诀的神色逐渐严肃起来，他看着沈庭未的眼神深且锐利，像是想要将他盯个对穿：“你那天拦住我，是为什么？”

他的语气从一开始压抑着的舒缓变得咄咄逼人：“没钱治病？大街上随便找个冤大头？”

“我没有刻意找上你。”沈庭未觉得很委屈，越想又越觉得连诀真是那种很过分的人。他抬起眼看向连诀，眼里氤氲的雾气几乎蒙住了原本的瞳色，声音也越说越低，好像眼泪就要落了，“我那段时间不太清醒，头很昏，身体也不舒服，不是你，也可能是别人……我本想把那天当作意外，结果你又叫人把我带回去……”

连诀对他的说辞不太满意，又找不出毛病，大概潜意识里相信了他这套还算合理的解释。他不认为过错完全出在自己身上，于是出于为自己辩驳的目的提醒他：“你晕倒在马路上，是我救了你。”

如果不是连诀分出神来回忆了一下之前的事，差点都要被他这副可怜的模样迷惑了。

连诀错开眼，觉得沈庭未真的太会装可怜，分明最开始的两次都是他先主动凑上来的，怎么现在还委屈上了。

沈庭未可能也察觉到理亏，红着眼睛咬了咬嘴唇，不想再说了。

连诀疲惫地看了他一眼，眼中稍微收去些锋芒，换了种措辞重新问他：“你的身体是怎么回事？”

沈庭未不知道该怎么回答，说是平行空间，或是解释自己身患的在这个世界不存在的病都不是三言两语能够交代清楚的事情，他先是习惯性拧起眉心，接着艰难地抿了会儿嘴，模糊地回答他的问话：“好像是遗传病。”

严格意义上来说他没有骗连诀，他的父母确实也是热感症患者。

连诀错把他前面漫长的沉默当作是无措，这种医学上都无法解释的罕见情况让患者本人解释实在说不过去，他手扶着额角，闭上眼睛：“算了。你找我什么事？”

沈庭未很久没说话，连诀也不打算开口，书房持续了一段时间的安静，沈庭未才终于说话了。

“我这个病，会不会给你添麻烦？”

连诀看着他，沉默了片刻，给出了一个模棱两可的回答：“看情况。”

沈庭未抬起眼睛回视他，眼神里流露出连诀从未见过的坚忍与固执：“我希望得到你的帮助。”

连诀蹙眉不语。

沈庭未又说：“在你身边，我发病的时候好像能好受一点。”

连诀盯着他的眼睛看了很久，接着没用太长的时间，近乎草率地做出妥协：“可以。”

沈庭未像是在确定他话里的可信度，停了一会儿，强装刚硬的表情逐渐变得柔和温润，他一边点头一边认真地向连诀道了“谢谢”，礼尚往来道：“你需要我做什么？”

“我需要一个信得过的人。”连诀看了他一眼，关于为什么会找到沈庭未，也不过是看上沈庭未的身份模糊，他用了那么多方法都没查到他的底细，别人自然也查不到。

更主要的一点是，沈庭未的性格显然很好拿捏，让他听话对于连诀来说并不算难事。

听他这么说，沈庭未便没再多问，只道了声“好”。

连诀看着他低眉顺眼的模样，扶着额角思索了一会儿，又补上一个条件：“听话一点，以后也许会有一些场合需要你出席。”

沈庭未了然，点头：“知道了。”

“医院那边会有医生定期过来给你做身体检查，可能会对你的身体构造进行部分必要的研究，你……”连诀本想说“你好好配合”，目光在他脸上停留了半秒，话音微微一顿，平淡地改口，“能配合的部分尽量配合。”

“我会的。”

连诀又跟他简述了今晚飞往C国的航班时间与明天要参加的活动流程，沈庭未认真地扮演着他口中“听话”的人，耐心地听他说完，温柔又不带太多感情地笑笑：“你安排就好。”

沈庭未从书房离开前把林琛拿给他的牛皮纸袋放在那张宽敞的桌子上，不等连诀说话，就转身出去了。

连诀靠在椅背里，敛眉放空，修长的手指有一下没一下地轻叩着那个牛皮纸袋，下面是一叠他不用数就知道的数字——林琛今早按他的吩咐放进去的。

扣在桌上的手机响了，连诀没急着接听，等来电响铃重复到第二遍的时候，才慢吞吞地接起来："爸。"

早晨他风风火火地带人去医院，陈褚连这会儿打来电话自然不是偶然。好在连诀提前跟医院打好了招呼，对方的说辞还算合理：连诀喝多了失误，把人搞进医院了。

陈褚连想必是相信了那套说辞，在连诀接起电话后什么也没问，语气若无其事地通知他周末回去吃饭，又轻描淡写地告诉他该收心了，不要像不懂事的年轻人那样胡闹。

他应："知道了。"

0~3

沈庭未的眼罩被摘下来，他睡眼惺忪地看着旁边的连诀，嗓音微哑："到了？"

"早餐。"连诀轻轻抬手，示意空姐将早餐放在沈庭未面前。

沈庭未撑着座椅坐起来，细软的头发在平放的柔软座椅中被拱得凌乱，眼睛半睁不睁，迷迷糊糊地揉着酸胀的太阳穴，问："我睡了很久吗？"

"嗯。"连诀与他不同，双目清明得像是未曾入睡过，衬衫也不知道是什么高级的面料，上面没有一丝褶皱。

怎么做到的？沈庭未拨了下乱掉的刘海，看回面前重油的西式早餐，拿起的餐具又放下："我可以喝点白粥吗？"

连诀没回话，伸手招来空乘人员将他面前的餐盘一一撤掉，重新摆上清淡的早餐。

沈庭未感激道："谢谢。"

沈庭未从小就在家长期读书，加上父亲工作原因，一家人很少出行，所以这是沈庭未第一次坐飞机。曾经沈庭未一直很希望有机会能够坐一次飞机，好奇浮在云层上是一种什么样的感觉，现在真的坐上了，好像也没那么兴奋了。

他坐得实在无聊，才想起拉下机窗挡板往外看了看。

清晨的天空没有想象里蓝，是近似灰白的浅光，视线里铺满的浮云像堆叠的棉絮，极远的天际线若隐若现着半轮初升的日头，金色的阳光镶嵌着红边自远及近地晕染开。

从来没有这样看过太阳，沈庭未有些新奇，正望着，眼前忽然蒙上一片漆黑。

“太阳很大。”连诀将他面前的挡板放下来，继而松开手。

“哦。”沈庭未收回目光，适应了一会儿机舱内的光线，才后知后觉感到眼睛有微弱的刺痛感。

他揉了揉眼睛，今天第二次跟连诀说：“谢谢。”

连诀“嗯”了一下，目光从他因眯眼而轻垂的长睫毛上移开。

飞机准点降落在国际机场。

尽管提前查询了当地的天气，也预备了下机要穿的衣物，但这边阴冷潮湿的气候还是让沈庭未很不适应。他将羊羔毛的厚外套拉链拉到顶，又不讲究地把半个下巴缩进羊绒高领下，问连诀：“我们直接去参加活动吗？”

他说话时脸前氤氲出白色的雾气，连诀没回答他的询问，看着他泛红的鼻头，问：“你很冷吗？”

沈庭未瑟缩的肩膀明显在说是，头却摇了摇，轻轻吸了下鼻子，说：“还好。”

连诀看了他一眼，没再多说，只道：“走吧。”

他开始走得很快，察觉到沈庭未在身后跟得有些吃力，步调略微放慢了些许。

这次出国没有安排助理随行，好在两人一切从简，没有带什么多余的行李，所以也没在机场逗留太长时间。

林琛提前联系好了C国的司机和向导，出了机场就有人接他们上车，司机是本国人，只知道自己接的是位身份显赫的领导，下意识忽略了随行的沈庭未。他将提前准备好的热咖啡递给连诀，谄媚地笑道：“这边冷吧？您先暖暖身子。”

连诀转手将温热的咖啡递给沈庭未，沈庭未一愣，下意识拒绝：“有咖啡因，我不能……”

连诀却坚持着将咖啡放到他手中，对司机说：“先回酒店。”

沈庭未手里拿着咖啡，不能喝也没处放，只好听话地捧着。

车驶出去很久，几乎僵硬的手指在掌心流入的暖意中慢慢恢复知觉，他才明白过来连诀的用意，意外地转过头看向连诀，视线里带着些许微妙的情绪。发觉连诀专注地直视前方后，他很快将表情收敛，收回了视线。

连诀在回酒店的路上打了通电话。沈庭未的注意力都在窗外正在消融的雪景与灰暗的天色上，外面看起来很像是快要下雨的样子。

林琛给他们订的是一套总统套房。连诀没表现出异议，沈庭未更不会说不，但在摸清楚套房是个两居室后，还是自作主张先占用了主卧旁边那间很小的卧室。

在房间里待了一会儿，有人敲门，连诀在房间里很久没有出来，沈庭未走过去开了门。

酒店的侍者将衣物递到他手中，用外语告诉他："这是您需要的衣服。"

沈庭未拿了衣服过去敲了敲连诀房间的门，房间里传出的水声没停，连诀大概在洗澡，没听见。沈庭未只好把衣服放在客厅的沙发上，心里又忍不住疑惑，觉得衣服的颜色和款式看起来都不像是连诀会穿的风格。

他犹豫着翻看了衣物领口处的尺码，果不其然，是给他准备的。

沈庭未原本也想洗个澡，又想起连诀说他这个阶段免疫力会降低，担心骤冷骤热交替会导致感冒，只好作罢。

连诀洗完澡，整理好着装出来，沈庭未也早已经换好了衣服，问他："我们现在出发吗？"

连诀说"是"，想了想，下楼经过前台时又让人拿了围巾和手套给沈庭未——这边的天气比很多地方的冬天要冷，酒店一直备着保暖用品用以提供给怕冷的客人。

里面加了一件厚实的羊毛衫，又添上厚实的围巾，的确没有之前冷了。

沈庭未和来时一样，与连诀并排坐在后座。车是酒店提前安排好的，去活动现场的路程不算漫长，司机不熟知连诀的个人习惯，车载广播里放着柔和的音乐，连诀也没有出言制止。

听连诀说，他们要去参加的是一场十分重要的商业活动，沈庭未出门前还认认真真地整理了自己，虽然不确定连诀带上他的目的，但沈庭未还是希望自己尽量看起来得体一些，避免给连诀丢脸。

来之前沈庭未还有些紧张，但很快就没这种感觉了。

活动似乎接受了某个珠宝品牌的赞助，结束后会有抽奖活动，门口的服务生热情地要他们参加抽奖，连诀拒绝了两次，对方却毫无眼力见，抱着抽奖箱继续游说。沈庭未看出连诀的不耐烦，忙从里面抽了张号码，这才打发走了那个人。

连诀扫了他一眼，似乎有话想说，却又碍于某种原因没有说出口，迈步走进宴会大厅。沈庭未好像做错了事情那样，赶忙把号码牌收进口袋里跟上去。

沈庭未不太娴熟地捏着一盏高脚杯寸步不离地跟在连诀身边，看着连诀自如地与他人交流，偶尔有人要与沈庭未碰杯，也被连诀不着痕迹地挡下了。沈庭未有些感激地想向连诀道谢，但连诀从头到尾都没看过来一眼，他没找到机会，只好作罢。

活动的整个过程冗长又无趣，他相信连诀也是这么觉得的。

连诀的脚步总是朝着角落的地方，但很快又会被人围上，沈庭未只好尽可能地凑近他，帮他挡开一些过来攀谈的人。

活动临近尾声时，沈庭未从台上的主持人那里听到了一个熟悉的数字。他愣了愣，从口袋里拿出那张号码牌，看了看，又小声对连诀说：“……我们好像中奖了。”

连诀快速看了一眼他手里的号码牌，说：“是你。”

不等沈庭未说话，连诀就从他身边走了过去。

沈庭未刚想跟上，就听到台上的主持人说：“现在，让我们热烈欢迎我们的颁奖嘉宾——风决医疗有限公司的连总上台！”

沈庭未又是一愣。

怪不得连诀被要求参加抽奖时摆出那种不耐烦的表情，原来他是这次活动的颁奖嘉宾……想到这里沈庭未忍不住有点想笑，万一连诀真的参加了，抽中了他手里的号码牌，那岂不是自己给自己颁奖？

沈庭未被请上台，礼仪小姐端着一个托盘上来，上面摆放着一个精致小巧的丝绒方盒。连诀从礼仪小姐那里接过礼品，打开方盒，里面是一只银白色的钻戒，直到连诀从戒指盒里拿出来，沈庭未才看清楚那只戒指的做工有多精美。

据主持人介绍这枚戒指出自一位珠宝界赫赫有名的大师之手，纯手工打造，千金难买。

连诀敷衍地把方盒递给沈庭未，沈庭未只好自己拿出戒指套上手指。

戒指的尺寸不合适，套在沈庭未白而细长的手指上过分松，刚一戴上，戒指上镶嵌着的那颗大得让人很难忽略的钻石便顺着他无名指与小指的指缝间侧滑了下去，在指根坠着，实在是很滑稽。

颁奖仪式还没结束，沈庭未只好将它拨回上面，等这一环节结束就立刻攥紧手，怕掉了。

活动结束后，沈庭未如愿以偿地吃到了会场旁边那家看起来很有特色的餐厅——从刚过来的时候他就留意到了。本以为自己表现得并不明显，不承想还是被连诀看穿了。

因为饮食习惯上的差异，味道并没有想象中的合胃口，但好在清淡，沈庭未还是吃得很开心。只是连诀尝了几口就放下了餐具，让他有点过意不去。

天公不作美，从餐厅出来时下起了雨，雨势不大，但原本等在门口的司机不知道去了哪儿。连诀打了两通电话对方才接，很没有职业操守地在电话里笑嘻嘻地说很快就回来。

沈庭未猜想连诀大概从小养尊处优惯了，从来没有受到过这样的待遇，对林琛所安排的司机如此不专业的行为很是不满。因为连诀挂了电话后神色就变得严峻了，让沈庭未也像做错了事似的心情不好。

过了大概二十分钟，雨慢慢大起来。

两个人站在餐厅门口没有说话，沈庭未看着夹在雨丝里、落到自己袖子上一触即融的还未形成雪花的微小晶体，有片刻出神，后来注意到连诀的视线也正落在他的袖子上。沈庭未抬起头，想着是不是要说点什么，司机回来了。

司机脸上赔着笑，实则不带诚意地解释这里不能停车，所以把车停得远了些。连诀没有揭穿他的谎话，从上了车就不再说话。

回到酒店没多久，有人送来了一台笔记本电脑，连诀拿了电脑就回了房间，可能是有工作要忙。

沈庭未的鼻子有点塞，不知道是不是感冒了，他揉了揉鼻头，也回到房间，把小心戴了一路的戒指摘了下来。他手上没有戴东西的习惯，加上戒指太大，戴着很不舒服，他用绒布把戒指包好，放进自己挂在衣架上的外套口袋里。

沈庭未还挺喜欢这个奖品的，并不是因为它有多高的价值，而是这是他来到这个世界后第一次感觉到，原来也是会有好运降临在自己身上的。

他还挺开心的。

0~4

雨夹雪到了傍晚彻底变成了雪，沈庭未捧着一杯冒着热气的白开水坐在落地窗前往外看。

飘在空中的雪洁白柔软，纷纷扬扬地飘落，看起来一时半会儿停不下来。

卧室的房门虚掩着，连诀又在接电话，他简短地回复对方，过了一会儿挂断电话走出来，对沈庭未说："下雪了，晚上的航班取消了，我们等雪停了再回去。"

沈庭未猜到了，说"好"。

连诀在沙发上坐下，从茶几下拿出平板电脑翻看酒店服务里提供的餐饮页面："晚上想吃什么？"

沈庭未对品尝当地美食已经丧失了兴趣："都行。"

连诀似乎对他的回答早有预感，在他话音落下没过多久，就选好了菜品，打电话叫客房服务人员过来送餐。

沈庭未听到他对电话那头强调"少油"和"清淡"。暖意源源不断地流入指尖，他捧着手里的温水轻轻抿了一口，放空了大脑，透过眼前缭绕的热气望回窗外。

晚餐吃完两个人就各自回了房间，沈庭未晚上睡得很早。

意料之外的情况除了第二天清早还没停的大雪，还有沈庭未卷土重来的低烧。这场不像上次热感症发作时那样难耐，就是觉得冷。

他的喉咙里像是含了一团燃烧的炭火，眼皮也发沉，闭着眼睛缓了好一会儿才从床上坐起来。刚清了下嗓子，房门被人从外面推开。

连诀像是也刚起来不久，身上还穿着酒店提供的睡袍，走过来把水杯放到他手上，拆好的胶囊也递了过来。

“我睡了很久吗？”沈庭未担心会耽误航班。

连诀说“还好”，又问他要不要吃早餐，沈庭未摇摇头，说没有胃口。

连诀走到窗边把没拉严的窗帘拉好，又把房间内的空调温度调高几度：“不舒服的话就继续睡吧，雪还没停。”

沈庭未“嗯”了一声，在连诀的无声催促下把温水喝完，将空了的玻璃杯递回连诀手里，又抬头看着他：“谢谢。”

“睡吧。”连诀离开时把门带上。

退烧药里含有安眠成分，沈庭未吃了药没多久就沉沉地睡过去。但这一觉睡得并不是很舒服，太阳穴隐隐发胀，体内好像有热气蒸腾，让他口干舌燥，又觉得晕。

不知道过了多久，有股极淡的香气钻进他的鼻腔，有人似乎在他耳边说了什么，他意识不太清醒，只来得及感觉对方靠得很近的呼吸与体温。

扑近的气息像是带着某种奇妙的能力，抚慰了他因发烧而变得混沌的大脑，但却没有停留的意思。当这份令他感到舒适的气息逐渐从他身边抽离，他茫然地伸出手，本能地想将它留住，指间却真的如有实质地握住什么。

连诀垂眼，看向沈庭未抓住自己衬衫衣袖的手。

他不过是方才从虚掩着的门口走过时，听到沈庭未有些急促的呼吸声，就进来看了一眼，没想到就被沈庭未以这种方式赖上。

房间里没开灯，连诀看不清他的脸，无法判断他是不是装睡。连诀的语气不算太过冷漠，只是用一种阐述的语调对他说：“沈庭未，把手拿开。”

那只细白的手原本只是捏着他袖口的布料，在听到他这句话后，又变成很用力地握住他的手腕，像是故意与他作对似的，引得连诀皱了皱眉，又叫了一遍沈庭未的名字。

沈庭未低声说了句什么。连诀没听清。沈庭未张嘴，舔了舔有点干的嘴唇，连诀大发慈悲地往他那边小幅度地俯了俯身。

“别走啊。”连诀听到沈庭未哑着嗓子说，“好难受。”

沈庭未再次醒过来的时候感觉有光轻打在眼皮上，还没睁开眼睛，先听到耳边轻而有节奏的键盘敲击声。

房间里果然亮着一盏很暗的暖色的灯。

连诀坐在床边靠窗的单人沙发上，戴了沈庭未先前在别墅里见过的那副金丝细边眼镜，镜片里反射出电脑冷白的荧光，目光专注地凝在电脑屏幕中，显然没有注意到沈庭未已经醒了。

沈庭未一觉睡醒看到他在自己房间，恍惚了片刻。

还没等他回过神来，连诀手上敲击键盘的动作倏地停顿了一下。沈庭未忙做贼心虚地飞快闭上眼睛，想要假装自己没有醒过，殊不知他醒来时被子下的微小动作早就被人识破。

键盘声再次响了起来，同时响起的还有连诀很轻的声音："把体温计拿出来。"

装睡被发现的沈庭未尴尬地睁开眼睛，从自己腋下拿出已经被体温焐暖的温度计。灯光太暗，加上沈庭未还在头昏的缘故，他看了半天也没看清楚上面的度数。

"多少度？"连诀问。

沈庭未开口才发现自己的嗓子也哑得厉害，说了两遍才发出很微弱的声音："……有点看不清。"

连诀抬眼扫了过来，沈庭未撑着床半坐起来，手里拿着温度计艰难地辨认着上面的数字。

连诀手上动作不停，大概过了半分钟，才停下手上的工作走过来，从沈庭未手里拿走体温计，一抬手拧开了床头的台灯。

变得清晰的视线让沈庭未有点不好意思，觉得自己可能真的脑子不太好，怎么没想到要开灯。

连诀看了一眼温度计后，顺手把它放在床头柜上："好一点了。"

到了中午，连诀让人送了午餐上来，沈庭未仍然没什么胃口，只吃了一点就说饱了。

午餐后连诀仍待在沈庭未的房间里，见他没有离开的意思，沈庭未提醒般地唤了他一声："连先生？"

连诀从电脑前抬眼，看过来："什么事？"

沈庭未张了张嘴，摇摇头："没事。"

连诀似乎有非常重要的事情要处理，沈庭未不好再开口打扰，只好任由他留在房间里做手里的事。

在床上躺了太久，颈椎都有些酸了，但沈庭未还觉得乏，不太想下床。他无所事事地靠坐在床头，随便在平板电脑上找了部影片，戴上耳机开始看。

起初只是随便找点事做打发时间，后来被剧情所吸引，看得入迷。

影片还没结束，耳机被人拿下一只，沈庭未抬起头，连诀正站在床边。

"……怎么了？"沈庭未看着连诀。

连诀放下很厚一摞合同："你确认一下，没有问题就签了。"

"这是什么？"沈庭未暂停了影片，拿起合同。

"财产分配协议。"连诀简单概括，"房产、股票、钱。"

沈庭未正要翻阅的动作一顿，本能地拒绝："连先生，我不需要……"

连诀看向沈庭未的眼神有些怪异，过了一会儿，敷衍地捡了个沈庭未很难拒绝的借口：

"别想多了，只是把一些东西暂时放在你名下。"

沈庭未愣了一下，有些迟疑地开口："现在还太早了吧，要不以后再……"

连诀的耐心被肉眼可见地耗尽，他几乎是命令式的口吻，说："签了。"

沈庭未看着他皱紧的眉头，心想连诀或许真的觉得他是那种很爱财的人。

他低头看向腿上似有千斤重的协议，没多翻阅，在连诀极具压迫性的目光下签好，将这些烫手山芋迅速递还给连诀。

两人没在C国耽误太久，雪停了就立刻启程回国。

接下来的一段时间沈庭未都没再见过连诀，他被安排在之前那栋别墅居住，一日三餐有阿姨照顾。林琛偶尔过来探望，为他添置些生活用品，并不久留，也不会与他多做交谈——比起看望更像是确认他还活着，沈庭未有些荒唐地想。

CHAPTER 07

◎第七章

陈家

The Chen Family

0~1

沈庭未仍然不习惯被照顾，烧彻底退了之后便擅自辞退了阿姨。连诀打电话过来问，沈庭未向他表达了自己的想法，并确保自己有独立生活的能力。连诀没再说什么，让他有任何需求可以直接联系林琛，他说好。

连诀大概很忙，电话挂得匆忙。但隔日叫人送来了很多他貌似熟悉又有些陌生的医疗设备，同时过来的还有那位曾在私立医院见过的医生。

“连总让我每周过来给您做身体检查，就不用麻烦您再每周往医院跑了。”医生冲他笑笑，开了个无伤大雅的玩笑，“毕竟也不是什么好地方。”

医生比第一次在医院见到时表现得淡定，对待沈庭未的态度与常人无异，这点倒是让沈庭未放松了许多。

常规的身体检查完成后，医生多问了一些较为隐私的问题，例如生活环境与家族遗传病史，沈庭未尽可能地如实回答了。

医生将谈话内容记录下来，并告知他会在不影响他身体健康的情况下做一些研究，一方面是为他接下来的治疗做打算，另一方面也是希望沈庭未的病例能够为罕见病的治疗提供新的思路，为医学发展做出一点贡献。

医生看出了沈庭未的顾虑，解释道：“您放心，连总交代过的，在您彻底康复前，整个过程都会高度保密。”

沈庭未这才道了声“那麻烦了”。

隔日，连诀来了，还是临近晚餐时间。

他进门后径直走到沙发坐下，开始皱着眉头看手机。

沈庭未只做了一人份的晚餐，还没来得及端上桌，他有点尴尬，硬着头皮问候：“连先生，吃晚饭了吗？”

连诀没抬头，省略了“没有”和“你要不要吃”两个步骤，只道：“不用。”

沈庭未摸了摸鼻子，“哦”了一声。

他不是很自在地在沙发旁边站了一会儿，见连诀一时半会儿没有要走的意思，正犹豫着自己先过去吃饭会不会不太礼貌，这时院子里又有车进来了。

林琛走进屋里，先是跟连诀问了声好，又把拿来的纸袋递给沈庭未。

沈庭未莫名其妙地接过：“……这是？”

连诀似乎很赶时间，看了一眼腕表，说：“换上。”

要不要吃饭的问题被暂且搁到了一边。沈庭未拿了纸袋回到卧室，里面是一套款式简单但剪裁十分出彩的白色西服。

衣服意外合身，像是为他量身定制的，他换好衣服下楼，走到连诀面前，问：“可以吗？”

连诀抬眼看向他，目光奇怪地在他身上略微停顿了一下，很快收回目光，说：“嗯。”

沈庭未因为他刚才的停顿有些不安，下意识从电视液晶屏的反光里检查了一下自己是不是哪里有什么不妥。

不等他找出什么不对，连诀从沙发上起身，说了一句：“走吧。”

沈庭未愣了一下，很快追问：“去哪儿？”

不知道连诀是没听到他的问话还是什么，已经朝门口走了。

沈庭未看着他的背影，这才发现连诀今天的着装也是经过精心准备的，他的头发梳得整齐，黑色的西服细看有不太显眼的烫银纹理，还佩戴了袖扣。可能是因为连诀平时都是穿着正装，所以他没能很快注意到。

显而易见，连诀又需要他陪同去什么正式的场合。沈庭未只能跟上。

可能是觉得没有跟他解释的必要，一直到上车连诀也没告诉他去哪儿。直到车辆驶进一扇高大的铁门，又绕过很大的花园，林琛才低声说："连总，陈家到了。"

沈庭未跟着连诀在一栋设计非常精美的别墅前下车，打理绿植的用人停下手里的工作，毕恭毕敬地向连诀问好："连先生。"

连诀"嗯"了一声，问："都来了吗？"

管家走过来："差不多到齐了，只差几位年纪小的还没到，我刚才打了电话，都在路上了。"

对方打量的眼神太过明显，让沈庭未有些不自在，连诀对他说："跟着我。"于是沈庭未听话地跟在连诀身后，穿过一道很长的走廊，他尽量让自己的步调与连诀一致，以免过于局促，给连诀丢脸。

快到正厅时，连诀的步子停了一下。沈庭未不明就里，跟着站定了。

连诀偏头朝他看了一眼，说："来我身边。"

沈庭未的动作稍有迟疑，连诀已经擅自把他拽到身边："跟着我。"

正厅灯火通明，人并不多。

还没到开席的时间，长辈自然不会都聚在大厅里等，这会儿留在这里凑热闹的都是各家的少爷小姐，年纪都不大，一个个端着香槟谈近期经济发展趋势的样子倒显得格外老派。

不知道是谁先留意到连诀，几人相继转头看了过来，先是一愣，然后笑起来。

沈庭未敏锐地察觉到，那并不是善意的笑。

可能是沈庭未的举止太过僵硬，实在太容易露馅，连诀接过用人端来的香槟时偏头往他耳边凑了过来。两个人的距离过近，沈庭未能嗅到连诀身上那股让他安神的香味，这让他稍微放松了些许。

"连诀。"从刚刚那群人中走过来一个男人，端着香槟杯轻轻摇晃，话是冲着连诀，眼睛却是盯着沈庭未，挑了挑眉，"带了朋友？不介绍一下？"

连诀抬眼看了看他，冷淡地回了一句"嗯"。

男人仍在饶有兴味地等待着他的回答，半天才迟钝地意识到，连诀已经在上一秒单方面停止了与他的对话。

虽说他与连诀一向不对付，但被这样直白地无视还是第一次，这对他而言无疑是一种莫大的侮辱，于是眼神肉眼可见地阴鸷起来。半晌后，咬紧的槽牙稍松，男人的表情也慢慢转变为先前那种不太友好的笑。

“哦也对，多你一个是多，多两个也是多，没差。”

这话刻意到连沈庭未都察觉出不对劲来。他下意识转头去看连诀，正巧看到连诀极不明显地笑了一下。正疑惑着，连诀已经恢复回那张没有太多表情的脸，继而转过头看向沈庭未：“要吃点心吗？”

“不……”沈庭未说。

连诀从餐盘里拿起一块用油纸包裹的茶糕，漫不经心地拆开：“尝尝吧，别的地方可吃不到这么正宗的茶糕。”

沈庭未被迫接过，说了声“谢谢”。

男人一拳打进棉花里的滋味实在憋屈，瞪着连诀看了半天，冷哼一声转身离去。

连诀拿起一块帕子慢慢擦着手指：“不吃就丢了。”

沈庭未：……

陈宁雪站在二楼，从一开始就注意到楼下的两人，神情复杂。

连诀似乎早有察觉，抬头便对上了她的目光，冲她举杯。

“宁雪，待在楼上干吗？”倒是有看热闹不嫌事大的。

陈宁雪从小识礼数，熟知待客之道，自然不可能让客人在楼下等着。下楼与众人打了招呼，她取了两杯香槟走过来，远远叫道：“哥。”

虽说经历过了上次的办卡事件沈庭未就知道连诀与陈宁雪是认识的，但一直没有机会也没有适当的理由问连诀，今日突然在这里碰上，不免有些惊讶。不过更多的是惊喜——在这个完全陌生和缺乏“善意”的环境里，遇到眼熟的人总归是让他心里开心的。

他对陈宁雪笑了笑：“陈小姐。”

陈宁雪在两人面前站定，她挺直脊背，昂首，一袭白色晚礼服将她衬托得宛如一只高贵的白天鹅。

她将手中一杯香槟递给沈庭未，举手投足间维持着大家闺秀该有的优雅。“想不到还能在这里见到你。”她对沈庭未说。

无缘无故的恶意让沈庭未血液顿凉，伸手去接香槟的手顿在半空，怔了怔，才问：“什么？”

连诀从陈宁雪手中接过香槟，放在旁边的桌子上，甚至连搪塞她一句“他酒精过敏”或是“身体不舒服”都没有。

“我妹妹，宁雪。”连诀重新将沈庭未拉回身边，多余而公式化地向两位介绍彼此，“沈庭未，你见过的。”

陈宁雪垂眼看着连诀的动作，抿了抿唇，问：“你带个外人来干什么？”

连诀不带感情地笑笑：“怎么这么问？”

“连诀。”陈宁雪叫他的名字，抬起头。

她明显极力压抑着情绪，但还是放低了声音：“你明知道今天……”

连诀的笑意淡了，把玩着自己手上的戒指，含糊其辞地说：“嗯？”

陈宁雪深深地看了连诀一眼，放下酒杯，转身上了楼。

沈庭未潜意识里感知到了危险——他好像不应该来参加这场家宴。

0~2

厅堂的水晶吊灯亮得晃眼，远处的富家少爷小姐一副等戏看的模样，让沈庭未不自觉地紧张起来。

沈庭未再三纠结，还是问出了口：“今天我们到底是来做什么的？”

“吃饭。”连诀很好心地解释。

沈庭未问：“那陈小姐为什么看起来不太开心的样子？”

连诀说：“谁知道呢。”

连诀的语气平静得实在像是事不关己，让沈庭未意外了一下，但很快，他似乎明白了连诀将自己带来好像另有用意。

“所以需要我配合你做什么吗？”沈庭未忐忑地看向连诀。

“待着。”连诀说，“待在我旁边。”

沈庭未：“好。”

“咚咚咚——”

拐杖在地板上敲出的闷响叫停了楼下的喧闹，沈庭未跟随众人抬头看去。

二楼红木扶栏处站着几个人，被簇拥其中的那人神情冷若冰霜，正居高临下地朝他与连诀所在的方向看过来。

对方过于凌厉的眼神让沈庭未没来由地心慌了一下，接着感觉肩膀一沉，连诀的手臂搭了过来。

沈庭未下意识觉得那人可能与连诀有什么关系，因为那人身上有种与连诀格外相似的气场。事实也很快证明了他的猜想。

不知是人群中哪位叔父或是大伯先开口，将焦点对准他们——“小诀带了朋友来？”

连诀抬起头叫人：“爸，二叔，小叔。”

陈褚连沉着脸，没应声。

二叔轻咳了一声，埋怨似的道：“连诀你也真是，怎么什么人都往家里领。”

“不是外人。”连诀笑着说。

“哎，大哥你这话可就不对了。”先前在两人面前嚣张跋扈的男人插了句嘴进来，挑眉看向连诀，言语暧昧，“这人于你可能不是外人，于我们可不一定了……”

“陈旭。”小叔皱着眉头，出言欲制止他不分场合的行为。

一直以来，陈褚连都是陈家说一不二的存在，只要是他立下的规矩无人敢冒犯。连诀虽然代替陈褚连管理着整个集团，但其实什么都没有，更别提个人意愿，没有陈褚连的允许，别说是在家宴上带个不相干的外人来，就算是陈褚连今天就让连诀娶了陈宁雪，他都得乖乖照做。

但很显然，没人想到连诀会这么大胆，敢当众让陈褚连下不来台，还是以这种堪称挑衅的方式。

很长一段时间都没有人敢出声。

陈褚连的脸青了又青，手中握着的黄花梨拐杖因用力在大理石地板上划出很轻却很刺耳的声响，像是为了打破什么——安静，或是外人看来的和睦。

二叔指着连诀，疾声厉色道：“反了你是吧？你可知道今天是什么日子！”

他话一出，在一楼引起一小阵骚动。

“什么日子啊？”陈旭抬起头问，被小叔以眼神止住，小叔低声对二叔说了什么，继而不满地看着连诀，“连诀，你可别忘了这么多年……”

“忘了什么？这么多年陈家是怎么养育我的？”连诀几乎对这套一成不变的道德绑架麻木了，他皮笑肉不笑地看了陈褚连一眼，“陈家当年大费心力把我带回来，又好心捡了个字给我，这恩情我当然不会忘。”

沈庭未吃惊地看向连诀，心里当即生出一股无意窥探到别人隐私的别扭感，以及一种非常诡异的、越是不想探究却越是不由自主顺着秘密继续揣测的心思。

二叔指着连诀的手颤了颤：“当初，当初怎么就选中了你这个白眼狼！”

“我看二叔是年纪大了，记不清事了。”连诀神色不变，提醒道，“我可不是陈家选来的，是考进来的。”

沈庭未在一旁听得云里雾里，但连诀这话显然意有所指，众人面面相觑后噤了声。

陈褚连的脸色实在难看，抿紧了嘴唇。

“不过我在陈家这么多年，功劳不敢要，苦劳没少出吧。”连诀缓慢地敛住了笑意，语气变得有些冷，“也该还清早几年的养育之恩了。”

拐杖在地面上用力敲动了两声。陈褚连鬓边鼓起细而明显的青筋，他微眯起眼，目光射向连诀，声音冷得异常：“果然是条养不熟的狗。”

这话说得未免太难听，连沈庭未都感觉不适，转过头看连诀，却发现连诀的表情与动作没有丝毫变化，仍是轻松的姿态。

连诀很轻地笑了一声：“您早该知道的。”

话音落地，二楼有什么东西砸了过来，在沈庭未耳侧发出一声闷响，接着在地面上滚动了几圈，撞到桌脚才停了。

他下意识垂下目光去看，是只木雕的龙头。

龙头从颈处断裂开，红木的碎屑落在地上，沈庭未辨认了一会儿，猜测是陈褚连那根拐杖上的。

余光里连诀的衣袖不易察觉地轻动了一下，像是想抬手，但不知为什么忍住了，把手收了回去。沈庭未这才注意到连诀一侧的颧骨微微泛红，细看好像有擦破皮的痕迹。

连诀似乎不是太能忍耐疼痛的人，眉头皱了起来，只是幅度小得微不可见。

陈褚连很大声地说："带着你的人，滚！"

"这……连先生，请吧。"引他们进门的管家对他们说。

来时是光鲜亮丽的座上客，走时却是灰头土脸的落水狗，说请，都不如用轰来得合适。

林琛还在车里等着，像是早就知道了结果，在他们出来后迅速地为他们拉开车门。

车驶出陈家大院，在空荡的郊区马路上行驶了很长一段距离，林琛才开口："连总，去哪儿？"

连诀挺直的脊背稍有松懈，靠进椅背里："南边。"

可能是沈庭未盯着连诀的时间有点长了，连诀皱着眉头，很没耐心地问他："看什么？"

沈庭未看着他颧骨处已经肿起来的伤口，想给他指，刚抬起手，又改为指指自己的脸："这里破了。"

连诀蹙着眉头说"嗯"。

过了一会儿，问："还看什么？"

沈庭未摇摇头，说没什么。

连诀很烦他有话说一半的毛病，于是仍看着他。沈庭未不自然地摸了摸耳垂，尴尬地说："真的没什么……就是觉得你看起来好像有点……"

沈庭未想说落寞，又觉得不合适，只好闭了嘴。连诀可能猜测到了他的后文，看了他一眼，收回目光，将视线转到窗外。沈庭未再次小声重复了一遍："呃，没事。"

车停在南郊别墅门口，林琛说："到了。"

院子里没开灯，车里也只开了一盏前排的灯。沈庭未没急着下车，他看着半张脸陷在暗处的连诀。

连诀是被领养的，从刚才的情况来看，他在陈家过得也许没有那么好，这让因为来到这个世界而同样失去父母的沈庭未无端生出一种同病相怜的滋味。

他犹豫地叫了一声："连先生？"

连诀看过来，目光很淡，像是还在责备他刚才的多管闲事。

沈庭未看着他的脸，鼓起勇气问："要不要进去处理一下伤口啊，得消下毒什么的。"

车就停在院子里，林琛和司机留在车里等着。

沈庭未从房间里找出药箱，用脱脂棉蘸取生理盐水替连诀清理伤口。

连诀坐在沙发上，沈庭未则坐在他身旁，因为连诀不配合转身而逼不得已凑得很近。他有些担心地看着连诀的脸："不知道会不会留疤。"

清洗完了伤口，沈庭未取了支棉签，替连诀上药。

其实连诀脸上的擦伤并不明显，主要是砸伤，导致红肿的范围不小。沈庭未怕弄痛他，手上的动作更轻了。但棉签太小，触碰伤口的力道很难保持一致，以至于偶尔会戳痛连诀。或许是碍于面子，连诀没有制止，只是眉头皱得更深。

沈庭未由于离得近，所以听清了他浅浅的一声吸气，有点抱歉地说："对不起啊，弄疼你了。"

沈庭未默不作声地收回手，将两人之间的距离拉开，他指了指连诀的脸，找补般地说："伤口好一点的话可以再擦点药。"想了想，又安慰道，"伤口很浅，应该不会留疤。"

"嗯。"连诀起身，破天荒地对他说了一句类似道别的话，"我回去了。"

沈庭未有些不自然地退开，把沙发与茶几之间的位置让出来："好……注意安全。"

0~3

这天晚上，连诀睡得不是很好，梦里似乎回到了那个夏天。

连诀刚结束一场莫名其妙的面试，从那栋冰冷而漂亮的大楼里走出来后，和几个共同参加面试的男孩一起坐上了回程的大巴。

福利院的孩子很少能有机会来到这样气派的地方，更别说刚才面试时那种只在电视里才看过的夸张排场，几个人从上了车就叽叽喳喳说个不停。

连诀有些晕车，本来找了第一排靠窗的位置坐下，又觉得聒噪，起身走到了车厢角落。

大巴走的是乡道，很慢，等他回到文阳市儿童福利中心已经是第二天下午了。

文阳本就是个多雨的城市，如今又正值夏季，几乎不见晴天。

从大巴上下来，一脚就踩进了泥洼里，他看着脚上那双刷得泛白的运动鞋变得脏污不堪，皱了皱眉头。

那时的他还不叫连诀，或者说还不配叫“连”诀。据院长所说，他被丢在福利院门口时还没两岁，话都说不清楚，更别说自己的名字、姓氏，院里人都叫他“小诀”。

他今年已经十五了，年纪在福利院已经算很大的了，个子也高，捐助者送来的衣物多数是给一些更小的孩子的，所以分到他手里合尺码的衣物并不多，更没有挑剔的余地。这双鞋是去年春天时志愿者送来的，鞋头有一点挤脚，但已经是最接近他能穿的尺码了。

回到宿舍把随身衣物放下，有人过来叫他，说是院长找。

“小诀。”院长把从食堂端来的饭放在自己的办公桌上，招呼他坐下，“刚回来吧，先吃点饭。”

连诀坐了一天一宿的车，其实不太有胃口，但还是道了声谢谢，坐下来拿起筷子。

院长先是问“那边怎么样”，又问他“都见到了什么人”，连诀摇摇头，说不清楚。

院长又问：“那他们对你的感觉怎么样？”

连诀回想了一下面试时对面一排大人的表情，推断道：“应该是满意的。”

院长若有所思地点点头，说“知道了”。

后来院长还拉着他絮叨了很多，大概是他刚来的时候话都说不利索，一转眼就这么高了，以及他明明聪明健康，怎么这么多年却被屡屡退养。连诀一声不吭，吃完了饭，跟院长道了别，拿着空掉的餐盘走了。

比起听院长说这些，他现在更想回去睡个好觉。他太累了，又在十分不舒服的情况下吃了一份冷掉的饭，现在很想吐。

连诀被特许下午可以不用参加福利院的日常活动，他躺在床上，感觉自己头晕目眩。他回想起刚才院长问他面试的情况，又想到那些似乎对他很满意的人，然后觉得胃里有阵难以忍受的紧缩，趴在床沿开始吐。

连诀在院长的要求下为这场面试做了很多准备，临行前院长反复强调："这是只有最优秀的孩子才能得到的机会，你一定要好好把握住。"

院长这话没有夸大。连诀在一个月前就知道自己在过完年那场全国范围的考试中拿到了很好的名次，然后被带去做了一遍细致入微的体检，比他之前被领养人带去医院所做的体检还要全面。后来接到通知要去沂市参加面试，他恍惚地想：为什么？但没有人向他解释。

直到面试结束后的一周，有一台一看就非常贵的汽车开进福利院，他才明白，原来那只不过是比起别人来更为特殊的领养方式。

连诀被要求什么都别带，只身坐上那台车，隔着车窗平静地跟院长与护工说了再见。

来接他的人很奇怪地问："不和他们多说一会儿话吗？"

连诀说："不用。"

那人有些意外地看了他一眼，催促司机尽快出发。

再次去往沂市的用时比他之前坐大巴要短得多，可能是因为轿车的速度快，也可能是因为这次走了高速。

车开进陈家大院，连诀跟着带他来的那人下车，穿过那条让他觉得异常长的走廊，上到二楼，进入一个很大的书房。

那是连诀第一次见到陈褚连。

那时的陈褚连还算年轻，至少腰背还直，正坐在宽大的办公桌后面，低着头看手里的文件。

可能是被领养与被弃养的次数多了，连诀看到自己新的领养人时并没有什么特别的想法。陈褚连显然也是一样，只是抬起眼很粗略地扫了连诀一眼，说："来了。"

连诀不知道该说什么，索性什么都不说，旁边的人替他开口，对陈褚连说："叫小诀，十五岁了，开学该上高二了。"

陈褚连"嗯"了一声。

"学校已经找好了，我明天带他去上户口。"那人顿了顿，问，"先生，叫什么？陈诀吗？"

“十五了？”陈褚连问。

“对。”

陈褚连头也不抬，注意力仍在工作上，冷淡地说：“不是小孩子了，姓什么不重要。”

男人明白了他的意思，道：“那……”

桌上的电话响了，陈褚连抬手止住他的话，接起电话。

电话挂断后，陈褚连突然站起来，似乎有很紧急的事情要出去，匆匆留下一句“都行，你看着办吧”便要走。

临出门前与连诀擦肩而过，连诀稍微侧了下身，想把门口的位置让出来。陈褚连停下脚步，第二次将目光放在连诀身上，对他的小动作很不满意似的，皱着眉头问：“怕我？”

“不怕。”连诀注视着他。

或许是他不卑不亢的姿态取悦了陈褚连，陈褚连笑了，拍了拍他的肩膀，扭头对刚才那人说：“你刚刚说他叫什么？”

“小诀。”

“嗯……”陈褚连想了想，问连诀，“你爸姓什么？”

连诀说：“我没爸。”

陈褚连“嗯”了一声，寻求意见似的问身后的男人：“叫褚诀？”

那人张了张嘴，欲言又止，在陈褚连“有话就说”的追问下，才犹豫着道：“处决，好像不太吉利……”

陈褚连没有在这件事上多作纠结，很快作出决定：“那就连诀。”

“好的先生。”

……

这场梦做得太细致，连诀醒来的时候感觉自己的胃在痉挛，像是那年刚从大巴上下来的时候。

他拧开床头的灯，靠在床头坐了一会儿，发觉自己的胃痛没有得到半分缓解，这才忽然想起昨晚没吃什么东西。

连诀不是爱折腾自己身体的人，三餐也还算规律，所以没有什么成功人士标配的胃病——这会儿难受大概率是饿的。

他忽然想起傍晚去别墅时，沈庭未好像刚烧了菜，弄得房子里都是味道。当时没留意，现在想起来才觉得沈庭未应该是很会做菜的人，沈庭未上楼换衣服的时候，林琛似乎还忍不住夸了一句“这鲫鱼豆腐汤闻起来就很鲜”。

不过他就吃这个?

连诀对照顾病人没有经验，也不免觉得晚餐只有一个汤过于简朴，于是想着还是要找个保姆过去照顾才行。

放在床头的手机屏幕亮了，连诀拿起来，提示是一条来自陈宁雪的消息：“我回去了。”

在解锁打开聊天窗口的时间里，那条消息的状态已经变成了“对方已撤回”。

连诀看了一下时间，还不到五点，很明显她这晚睡得不是很好。他没有立刻回复。起床后，连诀打开了她的朋友圈，看到一条看上去似乎还挺开心的状态——五分钟前发出的，照片里是一杯冰美式与一张机票，背景在候机室，文字是:没什么留恋啦，B 国的朋友们等我落地，想你们。

还不到平时的早餐时间，但连诀很饿，决定自己随便做点东西吃。可能是走动的声音惊扰了阿姨，阿姨从房间里出来，“呀”的一声：“先生今天怎么起这么早？”她从连诀手中接过刚从冰箱里拿出的食材，“交给我，我来做吧，很快就好。”

早餐的时候，他给陈宁雪回了信息，说“一路顺风”。发出后才发现自己已经被拉黑了，

但这并没有影响到连诀吃饭的心情，他把手机放在一边，突然问阿姨：“生病的人吃什么好？”

阿姨愣了一下：“先生这是……”

“明年家里会多一个人。”连诀说，“如果没有意外的话。”

阿姨弄明白连诀的意思后，表情有些古怪，好像不太能理解他的行为。回答了连诀的提问之后，又很担心地问：“需要我帮忙照顾吗？”

连诀原本的确是打算给沈庭未再请位阿姨的，但转念一想沈庭未先前辞退了钟点工，也许就是不想让别人知道他的身体情况，所以决定还是征求一下沈庭未的意见。

“暂时不需要。”他说。

见阿姨还站着没动，连诀问：“有什么事吗？”

阿姨看了他一会儿，忍不住委婉地提醒：“您找个机会和童童说一下吧，这么大的事情，不好瞒着孩子的。”

连诀接受了她的建议，说：“过段时间吧。”

0~4

今天是周末，连诀很自觉地给自己放了个假。从大学毕业开始他就没有好好休息过了，他打算把今天的时间用在补觉和运动上。

但这份宁静没能持续太久就被一通越洋电话打断了，连诀听着对面略显急促的汇报，眉心紧蹙，将渐慢的跑步机彻底关停。

电话挂断后，连诀拨了通电话给林琛：“帮我订一张最快去S国的机票。”

林琛敏锐地察觉出什么，很快问：“是海外公司出问题了？”

连诀为陈家工作多年，如今决意与陈家决裂，自然不会全无后手，而“后手”在这个节骨眼上出问题，幕后黑手不言而喻。

林琛问：“连总，需要我陪同吗？”

连诀思考片刻，说：“你留下，看好沈庭未。”

连诀离开前，给沈庭未打了一通电话。沈庭未很少接到连诀本人的电话，大多数时候连诀有事会让林琛代为转达。

“喂？”沈庭未不确定连诀是不是有什么重要的事情，“连先生？有什么事？”

他稍扬的音调越过机场嘈杂的人声，贴着连诀的耳朵传进来。不知道为什么，“有什么事”这几个字让连诀很不爽，或许是因为的确不是什么要紧事。

“有事。”连诀还是说。

沈庭未安静地等了一会儿，却没听到连诀说什么事。他觉得连诀有点莫名其妙，只好又问了一遍：“什么事呀？”

连诀想到了一个还算说得过去的理由：“最近有雨，尽量不要外出。”

沈庭未愣了愣，想不到他会专门打电话来提醒自己天气，有些受宠若惊，小心地应了："……啊，好。"

"你平时自己做菜吗？"连诀突然问了一句废话。

沈庭未不明所以："是啊。"

"你太瘦了。"连诀说。

连诀的本意只是想让沈庭未多吃一点，但这句话过于没有分寸，让对面有片刻沉默。他一时不太容易找出自然的解释，便认真地说："你现在严重营养不良。"说完，又不分青红皂白地责怪，"医生上周检查完没有和你说吗？"

沈庭未忽然不知道该说什么了，过了一会儿才说："我会多吃点的。"

连诀这才满意了，说："嗯。"

"需要什么告诉林琛。"连诀说，"他最近都有空闲。"

沈庭未说："好。"

又是一阵短暂的无言，沈庭未刚想问问连诀还有没有什么事，对面就挂了电话。

后面几天果然一直在下雨。被雨困在家里，沈庭未闲来无事就披着毯子坐在落地窗前发呆。

花园里刚种上没多久的花被雨水打得蔫巴巴地垂着，花瓣落了一地，沈庭未看得心疼。像是为了能给自己找些事情做似的，他联系了林琛，给他发信息说下次过来的时候如果方便可以带些遮雨布来。

林琛收到信息后，没过两个小时就到了，还带了几个工人用遮雨布把院子里的花圃盖上了。

沈庭未想上前帮忙，却被要求站在避风处待着就好。他心里过意不去，看临近晌午饭点了，便想留他们在家里吃饭，被林琛礼貌地拒绝了。

"连总走之前交代过好好照顾您，我领了工资，当然要把活干好。"

沈庭未这才知道连诀最近不在国内。

他看着一行人离开的背影与雨幕下渐渐合上的大门，心里难免生出几分落寞来。有时他会觉得这栋很大的房子像只精致的囚笼，而他是笼中被圈养的鸟雀。

所以刚刚林琛向他转达连诀要再找位保姆来照顾他的想法时，沈庭未想也没想就拒绝了，他认为自己还是有独立生存的能力的，暂时不需要“饲养员”。

雨下了将近一个礼拜，天才总算有些想要放晴的迹象。

沈庭未在屋里憋了快一个礼拜，也总算能出门透透气。他先是把院子里的雨布撤了，折好放回仓库里，又仔细检查了花，看它们有没有受到大雨的影响。

沈庭未挺喜欢花的，他曾经的家里也有一个花园，在家门口很小的一片，用篱笆围起来。偶尔他的母亲会邀请邻居家那个没有热感症的阿姨过来喝下午茶。

那个阿姨性格十分有趣，她在经营一个粉丝数量很可观的自媒体账号，平时喜欢在网络上分享与丈夫相爱的故事与日常，在年轻人中一度很受欢迎。沈庭未读书的时候也会看她的视频，只因为他们这种不受热感症困扰的生活在社会主流中显得很特别。

——沈庭未都快忘了，自己曾经也向往过这样的生活。

而连诀并不喜欢鲜花，认为它们从外表到气味都庸俗至极，之所以被赋予了表达情感的含义，不过是商品时代下促进经济的一种无聊手段。他冷漠地看着面前办公桌上这束娇艳盛放的玫瑰，抽掉中间那张卡片丢进垃圾桶，叫助手拿了丢出去。

“以后不要让这种东西出现在我办公室里。”连诀说。

他的助手是个典型的S国人，S国的浪漫主义思想浸染进骨子里，对他如此无情的行为表示不解，问为什么。

连诀没有耐心应对他的问题，说没有为什么。

他的助手觉得有些可惜，将花拿走，说：“或许我可以分给前台的女孩，她们一定会为此感到高兴。”

连诀说：“随便你。”

鲜花的主人在约定时间到达连诀的公司，一进门就对连诀表达了不满：“我送你的花怎么摆在门口，还被拆得那么……”他的中文不是很好，想了很久才找到一个合适的词汇来形容，“呃，惨烈？”

“我对花粉过敏。”连诀随便找了个借口。对方是他目前为止所能找到的不算最为合适，但也能够为他解决燃眉之急的代理商，理应保持客气。

Alex 惊讶地说：“啊，是吗？抱歉我不知道。”

连诀笑笑，表示自己并不在意，请他在办公室坐下。

Alex 是个地道的 S 籍华人，很年轻，看起来也就二十五六的年纪，从说话方式到行为举止都透露着不靠谱三个大字。连诀起初也以为他不过是仗着家底厚随便玩玩的纨绔，商场中不乏这样的人，但接触下来才发现对方的谈判能力与他的外表极不相符，不是很容易被糊弄的人。

于是连诀想了想，给出了一个比原本预计高出不少的数额。

Alex 却笑了，他像没讨到糖吃的小孩，将五官皱在一起，甚是责怪地看了连诀一眼：“这个数额仅仅高于市场百分之五而已，而我所承受的风险可远不止百分之五。”

连诀面不改色：“这行的利润占多少，你比我清楚。”

Alex 见他不肯退让，有些遗憾地说：“连总，我对贵司的现况略有耳闻……您应该清楚的，您司并不是我唯一的选择。”

Alex 是个聪明人，话点到为止，意图明显，想告诉连诀他手上并没有太多谈条件的筹码。

情况的确如此，连诀短暂地沉思了一会儿，说还有商量的余地。

Alex 很欣赏他识时通变的做事风格，从椅子上站起来，身体前倾，半越过宽大的办公桌，专注而打趣地盯住连诀：“或许我们可以各退一步，我这边再让一成利润，你留出今晚的时间与我吃个晚餐？”

那股令人不太舒适的香水味因对方凑近而变得浓郁，是与那束玫瑰类似的馥郁型花香，使得连诀条件反射地产生反感。

连诀反常地在工作状态下分了会儿神，想起沈庭未。沈庭未身上那股奇怪的荷尔蒙味道比很多香水味都要好闻，他在心里加深了这个想法。

连诀微微向后倾身，将转椅带离桌前，语气看似抱歉地说道：“不好意思，我晚上已经有约了。”

Alex“啊”了一声，失望地坐回原位：“那太可惜了。”

最终两人的谈判以连诀妥协作为终止。

“合作愉快。”连诀主动向他伸出手。

Alex 仍是遗憾地盯着他看了许久，才轻叹一口气，握住他的手，道：

“合作愉快。”

0~5

“叮——”

沈庭未把煮好的热牛奶倒进杯子里，端着杯子走到沙发前，拿起响了几声的手机。

“店长在给我们做员工培训呢。”

“你那张 50 万的卡已经成为咱们馆里的神话了。”

对话框里发来了一个视频。

沈庭未点开视频，视频里店长正慷慨激昂地给大家强调服务态度的重要性。

他用一排“哈哈哈哈”作为反馈，给常开心回了信息。

沈庭未一向是重感情的人，常开心是他来到这个地方以后交的第一个也是唯一一个朋友，拿到新手机后他理所应当地通过常开心的常用手机号加上了好友，两个人偶尔会在聊天软件上聊聊天。

沈庭未独自守在很大的房子里，周围很空旷，想要出门逛逛都需要走很久才能到达市区，所以他时常会对现在的生活感到无趣。太过无聊所导致的结果就是他常常会想起过去，但很多时候只敢让念头在脑子里一闪而过，就得强迫着自己接受现实。

尽管很多事情他没办法与别人说，但有人能像这样时不时陪着他说说话也是好的。

可能是常开心每次找沈庭未都能很快得到回复，次数多了，她有所察觉，隔三岔五会发来一些有意思的学习论坛让沈庭未打发时间。

“一起学钩针吧，我要给我家猫织个项圈。”

沈庭未第一次听她提起，很好奇，问：“你家还有猫？”

常开心说“是呀”，然后连续发来十几条照片和视频信息炫耀。

沈庭未一张张点开看。常开心的猫是一只很肥的狸花猫，她说是去年在小区车棚里捡到的，特别黏人。沈庭未非常羡慕地说：“好好啊，我以前也超想养一只猫。”

常开心说：“养呀，养猫超治愈的。”

沈庭未看着手机上的猫猫照片，探了探自己额头的温度，有点可惜地说：“还是算了吧。”

“爸爸，我们学校暑假有个游学夏令营，我可以参加吗？”康童刚洗完澡，阿姨正拿着吹风机帮他吹头发，他捧着手机，看屏幕里的连诀嘴巴动了动，凑着耳朵过去听，“啊？什么？我没听见。”

阿姨把他的头发吹得半干，用手理顺了，笑着说：“你先跟你爸视频吧，等下睡觉了我再来给你吹。”

康童这才听清了连诀的话，连诀要他把夏令营的行程发过去看过再决定。

他乖乖地点头，然后从班级群里下载了夏令营的资料，转发给连诀。

连诀浏览了一遍活动安排，确认没有哪个环节存在安全风险，才对康童说：“可以。”

视频挂断后，连诀点开医院那边刚刚发来的消息，对方汇报了沈庭未本周的身体检查结果，并委婉地告诉他，沈庭未的身体状况比起一开始有所好转，但毕竟正处于治疗关键期，最好能够多有家人的陪伴。

连诀看着对方发来的文字，目光在“家人”二字上停留了许久，除了思考自己是否能够算作沈庭未的家人外，他还突然想到，沈庭未的亲人呢？

连诀仔细回忆着，好像与沈庭未相识以来，从未听他提起过亲人，先前问沈庭未需不需要和家人商量留在这里治病时，他一反常态的表现，让人很难不产生些不太乐观的联想。

正想着，手机上弹出一条新的消息提示，是一条好友申请。连诀几乎是瞬间猜测到对方是谁。

沈庭未的聊天头像是时下年轻人都喜欢用的宠物图片，昵称是几个连诀看不懂的符号，猜测可能是随便打下的乱码。

还没等他通过，沈庭未又重新发了一条添加申请，并且在备注里写上：“连先生，我是沈庭未。”

加上好友后，沈庭未很快发来一条语音消息，在语音里很有礼貌地说：“连先生，很抱歉这么晚打扰你，我房间里的热水器好像出了一点故障，今晚可以借用一下你的浴室吗？”

连诀看了一眼时间，回复：“不晚。”随即又回复：“可以。”

沈庭未很快回道：“谢谢。”

手上暂时没有什么要紧的事情等待他处理，连诀没有叫助理，起身为自己泡了一杯咖啡。

坐回办公椅后，他拿起刚才回复完消息就随手放在桌上的手机，再次打开聊天软件。

沈庭未的聊天窗口仍停留在最近联系人第一条，他盯着沈庭未奇怪的昵称看了一会儿，好像有些看懂这串符号了。

他把手机竖过来，“*<|:-1”，像个戴着绒线帽的人。

连诀为沈庭未这种幼稚的低级趣味感到无语，好像很难忍受这样的东西出现在自己眼前，他在备注名称里把沈庭未的昵称改成了规规矩矩的名字。

不知出于什么心理，他接着放大了那个看起来很怪的头像，十分挑剔地审视起来。

沈庭未的头像是一只小猫，猫咪的头顶与鼻子上有黑色的斑纹，眼睛半眯着，瞳孔泛着一圈黄褐色的绒圈，正蜷着前爪俯身趴在阳台上晒太阳。

长相可以说是平平无奇，拍摄技术却可圈可点，并不像是从网上随便找的照片。

他问：“头像是什么？”

沈庭未过了半个小时才回，说：“猫。”

连诀刚回复完一封邮件就看到手机上亮起的消息，在看到沈庭未的回复后，认为他又在侮辱自己的智商。他当然知道那是猫。好在沈庭未很快又补了一句：“是朋友家的猫，蛮可爱的，就拿来当头像了。”

连诀怎么也没办法从那只蠢猫的脸上找出一星半点的可爱来，只好当他这句话是空气。

沈庭未的消息在几分钟后又发过来：“我用了一条你房间里的新毛巾。”

连诀发现他有时候真是礼貌得有点烦人，于是回复：“不用通知我。”过了一会儿，又补充说：“想用什么自己拿。”

沈庭未用毛巾擦拭湿漉漉的头发，看到连诀的消息，拿起盥洗台上的手机，又一次回复道：“谢谢。”

聊天窗口上方显示“对方正在输入……”，沈庭未把睡袍系好，拿着手机回到房间，找了吹风筒把头发吹干。

直到他吹好头发上了床，连诀的消息也没再发过来，聊天窗口上的提示又变回了“连诀”。

他和着温水把今天的药片吃了，靠坐在床头百无聊赖地翻了会儿手机相册。

沈庭未偶尔会拍些照片，比如按照网上的菜谱做出的新菜式，或是花园里新开的花，但他没有什么人可以分享，只放在相册里不时翻来看看。

正胡乱翻着，常开心发来一条新的消息，说：“今日份的云吸！”

常开心家的猫正用一种非常扭曲的姿势侧躺在枕头上睡觉，露着白花花的腹部。沈庭未隔着屏幕都能感受到柔软的手感，看得喜欢，就把头像换成了这张照片。

跟常开心有一搭没一搭地聊了几句，常开心明天还要早起上班，没聊多久就跟他道了晚安。

沈庭未其实还不是很困，但没什么事情可做，在软件商店里按照数据排行下载了八卦论坛刷了一会儿，多数是些他不认识的明星的花边新闻。他漫无目的地看了一会儿，找不到乐趣，便放下手机打算睡了。

沈庭未关了卧室的顶灯，只留了床头一盏柔和的台灯。因为连诀电话里那句“太瘦了，营养不良不利于养病”，他最近对待吃饭比以前要上心一些——虽说吐的要比吃的多，但总归是增加了饭量，长肉也在情理之中。

沈庭未才想起自己好像很久没有出现那种强烈的心悸感了。也许是因为连诀提供给了他一个较为稳定的居所，不需要他再为明天去哪儿而担忧，所以那颗一直悬着的心有了一点着落，连同近期的睡眠质量都跟着上去了。

游思遐想间来了睡意，他打了个哈欠，从被子里伸出手把灯关了。

快要睡着的时候听到手机响了一声，他拿手机来看，连诀没头没脑地发来一句："喜欢猫？"

沈庭未太困了，没有打字的精力，将手机贴在嘴边，很轻地回了一句"嗯"，没多久便睡着了。

C H A P T E R 0 8

◎第八章

变故

Emergency

0~1

等连诀处理完手头上的工作，再回国时已是一个月后了。

从机场出来，提前过来等候的林琛走上去接过连诀手中的行李，替他打开车门，问："连总，直接回家吗？"

连诀"嗯"了一声，上车后就没再说话。

他刚经历了一个多月的高强度工作，时差还没倒过来，此刻短暂地松懈下来，靠在椅背中阖眼休息。

林琛见他神色疲惫，便让司机将车内温度调高，不再作声了。

正值上班早高峰，道路从进入市区就堵了起来，缓慢挪动的车流间不时响起短促而刺耳的车鸣。连诀微微皱了皱眉，睁开眼，眉宇间流露出些许反感的情绪。

林琛只好解释："堵车了，连总。"

连诀点了点头，视线漫无目的地落向窗外，继续沉默。

大概过了两分钟，在车往前挪了几乎不能称作前进的很小一段距离后，连诀突然说："停一下。"

林琛跟着他的视线看过去，路边是一排尚未完全开始经营的门店，他心怀疑惑地跟随连诀下了车。

此时不到九点，一些店铺刚开门营业。店主正在柜台后面整理东西，身子被收银柜挡了大半，听到门口有人进门，也没赶紧起来迎客，只扬声喊了一句："欢迎光临，先自己看看啊，有什么喜欢的叫我。"

连诀很少进入宠物店，他对宠物的概念仅仅来自于余曼喂养的那条亲人的博美犬。

只是刚在车里远远看到这间店时，莫名想起了沈庭未之前回复他的那声很绵很软的"嗯"。连诀无端解读成沈庭未喜欢得不得了，于是鬼使神差地走了进来。

林琛跟着进来，眼里流露出几分怪异的神色："……连总这是？"

连诀正站在一个足有三层的玻璃展柜旁，仿佛视察工作般，神色严肃地将展柜内或在玩耍或在酣睡的猫咪审视一遍，随后拿出手机，找出一张图片，给林琛看："这是什么猫？"

林琛和连诀一样，对猫一窍不通，但由于照片上的猫咪长相实在太过普通，平凡到街上随处可见，因此并不太难辨认。他实话实说："好像是田园猫。"

"田园猫？"

"是的，连总，也就是我们俗称的土猫。"林琛说，"在宠物店里应该是买不到的。"

连诀点了头，将目光放回展柜，但显然若有所思。

林琛认为连诀不是会喜欢宠物的人，而小孩子对宠物的热情度往往比较高，便猜测是康童想要，于是推荐道："我姐家里有两只布偶猫，毛发很漂亮，而且性格非常温顺，小少爷也许会喜欢。"

连诀却说："不是。"

林琛愣了愣。

没找到沈庭未头像里的品种，连诀很快放弃了给沈庭未买只猫的念头，正要离开，突然感觉有什么东西在他袖口碰了一下。

连诀低头，发现是玻璃展柜二层的开口处伸出了一只白色的小爪子，钩住了他的袖子。

小猫似乎对他的袖扣非常感兴趣，一次没抓到，伸着爪子还想再抓，被连诀轻轻捏住了肉垫。小猫非但没有把爪子收回去，反而在他指间抻了抻爪子。

指腹的温暖与柔软的触感让连诀感到新奇，他松开小猫的爪子，在展柜前蹲下，视线与猫咪平齐。

玻璃柜里的小猫只有两个手掌长，浑身洁白如雪不掺一丝杂色。小猫不怕人，看到连诀时耳朵轻轻抖动了一下，探着圆滚滚的脑袋隔着玻璃凑过来看他，大而有神的眼睛在灯光下呈剔透的黄，像颗晶莹的琥珀。

连诀朝展柜上的圆孔伸出一根手指，小猫便将爪子搭上来，好奇地抓他的手指。

沈庭未应该会喜欢它，连诀莫名地想。

林琛站在连诀身后，犹豫片刻，还是觉得自己有必要提醒连诀："连总，沈先生还病着……这个时候养猫会不会不太妥当？"

连诀听到他的话，稍有迟疑，逗小猫的动作停了。

正想作罢，整理东西的老板娘从柜台后面站起来，显然是听到了他们刚才的对话，说："要相信科学啊，帅哥。"

连诀听到声音转头，见老板娘正扶着腰、步子缓慢地朝他们走过来："你看我怀着孕不是还在这儿吗？我家这么多猫猫狗狗的，只要时常驱虫和把卫生搞好了，平时多注意一点，病人养猫什么问题都没有。"

连诀从看到她以后，视线就不由自主地停在她明显隆起的小腹上。老板娘快走到他们面前时，似乎想要伸手把圆桌旁的椅子拉出来，连诀朝身后使了个眼神，林琛连忙说："不用了。"

"哎，不好意思啊，我这挺着个肚子干点什么都不方便。"她又挺抱歉地对林琛说，"那能麻烦你帮我搬一个吗？"

林琛帮她把椅子拉出来，老板娘扶着肚子坐下，问："想给家里人买？"

家人这个过于亲密的词汇让连诀有一瞬的沉默，接着说："嗯。"

"我听说猫咪身体里有一定概率携带弓形虫，会不会……"

林琛的话还没说完，老板娘笑了起来，对他说："弓形虫听起来挺吓人的，但其实是一种非常常见的寄生虫，别说动物，其实很多人身上也会携带，只是没有被发现而已。弓形虫除了宠物体内可能会有，在没有完全熟透的肉制品、奶制品，以及果蔬上都可能会有的，误食这些造成感染的可能性比宠物传染的概率要大多了。

“其实平时家养宠物的时候，只要注意不要让你家生病的那位接触到猫咪的粪便，勤洗手消毒，不带猫咪出门和喂食生肉，基本上就没问题了。”她看了看连诀，大概是从穿着上判断，认为像这样偏精英类型的男士并不会热衷小动物，便笑着问，“家里人喜欢猫？”

“嗯。”连诀的适应能力很快，第二次从她口中听到“家人”，神色中就没有了特别的变化，“他喜欢。”

“之前有养过猫吗？”老板娘问。

连诀不清楚沈庭未之前有没有养过宠物，想了想，说：“应该没有。”

“嗯……那你可以考虑一下英短，长得很可爱的，性格也比较温顺，不爱叫，比较适合新手养。”老板娘的目光在放置猫咪的展柜里扫了一圈，指了指刚才抓连诀袖子的小猫，“喏，就它。昨天刚打完全部的疫苗，驱虫什么的都做过了，抱回去就能养。不过它现在这个年龄，比较活泼，晚上最好把它关到客厅去，不然会影响休息。”

老板娘想了想，又指了指最上面的展柜：“其实刚才这个帅哥提到的布偶猫也不错，布偶猫性格黏人，很适合陪伴。就是它属于长毛猫，如果平时家里只有他一个人的话，我个人不太建议养，因为每天需要花费很多精力给猫咪打理毛发。”

连诀蹲下来，继续看那只白色的小英短猫，老板娘看出他有想要的意向，就说：“你喜欢的话可以抱出来看看的。那个门把旁边有个扣，使劲掰一下就开了。”

林琛一向擅于揣测连诀的想法，见连诀听完店主的话有所打动，便自作主张开了柜子：“连总，您先看看，如果确定要养，我去咨询一下养猫事宜，请位保姆到沈先生那里照顾……如果沈先生不愿意，只照顾猫咪也好。”

连诀原本没有抱猫的想法，但林琛把柜门打开，猫咪就朝他冲了过来。二层玻璃柜虽然不算高得过分，但猫咪这么小，真掉下来恐怕也容易受伤，于是他还是伸出手把猫小心地抱起来。

猫咪趴在他的手臂上，如愿以偿抓到他的袖扣，用爪子拨弄来拨弄去。连诀不太熟练地抚摸了猫咪毛茸茸的脑袋，小猫好像很舒服，竖起尖尖的小耳朵，用非常轻也非常细的声音“喵”地叫了一声。

连旁边不主张让沈庭未养猫的林琛，都忍不住被它这一声撒娇般的叫声吸引，情不自禁地说："好可爱啊。"

"其实在治疗阶段，病人心理上很容易出现情绪低落的情况，养只宠物陪伴他也许会好很多的，毕竟都说宠物治愈心情嘛。"老板娘说完，又不太好意思地笑了一下，"不过这都是我个人的感受，仅供参考，要不要养还是你们自己拿主意。"

连诀最终还是决定将它带回去。

老板娘为了消除他们的担忧，指了指外面："马路对面就有一家宠物医院，你们要是不放心的话可以现在带它过去做下体检，顺便检测一下有没有弓形虫，要是检查结果有问题的话化验费可以我来出。"

于是为了以防万一，林琛还是抱着猫咪过去做检查，连诀则留在店里为小猫置办生活用品。

正在两个款式不同的猫窝中做选择时，有个男人骑着电瓶车在门口停下，将车锁在店门口，推门进来，看到店里有客人，冲他憨笑着点了点头："您好。"

连诀也礼貌地点头。

"喜欢哪个，需要的话我可以给您介绍一下。"男人说。

见连诀不需要，便让他自己先看，有点无奈地朝宠物店的老板娘走过去："哎呀，你怎么又在整理货啊，能不能老老实实坐一会儿？"

"已经坐了一会儿了。"老板娘也挺无奈的，"这不是无聊吗，也不能天天坐着啊。"

"你就吃这个啊？"男人看到柜台上放着的打包盒，"说了多少遍了外面买的不健康，我早上说给你做点吃的，你非得出来买，吃坏了肚子怎么办？"

"哪有那么娇气。何况你现在做饭越来越淡了，我就想吃点有味儿的啊。"

"我还不是为了你好，你现在就是要少油少盐，怎么自己心里没点数呢！"

"你能不能尊重一下我的意愿啊？"

"怎么又扯到尊不尊重上去了……"

两个人像小孩子一样你一句我一句拌嘴的同时，连诀已经选好了猫咪所需要的用品，拿去结账。

男人可能是觉得夫妻拌嘴让他见笑了，尴尬地找补："没办法，谁让人家现在是个祖宗呢，得供着。"

连诀给了一个不太富有感情的浅笑，紧接着，视线又不自觉停留在为他结算的老板娘的肚子上。

男人注意到他的视线，会错了意，以为连诀的潜台词是责备他在妻子怀孕的情况下还不依不饶，对他解释："你还没结婚吧？咳，以后你就知道了，俩人在一块儿没有不拌嘴的，都是吵着玩的。"

连诀沉默地点了点头，付了款。

林琛带着猫咪回来，把小猫的检查结果递给连诀，告诉连诀猫咪很健康。

带着猫咪回到车上，林琛问："那我们现在去沈先生那里吗？"

连诀看着趴在猫包里好奇张望的小猫，说："嗯。"

从市区到南郊的路程很远，连诀心里莫名地产生一种难以描述的微妙情绪，他期待看到沈庭未见到猫咪后的表情。沈庭未应该是那种很喜欢可爱东西的人，就连聊天昵称都要改成那种卖萌的符号。

于是他对司机说："可以快一点。"

猫咪对他的袖扣情有独钟，进入猫包还不老实，连诀微微动了一下手臂，发现猫咪的眼睛总是跟着自己手臂的动作轨迹移动。

他把那颗价值不菲的钻石袖扣摘掉，从猫包留出的透气孔伸进去，被前排的林琛从后视镜里看到，表情有点无奈，但语气却没有非常明显的变化："连总，猫咪太小了，太尖锐的东西还是不要让它玩的好。"

连诀只好从透气孔里把袖扣拿出来。

小猫很不满意似的扒着猫包上那个透明的亚克力罩子上对着他喵喵叫。

车在沈庭未所住的别墅门口停了下来，连诀听到林琛突然很奇怪地叫了他一声："连总。"

连诀的视线从猫身上收回来，抬起眼，先看到别墅外停着的两辆警车。

接着车上有人走下来，敲了敲车窗。

连诀将车窗降下。

"您好，是连诀先生吗？我们是沂市公安局的工作人员，怀疑您涉嫌一起严重的经济犯罪，请您配合我们走一趟。”

0~2

这周的身体检查比往常要久一点。

连诀在别墅里为沈庭未特别安排了医疗房，内置设备一应俱全，沈庭未平躺在诊疗床上，心跳的速度很快。他忍不住第三次问医生：“怎么样啊医生？”

医生无奈地对他笑笑：“稍等一下，别急。”

沈庭未只好继续等着，又有些紧张地问：“那会不会因为我太瘦影响到治疗啊？”

“不会的，有些人就是吃不胖的体质，只要营养跟上就行。”医生一边盯着机器显示屏，一边与他闲聊缓解他的紧张，“最近头还昏得厉害吗？”

“好一点了。”沈庭未说，“就是经常会觉得乏，没精神。”

“嗜睡是吧？没事，吃着药呢，这是正常的。”医生说，“过段时间可能还会头疼，多注意休息就好了。”

稍过片刻，医生收起了设备，对他温和地笑了笑：“不错啊，激素水平没有之前那么高了，你的身体恢复得很好啊。慢慢来吧，治疗是一个漫长的过程，不要着急。”

沈庭未的脸上总算有了些笑意。

医生接着道：“哦对了，还有一个好消息可以透露给你。连总特地请来了一位罕见病方面的专家，这段时间在研究所里，专门负责研究你的病情。你要保持心情愉悦，相信我们很快就能看到一个好的结果。”

听到这里，沈庭未突然很没出息地哭了。他抬手在脸上抹了一把，又扯着袖口按在眼睛上，再睁开眼时却还是潮湿的。

医生大概是在医院见得多了，很能理解地说：“会没事的。”

沈庭未的眼泪止不住，他想说谢谢，又因为喉咙里紧得要命而发不出声音。

医生从旁边拿了抽纸递给他：“要乐观一点啊，身体才会更健康，别哭了。”

沈庭未抽了两张纸巾按在眼睛上，过了半晌才哽咽道：“……好。”

医生离开后，沈庭未回房间洗了把脸。他的鼻头和眼睑都很红，用温水洗了两遍也没能缓解眼睛的酸胀。

他抬手握住自己的手腕，感受着掌心下跳动的脉搏，这是一种在这个世界里真切活着的感觉。

从卧室出来，鼻腔里那种难以言喻的酸涩感就转为了内心充盈的喜悦。他坐在沙发上，打开手机，按捺不住自己想要分享喜悦的心情。但他实在找不到可以分享的人。想到这里，他满溢心房的喜悦忽然有一瞬成了空白的茫然。

沈庭未看着手机上最后一次对话停在半月前的聊天框，半是犹豫半是期待地打开了连诀的对话框。

“听说你帮我请了专家，真的很谢谢你。”

沈庭未原本想这么说，又觉得这句话好像有些敷衍和客套，于是手指上滑取消发送，转而将一张检查报告的照片一同发送给连诀，规行矩步地向连诀汇报了自己的检查结果。

他不知道自己在期待什么，难道在期待连诀也像他一样高兴？他认为自己未免太强人所难。

沈庭未等了很久，连诀的消息却迟迟没有回过来。或许是有事在忙没有看到，也或许是看到了不想回复。沈庭未不知道，也不想想了。

虽然不想承认，但他好像没有一开始那么开心了。

他为自己煮了顿丰盛的午餐，吃午餐时，常开心给他发来了一个链接。

“什么？”他还没点开。

“青远山旅游攻略！”常开心说，“我在一个旅游博主那里看到的，查了一下，离我们才二百公里，要去吗？”

沈庭未很久没有出过门，有些心动，但听到目的地又有点迟疑：“爬山啊？”

“爬什么爬，可以坐索道直接上去。让我爬山不如杀了我！”常开心说完又啧了一声，“你是不是没看我发你的攻略啊！”

被揭穿的沈庭未悻悻道：“还没，我吃饭呢，现在就看。”

“你快看看想不想去。主要是山上有间巨漂亮的民宿，早上可以看日出，旁边还有个室外的网红餐厅，我想去打卡。”

沈庭未点开看了这条“青远山两天一夜游玩指南”，上面写得很详细，从山脚的特色农家菜，到山顶小吃和民宿环境、价位，以及步行山道和索道位置都标明了。沈庭未仔细看了博主发出来的地图，从山脚到山腰有一个索道，下了第一个索道走上几百米就能看到第二个索道入口，可以直接通向山顶的民宿。

这周的身体检查已经做完了，下一次检查要到下礼拜一，沈庭未想到在家里也没别的事情做，就对常开心说：“好啊，什么时候出发？”

“现在？要不然到了周末就很多人了，不知道订不订得到房间。”常开心的消息很快回过来。

“好，我要收拾一下。”沈庭未说。

“好的好的，我也要收拾一下。”常开心回。

过了一会儿，她又发过来一条语音：“我们怎么去？你会开车吗？”

沈庭未正要上楼收拾，听到她发来的语音时脚步在楼梯上微顿，有片刻怔神。他是会开车的，但他的驾驶证在这个世界并不通用——另一方面，上一次开车时的不美好经历让他对开车产生了一点心理阴影，他实在很不想回忆。

“不会。”沈庭未顿了顿，说，“我没驾照。”

“我倒是有驾照，但是好久没开了……你告诉我你的位置，我过去接你吧。”

“啊。”沈庭未听完她前半句话，有些不放心地问，“……那你开车能安全吗？”

“安全是肯定安全，就是慢，贼慢……”常开心笑起来，“我爹说我开车就跟那老太太散步似的，咱们两个小时的路程我估计得开小半天，你不嫌弃就行。”

沈庭未叹了口气，说：“没事。”

他把自己的定位发给常开心，就上楼去收拾东西，常开心回了一个“猫猫 OK”的卡通表情。

只住一晚，需要带的东西不多，沈庭未简单装了换洗衣物和日用品。

收拾完东西下楼，沈庭未又拿了些零嘴装好，顺便把早晨煮上的棒骨汤盛出来，倒进保温壶里，打算在路上跟常开心分享——万一真的开了小半天呢。

做完这些琐碎，便坐在沙发上等常开心过来。

他想了想，还是拿出手机给林琛打了一通电话，想要告知对方自己这两天要出门，以免他过来时走空。

拨出去的电话一直到自动挂断都没有人接听，沈庭未有些意外，又联想到连诀那条没有回复的消息，猜测他们可能在忙正事，于是决定不再打扰，等到了晚上再跟林琛说。

从市区到南郊的四十分钟路程，常开心足足开了一个小时。

沈庭未接到她的电话后，检查了房子的水电开关，确保都关好了，才锁好门出来，常开心正站在大门口，对着沈庭未所住的房子目瞪口呆。

“未未，你还说你不是来体验生活的！”常开心几乎看傻了眼，“不是，亏了我之前还天天担心你吃不饱穿不暖，结果你竟然住这儿！这一块地砖顶我一个轮胎的小区？！”

沈庭未被她的夸张逗笑了，他不是很爱说谎的人，除去一些迫不得已的情况。认为有的事情没有瞒着她的必要，沈庭未上了车后便向她解释道：“这不是我的房子。”

“啊？”常开心愣了愣，“那你怎么住这里，租的？不能吧，我感觉我一年工资也租不起这儿一个月的……”

解释自己住在这里的原因并不是很容易，沈庭未想了一会儿，感觉用“朋友”来形容连诀不太合适，他和连诀的关系显然更像一场交易，于是他只好含糊地对常开心说：“这是别人的房子。”

常开心正在系安全带，听到这里猛地转过头看着他：“别人？”

还没等沈庭未点头，她又猛地往后仰了仰：“什么人啊？住这么大的房子？”

沈庭未被她追问得有些语塞，又很难快速找出一个理由来，只好说：“家里人的。”

常开心将信将疑地看了看他，总算重新发动车子。

“啊，原来你真是富二代啊。”她一边猜测一边又很不满地抱怨，“咱们馆里的人开玩笑说你家肯定很困难——啊不是，我的意思是你平时的作风就是很节俭的那种嘛……也不是，咳，我是想说你家住这么好的房子怎么都不告诉我啊？是不是没把我当朋友看……”

常开心皱着眉头碎碎念，眼看越猜越没边，沈庭未只能无奈地打断她：“不是。”

“啊？不是什么？”

沈庭未说：“这不是我家……我在这里……治病。”

常开心猛地踩了一脚刹车，沈庭未因突然刹车的惯性往前冲了一下，连忙抓紧副驾侧把手把身体坐稳。

常开心正扭头看着他，脸上的表情从不满转换成了震惊：“治，病？！”

常开心用了很长时间消化沈庭未告诉她的这个秘密。一开始她还担心地问了沈庭未许多“什么病啊”“严不严重啊”……诸如此类的问题，后来上了路，常开心就没那么多话了。

常开心的驾驶技术很难用好与坏来评价，正如她自己所说的那样，安全，且慢。出了市区，在不熟悉道路的情况下就更慢了。

常开心的驾驶习惯同连诀有一点像，都不会播放广播或是音乐，从她的表现来看应该是怕分神。沈庭未看着她在驾驶位正襟危坐、脖子前倾的样子，都替她觉得累，忙把自己座位上的卡通抱枕塞到她背后。

常开心紧盯着前方路况，神色严肃地说了一声谢谢，又要求沈庭未帮她把导航声音调高一点。沈庭未按她说的做了，又被她的动作搞得实在很想笑，转过头面对窗外无声地笑了起来。

“你是不是笑我呢？”常开心用余光扫了他一眼。

沈庭未摇摇头，说没有。过了一会儿，又忍不住发自肺腑地建议：“你应该好好练练车。”

常开心：……

沈庭未说完又笑起来，常开心可能自己也觉得好笑，跟着他笑起来。

两个人莫名其妙地傻笑了一会儿，常开心赶紧收住，恢复成那副严肃的神情：“安静点安静点，听不见导航了。”

沈庭未原本上车时的心惊胆战被常开心的车速磨了个一干二净，甚至连对驾驶的恐惧都降低了几分。

等他们以这样的速度开到长青山脚时，青山已经被落日烧了个通红。

停车场内车位不足，好不容易找到一个位置，常开心又犯了难：“完蛋，侧方停车没学好。”

两个人对视一眼，又是好一通笑。

常开心看起来是挺机灵一个小女孩儿，接触久了才发觉那都是表象，她本质就是个神经大条的人。沈庭未和她待在一起的时候总能很轻易地卸下防备，回归到自己一贯的平和状态，出门前那种无人分享喜悦的失落也在有朋友陪伴的充实感中淡了下来。

沈庭未抹了抹眼角笑出的泪，说：“我来。”

“你不是不会开车吗？”常开心将信将疑地把驾驶位让出来。

“只是没驾照。”沈庭未回想到这艰难的一路，又好笑又无奈地叹了口气，“就是不会也快被你气会了。”

常开心大笑道：“说好不嫌弃我的！”

0~3

沈庭未帮常开心把车停好，拿了东西下车，两个人一起朝索道入口走。

黄昏时分，上山没有下山的人多，索道不需要排很久的队。

缆车上升的速度很快，常开心有点紧张，左右两边都留出很大的空间，笔直地坐在座位中间。

落日余晖从远处的山峰层叠交汇处扩散开来，为本就足够壮丽的美景勾勒出一道金光晕染的红边。沈庭未拿手机对着玻璃外拍了几张照片，又拍了视频，常开心脸上还是那副紧张的样子，不太敢左顾右盼，对他说：“你拍好了发给我啊。”

沈庭未说好，又问：“需要帮你拍张照吗？”

常开心说：“好啊。”

沈庭未把手机对准她，看着常开心在镜头里略显僵硬的表情，好笑地说：“你稍微动动。”

于是常开心抬起手比了个傻乎乎的“剪刀手”。沈庭未无奈地笑笑，为她拍了张照片，又在她不留神时抓拍了两张。

拍完照片，沈庭未选了几张角度较好的照片给她看，常开心指着其中一张皱了皱眉：“呀，这张是什么鬼，不行不行太丑了，你这是什么直男审美！快把这张不好看的删掉，黑历史绝对不能留。”沈庭未把手机递给她，说：“那你自己选。”

缆车停下的时候常开心还在选照片，沈庭未拉着她的袖子带着她下了索道。常开心突然“欸”了一声，然后问沈庭未：“这是什么啊？”

沈庭未扭头：“什么？”

常开心正从聊天软件发送的页面里传照片，可能是无意预览了他的相册，指着那段他上午拍的检查报告的照片问，沈庭未如实回答：“这是我的复查结果。”

“啊，那我可以看看吗？”常开心有些担心地问。

在沈庭未的允许下，她点开了那张照片，认真地研究了起来。

沈庭未担心她看不懂那些复杂的数值，于是耐心将每一项代表的意思讲给她听，常开心听得很认真，听到他说自己的身体有所好转，常开心睁大了眼睛，跟着他一起开心：“真的啊，我就知道会没事的，你要好好配合治疗啊！”

沈庭未的嘴角抑制不住地上扬，分享欲得到满足的喜悦充盈了他那颗怦怦跳动的心，他用力地点头，说：“嗯！我会的。”

这种愉悦一直持续到他们到达山顶，沈庭未脸上的笑意都没退下去。

两个人先去常开心提前订好的民宿放下行李，没顾得上歇脚，常开心又着急忙慌地拖着沈庭未去吃饭。但由于今天来的时间不够早，那间常开心要来打卡的网红餐厅已经没有位置了，两个人只能换一家吃。

民宿老板娘推荐了一家距离不远的烤肉店，拍着胸脯保证，虽然他家环境一般，但是味道非常好。

沈庭未和常开心懒得走了，索性花了十五块搭乘一辆接送游客的四轮电瓶车，把他们直接送到了地方。

这家店……从外观上看确实一般。它位于山顶，历经了风吹日晒，门头上的店名已经斑驳得几乎看不清字来。

他们进门才发现这间店面还挺大的，但客人只有寥寥几桌，可能因为今天不是周末，而且大多数游客都是冲着那个网红餐厅来的，所以烤肉店的生意并不是太好。

沈庭未和常开心找了个离吧台近的位置坐下，按照民宿老板娘的推荐点了几样菜，等待上菜的过程中两人随便找了些话题闲聊。

可能也是因为客人不多的缘故，上菜的速度很快，两个人走了一下午实在是饿了，闻到烤肉香顿感饥肠辘辘，顾不上说话，专心吃起烤肉来。

吧台顶上悬挂了一台电视，这个点没什么节目，电视里正在播放晚间新闻。

前台的小姑娘趴在吧台里刷短视频，大概是担心上班摸鱼被老板发现，拿起遥控器把电视声音调大了一些，企图掩盖手机里的音乐。

常开心用生菜包裹住嗞嗞冒油的五花肉片，蘸了服务员端来的秘制调味料，满满一口塞进嘴里，超级满足地说："这家烤肉果然好吃，比沂市那个什么风云烤肉好吃多了！那家店又贵又难吃，不知道为什么整天那么多人排队……"

半天没听到沈庭未搭话，常开心看他正抬着头怔怔地不知道在看什么，伸手在他面前晃了晃："哎未未，怎么了，快尝尝这家——"

话还没说完，沈庭未手里的烤肉夹突然掉在烤盘里，发出很突兀的响声。常开心看到沈庭未猛然站起来的动作，愣了愣："……你怎么了未未？"

沈庭未的眼睛紧紧盯着头顶屏幕，即使那张脸被打了一层马赛克，却仍然很容易辨别。

围绕周身的麦克风像是一把把想要刺穿他的利剑，几乎杵在他脸上，他的双手被冰冷而刺眼的手铐锁在身前，身上的西装有些皱了，头发也乱，但背依然挺得笔直。

"陈氏集团旗下风决医疗有限责任公司前总经理连诀，在任职期间涉嫌职务侵占罪，卸任后潜逃至国外，已于上周日被相关公安机关强制羁押。目前，此案正在进一步审理中……"

沈庭未许久未复发的心悸在这一刻再度袭来，心跳如擂鼓，以至于听不清楚常开心的声音。

怎么会……

沈庭未匆匆赶到下行索道口，却被告之时间太晚，索道已经关闭了。

他弓身喘了几口气，后知后觉地反应过来自己现在不太适合剧烈运动，便在索道入口的等候椅上坐下，喘匀了气，再次拨打林琛的电话。手机里响起漫长的提示音，在沈庭未准备挂断的时候，总算被人接通了。

林琛仍然保持那副疏离却不冷淡的态度，像他之前每次打过去那样："沈先生？有什么需要吗？"

显然他正处于一个嘈杂的环境，旁边似乎有人在激烈地争吵，沈庭未感觉自己的电话打得不是时候，但心里惴惴不安的感觉太折磨人，只能暂时打断林琛的工作："我刚刚——"

话没说完，电话那头有人声凑近，刚说了一句话就戛然而止，应该是被林琛止住了。很快，嘈杂的声音从电话里消失，林琛对他说："您继续说。"

沈庭未重新对他说："我刚刚看到新闻，连先生现在怎么样了啊？"

林琛沉默了一下，说："连总前天中午被公安部门刑事拘留了……这两天实在太忙，没顾得上通知您，抱歉。"

沈庭未不难猜到缘由，他盯着刚刚因奔跑而卷起的衣摆边，用手指捋平，问了一个不怎么合适的问题："是陈家做的吗？"

林琛不知道该怎么回答，只好绕过他的提问，说："具体情况现在还在调查中，我已经联系了律师，沈先生不要太过担心，身体要紧。"

林琛顿了顿，似乎是出于私人感情，对沈庭未说："连总会没事的，我相信连总。"

沈庭未说："好。"

"那您先休息，有什么情况我再通知您。"林琛那边应该还有很多事情要处理，匆匆挂了电话。

沈庭未握着手机，坐在长椅上发了会儿愣。

太阳彻底落下山，天色已经很暗了，余光里有道灰暗的身影在他身旁坐下，将一瓶矿泉水递到他眼前。沈庭未接过来，道了声"谢谢"。

常开心实在放心不下跟了过来，看到他一个人失魂落魄地坐在长椅上，莫名有点心酸。

"是出什么事了吗？"她问。

沈庭未点了下头。

"很着急吗？"

沈庭未没说话。

着急吗？于连诀来说应该很着急，但他帮不上忙，着不着急没什么用。

沈庭未不明白自己这阵几乎忍受不了的心悸是为什么，因为连诀帮过他那么多，而他却在连诀危难的时刻跑到这样一个清净地“养身体”，还是因为其他什么？

病人的情绪很容易被放得巨大，沈庭未不愿意让自己出现太大的情绪波动，刻意地减轻了自己在连诀生活里本就微不足道的分量。他想，如果不是治疗，连诀跟他之间也许在那些事后根本不会产生半点交集。

像是被突然点醒，他才意识到此刻自己为连诀担心纯属多余。连诀那样的人自然有解决办法，再不济身边还有林琛，或是别的什么人，压根轮不上他多此一举。

常开心在手机上摆弄了两下，找出一张山上的地图，递到他面前：“这里有步行山道，要是着急的话我们现在走下去吧，这么晚了山下估计也打不着车，我还能开车送送你……就是可能下山的路上有点黑，我等下找民宿的老板娘借个手电筒。”

沈庭未摇了摇头，且不说他的身体能不能抗住四五个小时的山路，光是常开心这个驾驶技术，开夜路就已经是非常大的安全隐患了。

“算了，明天再回吧。”沈庭未有些勉强地对她笑了一下，“现在回去了也没用。走吧，我们回去吃点东西，你不是还想去民宿的露天平台看看吗？”

常开心听出了他故作轻松的语气，也不知道该安慰些什么，只好跟在他身后默不作声地慢慢往住的地方走。

0~4

民宿的露天平台也是常开心发来的那个游玩攻略里的重要项目。

露天平层被布置成森林庭院的风格，围栏外点缀着藤蔓编制而成的球状暖灯，头顶是用白色亚麻或是纱类的布料架起的幔帐，垂下的两端随着夜风微拂。

山里空气好，环境宜人，从幔帐罅隙里露出广袤的夜空，云雾随风流动，星月忽隐忽现。

观星也是这家民宿的主打项目，但常开心显然已经没了来时的心情。

沈庭未从吧台那里要了热牛奶与柳橙汁，走过来：“有点败兴了吧。”

常开心坐在躺椅上，扭头对他笑笑：“没有。”

沈庭未把橙汁递给她，她接过来，看着沈庭未：“你真的没事？”

“还好吧。”沈庭未在她旁边的躺椅上坐下，抬起头看着头顶仿若正在流动般的星云。

“到底出什么事儿了啊？不能跟我说说吗？”常开心叹了口气，吸了口饮料，“其实我也不是想打探你的私事，就是感觉你状态不对，有点担心你。”

沈庭未并不是很想把连诀的事情告诉别人，主要是不合适，他于连诀而言只是个外人，但常开心于他而言不能算作外人，她是他在这里唯一的好朋友。更重要的是，沈庭未也确实一个人藏不下那么多心事了，他迫切地需要一个分享者，分享他的秘密、他的想念，和他的种种难处以及苦难里滋生出的那一丝幸福。

甜牛奶下肚，那丝流入喉咙的温热也没能抚平他心口的惴惴不安，他抿着嘴，在这份不安中，几乎有种想要把所有的事情全盘托出的冲动。

“我……我家里人，他出了点事。”沈庭未对常开心说，“我有点担心。”

“啊？”常开心坐直了，皱起眉头，“很要紧的事吗？现在怎么样了？”

沈庭未摇摇头，晚上山里的风吹在脸上有点凉，他轻轻吸了下鼻子，说：“不知道，但是刚刚和他的助理打了电话，应该不是很乐观。”

“……那要不我们还是回去吧。”常开心从躺椅上站起来。

“不用那么赶。”沈庭未拉着她的外套袖子让她坐下，“明天再回也一样……他不需要我，有人会帮他处理的，我凑过去反而添乱。”

常开心听了他后半句话，半天不知道该说什么，好一会儿才“啊”了一声，算作回应。

两个人没再说话。沈庭未向后微仰，手臂后撑支着身体，抬头看着夜空。山里的星星很亮，不需要借助外界设备就能很清楚地看见排列的星象。常开心也在躺椅上躺下，跟他一起看。

天台入口忽然爆发出一阵笑声与错落的脚步声，有很多人上来了。

“别说，小锤选的这地方还真挺漂亮。”有人说。

另外一人笑起来：“对，他整天净琢磨着玩了，迟早把家底赔光了。”

一个男人没好气地骂了句“滚，少咒我”，应该就是他们嘴里的“小锤”。

"哇，这边拍照肯定巨好看。"一个女人小跑上来，鞋跟踩在地上发出很大的响声，她在天台围栏边站定，朝后面的人招手，"陈少，给我拍张照呗。"

常开心小声对沈庭未说："上山还穿高跟鞋，勇士啊。"

沈庭未笑笑，没说话。

脚步声近了，一道沈庭未听起来有些熟悉的声音响起："宝贝儿，把你外套脱了拍才好看啊。"那个人接着说，"哎对，把你裙子往上拉一点。"

那个被拍的女人咬了咬嘴唇，娇嗔地骂了一句"你好烦啊"，但还是照做了。她把裙子往上拉了拉，抬起大腿摆出几个搔首弄姿的动作来，问那人："行吗？"

"不错，再把领口往下拉拉，对。"

眼看女孩的姿势越发不堪入目，刚才上来的那群人发出一阵怪笑。

常开心看不下去，把脸转开，冲着沈庭未撇了撇嘴，用手挡着嘴巴低声吐槽："真是伤风败俗。"

沈庭未的注意力被刚才说话那人的声音所吸引，下意识扭头看，被常开心在胳膊上拍了一巴掌，又好气又好笑地说："哎，有什么可看的……"

沈庭未回头的动作没有遮掩，加上天台上没有太多人，他的目光太明显，对面的人也显然注意到了他，接着，正拿着手机拍照的那人歪着嘴角冲他笑了一下。

是上次在陈家见到的那个人。

沈庭未愣了，感觉自己这趟来得太不赶巧，怎么在这里碰上陈家的人。

那个人的笑容让沈庭未很不舒服，于是他转过头，本着多一事不如少一事的打算，想拉常开心先离开。但对方显然没打算放过这个嘲弄他的机会，放下手机，径直朝着沈庭未走过来。

"天才刚黑就要走啊？"陈旭挡住了沈庭未与常开心的路，他冲着沈庭未身边的常开心扬了扬下巴，语气揶揄，"看不出来啊，连诀才进去两天，你就在外面逍遥快活了？"

常开心摸不着头脑，但也能感受到对方身上不带善意的气息，她严肃地说："这位先生，虽然不知道你在说什么……"她努力地把差点脱口而出的辱骂咽回去，继续说，"但是我和未未是好朋友，懂吗？朋友！"

“朋友？”陈旭好似与沈庭未十分熟络，将手搭在沈庭未肩上，用一种很下流的眼神把常开心上下打量了一遍，发出一声令人不舒服的轻笑，“哦，朋友。”

沈庭未冷着脸甩开他的胳膊，将常开心拉到自己身后，直视着面前的人：“有事吗？”

陈旭看着他护着常开心的动作，笑得更开心了，摇了摇头，说：“没事啊。怎么，没事不能聊聊天吗？又不是第一次见，咱们俩多多少少也算熟人了是吧？”陈旭皱了皱鼻子，佯装出一副思考的样子，接着耸着肩道，“啊，毕竟要是连诀没出这档事，我估计也得叫你一声‘哥’呢。”

对方语气里显而易见的幸灾乐祸，以及身上散发出来的惹人讨厌的气质，让一向很少与人发生矛盾的沈庭未都压不住反感。他自动把自己与连诀划为统一战线，脸上带着没刻意管理的情绪，皱了皱眉。

“那也要看连诀愿不愿意。”他说。

“……什么？”陈旭似乎想象不到眼前这个看上去文弱好拿捏的男人会出言反呛，脸上的表情有些怪异。

沈庭未眉宇间流露出一丝不耐，好似想要赶快结束话题，将话讲清楚了：“我说，连诀可能不会想做你哥。”

陈旭脸上有点挂不住，沉默了片刻，嘴角才又带上一点笑，声音里却暴露了没能完美掩藏的怒气：“那我真是要提醒你一句，不是他不想，而是他不配。”

沈庭未瞪了他一会儿，忽然觉得有点好笑，也很快理解了连诀为什么不把他放在眼里。

这人一而再再而三地挑衅，翻来覆去也只有这么几句，核心思想不过是：连诀于陈家是外人，而他才是名正言顺的“陈家人”。沈庭未忍不住想，这“陈家人”三个字是镶金边了吗？冠了个头衔是能继承皇位还是能得道飞升？

陈旭见他脸上突然浮起笑意，神色一顿，恼火道：“你笑什么？”

沈庭未险些把自己发散的猜想脱口而出，又很快抿了抿嘴，眼中带笑，说没什么。

刚才那个拍照的女人可能是看他们在这里聊了太久，有些不满地走过来，理了理头发，目光淡淡地从常开心身上掠过，显然没把眼前这个身材一般的小姑娘放在眼里，继而打量起沈庭未。她用手肘撞了撞陈旭，蹙着眉头看着这个眉眼染笑的男人，语气有些奇怪："什么情况陈少？这人你朋友啊？"

陈旭本就被沈庭未笑得心里不满，听到这话立刻摆出一副吃了苍蝇的表情，下意识往后退了两步，将自己与沈庭未之间的距离拉开，表情有些扭曲地说："晦气。"

"挡道"的把路让开了，沈庭未拉着常开心，平静地说："走了。"

身边这么多双眼睛盯着，陈旭担心被人误会，传出去坏了自己的名声，自然不好再拦。

他看着沈庭未的背影，眼中的厌恶越浮越深，顿了会儿，冲着离开的人重重地喊出一句："慢走，改天再去找你玩啊。"

回到房间以后，常开心明显有很多话想说，沈庭未却不愿意把她牵扯进这些自己都还理不清楚头绪的事情里，便对她说："我有点累了。"

第二天一早，常开心就催着沈庭未下山，沈庭未清楚她是怕再遇上那些人，惹上一些没必要的麻烦，两个人收拾了一下东西就很快离开了民宿。

陈旭嘴里这个"改天"没让沈庭未等太久。

从山上下来的隔天下午，陈旭就带着人浩浩荡荡地来了。沈庭未刚煲好了汤，听到踹门声，把火关了，想了想，又给林琛发了条信息，言简意赅地叙述了现在的情况：陈家人来了。

要是在之前，沈庭未也许不会给林琛发这条看上去像是小学生打报告一样的短信，但现在不一样，他身体太弱，如果陈旭要在这里胡来，他担心自己没办法自保。

沈庭未把医疗室的门锁了起来，又将钥匙收好，这才过去开了门。

陈旭慢慢悠悠地踏进屋里，很快屋里乌泱泱站了一群人。他先是抱臂在屋里环顾了一圈，悠悠道："这房子真是挺不错。"

沈庭未开了门就转身回去，清理厨台上煲汤剩下的食材，语气淡淡："请问你有什么事情吗？"

陈旭将壁炉上一只小巧而精致的白玉花瓶拿起把玩："这么好的花瓶

就插枝败了的破花？”他忍不住对沈庭未——更确切地说是对连诀看人的品位产生怀疑，“真是暴殄天物。”

那枝枯败的茉莉是沈庭未早晨新从院子里剪的，花败了，但香气还在，他就随便找了只瓶子来插，也算不辜负这枝花从萌芽盛放到枯萎这段短暂而美好的生命。

沈庭未因为他随意评价自己的花而感到被冒犯，脸上仍然维持着表面的客气，对他说：“请你放下。”

陈旭如同听到什么稀奇的话，意外地看了他一眼：“哦？”然后在沈庭未的注视下，非常遵从他的意见似的，松开手，任由花瓶砸在地上，裂成碎片。

沈庭未皱起眉头，语气里夹杂着被刻意压制的气愤，问：“你到底想干什么？”

陈旭搓了搓手，转过头审视般地打量起屋内的陈设，作出一副若有所思的苦恼模样：“这些破烂也该全部换一遍了——这花盆，这餐桌，啧……还有这茶几，真碍眼。”

他在沙发上悠然而坐，向带来的人打了个手势，那些人便走上来，搬起茶几要走。

沈庭未试图阻止那些搬东西的人：“喂，你们凭什么搬东西！”

陈旭视他为透明人一般，忽略了他的话，重复几次仰靠在沙发里的动作，很是满意地说：“这沙发倒是不错，可以留着。”

沈庭未很少遇到这样无赖的人，被他气得脸有点红，站在陈旭面前，质问道：“你这是什么意思？”

陈旭撩起眼皮扫了他一眼，沈庭未盛怒下的胸脯微微起伏，脸也泛红，他的眼睛生得最好看，细长而上挑，这人明明是一副温柔的长相，此刻却直直地瞪着自己。

实在没有什么威慑力，反而让人觉得挺有意思。陈旭饶有兴味地盯着他的脸看了一会儿，陡然对眼前的人生出几分兴趣来，觉得逗逗他也挺好玩。

“啊？怎么？”陈旭冲他挑了挑眉，“我说，连诀都进去了，你还打算赖在我们陈家的房子里不走啊？”

沈庭未搞不懂他为什么能这么大言不惭地说出这种话，觉得可笑至极："陈家的房子？"

"当然。连诀从十五岁就进了我们陈家，他现在所拥有的一切都是陈家给的，自然是我们陈家的东西。"陈旭看着他，突然笑了，"别说是这房子，就是连诀自己，也一样是陈家的'东西'。"

最后两个字被陈旭刻意咬得很重，沈庭未被他厚颜无耻的言行震惊了，半天没能说出话来。

陈旭毫不在意地看了他一眼："你怎么还站在这儿？是打算自己走，还是等我轰你？"

陈旭对连诀心生怨气多年，他那个糊涂大伯早年生不出儿子，便从福利院里随便挑了个男孩来养，给予对方优渥的生活与最好的教育，这事本就违背常理。随后他又一直在各方面被这个不知道哪儿来的"大哥"比下一头，甚至长大后，大伯都愿意把家族集团中最为重要的公司交给连诀来打理，而他一个堂堂正正的陈家人，却只分得到一个无关痛痒的小产业，这么多年不知道有多少人在背后看他笑话。

陈旭自然咽不下这口恶气，更不会对"连诀的人"有任何好脸色。

林琛接到消息开车赶到别墅的时候，沈庭未已经被人连推带架地丢到了别墅门口，他两手难敌众人，只好先以自己的身体为重，眼看着别墅大门被关上。

林琛从车上下来，扶起被推搡在地上的沈庭未，问是否需要医生过来。沈庭未摇摇头，说自己没有大碍，又简单跟他复述了刚才的情况。林琛叫他别担心，随后同车上另一位下来的男人商量。

沈庭未被要求待在车上稍做休息，他看着林琛和男人走进别墅，关上了屋门。

林琛和陈旭在房子里待了足有半个小时，那扇门才重新打开，陈旭带着一行人从别墅里走出来。

不知道林琛用了什么办法让陈旭的脸色难看成那样，以至于陈旭的车从沈庭未所在的车旁经过时，还狠狠地朝车里瞪了一眼。

林琛为沈庭未拉开车门，说："沈先生，事情解决了，您现在可以回去了。”

沈庭未扭头看了看那几辆离去的汽车，跟随林琛回到院子里。林琛对他说：“等一下会有人过来收拾房子，他刚刚碰过的东西都会给您换新的。”

沈庭未本想说不用这么麻烦，沉默了很短的时间，又说，还是要消消毒。林琛旁边的男人被他逗笑了，附和道：“是该消消毒。”

“他们还会再来吗？”沈庭未实在经不起他们这样的折腾。

林琛摇了摇头，对他说：“放心，沈先生，他们以后都不会来了。”

沈庭未小幅度地点了下头，顿了顿，又耐不住好奇，问：“为什么？”

“这是您的房子。”林琛说，“连总上个月就将房子过户在您的名下了，连同海外公司的股份和一笔钱，您可以自行查询您的银行账户。”

沈庭未脚步一顿，忽然怔住。

林琛看穿了他的想法，肯定了他的猜测：“没错，沈先生。连总很早就做好了应对的准备，所以您不要太过担心，这件事情很快就会结束。”

CHAPTER 09

家的味道

Go home

◎第九章

0~1

探视时间在周五的上午十点，沈庭未跟随林琛和几天前见过的男人——也就是连诀的律师，一同去了看守所。

沈庭未没想过再见到连诀会是在这样的情境下。

连诀被狱警带来，隔着一层足有两厘米厚的玻璃在对面坐下，看到律师身旁的沈庭未时，有一刻的眼神变化，但极其细微，没能被沈庭未读懂。

沈庭未只能看出连诀瘦了些，但他心想不到一周的看守所生活应该不至于让他消瘦到一眼就能看出来的程度，猜测或许是没有见面的一个多月里连诀过得都不太轻松。

林琛做出十分无奈的表情，没有拿起通话设备，用唇语对他说："新闻。"连诀点了下头，收回目光。

他没有与沈庭未打招呼，沈庭未也没有说话。律师有很多非常重要的事情要跟连诀确认，沈庭未默不作声地站在律师身后，目光透过玻璃去看连诀。

沈庭未在来的路上一度不太想进来，他认为连诀并不会愿意让他看到自己狼狈的时刻。亲眼见到连诀这一刻，沈庭未又产生了一种奇特的心理，连诀不管在哪里都是连诀，"狼狈"这个词像是根本就不会存在于他的身上。

哪怕是在看守所里，连诀仍然坐姿挺拔，说话慢条斯理，表情也与往日沈庭未见到时没有太大变化——除了不能及时剃掉的青茬外，并没有明显憔悴的迹象。

刑事拘留不需要剃头，但在看守所大概也没有什么条件打理。连诀的头发不算太短，平时都用发胶固定，现在却垂下来微微遮挡住前额，凭空为他减去几分成熟，却又因下巴冒出了泛青的胡茬，给人一种矛盾的年龄感。

或许是沈庭未的目光显露太过，连诀在与律师的交谈中抬了下眼，对上他有些直愣愣的眼神。沈庭未一时来不及闪躲，只好直视回去，对打扰他们谈话进行了无声的口型道歉。

连诀没有收回目光，好像是没看懂他的嘴型，沈庭未只好小幅度地指了指律师，提醒他专心。但很显然，连诀的注意力并没有被他分散，他没有停顿地在通话设备中回答律师的提问。

“现在主要是您名下的那家海外公司的生产链，与陈家风决生产链上的部分器械原厂有重叠，如果陈氏在这方面做手脚，恐怕会很麻烦。”律师对他说。

“如果我能提供每笔订单的流水呢？”连诀将目光从沈庭未脸上移开。

“林助已经让公司那边把流水发给我了，现在正由专人核对……”

沈庭未担心再次打扰到他们，往后退了几步，在接待室墙边的休息椅上坐下。他开始有点后悔答应林琛过来探视的邀请，林琛大概不太清楚他们之间的关系，只是出于好意带他来看望连诀，他自己却清楚他与连诀只不过是各取所需，那么他出现在这里的意义何在？

但在看到连诀的精神状态还不错后，沈庭未得承认，他总算有些放下心来——至少让他这几天寝食难安的心绪平息了许多。

过了不知道多久，林琛突然叫了他一声。沈庭未抬起头，有些迷茫地看着他：“时间到了？”

林琛的表情变得有些奇怪，他对沈庭未说：“没有，还有十分钟。”

“啊？”沈庭未不明所以地看着他。

林琛回头看了连诀一眼，又犹豫着对沈庭未开口：“……您不和连总说会儿话吗？”沈庭未这才明白过来他的意思，连忙站起来。

律师特意留出了十分钟时间给他，虽然不知道连诀出于什么原因同意了，但沈庭未还是对此感到有些抱歉，他跟律师说："打扰你们了。"

律师对他笑笑，把位置让出来，自己则坐回沈庭未刚才坐过的位置上整理证据。

沈庭未的思绪有些混乱，他不知道要跟连诀说些什么，又很想问连诀为什么给了他那么多钱，难道就不怕他拿了钱跑路吗？

他在连诀对面坐下，拿起通话设备，抬起头时视线却是一顿："……你脸上怎么了？"

刚才站在律师后面，视野有所局限，现在在连诀面前，他才注意到连诀右脸侧靠近耳屏处有片很红的印子，有点肿，看起来像是伤痕。

连诀的脸上有一瞬不自然的反应，被沈庭未敏感地捕捉到，他看着连诀，眉头皱得很紧，语气有些犹疑："在里面挨打了吗？"

连诀没想到他会问出这么匪夷所思的问题，脸色僵硬地看了他一会儿，说："现在是法治社会。"

沈庭未紧皱的眉头仍然没有松开，像是对他的话有所质疑，连诀有点无语地看着他："你的想象力未免太丰富了，只是不小心碰了一下。"

昨天早晨洗漱时，他错误预估了摆放牙具的置物架的高度，洗完脸起身，没留神右耳侧被置物架金属边框的锋利边缘剐了道口子。伤口很小，不过由于他本身就是那种受了伤就会红一片的体质，这才导致伤痕比较明显。但他并没有向沈庭未解释的打算，因为这个受伤的理由听上去实在太愚蠢。

沈庭未大概没有完全相信他的话，眼神存疑，但还是点了点头。

不想在这个问题上过多停留，连诀沉默了一会儿，显得有些生硬地转移话题道："你胖了。"

"嗯？"沈庭未意外地摸了摸自己的脸，丝毫没有察觉地问，"胖了吗？"

连诀看了他一会儿，觉得他的动作很傻，很轻地扬了扬下巴："嗯。"

沈庭未有点吃惊。他今天穿了件蛮宽松的棉质衬衫，出门前仔细照过镜子，和往常无异，连诀却仍然一眼就看出来了，还是隔着这么一层玻璃——分明连跟他共同出游的常开心都没能注意他胖了些。

"我最近胃口好了一些。"沈庭未跟他解释原因。

连诀说："挺好。"

沈庭未不知道该怎样接他的话，一时有些沉默。过了一会儿，他说：“医生说我恢复得还不错。”

连诀很快“嗯”了一声，像是不知道该说什么好，于是什么都没再说。

沈庭未看着他没有太大变化的表情，心里莫名又感到失落，也跟着连诀低低地“嗯”了一声。

气氛再次陷入安静，沈庭未垂着眼盯着玻璃前的大理石桌面，开始思考为什么这个十分钟这么漫长。

或许是他脸上的表情太呆，贴在耳边的听筒里出现一声轻而快速的气音，沈庭未有刹那怔神，接着抬起头，想要确定连诀是否笑了一下。但连诀是那种十分擅长管理情绪的人，沈庭未什么也没看出来，只好在心里判断是自己听错了。

探视时间结束，工作人员进来催促。沈庭未握着听筒，不由自主地多看了连诀几眼，还是想从他脸上找出一点存在过笑意的痕迹，探寻了许久，未果，他只好对连诀说：“那……连先生再见？”

连诀停顿了几秒，“嗯”了一声，轻声说：“回去吧。”

沈庭未将通话设备归回原处，从座位上起身，朝门口走去。

林琛注意到连诀的视线仍然很专注地停留在沈庭未身上，便到门口时叫住了沈庭未，示意他回头。

沈庭未转过头，微皱着眉头神色茫然地看了连诀一眼。连诀的视线从下方移上来，与他四目相对，停了一会儿，连诀用口型无声地对他说：“走吧。”

“吃饭啦。”阿姨将饭菜端上餐桌，左右没寻着人，叫了一声，“童童？”

“欸，来啦。”

阿姨看见康童从沙发后面探出个脑袋，怀里还抱着小猫，颇感无奈地说：“把猫咪放下吧，吃完饭再跟猫猫玩。”

康童应了声“知道了”，看了看怀里的小猫咪，又坐在地板上摸了摸小猫的脑袋，这才恋恋不舍地把小猫放下。

“先去洗个手。”阿姨提醒他。

康童洗完手，在餐桌前坐下，他拿起筷子，又忍不住问阿姨：“阿姨，今天爸爸打电话来了吗？”

康童性格敏感，也擅于察言观色，从阿姨犹豫不决的表情里就看出了结果，没再说话，安静地吃起饭。

他已经很久没有见过爸爸了，每次打电话过去都是林叔叔接的，问起爸爸，就说忙，他也不好再多打电话过去打扰。

他快要期末考试了，考完试还有家长会，老师说这次家长会要全部家长到场，除了沟通在校表现外还有夏令营的事情要说。但……爸爸应该没有时间过去，也可能会找林叔叔或是别人去。

阿姨从康童来到连家后就一直住家里照顾他，对待他和对亲孙子没有区别。她知道连诀总是很忙，但哪怕是再忙也没有像现在这样快两个月见不到人。她看到康童这个样子忍不住心里泛起酸意，心疼与怜惜糅杂在一起。

于是这天晚上林琛代连诀过来送吃穿用品时，阿姨把林琛叫到门口，语气里带上不少怨气：“连先生这是怎么了？再忙也不能就把童童丢下不管了吧？”

林琛面对公事往往能够保持一贯的专业和水准，但他实在不擅于应对这种家长里短，只好僵硬地道：“连总最近太忙，实在走不开……”

“你总跟我说他忙，我知道他忙，但是总不能忙到连回家吃顿饭的时间都没有吧？”阿姨知道自己不该刁难外人，但出于对康童的心疼，语气不自觉地重了，半是抱怨半是责怪地嘟囔，“人回不来，倒是有时间买只猫送来……”

“这……”林琛被她堵得哑口无言，又因为连诀交代过不要告诉康童他的事情，不得不扯了个小谎来维护，“连总这不是想让猫陪陪小少爷嘛。”

“算了算了，我也管不了你们这些事。我人微言轻，说这些话不合适，但既然领养了孩子，总得对他负责吧……”阿姨皱着眉头小声说。

林琛不清楚连诀的想法，迟迟没有答上话，很久才说：“还是等连总回来了再说吧。”

送走了林琛，阿姨长长地叹了口气，把门关上。转过身，就见康童正抱着小猫坐在玄关的立柜后，猫咪在他怀里伸着爪子拨动他帽衫上坠下来的绒球，他咬了咬嘴唇，看着阿姨，问：“爸爸会不要我吗？”

律师需要与连诀确认的内容太多，又一次去到看守所与他会面。

林琛在一旁等候，待到他们谈话结束，认为自己还是有必要告诉连诀，陈旭曾去沈庭未家刁难的事情。

他把事情一五一十地复述一遍，连诀安静地听着，神色不动，只有在林琛说到“我带着律师赶到的时候，沈先生正被陈旭带来的人推倒在别墅门口”时，他的眼里才闪过一丝极不明显的不悦。

“人怎么样？”连诀在中途打断道。

林琛的话音停顿了一下，回答道：“沈先生的身体没有大碍。”

连诀“嗯”了一声，过了一会儿说：“把他碰过的东西都换了吧。”

林琛愣了愣：“但是沈先生说……”

连诀语气里没有明显的情绪，但执意道：“换。”

林琛只好点头：“一会儿就办。”

“另外，连总……”林琛突然语气不太肯定地叫了他一声，似乎不知道接下来的话该不该讲。

连诀抬头。

林琛大概做了一小段时间的心理挣扎，对连诀说：“陈旭走的时候，说……”

连诀看不惯身边的人说话吞吞吐吐，于是没有耐心地问：“说什么？”

“他说……”林琛顿了顿，自觉删减了陈旭话里含有侮辱意味的词汇，“您一出事，沈先生就跟没事人一样与一位女士在长青山过夜，看起来十分快活。”

林琛没有告诉连诀，陈旭在得知他将房产赠与沈庭未后的原话其实是：“连诀还真是慷慨，他要是知道自己刚进去两天，那位沈什么的白眼狼就带着姑娘旅游去了，不知道还能不能像过去那样自以为是。”

“嗯。”连诀没表现出什么异样，问他，“还有什么事？”

林琛看了看连诀，他脸上分明没有流露出丝毫情绪，却让林琛凭空感到周身气压低了几分。他没再继续这个话题，转而说：“您名下的财产暂时被全部冻结了，工厂那边也正在接受调查，被迫关停，货物无法按时发出，Alex 先生打了很多电话过来。”他飞快地看了连诀一眼，“他很生气，说这个月底再拿不到货就会走司法程序，起诉您。”

连诀的眉心稍稍蹙了蹙，说：“知道了。”

林琛下午去了沈庭未那里，他不知道陈旭具体都使用过哪些家具或者都碰过什么，索性让人将客厅所有的家具摆件都抬走，打算重新换过一遍。沈庭未觉得浪费，自己的心理洁癖还没有到如此严重的地步，所以对林琛说：“没必要这么麻烦吧……”

“是连总的意思。”林琛说。

沈庭未只好说：“好吧。”

于是他走到厨房，把煲汤用的砂锅和几个分不清楚的碗勺拿出来：“那这些也换了吧。”

因为林琛说：那天进门时，陈旭正坐在沙发上喝沈庭未用文火煲了两个小时的鸡汤。

虽说这套房子现在已经归于沈庭未的名下，但他丝毫没有作为主人的自觉，家具就干脆叫林琛的人去选，他们熟知连诀的品味。

砂锅和餐具是他自己去选的。林琛开车将他带去一个位于市区的高端家具城，他去地下商场挑选餐厨用具，而林琛一行人上楼选购家具。

付款的时候有点肉痛，哪怕沈庭未知道他的银行卡里此刻拥有一长串他需要集中精力才能数清楚的零。

他买完东西以后给林琛打了通电话，林琛在电话里说他们可能还需要一段时间，沈庭未就自己找了家小店独自吃了晚餐。

再回到别墅已经很晚了，林琛带人将家具一一抬进来，按照沈庭未的意思摆放整齐，不便打扰沈庭未休息，很快就准备离开。

沈庭未将他们送到门口，想了想，又忽然叫住林琛。林琛停下，问他：“怎么了？”

“嗯……连先生脸上的伤，还好吗？”沈庭未想到他今天去见过连诀，于是问道。

他不太相信连诀的说辞，他认为连诀不像是会办出“不小心碰了一下”的、像是他自己才会做出来的有些愚蠢的事。他不清楚这个世界是否真的存在绝对的公正，至少在他曾经所在的世界里，是听说过犯人在关押期间被擅用私刑的新闻事件的。

“连总脸上的伤已经好了。”林琛似乎还记得他上次探视时对连诀所说的话，看穿了他的担忧，于是又补了一句，“其他地方也没有新伤。”他没有像连诀那样提醒他现在是法治社会，只说，“连总在拘留期间的人身安全您完全可以放心。”

见他答得诚恳，沈庭未点点头，道了声谢谢。

等他们离开了，沈庭未将门关好，回到客厅中环顾了一圈。本打算整理一下，但看着眼前面貌崭新的房子，又突然一下失去了动力。

他忽然觉得疲惫，好像自己总是在适应环境。于是他在原地站了一会儿，转身回到熟悉的卧室休息了。

0~2

连诀被拘留的第二十八天，沈庭未正在与一条上个月穿时还松松垮垮的牛仔裤做斗争，搁在一旁的手机响了起来。

沈庭未拿起手机，是近一周没有与他联系过的林琛，他几乎是立刻猜到林琛打这通电话的目的。他抚了抚突然怦怦跳动的心口，在床边坐下，接起电话。

电话刚一接通，对面的声音便很快传过来：“明天早上八点，沂州第二看守所！”

林琛这一句没头没脑的话却让沈庭未立马从床边站起来：“是连先生……”

“是。”林琛稍快的语速与轻扬的声调无不显示着他不加克制的心情，“连总没事了！”

尽管沈庭未有所预感，但在真正听到这个结果时，仿佛心口压着的大石陡然落地，好半天才说出一句：“太好了。”

林琛应该是接到消息后第一时间就来通知沈庭未，现在通知到位还有其他事情要忙，匆匆留下一句“那明早我去接您，沈先生好好休息”，便先行挂了电话。

沈庭未握着手机，重新坐回床上，无端发了一会儿呆，才想起自己正要找裤子。

第二天一早，天边初泛鱼肚白，林琛就到了。

已经八月的天气，早晨也不会很凉。从别墅到看守所的路程不算特别近，算上市区堵车的时间，抵达时七点半了。

时间还早，林琛先下了车，站在车边有些焦急地踱着步，等待着大门开启。

这会儿看守所门口已经零零散散有一些同样等待的家属，沈庭未不方便下车，就坐在车里等。

他不太说得上来现在的感受。连诀对于他来说是个特殊的存在，很难用任何词汇界定他们的关系——从理性角度来看，他与连诀并不算熟络，但从客观情况来看，连诀又是他在这里最为熟悉的人。

他起初觉得连诀是个十分恶劣且强势的人，从行为到性格，都让沈庭未感到莫名的压迫与畏惧。但到后来，他发觉连诀其实是个很细心的人，这份细心，在很多几乎他自己都没能注意到的细节上体现得淋漓尽致。

由于连诀常常表现出一副冷热不贴的模样，让他曾认为连诀是个内心冷漠而不近人情的人。但又在某些时候，沈庭未能够从他身上看出通达人情与周到圆滑的一面。这种不断自相矛盾的冲突感，让沈庭未时常在想到连诀时都感到迷茫。

唯一能够肯定的一点是，连诀对他不坏——如果刨去那些他并不愿意过多回忆的画面。

除此之外……他还觉得困。

沈庭未太困了。连诀被拘留的这件事，对他的生活影响并不大，但对他的情绪还是多少有些影响。他本来就不是太容易入睡的人，好不容易前段时间靠着吃药才缓和了失眠，在这阵子疲乏与头痛减少的期间，又刚巧赶上连诀出事，他的睡眠质量就又直线降回最开始的状态了。

因为记挂着连诀今早释放的消息，他昨晚也没能睡个好觉，早晨又醒得太早，来时路上经过几次隔离带，细微的车辆颠簸让沈庭未险些睡着。现在坐在这里干等着时间流逝，困意更浓。

八点一到，门开了。

沈庭未把手肘杵在车窗框昏昏欲睡，忽然听到林琛低声喊了一句："连总出来了！"沈庭未抬起头朝看守所大门看去，连诀与一名狱警一前一后地从门口走出来。狱警向连诀伸出手，连诀伸手握住，礼貌而疏离地跟他说了句可能是道谢的话，接着对他轻轻点了下头，转身朝车的方向走过来。

连诀身上还穿着之前在新闻里看到的那身黑色正装，手里什么都没带，可能是提前告诉过林琛不用送什么进去。

在距离汽车还有一段距离时，林琛就快步迎了上去，跟连诀说了句什么话。沈庭未猜想林琛应该是跟他说了自己在这儿，因为紧接着连诀就略微眯了下眼睛，抬起头朝沈庭未所在的位置看过来。

连诀有些近视，这是沈庭未一早就知道的，看守所里应该没有条件佩戴隐形眼镜，沈庭未正胡乱想着，连诀与林琛一同朝这边走过来。

沈庭未隔着车窗，看见连诀正往自己这侧走，忙想往里挪挪。艰难地挪了半天，终于挪好了，身侧的车门却倏地被人从外面拉开。他怔怔地抬起头，发现连诀不知道什么时候绕到了自己这边，正站在车门口，用一种十分无语的表情看着他。

大眼瞪小眼了片刻后，沈庭未面露窘态，小声说了句抱歉，想要赶紧再挪回去。

连诀没想到他会这么快换了位置，又看着他笨拙地往里爬的动作，眼神里写着一言难尽，顿了顿，对他说："别动了。"然后关闭了车门，自己又绕回另一侧。

沈庭未觉得自己办了蠢事，尴尬得从脸颊红到了耳朵，一直到连诀上车都没再吭声。

林琛上车后，将连诀的手机递给他，连诀拿到后先没看，与林琛交谈起近期工作上的情况。

车驶离看守所，又经过一段密集的隔离带。虽说车子的避震效果不错，但也没达到如履平地的地步，在座椅细微的震动中，以及当前见到连诀平安无事后心里仿佛松了根弦的情况下，沈庭未的困倦感愈发不可收拾。

耳边传来的连诀与林琛低声说话的声音如同含有催眠的功效，他几乎有种想要直接告诉连诀自己可能快睡着了的冲动，但又觉得不好打扰他们说话，只好努力撑着眼皮，坐姿端正，望着窗外飞速向后掠过的街景。

连诀的注意力本就没有完全放在谈话中，余光瞥见沈庭未的脑袋轻轻点了一下，疑惑地转过头。沈庭未微微调整了一下坐姿，目光不太聚焦地落回面前，很快又慢慢合上眼。

前方经过一个岔路口，车子向右侧道路驶去，不知从哪儿猛然窜出一辆电瓶车，几乎是贴着他们的车头穿向左侧车道。司机吓了一跳，一脚刹车踩到底，沈庭未的脑袋如小鸡啄米似的再次往前重重点了一下。

司机惊魂未定，下意识低声骂了句脏话，像是很快想到车上还坐着连诀，表情不太好看地把话咽了回去。

连诀发现沈庭未就这样垂着脑袋不动了，不禁再次怀疑沈庭未到底是一种什么样的生物，这么大的动静竟然都没能惊醒他。看着他别扭的姿势，连诀沉着声音叫了他的名字："沈庭未。"

沈庭未似乎睡得很熟，完全没有听到他的话，连诀看了看，没有再叫，对林琛说："继续说。"

车子再次启动，可能由于惯性，也或者是沈庭未觉得垂着头脖子不太舒服，慢吞吞地仰起脑袋来，靠回柔软的真皮椅背里。

连诀一边听林琛讲话，一边把手机拿出来开机。他快而粗略地划过手机屏幕里一排未读邮件与电话短信的提示，在某条近一个月前的提示消息上停下来。

"今天医生过来给我做了检查，说我身体恢复得很好。"

连诀的手指顿了一下，先点开那张检查单子浏览了单子上的各项数值。他盯着那些密密麻麻的数字和专业术语，看了很长时间，也没看出个所以然来，因而将目光放在身旁的沈庭未身上。看着沈庭未微微饱满起的脸颊，他不知为何生出一种很怪的心情。

沈庭未是胖了些，第一次见面的时候身上没有一点肉，活似一副薄皮包裹着骨头。

他的目光停留了不久，便收回到自己手机上，一一浏览这些天未读的信息。

忽然肩膀一沉。

随着汽车转弯的动作，沈庭未在熟睡中失去重心的脑袋搭在了连诀的肩上。不知道是做了什么美梦，他的嘴巴轻轻动了动，嘴角很浅地翘了起来。连诀的视线也随着他的动作在中途转换了目的地，落在沈庭未染着温柔笑意的睡颜上。

汽车安静而飞快地行驶在路上，车里只能听到低闷的心跳声。

“扑通——”

0~3

车在沈庭未所住的别墅门口停下来，司机准备跟连诀说到了，被副驾驶位上的林琛拦住。

林琛转过头，看着还倚在连诀肩头没醒的沈庭未，放轻了声音道：“连总，等下过来接您还是？”

连诀稍稍侧脸，看了一眼沈庭未，说：“等下就走。”

林琛明白他的意思。连诀被拘留了近一个月，待处理的事务堆积了一大摊，虽说近来有他帮着处理，但事情实在太多，难免分身乏术。于是他给司机使了个眼神，两人先下了车。

车门关上后，车上一时间只剩下连诀与沈庭未。

车上没有一点声音，或者说只有两个人的呼吸声。沈庭未还靠着连诀的肩头睡着，身体也比先前贴得更近，快进市区的时候甚至在连诀身上左右蹭了一会儿，好像在找一个更为舒服的姿势，之后就没再动过。

连诀拿出手机看了一下时间，从沈庭未靠过来到现在已经一个小时二十三分了，他转过头，对沈庭未说：“醒醒。”

他没有用太高的音量，意识到这样起不到叫醒沈庭未的作用，才提高了声音，又叫了他的名字：“沈庭未。”

沈庭未的脑袋在他肩膀上轻轻动了一下，嘴唇似乎也动了一下。

考虑到他的身体状况，连诀难得耐心地等他醒来，却半天不见他再动。连诀只好再看向他，想知道他怎么能在车上睡这么熟。

沈庭未的嘴巴微张着，睡相很呆，连诀原本考虑要不要伸手推他，却无端注意到他垂着的睫毛上沾了个白点。连诀的视力不是特别好，他眯起眼睛看了一下，感觉像是什么布料上带下的棉絮，可能是穿衣服的时候落上去的。

连诀看了他一会儿，意外地没联想到“不修边幅”之类的贬义词，只觉得沈庭未真的有点笨。

他几乎是下意识抬起手，想帮他把那点棉絮弄掉，沈庭未却在这时睁开眼睛。连诀与他睡意未退的、还带有几分迷蒙的眸子对视了几秒，抬了一半的手收回去，坐正了身体，淡淡说道："到了。"

沈庭未一睁眼就撞上了连诀微眯着的专注的眼睛，有片刻发愣，这才反应过来他正靠在连诀肩上，双眼一下清明了许多，慌忙坐直了。

没等他说点什么，连诀已经兀自推开车门下了车。沈庭未抬手蹭了蹭被连诀体温焐热的侧脸，轻轻吐了口气，才赶紧下车跟上去。

到了房子里，沈庭未对他说："不好意思连先生，我睡着了。"连诀"嗯"了一声，没有停下来跟他说话的意思，径直上了二楼。

沈庭未站在楼下，有点懊恼自己怎么这么能睡，又懊恼自己睡就睡了，还把人家当枕头靠着睡了一路。他看着连诀头也不回地上楼的背影，心想连诀是不是生气了。

连诀刚上到二楼，就嗅到了空气里夹杂的淡淡清香。

知道他不喜欢乱七八糟的味道，平时家里打扫的阿姨很少会在家里弄一些带有气味的清新剂。他不清楚沈庭未的生活习惯，其实也对这股味道说不上反感，只是想到这味道里可能含有化学成分，准备等下告诉沈庭未不要再使用了。

越往卧室走，这股味道愈发明显起来，连诀走到房门口时，脚步顿了顿，从他卧室门边的立柜上拿起一只并不是十分显眼的青瓷花瓶。花瓶里插了几枝干枯的茉莉，花瓣都皱巴巴地蜷曲在一起，几片泛黄的花叶也蔫着，但凑近了才知道，那股沁脾的清香便从花蕊中散出来。

花虽然败了，却为这间空旷的房子增添了股蓬勃鲜活的气息。

连诀将花瓶放回原处，又注意到柜子上铺着的白色桌毯，手工编织的花纹很细致也很整齐，旁边垂下绒绒的穗子——这并不是他或者林琛等人会选择的款式。他忽然感觉沈庭未没有他想象的那么笨了，更像是很擅于打理生活的人。

回到房间里洗了个澡，又换了身干净的衣服，连诀整理好自己后下了楼。

客厅的电视开着，正在播放一部很老的爱情片，连诀曾经去陈家的时候几次看到余曼抱着小狗坐在沙发上看这部剧。

沈庭未已经开始准备午餐了，他步调轻快地在厨台前移动，嘴里小声哼着电视里正在播放的影视剧插曲。

厨台上整齐地摆放着几个颜色鲜艳的盘子，码好了处理过的食材，火上炖了汤，飘出的浓郁香味弥漫在整片空间里。

沈庭未没留意连诀下楼，背对着他将另一边燃气灶打开，往平底锅里放入一勺橄榄油，等待油热的期间转身去拿切好的胡萝卜丁，这才注意到站在楼梯口的连诀。

连诀换了身没那么正式的衣服，头发也简单地打理过，但没像平时那样梳起来。熨帖合身的黑色衬衫衬托出他挺拔的身形，扣子没系到领口，倒是让他身上那股与生俱来般的肃冷减少了几分。沈庭未很少见到连诀这样打扮，一时晃神，才发觉连诀也在看着他。

餐厨区域的采光实在很好，午时充沛的阳光从整面的玻璃墙上均匀地铺洒进来，沈庭未柔顺的头发被染成温暖的金色。

房子很大，冷气开得不是很低，气温正处于让人不会感觉太凉又刚好能感受到阳光的温度。火上的油慢慢热起来，低低地发出嗞嗞响声，电视里的影视剧播放到了男女主角久别重逢的场景，你侬我侬的台词生硬地融入眼前的这个场景，却又恰到好处地将种种汇聚在一起，交织出一场连诀几乎未曾体会过的烟火气。

沈庭未还记挂着惹连诀生气的事，用刚刚想好的办法试图弥补。他眨了眨眼，望向连诀。

由于此前从来没有向连诀发出过共餐的邀请，为了抑制紧张沈庭未轻轻地弯了一下眼睛，笑着问他："我在做午餐，你要不要留下一起吃？"

连诀没有说话，隔着客厅与餐厨区用吧台打造出的隔断，有些恍惚地看着沈庭未那双盈着光、仿佛写满期待的眼睛。

大概是他太久没有回答，沈庭未只好又叫了他一次。他这才如梦初醒，随之而来的是一种难以言喻的情绪。他开始感觉难受。从眼前的画面到空气中弥漫的气味，他条件反射般地对面前的一切产生抵触，站在这里的每一秒都让他感到煎熬和不适。

连诀的脸色肉眼可见地变得难看，沈庭未以为他还在为先前的事情感到不满，一下感到无所适从。他关了火，有些局促地看着连诀，解释道："……连先生，真的很抱歉，我不是故意的。"

连诀并不懂他为什么突然道歉，只是在这一刻，从心里生出一种从未有过的强烈念头——他只想要赶快离开，甚至称得上是想要赶快“逃离”这个不属于他的场景。

沈庭未见他黑着脸，脚步仓促地离开，站在原地不知所措地愣了很久。

只是靠了一下肩膀……他真的就这么讨厌我吗？

0~4

暂时处理完手头的事情，再抬头天色已经暗了。林琛将桌上的文件收纳好，见连诀迟迟没动，想起他一连几日都没离开过公司，一再犹豫，还是劝说道：“连总，您已经很久没有回去看过小少爷了，小少爷他……挺想念您的，晚上要不还是回去吧。”

连诀像是这才被他提醒，揉着眉心问了一句：“今天几号？”

“八月六号。”林琛猜测到他要问什么，接着说，“小少爷的学校上个月末举行了期末考试，返校那天学校开家长会，小少爷打电话过来的时候您正在和 Alex 先生视频通话，是家里的阿姨去的。”

连诀对他提到的家长会这件事没有什么印象，点了下头，问：“夏令营是几号？”

“稍等。”林琛拿出手机查阅了一下记录簿，对连诀说，“八月八号，也就是后天。”

连诀说知道了，又交代林琛让人去置办夏令营需要的物品，林琛一一记录下来。

车刚开进市区别墅的院子里，大门就打开了。连诀下车，看到康童急匆匆地跑出来，阿姨在后面叫着：“慢点，刚吃完饭别跑那么快。”

大概是听到车声就跑出来，康童的脸有点红，呼吸也急促，他站在几步台阶上，脸上难掩激动，大声叫了一句：“爸爸！”

“嗯。”连诀走过去，康童一把抱住了他的腿，开心地说，“爸爸你回来啦！”

连诀的身体有一刻不太明显的僵硬，虽然收养了康童近两个年头，也在康童生病或睡前哄睡的必要时刻抱过他，但他显然并不适应这样的亲密。过了一会儿，连诀才摸了下康童的头，然后几不可见地往后退了一小步，问：

“晚餐吃了什么？”

小孩子的注意力很容易被分散，康童想了想，乖乖回答：“牛肉、蛋羹、土豆泥……”跟着连诀进到屋里时又想到，“哦对了，还有西兰花。”

对于他的回家康童表现得意外惊喜，也格外兴奋，连诀坐下吃晚餐时，他就坐在旁边叽叽喳喳地讲这些日子都碰见了什么新鲜事儿。

连诀基本上没有作出太多回应，只是偶尔应一声表示自己在听。等康童说得差不多了，他才照老样子挑了几个关于成绩和学校的问题问康童，康童都认认真真地答了，连诀“嗯”了一声，找不到话来说，只叫他好好学习。

但康童这样兴奋的状态也只持续了一会儿，就又恢复回原本那样很乖的状态。他趴在茶几上看书，眼神却不时瞟向脚边跑来跳去的小猫，发觉自己一心二用被坐在沙发上看平板的连诀注意到了，又赶紧做回乖乖看书的样子。

这套房子比起郊区的别墅要小上很多，平时家里阿姨和康童都在，现在又多了只猫，理应是热热闹闹的。但家里太安静了，除了小猫拨动毛线球发出的细细簌响，与连诀偶尔滑动屏幕的声音外，就只剩下了挂钟走针时的嘀嗒声。

明明是与往日回家没有两样的景象，连诀却平白生出一种冷清的感觉。

“为什么不开电视？”连诀说。

康童愣了愣，问：“电视？”

其实康童偶尔是会看看动画的，但一般连诀在家的时候，他会习惯性地避免做一些可能会影响连诀休息或者工作的事情，阿姨也会下意识提醒他尽量保持安静。康童过了一会儿才反应过来，赶紧跑去电视柜前拿了遥控器给连诀送过来：“爸爸给。”

连诀看了眼他手里的遥控器，接过来放在旁边，说继续看书吧，于是客厅里再次陷入了安静。连诀忍不住想到沈庭未，他觉得奇怪，为什么沈庭未一个人生活还能弄出那样生机勃勃的氛围。

康童重新趴回茶几，却仍然没将注意力放在眼前的书上，而是从偷瞄小猫变成了不时偷瞄他的脸色，让连诀觉得疲惫。连诀板起脸，对他说：“要看书就坐直了好好看。”

康童赶紧坐直了，怕惹连诀生气，又站起来："我……我回房间看吧……"不等连诀说话，就拿着书很快地跑了。

连诀很多时候感觉自己并不能够和康童十分自然地相处，甚至察觉到自己会在某些时候刻意回避正常父子之间的互动，以至于有时候他会思考领养康童这个决定是不是错了。

心里其实早就有了答案，只是他刻意地将天平朝着自己想要的答案上倾斜，于是依照着现在的相处模式继续下去。

几年前，康童的生父康立军身患骨癌，但由于家境贫寒病情一拖再拖，最后站不起来送往医院时已经是晚期了，病情也逐渐加重转变成肾脏衰竭，只能依靠化疗来维持。母亲丢下他和年仅六岁的小康童去外地打工，说是打工，其实再没回来过。

起初是同一个病房的病人家属，每天看着当时个子刚过病床高的小康童跑前跑后为康立军端屎端尿于心不忍，将事情发布到了网上，后来一下子来了不少记者，将事件曝光上了当地新闻，才引起了风决的注意。

自连诀接手陈家的医疗产业并创立风决后，公司的慈善项目每年都设置有硬性指标，康立军就理所当然地成了他们那年的资助对象。但好景不长，康立军的病情日渐恶化，已经严重到即使费上再多金钱也无法挽救的程度，哪怕是有风决的财力在背后帮扶着，他也只是在病床上多耗了两年。

康立军走的时候，康童还不到八岁，但心智却要比同龄孩子成熟也敏感得多。被连诀收养后，康童更是一直谨记着连诀的恩情，在家里说话做事都小心翼翼的，生怕一个不留意惹了连诀生气。好不容易因为年初上完户口缓和下来的关系，又因为两个多月没有见面而再次冷淡下去。

连诀将手肘杵在沙发扶手上，用手指抵了抵太阳穴，有些心烦。他放下平板，没等阿姨把茶泡好，上楼回了房间。

临近午餐时间，这家位于寸土寸金的市中心黄金地段、按分钟计费的高端心理诊所已经暂时停止接待了。助理敲门进来时，面色为难："刘医生，有位先生找您。"

刘医生正皱着眉头用筷子在外卖餐盒里来回拨动，闻声道："吃饭时间到了，让他有事下午再来……"话说到一半，她抬起来的目光越过办公室的玻璃门，望到一个熟悉的身影，眼中闪过一抹意外的神色，赶紧叫住助理，“等一下。”

她把餐盒收好丢进垃圾桶，起身走出办公室，对等在前台的男人笑笑：“好久不见。”

对方礼貌地对她点了下头：“刘医生。”

“请我吃个饭吧。”刘医生说，“这次就不收你钱了。”

就餐地点就近选在诊所楼下的西餐厅，刘医生将一块西冷牛排放进嘴里，看着面前高大英俊的男人，说：“要是我没记错的话，你已经有两年没有到我这里来了。”

她仍然清晰地记得眼前这个男人第一次到她这里来的情景，当时她的心理诊所还开在二环一个不起眼的写字楼，那时的男人也还只是个背着书包的少年。

她之所以印象深刻，除了少年那一眼看上去清秀端正的相貌，还有他推门进来时径直对她说的那句：“我需要心理干预。”他没有像很多患者来时那样，让医生判断他是否有什么问题，而是直截了当地告诉医生自己需要治疗。

当时，她的诊所只有一个简陋的诊室，少年陆陆续续地在她的诊室里接受了将近十年的心理治疗，从他读书时起一直到参加工作。后来少年长成了男人，也许是因为工作的缘故，也或者是已经不需要她了，过来的次数愈发减少，直到她换了新址，这个男人几乎没再来过。

刘医生仍记得最后一次见面时对他说过的话，便问他：“我之前的建议，你有尝试过去做吗？”

连诀说“有”，顿了顿，对她说：“我收养了一个孩子。”

送到嘴边的牛排顿在空中，刘医生愣了愣：“收养？”

“嗯。”连诀说，“我前公司资助的一个病人去世了，我收养了他的孩子。”

刘医生对于他错误解读了自己的建议，有片刻失语。她若有所思地看了连诀一会儿，依据他再次找到自己的这个行为，猜测道：“效果不好？”

“……是。”

“嗯……”刘医生对他这个回答没有表现出太多意外，问，“这次是遇到了什么问题？”

连诀平静地看了她一眼，说："我又资助了一个病人。"

刘医生听到这句话后脸上写满了诧异，紧接着皱了皱眉，试探性地问他："也是因为我跟你说……"

连诀摇摇头，说："不是。"

刘医生看着他，过了很久才开口，道："是好事。"她问，"对方是怎么样的人？"

这个问题让连诀脸上出现了刹那空白。他微微凝起眉，脑子里浮现出很多有关沈庭未的画面——有些呆的睡相、像是没打算让人听清楚的低低轻轻的嗓音、想不通事情时皱起的眉头，以及总是对一些幼稚的东西情有独钟的癖好，还有常常做出的有些愚蠢的事。

但脑海里最后的画面却定格在那天中午的别墅，充沛的阳光、火上沸腾的汤、电视剧里的台词和那双在袅袅热气中弯起来的眼睛。

连诀沉默了许久，艰难地从这个场景中提取出一个恰当的词汇，语气带着几分生硬道："……温暖。"

"温暖？"像是从他口中听到这个词很不可思议似的，刘医生睁大了眼睛，接着在连诀明显不悦的目光下很轻地笑了，"不不，我没有别的意思，只是觉得，你不太像是会用这种词来形容别人的人。"

"但我感觉很不舒服。"连诀皱起眉头。

刘医生问："是不是感到抗拒？"连诀迟疑地点了下头。

刘医生理解他对于这件事心里多少还是感到茫然，她没有很快搭话，而是在心里思考如何组织语言。

"刘医生，"对面的连诀突然问，"我想知道，别人都是怎么和……"说到这里时他话音顿了一下，似乎不知道该用什么方式问出这句话。

刘医生很快顺着他的话接道："别人是怎么和家人相处的？"

连诀快速说了一声"嗯"。

刘医生已经十分熟悉他这样的问话，想了想，回答他："每个家庭都有自成一派的相处模式，这个我没办法和你说，你需要自己去体会。在此之前，你首先要做的是接纳，对于你来说可能不是很容易的事情，你可以先试着去感受它们，再尝试着释放自己。"

吃饭时，两个人从头聊到尾，刘医生给了他很多建议，又害怕他再次误解自己的话，遂强调："这些都只是辅助作用，最重要的还是你要能够打开自己的心，先让自己走出去，才能让别人走进来。"

午餐后两人各自离开，刘医生回到诊所，前台的助理跟上去追问："刘医生，刚才那帅哥怎么了？他看着挺正常的啊。"

刘医生叹了口气，说："他患有很严重的情感缺失症。"

"啊。"助理眨了眨眼睛，"好可惜啊，不过我怎么从来没见过他？"

"他很久没来了。"刘医生跟她一起往办公室走，"我记得他第一次来找我的时候才上高中，那会儿才十几岁，他养父家的女儿和他一起去爬山，在他面前摔断了腿，哭得撕心裂肺的，他在旁边没有任何反应，直到他妹妹叫他的名字，他才想到要过去帮忙。这件事发生后他自己找到我，说他有心理问题，让我对他进行心理干预。"

助理睁大了眼睛："高中？那不是已经很多年了？"

"很多年了。他小的时候还曾因为情感淡漠被领养家庭退养过很多次，我猜测应该是和他很小的时候就父母双亡的经历有关。"刘医生回忆起曾经给连诀做心理治疗的日子，"你知道吗，我很少碰到像他这么配合的病人，问什么都说，但是就是感觉没用。他就像个机器人，我就像个给他编写程序的，我跟他说什么他就做什么，我有时候就感觉他根本不是想找我治疗任何心理问题，而是想从我这里学习怎么做一个正常人。

"他说他想做个正常人。

"后来我建议他试着给自己建立一些精神上的情感联系，他就直接收养了个小孩……不得不说，他的学习能力是很强的。"她苦笑，"但是'正常人'哪里是学来的。"

听完她的话，助理也跟着沉默了一会儿，又耐不住好奇，问她："那他这次过来找您是想做什么？"

刘医生想了想，说："想要融入家庭吧。"

"那您是怎么说的？"

刘医生看了她一眼，眼里带着些狡黠的笑意："我说，让他先从给家人准备惊喜开始。"

"惊喜？"助理皱了皱眉头，"他不像是会做这种事的人唉，一下子让他这样做，会不会有点矫枉过正了？"

刘医生笑着弹了一下她的额头："是啊，他愿意学，那就试试呗，反正我也没收他的钱。"

"啊，好过分啊刘医生！"

她笑了笑，没说话——让他做出一些改变也许不失为一种方法。

0~5

康童去夏令营那天早晨，连诀亲自开车把他送去大巴集合点。康童坐上大巴，隔着车窗跟连诀挥了好几遍手，直到连诀也向他摆了摆手，才把车窗玻璃好好关上。

到达酒店后先回房间整理行李，康童的箱子很重，老师帮他搬到了房间里。和他住在同一个房间的男孩放好东西以后叫他快点，他正把阿姨帮他叠好的衣服拿出来放进床边的小柜子里，说："知道啦，你先去吧。"

等他把衣服和阿姨给他装的吃的、冲水喝的枇杷膏都拿出来放好，才注意到箱子最下面的隔层里仍然鼓鼓囊囊的。

"这是什么？"

他拉开隔层拉链，看到里面躺着一只穿着蓝色水手服的毛绒小熊。

"哇。"康童把小熊抱出来，手指摸到小熊领口的卡片，上面的标签上有一排很可爱的卡通台词：出发吧，航海家。

康童的眼睛亮了亮。他很喜欢看一部卡通片，里面的主角是个航海家，因此他从很早就非常向往大海，即使从来没有亲眼见过。之前连诀去国外出差，问他有没有什么想要的，他想都不想就说想要小船的模型。尽管连诀最后给他带回来的并不是小船，而是一个灯塔的乐高模型，但他还是很开心。

他赶紧掏出手机给阿姨发了一条信息："谢谢阿姨。"

阿姨不太擅长使用智能手机，打字也慢，于是给他回了通电话，问："到啦？"

康童说"对"，又说："我好喜欢'小船长'啊，谢谢阿姨！"

阿姨莫名其妙地问："什么小船长？"康童怔了一下："就是我箱子里的小熊呀？"

"小熊？我没见过啊……"

康童的手忽然摸到标签上有些凹凸不平的背面，便将卡片翻过来，眼睛一下睁得大大的——上面留着一排钢笔写下的遒劲有力的字迹："注意安全，航海家。"

"连康童，集合啦，李老师都叫了好几遍了。"门口又有人喊。

康童很快地抹了抹眼睛，瓮声道了句："来啦。"他将卡片小心翼翼地塞回小熊的衣服里，将小熊摆在自己的床上。走到门口时又返回来，把小熊视若珍宝地收回自己的箱子夹层中，再把箱子拉链拉好，赶紧去和同学集合了。

连诀送走康童以后，开车回了家，他最近事情太多，不常回来，索性给阿姨放了长假，让她月底等康童回家的时候再过来。阿姨有点犹豫，问："那先生不在家的话，猫怎么办呢？"

连诀看了一眼脚下围着自己裤脚转的白猫，没怎么思考，又好像认真地想了想，然后淡淡道："有人会照顾它。"于是，很快他便如愿以偿地看到了沈庭未见到猫咪后的表情。

与他想象中的样子差不太多，沈庭未的眼睛很亮，嘴角也翘着，脸上的表情很生动。

"哪里来的小猫？"沈庭未微微弓着腰，伸手碰了碰猫包上的透明罩子，对上小猫圆滚滚而灵动的眼睛，笑起来，"它好小啊。"

连诀没看他，不富诚意地解释："家里没人照顾，先放你这里。"

沈庭未显然很意外："你的猫？"连诀没有回答。

沈庭未从他手中接过猫包，手触碰到拉链，似乎想把小猫从包里放出来。拉了很小一道口子后又停了，他抬起头看着连诀，脸上的笑意减少了些许，取而代之的是浓浓的可惜。

他收回手，闷闷地"啊"了一声，说："要不然连先生还是先让别人照顾吧……"他像是怕连诀误会，又觉得连诀不是会清楚这些事情的人，便解释道，"我现在好像不太适合养宠物……"

"检查过了，没有弓形虫。"连诀很快说，仿佛能够洞悉沈庭未的想法似的，"驱虫和打疫苗也都做过了。"

沈庭未抬起眼看了看他。

连诀这句话说得太生硬，让沈庭未很难不产生多余的联想，但连诀很快转移了话题，问他医生什么时候过来。沈庭未只好暂时收回思绪，回答他："下午。"

他打开猫包，托着小猫的两条前腿把它从包里抱出来，小猫对他的气味还不够熟悉，尾巴蜷在肚子上，伸着脖子轻轻嗅了嗅。沈庭未很喜欢它，抱着它在客厅的小沙发上坐下，问连诀："它有名字吗？"

连诀说："咪咪。"康童一直是这么叫的。

沈庭未以为自己听错了，抬起头看着连诀，连诀坐在旁边的沙发上，与他对视了几秒，问："怎么了？"

"呃——"沈庭未一时没接上话。从连诀口中一本正经地听到这两个字，有种异常却不突兀的诡异感。他强压下自己想笑的冲动，很快摇了摇头，说："很可爱。"

沈庭未的声音很轻，像是怕吓到小猫，又按捺不住欣喜地叫着："咪咪。"连诀就跟着这道声音抬起头，沈庭未把头垂得很低，认真而温柔地看着怀里的小猫。

可能是不熟悉环境的缘故，小猫意外的乖巧，趴在沈庭未的腿上没动。沈庭未轻轻摸着它的脑袋，又挠了挠它的下巴，它慢悠悠地甩着尾巴，懒洋洋地眯起眼睛竟像是要睡了。

连诀看了沈庭未一会儿，发现他今天的气色很好，白皙的脸颊上嵌了一点点淡粉，嘴唇也比往常更有血色。

"它会上厕所吗？"沈庭未突然抬起头。

他一直很喜欢猫，但从来没有养过，以前是因为母亲对猫毛这类的东西过敏，只好将养猫的计划放在独立生活后，后来还没等到独立生活，又莫名其妙地来到了这里，自身都难保，更别提养宠物了。

"会用猫砂。"连诀不着痕迹地将视线转开。

他的目光移开后，沈庭未好像松了一口气，接着若无其事地说："哦，好聪明……"

中午沈庭未只简单地炒了两道菜，没再搞出上次的动静，连诀也没像上次那样匆忙离去。

沈庭未将菜端上桌的时候有点纠结，分餐太刻意，相对坐着又未免太正式，于是为了避免尴尬，他还是将两道菜放在一起，转过头叫连诀过来吃饭。

连诀似乎是习惯性地在餐桌主位坐下，沈庭未则在他左手边的餐桌拐角处坐下。连诀吃饭时秉承着“食不言”的原则，对他的厨艺没有进行任何评价，反而让沈庭未感到轻松，要是他夸上两句或是贬低什么，沈庭未可能真接不上话。

沈庭未还记得上次的事情，于是在连诀慢条斯理地快要将饭吃完的时候，他对连诀说：“上次我不是故意睡着的，是太困了……我那段时间失眠有点严重。”

连诀抬起头看了他几秒，意识到他指的是返程路上睡着的事之后，声音平静地说：“那天我有事。”

沈庭未眼神茫然地看着他，好一会儿才反应过来连诀是在解释那天一言不发离开的行为，又很快意识到他所表达的意思是自己没有生气。沈庭未没想到他会跟自己解释这些，吃惊之余没想好要说什么，只干巴巴地回了句：“哦。”

医生下午准时来到别墅。

“最近精神状态很好啊。”医生对沈庭未笑笑。沈庭未躺在诊疗床上，也笑着回答医生的话：“嗯，这段时间没有再吐了，感觉饭量都增大了。”

连诀听到这里，不禁回忆起刚才那餐饭，认为沈庭未嘴里的“饭量增大”含有夸张成分。

医生点点头：“是会这样的，说明你的身体状况越来越好了，是好征兆。”

“嗯，而且最近不容易头疼了。”沈庭未言语间都带着笑意，“这个月好像还没发烧。”

连诀鲜少见到沈庭未这样的状态，在他的记忆里沈庭未不是一个活泼的人，很多时候他都表现得异常安静，不会有很大的动作或是弄出很吵的声音，给人一种很温顺的感觉。

“失眠还严重吗？”医生问。

沈庭未摇摇头，说：“好很多了。”

医生的脸上露出温和的表情：“按照之前的周期，这几天又该到了你开始发烧的日子了，我们来量一下体温吧——连总？”他看着还站在门边的连诀，问，“您不过来看看吗？”

沈庭未脸上的愉悦还没有完全消退，他转过眼看了看连诀，连诀杵在原地没动。

大概是对这种事情不感兴趣吧……他不想为难连诀，对医生说：“没关系……”话还卡在一半没说完，连诀抬腿朝他走过来。

医生贴心地把身旁的位置让出来，连诀可能没看到，径直走到了沈庭未所躺着的诊疗床边。连诀的个子很高，从沈庭未仰视的角度只能看到他清晰硬朗的下颌线。

紧接着连诀低下头，整张英俊的脸逆着光暴露于他的视线中。连诀眼神很淡，却没有往日那种自然而生的疏离，只是很平常地看了他一眼。

“不错啊，没烧。”医生笑笑。

沈庭未开心得眼睛弯起来：“太好了！”

归功于连诀为他提供的居所与隔三岔五送来的营养品，检查结果照常乐观。检查结束后，沈庭未将衣服拉好，连诀将手臂朝他身前侧了侧，他短暂地怔神，很快搭着连诀的手臂起身。

连诀将医生送走以后，沈庭未已经关好了诊疗室的门，走了出来。他看着连诀，面上流露出些许不太好琢磨的情绪，拘谨地说：“连先生，谢谢你。”

连诀瞥了他一眼，神色没有变化，慢吞吞开口：“不必。”

沈庭未很慢地点了一下头，犹豫了一下，接着道：“那个，等我的病好了，我就搬出去……这段时间真的很感谢你对我的照顾，这个房子……”

连诀突然打断他：“怎么，你还准备继续回去卖艺？”沈庭未重新抬起头，连诀看着他，眼神却轻飘飘地宛若没落在实处，像是为了打消他的顾虑那样说，“住着吧。”

沈庭未看着他转身上楼的背影，忽然感觉，过去在连诀身上感受到的那股不知从何而来的冰冷消散了一些，就好像连诀往日里所有的不近人情都被隐匿起来，此时陡然像拢了一层朦朦胧胧的温柔。沈庭未突然想，连诀这个人其实真的很特别，他连温柔的样子也带着一股不容置喙的意味。

连诀在二楼书房没待太长时间，再次下楼的时候手里多了一沓资料。

沈庭未刚刚给猫咪规划好休息与活动的区域，看到连诀回到沙发上坐下，就猜想到原因。

这段时间一直是沈庭未一个人住，书房与卧室都算是太过私密的空间，他不方便进去打扫，想必这么长时间也积了不少灰尘。

他想了想，还是向连诀解释了一下。连诀只应了一声，意思是他知道了，就低头看回资料没再说话。

林琛是在半小时后到达的，几个月没用过的书房实在不是个谈事情的好地方，两个人就直接留在客厅谈话。沈庭未感觉这个场合他在旁边待着太不合适，于是抱着猫咪回了房间。

小猫对他的房间感到好奇，一会儿跑来这里嗅嗅，一会儿又去那里摸摸，他坐在椅子上看着小猫，心里喜欢得紧。看小猫蹲在他的床边有想跳上去的意思，这才赶紧走过去把小猫抱起来，佯装出一副凶巴巴的模样，伸出手指点着小猫的鼻子：“不可以上床，不然就把你丢到外面去喂大灰狼。”

小猫耸着脖子冲着他“喵”了一声，声音又细又轻，一双琥珀色的圆眼睛直勾勾地盯着他看，显得可怜兮兮的。看到小猫这副可爱的模样，沈庭未的心都快要融化了，他把它抱进怀里揉了揉脑袋：“害怕大灰狼啊？”

说到这里，他想到外面的人是连诀，又突然很想笑。

其实相处久了，沈庭未发现连诀的性格不算极凶的，偶尔能看出脾气也都被他刻意地压制住了。主要是他的眼窝深而眉骨锋利，总显得有那么点不怒自威的模样，沈庭未想了想，他那张没有温度的脸没准真能起到震慑小孩子的作用。

他无声地笑了一会儿，又沉默下来，看着在自己脚边转来转去的小猫，不禁回想起某个晚上，连诀那条莫名其妙的、问他是不是喜欢猫的消息；又想，刚刚为什么要刻意提起“没有弓形虫”？

小猫在他鞋尖前蹲坐下来，冲着他又叫了一声。沈庭未蹲下来，摸摸小猫的头，忍不住猜想：……所以，是礼物吗？

小猫用肥肥的侧脸蹭了蹭他的手心，又细微地叫了一声。沈庭未感觉自己可能有点自作多情了，他低下头看着面前的小猫，温声问：“怎么啦？是不是饿了？”

连诀拿来的猫粮在外面，他在房间里转了一圈，没找到什么小猫能吃的东西，猫猫又跟在他后面喵喵叫个不停，沈庭未只好叹了口气，对它说：“乖乖啊，等一下，我出去给你拿猫粮。”

他动作轻而慢地从房间里出来，连诀和林琛还在客厅里说话，茶几上摊开几沓纸，笔记本电脑里还在播放什么视频。沈庭未便将脚步放得更轻，扬着头在客厅到处寻找猫粮袋子的身影。

他刚从房间里出来，连诀就注意到了，大概是看他蹑手蹑脚的动作太别扭，于是暂停谈话，问他："找什么？"

沈庭未看了看他，如实回答："猫粮。小猫好像饿了，一直叫。"

"餐桌上。"连诀说。沈庭未往餐桌上望了望，果然看到了一个湖蓝色的密封袋，赶紧说："哦，好。"

连诀与林琛的对话没有中断太久，两人很快收回注意力，恢复回工作状态。沈庭未拿了猫粮和食盆往房间走时，模模糊糊听见林琛在说"周转不开""财产冻结"一类的词，他脚步稍作迟疑，林琛很快看了他一眼，没再继续说了。连诀沉吟了片刻，沈庭未在回到房间关上门的那一刻，听到他说："我再想办法。"

沈庭未给猫咪倒好猫粮后就坐回椅子上，反复琢磨刚刚听到的话。如果他没猜错，林琛应该是说在连诀近一个月的拘留期间内，名下财产与公司账户被暂时冻结了，导致公司的资金链出了问题。得出这个结论后，沈庭未几乎没有思考，起身从衣柜中那个狭小的隔层里拿出一张银行卡。

之前林琛提过的股票和房本他没有见过，可能是在连诀那里，或是有其他人专人保管，他手里有的只有这张银行卡。沈庭未不知道里面具体有多少钱，也不知道自己名下究竟有多少财产，够不够连诀救急，但他还是第一时间想到要拿出来。

原因无他，他本来就没有要拿连诀一分钱的打算。先不说他拿了这么多钱有没有地方用，光是连诀迄今为止为他所做的——让两手空空的他来到这个世界拥有了安稳的、衣食无忧的生活，这份人情他就已经还不起了。

连诀和林琛在外面又聊了多久，沈庭未没留意，直到有人叩响了他的房门。沈庭未收敛起刚刚的思绪，走过去，打开门。

林琛站在门口，对他说："沈先生，多有打扰，我们先回去了。"

沈庭未点头回了一声"好"，视线越过他，望向已经从沙发上起身的连诀，怕他这就要走了似的，着急地开口叫住他："连先生！"

林琛识趣地让到一边。沈庭未走到连诀面前，把手里那张捏了很久的、被他体温暖热的银行卡递给连诀。他很快看了连诀一眼，又垂下眼："我不知道你们还需要多少钱……这里的，还有你之前给我的那些，你先拿去用吧。"

连诀没有伸手去接他手里的银行卡，而是微垂着眼睛看着沈庭未的脸。

林琛欲言又止地看了看连诀。

不只是沈庭未想到了这里，这张银行卡里的数字林琛是清楚的，加上之前转入沈庭未名下的那只股票，拿来应急未尝不是一个好的选择。但他一向擅长揣摩连诀的心思，刚刚他几次想要向连诀提起这件事，见连诀没有接话的意思，就清楚连诀一定不会想要动这笔钱，于是替连诀开了口："沈先生，这是连总给您的，您收着就好。"

沈庭未没能够完全理解他的意思，以为他是想说这笔钱远不足以填补他们现在的空缺，他心里一再犹豫，还是做出了决定。

连诀看着他微微仰起脸，眉头细微地蹙着，看着自己说："要是还不够的话……"

连诀从来没有想过要把给出去的东西再拿回来，但在这一刻，他看着沈庭未这副好像非常担心的表情，竟然突然很好奇他会想出什么办法。于是他静静地看着沈庭未，沉默不语。

沈庭未用一种不确定的、似乎在与他商量的语气，轻轻问："不然先把这栋房子卖了？"

"这……"林琛吃了一惊，他没想到沈庭未会提出卖房的建议。这套房子连诀很早就决定要留给沈庭未日后居住，所以在沈庭未签完合同后的第一时间便将房子过户给了他，更何况现在只是公司资金暂时周转不开，根本没到这个地步。

而让他更为吃惊的是，连诀看了沈庭未一会儿，先是从他手里接下了那张银行卡，又很快说了声："嗯。"

CHAPTER 10

三个人

Three people

◎第十章

0~1

连诀那边可能真的很紧急，没过几天就有人过来看房子了。

来人不是户主，可能是对房子的风格有自己的想法，直接请了位室内设计师来。对方带了人过来后四处测量，然后对沈庭未说，等他们那边的设计图出来后就要开始动工了。

沈庭未是在一周后从别墅里搬出来的，他来的时候孑然一身，整理房子的时候才发现不知不觉间连诀给他置办了这么多东西。帮他搬家的人沈庭未没有见过，对方礼貌表示是受连诀所托，带他去新住址。

车开出别墅大院的时候，沈庭未忍不住回头多看了两眼。他对这套房子倒是没有太多留恋，住哪里对他来说没有太大的区别，唯一有点舍不得的，就是这满院子在他精心呵护下好不容易盛放的花。

车往市区的方向开去，沈庭未抱着怀里有些紧张而四处张望的小猫，对即将展开的新生活没有太多向往。他猜想连诀可能是在市里某个地方给他租赁或是买了套公寓，只是想到以后万一热感症又发作了，隐约有些担忧搬到市区去住会不会太引人注意了。

车一直开到一处繁华的地段，随后东拐西绕地穿过两条林荫窄道，四周的车辆与行人开始肉眼可见地变少，最后车辆减速开进一个高档小区，进门时被门卫拦停。

小区的安保措施很严格，门卫十分负责任地敲开车窗，问他们是什么人，过来找谁。司机回答 B 栋。门卫狐疑地看了看车牌，又往车里望了望，打量的目光在沈庭未身上停留了许久，沈庭未用手臂微微托起猫咪，装作若无其事的样子。

门卫终于收回目光，回到保安亭里打了一通电话。沈庭未隔着透明的亭上玻璃，看到他姿态恭敬地对电话那头应了声什么，过了一会儿才打开隔离栏放行。

进去之后沈庭未才知道为什么司机刚刚回答的是几栋，而不是几号。小区内整齐排列着一幢幢精致富丽的别墅，各栋别墅大概都是由人统一打理，独立花园里的绿植景观与陈设都大同小异。车缓缓从几栋别墅前驶过，沈庭未意外地注意到有不少房子上安装的都是防窥玻璃，从外看过去黑漆漆的一片，将外来视线阻隔得严严实实。

司机看出他的疑惑，解释道："这里住了不少艺人。"沈庭未点了点头，一副若有所思的模样。

汽车往小区里开了一段距离，拐了个弯后在某栋别墅前停下。

"到了，沈先生。"司机说。沈庭未回过神，道了声好，跟着他下了车。

这里的房子比他之前所住的别墅小了不少，内里的装修却半点不比那套差。

沈庭未走进去，先是注意到靠近门边一人高的猫爬架，接着是不远处地板上放着的毛绒猫窝和叠了好几层罐头的透明保鲜柜。他脚步顿了顿，怀里的猫咪似乎嗅到了熟悉的味道，从他身上跳下来，跑去拨弄猫窝上坠着的线球。沈庭未终于意识到这是什么地方，这哪里是连诀给他找的新住处，这分明是连诀家。

沈庭未并没有那么迟钝，从那天中午连诀对他表现出的抵触情绪就足够令他清楚地意识到，如果没有特殊情况，连诀是根本不愿意和他待在一起的。心里一时五味杂陈，沈庭未的脑子里跳出的除了一瞬而过的"共同居住"外，更多的是"他是不是真的很缺钱"。

还在愣神的时间里，司机已经帮他把车上的行李搬了进来，对他说："我帮您拿进房间吧。"沈庭未不清楚自己的房间在哪儿，顺着他的话点了下头，说了一声："谢谢。"

他跟在司机身后上了二楼，在走廊尽头的房间门口停下，司机问："需要帮您整理吗？"

沈庭未很不愿意麻烦别人，连忙说："不用了，我自己来就好。"

司机点了下头，将行李放在门口，对他说："其他的东西晚一点会有人送过来。"沈庭未很快又道了声谢谢。

目送着司机下楼离开后，沈庭未把挡在门口的箱子往旁边稍稍移了移，打开房门。

他看着眼前与之前的卧室相差无几的房间陈设，表情有些呆了。他略显木讷地走进去，在房间里粗略地环顾了一周，拿起手边桌子上呈"大"字形坐的木质关节小人摆件，确定了这间卧室是按照他之前住的那间布置的。

沈庭未拿着小人摆件在手里心不在焉地把玩了一会儿，想起自己还有很多东西没有收拾，先匆匆收起胡乱发散的思绪，转身去取自己的行李。

他把叠好的衣服从箱子里拿出来，打开衣柜，一件件放好，正要转身去取其他东西时，无意间朝衣柜上层扫了一眼，动作倏地停下了。

他怔怔地抬起头，发现连衣柜顶层放置的备用床品都是他在先前的房子里常用的款式。

沈庭未收收拣拣，用了近两个小时才断断续续地将东西完全归置好。可能是房间的隔音太好，或者是他根本没能把注意力从大脑里的胡思乱想中分出丝毫，一直到他从房间出来，才听到楼下传来不大不小的动静。

沈庭未在二楼扶手处俯视，刚才的司机不知何时又返回来，带了工人在楼下换防窥玻璃。他细白的手握着红木扶手，上挑而温柔的眼里带上几分空茫，和细微的、对连诀从未流露于唇齿的体贴滋生出的无所适从。

连诀总是这样不声不响地将他所有的忧虑抹去，似乎只凭借猜测就能够剖析他所有的想法。

沈庭未站了许久，才意识到那阵刚抑制住的心悸不知何时又隐秘地重新回归于胸腔。

晚餐后，沈庭未正蹲在小猫的食盆前给猫咪添粮，还没起身就听到院子里有车进来，他神色微微一滞，很快又好似无事发生，转过头唤了一声："咪咪，过来吃饭啦。"

连诀进门时，沈庭未刚站起身。好像才听到动静般，他转过头，对门口的连诀扬了扬唇角："晚上好，连先生。"

连诀抬了抬眸，稍顿片刻，回了声："好。"

沈庭未的手上沾着猫粮的碎渣，感觉有点不舒服，本打算先去洗手，见连诀朝厨房走过去，脚步又停住。

"还没吃晚餐吗？"沈庭未看着他。

连诀淡淡地"嗯"了一声。

沈庭未在原地站了几秒，脚尖换了朝向，他走进厨房，对连诀说："我来吧。"不管怎么说，连诀这份"无微不至"让沈庭未发自内心地感激，他说过太多次谢谢，再说就显得多余。

连诀还站着没动，没有看他，也没有领情的打算，平淡地说："不用。"

沈庭未垂下眼睛看向自己有点脏的手，想了想，决定用手腕，他抵住连诀的侧臂，打算强行将他推出餐厨区。连诀没想到他会突然动手，脸上有一刻没缓过神的愣怔，自身修养告诉他继续拉扯极不雅观，于是迟钝地抬起腿，顺从着被沈庭未推出去。

"你有想吃的吗？"沈庭未问他，见他不搭话，自作主张道，"如果没有的话，我就随便……"

"鲫鱼豆腐汤。"连诀慢吞吞地开口。

沈庭未眼睛稍抬，看了看他，道："好。"

已经很晚了，但好在沈庭未发现冰箱里有处理过的鲫鱼，所以做起来不算太麻烦。他用小火和少量的植物油将腌制好的鲫鱼煎至两面金黄，加入水和料酒，切了姜丝放入调味，盖上锅盖等待水开的时候，又翻了翻冰箱，拿出香菇和培根，打算给连诀弄个简单的咸口糯米饭。

他在之前的房子里也试着做过几次糯米饭，但总是掌握不好，不是饭黏了就是菜的火候太轻。他忽然想起前两天才在网上看过的某个美食视频，里面提到过煮糯米饭的窍门，他一边把豆腐切好下进鲫鱼汤里，一边回忆视频里的内容。想了好半天也没想起来，于是他将火关小，先炖着汤，准备回卧室把手机拿过来。

从厨房出来，连诀已经没在客厅了，应该是暂时先回房间休息了。

沈庭未刚上到二楼，就听到连诀用一贯冷静的声音在和什么人说话。他愣了一下，猜测连诀应该是在通电话。沈庭未没有打探别人隐私的癖好，脚步没有停留，继续往走廊尽头走，却发现连诀的声音愈发清晰，甚至连同夹杂在交谈里很轻的清嗓声都被他听得清清楚楚。

他心生疑惑，但很快就知道了原因。他看到自己隔壁的那间卧室门虚掩着，而连诀的声音正从这间卧室里传出来。

房间里传出“咔嗒”一声轻响。沈庭未略一停顿，低沉而含混的声音忽然离得很近，卧室门猛地被人从里面拉开了。

连诀脱掉了进门时穿着的西装外套，身上单薄的白色衬衫紧紧勾勒出身体肌肉的轮廓，领口的扣子没解，领带却没了先前板正规整的形态，松松垮垮地挂在脖子上。他一手拿着手机，另一手还维持着开门的动作，因而将刚点燃的烟叼在嘴里。

烟头猩红处袅起的白雾使得连诀稍眯起眼，看清门口站着的是沈庭未后，他几乎是立刻将嘴里的烟拿下来，偏过头，眉心微蹙着用视线去寻着什么。大概是没能找到适合捻灭烟头的物件，继而干脆把房门关上了。

连诀还是将烟掐了，他按了按有点痛的咽喉，拿着手机重新站回窗边。

余曼在电话那头说：“前些天宁雪没少给老陈打电话，老陈恼了几回，还把上回从拍卖会上当个宝贝买回来的玩意儿都给砸了，我估摸着宁雪是来说你的事的。”

其实连诀并不意外。十五年的朝夕相处足够他清楚地了解陈褚连的为人，以陈褚连睚眦必报的性格，绝不可能容忍自己亲手养大的“狗”在养成之后将他反咬一口。告他职务侵占罪不外乎是想亲手把他送进去，顺便将给出的“恩赐”一分一毫通通拿回去。

本以为是一场硬仗，公安机关最终却是立案调查了一段时间后因为证据不足，很快就将连诀全须全尾地放出来了。如果只是想在这期间制约他的经济，给他一个下马威，这实在不符合常理。

连诀心里清楚，这中间唯一能够起到作用的无非就是陈宁雪，陈褚连虽然嘴上不提，但明眼人都能看出来他对这个独生女儿有多疼爱。

挂断电话后，连诀忖量许久，打开手机找到陈宁雪的联系方式。最后的聊天记录还停在两个月前那个红色的感叹号上，他点开陈宁雪的头像，从相册预览中看到了新增图片——陈宁雪不知道什么时候把他从黑名单里放出来了。

他稍做思考，觉得直接发消息过去不是个好的方式。要是放在之前还好，现在两人之间有些东西在难看的场面中被彻底戳破，多年建立起的亲近不免少了几分，又增添了许多无形的疏离。连诀思来想去，点开她的朋友圈，给她的最新一条旅行视频点了个赞，随后将手机放下，进入浴室洗澡。

待他洗完澡从楼上下来，沈庭未正将做好的饭菜端上桌，他没有过去帮忙的自觉，先拿了水杯过去接水。

沈庭未又返回厨房里，连诀低头按动净水机时听到了微波炉转动加热的声响。他站在净水机前慢条斯理地喝下一杯水，沈庭未已经从厨房出来了，手里拿了张纸巾擦着手。

“饭做好了。”沈庭未对他说。

似乎很怕连诀会对他说谢谢，他在连诀动了动嘴唇，准备说话时抢先一步说：“我先上楼休息了。”

连诀把水杯放在净水机旁边的桌子上，没再去看他那张表情温顺的脸，低头去拿自己振动了两下的手机，一边淡淡道了一句：“晚安。”

沈庭未也对他说：“晚安。”

“有机会过来玩，哥。”

“批准你带朋友来。”

连诀盯着这两条态度自然的消息，解读了一下她这两句话里所表达的含义，过了很久，回复了一句：“好。”

收起手机，走到餐桌前，连诀伸出去拉椅背的手忽而停在空中。接着，他从桌上拿起那个第一眼看去就觉得很呆并且与沈庭未很像的木质小人。

小人歪着头，双手高高举过头顶，以一种有些怪异的姿势举着一张便笺纸。从上面不算整齐的字句排列来看，不难推测沈庭未写字时的心路轨迹。

便笺纸很小，中间先是用端秀的字迹写着几乎占据整张纸的“少抽点烟”，可能是觉得这句话太生硬，或是太不自然，于是又在左上角补了半句“如果嗓子痛的话”。后来又在“少抽点烟”四个字后面补了一个“吧”，和一个很傻的表情符号。

连诀垂下眼，桌上除了晚餐外，还摆着一杯冒着热气的梨水。

“如果嗓子痛的话，少抽点烟吧 ^^。”

0~2

沈庭未认为自己起床的时间不算晚，但每天早晨他下楼时连诀都已经离开了。

后来他发现连诀很少会在外面吃晚餐，某天他起夜下楼倒水还碰见连诀晚归在厨房煮面，从那以后沈庭未每天的晚餐就会特意多做一点，给连诀留出一份。反正做饭的时候顺手多做一些也不费什么工夫，放在保温桶里打开就能吃。

沈庭未偶尔会突发奇想想尝试些新菜品，又担心连诀有什么忌口，就提前一天晚上把明晚打算做的几道菜用便签纸写出来，贴在冰箱上，让连诀自己选择。多数时候连诀是没有意见的，偶尔遇上实在不吃的东西，就会在那道菜后面打个小叉。

两个人维持着这种神奇的相处模式，竟然也让沈庭未生出些许自在来，至少他现在和连诀碰上面不会再有类似“尴尬”的情绪了。

连诀不在家的时候，沈庭未就和猫猫待在家里。他不太愿意每天无事可做，索性托林琛帮他买了几本跟法律相关的书籍，平时也翻来看看。一方面不想让自己大学几年的学业完全荒废，二来也能帮他多了解一些这个世界。

这边的法律在某些地方比原来的世界更容易理解，有专业基础在，沈庭未学起来倒不是很吃力。

闲暇之时，他想到常开心提到过的猫咪项圈，抱着试一试的心理在楼梯下面的杂物室里找了找，竟然真的从储物柜里找出几卷牛奶绵的毛线来。沈庭未学东西很快，钩针又十分容易入门，他按照论坛里的钩织技巧做了几次，很快就能够轻松上手了，于是在网上找了个造型可爱的花式，给咪咪钩项圈。

接到林琛打来的电话时，沈庭未刚刚钩出项圈的内圈花边，他手上的动作没停，问林琛怎么了。

林琛说："小少爷今天下午要回家，连总让我提前跟您知会一声。"

沈庭未一怔，手中的针脚跟着乱了，他看了看手里因他漏了一针而走形的项圈，喉间略紧："……小少爷？"

"是的。"林琛说，"您见过的，连总以小少爷的名义在您工作的蹦床馆办过卡，是陈小姐带着去的。"

其实沈庭未的记忆力还不错，但蹦床馆每天接待的孩子太多，他对陈宁雪带的小孩的印象仅停留在是个大概不到十岁的男孩上。

他对"连诀的孩子"倒是没有什么多余的想法，而是想到"连诀有过孩子"，或可能是"连诀有过家庭"这件事，一时没压制住震惊……更多的是在有了先前几次令他回想起来都觉得难为情的念头后，突然知道这件事让他头脑有点蒙。

心里也多了点无可名状的堵闷。

但很快又觉得自己的思绪乱得莫名其妙，毕竟连诀的过去和他没有关系，现在和未来……目前也还不在他的思考范围内。

沈庭未用了一点时间来收敛情绪，然后呆呆地回了一句："啊，好。"又问，"我需要做点什么吗？"

有时候沈庭未不得不承认连诀用人很精，林琛只从他这段短暂的停顿中就揣摩出了他的想法，像是为了打消他的顾虑似的，不着痕迹地说："不需要的，小少爷来连家两年，我是看着过来的，这孩子懂事是懂事，就是有些内向，沈先生别见怪就好。"

"……两年？"

"是。"林琛的话里显出一丝不知该不该说的动摇语气，他犹豫了几秒后，再出口的话却显然是早在心里排列组合好的，"小少爷的生父在两年前去世了，生母外出打工没再回来，为了给他父亲治病，早些年没少借钱，亲戚都怕接手这个烂摊子，不肯管孩子，无奈之下小孩只能被政府送去福利院。后来连总看孩子怪可怜的，就干脆自己填了窟窿，把孩子留在身边养了。"

林琛心知沈庭未是个容易心软的人，这样添油加醋地一番阐述，果然奏效，沈庭未失语片刻后，轻轻叹了口气："怪让人心疼的……"

这话不只是说孩子，也是说连诀。沈庭未从陪同连诀回陈家那次就对连诀的身世有了大概的了解，加上自己或多或少的推断，对连诀本就产生出许多同情。现在听到连诀不愿意让孩子去往福利院，所以干脆自己领养，更是忍不住揣测……连诀是不是在福利院过得也不太好？他这么想着，心头莫名揪了一下。

林琛在他展露出内心的柔软后乘胜追击，说如果沈庭未想知道可以上网查查，应该能找到当时的新闻。沈庭未说："好，我知道了。"

挂断电话后，沈庭未就根据林琛提供的孩子名字与关键字眼去查了当时的新闻，康童的事件是本地一家赫赫有名的网媒报道的，字字句句写得煽情动人。沈庭未本就是极其感性的人，他仔细地翻阅过一张张照片，看到还没有灶台高的小康童，扒着用砖头垒出的烧煤球的砖炉，姿势娴熟、表情平平地往烧开的锅里下挂面，顿时眼泪都快下来了。

直到关掉新闻后，他心里还久久不能平静。沈庭未抱着笔记本电脑呆坐了很久，又重新打开浏览器，尝试着将连诀与领养的关键字放在一起，试图在网上查找康童被领养后的新闻。

映入眼帘的内容却让他倏地揪紧了心——铺天盖地的新闻资料，竟都是有关连诀被陈家收养的报道。

沈庭未没有细看，粗略地浏览着各个媒体打出的标题，只是这样翻了几页，竟惊人地发现自己已经对连诀迄今为止的前半段人生有了基本的了解。

从连诀两岁被遗弃于福利院，中途多次因性格缺陷被领养家庭退养，到十五岁被陈家领养，开始拥有近乎奢侈的吃穿用度，再到陈家每年大张旗鼓地为连诀举办庆生酒会，以及连诀在陈家的扶持下创办风决……那些标题实在足够简洁明了，隔着漫长的时间跨度，几乎事无巨细地记录了连诀进入陈家前后的所有重要事件。

沈庭未想到了一个不合时宜的比喻——新闻里的连诀，就像被扒光了衣服丢在众人的视线中，由所有人一齐见证他华丽外表下的满目疮痍，任人对他肆意评判，或报以怜悯，或感叹人各有命。陈褚连这是在用所有人的眼睛盯着连诀，时刻提醒连诀，他所拥有的一切都是陈家给他的，告诫他得知道感恩——而且还是按着他的头对他说：你必须得感恩。

在意识到这些的那一刻，沈庭未的呼吸下意识紧了紧，心脏中溢出的不忍使得他的鼻间酸得几乎无法维持正常表情。

他快速关掉电脑，把它丢得很远。

因为有个孩子突发水痘，老师们担心会传染给更多孩子，夏令营的行程被迫中止。带队老师跟家长们沟通之后，将孩子们逐一送回家去。

康童打开门进来，先蹲下来抱起在他脚边转悠的猫咪，抬起头看到家里还有其他人，有些愣了，过了一会儿才问："你是谁呀？"

沈庭未一听到声音就从沙发上站起来，对他笑了笑："你不记得我了吗？我们在蹦床乐园见过的。"

康童显然对这件事没有太深刻的印象，他睁着大而圆的眼睛有些茫然地看了他一会儿，又疑惑地问："那你怎么会在我家呀？"

沈庭未想了想，说："是你爸爸让我来的。"

"哦——"康童这才拖着长音点了点头，乖乖将房门关好，换了拖鞋走过来。

沈庭未的身上莫名有一种孩子不太容易抗拒的亲和力，康童把书包摘下来，似乎对他有些好奇，又顾忌他是连诀请回来的客人，只敢偷偷摸摸地侧着眼睛打量他。

小孩子自以为的小心翼翼其实并不难察觉，沈庭未了解了这个孩子的过去，对他充满怜惜，自然不会在意他无意识的冒犯，反而尽可能显露出最温和的表情，问他："怎么了？"

康童连忙把不太礼貌的视线收回来，摇了摇头。又过了几秒，好似忍不住，问："你是爸爸的朋友吗？"

沈庭未竟真顺着他的话思考了一会儿，模棱两可地回答他："算是吧。"

康童脸上多了明显的笑容，有些羞赧地小声对他说："那你也是我的朋友。"

沈庭未看着他耳朵根泛起的酡红，忍不住笑起来，随后又神情认真地点点头，说："对呀。"

小孩子的喜欢总是来得毫无道理，康童自幼就习惯于看别人的眼色、判断别人的心情，几句话接触下来，觉察到眼前这个温柔的大哥哥对他充满善意，内心的紧张与防备卸下许多，对他自然而然地生出几分亲近。当然，或多或少也有“连诀的朋友”这层滤镜的缘故。他从最开始的谨慎偷瞄，到现在正大光明地观察，也就是在几分钟之间发生的转变。

沈庭未正觉得他可爱里带着点好笑，听到康童轻轻叫了他一声：“哥哥。”沈庭未问：“嗯？”

康童略微歪起头，大大的眼睛里装满了困惑，问：“你是不是很喜欢喝酒呀？”

沈庭未的眼神里闪过一丝意外，这个问题对他来说并不陌生，在他发烧后，常常听到有人这么问。现如今被康童忽然问起，他才意识到那已经是很久前的事情了。

沈庭未抬手探了探额头，怀疑自己是不是又开始发烧了，导致气味被康童嗅到了。他一时没想到要接什么话，就见康童稚气未脱的小脸微微板起，严肃地对他说：“哥哥要少喝点酒，对身体不好的。”

沈庭未看他小大人似的板着脸对他说话，只感觉这孩子实在好玩，忍不住捏了捏他带着婴儿肥的脸蛋，说：“好。”想了想，既是为了转移话题，也是突发奇想，问他，“……你想不想吃奶油泡芙？”

康童眼睛唰地一下亮了起来，他点点头，说：“想！”

沈庭未不热衷甜品，但热衷烘焙。之前他住在郊区的别墅里，有过很多次想要做些甜点的念头，奈何家里只有自己一个人，怕做好了吃不了浪费，只好作罢。现在不一样了，身边多了个对他充满期待的小孩子，他对烘焙的热情也被重新点燃。

沈庭未把黄油和糖粉按照教程里列出的比例严格分好，倒进透明的碗里，用搅拌器搅拌均匀。康童跟在他身后转来转去，问他：“哥哥，我可以帮你做什么吗？”

“嗯……”沈庭未思考了一下，他想到曾经在甜品店里见到过用水果切片点缀在夹层奶油里的大泡芙，被保鲜柜里温暖的灯光映得精致漂亮。也像是为了给康童找点事做，怕他感觉别扭似的，沈庭未对他说：“你帮我把冰箱里的草莓拿出来吧，帮哥哥洗一下，一会儿泡芙烤好了可以把草莓切开来当装饰。”

康童很快点点头，说：“好！”

沈庭未把低筋面粉加入搅拌均匀的黄油里，再加入牛奶和鸡蛋液搅拌，然后将烤箱预热。等他做完手头上的一切准备工作，扭过头就看到康童把洗好的草莓放在盘子里，搬了一个小板凳过来，站上凳子正伸手去够刀架上那把锋利的菜刀。

沈庭未吓了一跳，赶紧过去止住他的动作："别动别动，洗好放着就行了。"

康童扭过头看着他，好像不理解他为什么这么紧张，问："不是要切开吗？"

照片里那个不足灶台高的身影，与眼前这个长高许多的小孩，在沈庭未的视线中仿佛重叠在一起，让沈庭未倍感心疼，他把刀架往前推到了康童够不到的位置，轻轻摸了摸康童的头："我来切就好，小孩子不用做这些的。"

0~3

带队老师专程打了电话给连诀说明夏令营提前结束的情况，因为沈庭未与康童会面的不确定性，连诀今天比往常回家的时间要早。

他刚打开门，就嗅到房子里弥漫的浓郁香甜，还未等他完全反应过来，一个身影忽而朝他撞过来。他下意识抬手拦了一下，清甜而淡的酒气糅杂进充斥了整间客厅的奶油香气中，撞进他怀里的人还没淡下眼中浓重的笑意，转过头看了他一眼，眸底掠过一抹错愕，才赶紧收敛了表情将身体摆正。

"连先生。"沈庭未往前错开一步，将几乎贴上他胸膛的后背挪开，转过头看着他，神色稍怔，"今天这么早？"

沈庭未的鼻尖上还沾着绵密的白色奶油，可能手上有点脏，担心弄在连诀的衣服上，他又往旁边让了让，微微抬着手，说："我不知道你这么早回来，饭还没开始做……"

康童还没注意到连诀已经回来了，他举着沾满奶油的双手，大笑着从厨房里跑出来，朝沈庭未扑过来。

连诀朝侧前方迈了一小步，不着痕迹地将沈庭未挡在身后，沉声对康童道："别跑。"

康童看到连诀后，很快乖顺地在原地站定了。像是意识到在家里追逐打闹这样的行为很不合适，怕被责罚，康童脸上的笑容慢慢消失了，有些怯怯地叫了声："爸爸。"

但连诀并没有多说什么，只是神色淡淡地看了一眼身旁的沈庭未。

沈庭未没能读懂他的意思。

连诀的忽然回来让沈庭未与康童刚玩得有点疯的心情平静下来。沈庭未看了一眼不远处好像做错事似的垂着脑袋的小康童，走过去用小臂带动康童的肩膀，推着他往厨房走："好啦，洗个手，我们要准备吃晚饭了。"

回到厨房洗完手，沈庭未把烤盘里刚做好的泡芙装在盘子里，递给康童，说："拿出去和爸爸一起吃吧，等下就开饭了。"

康童乖乖接过盘子，却还站着没动，那双好似小鹿般清澈而漆黑的圆眼睛又恢复回亮晶晶的状态。他仰头看着沈庭未，叫他："沈哥哥。"

沈庭未微微弯下腰，视线与他保持平行，温柔地问："怎么了？"

康童的脸上还带着因刚刚奔跑和大笑生出的红晕，他有点不好意思地抿了抿嘴，眼中又夹杂着些许期待，问："你会在我家住多久啊？"

沈庭未看着他的眼睛，不知道该怎么回答他这个问题，片刻后用指腹揩掉他脸颊上没洗干净的奶油，将问题重新抛回去："那童童想让哥哥在这里住多久啊？"

康童可能是觉得有点难为情，他稍稍垂下了眼睛，说："哥哥要是能一直住在这里就好了。"

沈庭未跟着他的视线盯着盘子里的草莓泡芙，过了一会儿，才慢吞吞地应了声："啊……"

康童是临时回来的，阿姨被连诀放了长假，还没到返工的日子，连诀也暂时没有打算让她回来——家里一病一小，按理说留个人照顾是好的，但由于沈庭未的情况特殊，他不准备冒这个风险。

沈庭未对此没有表现出异议，他本来就不习惯被人伺候，只是听连诀说起辞退先前的阿姨时，他有点担心康童会不会有情绪。

"应该不会。"连诀从《经济时报》上掀起眼皮，看了看他，"现在不是有你在。"

沈庭未与康童能够相处得这么融洽，不只是连诀，就连沈庭未自己也没有想到。想必是康童平时太孤单了，连诀不常在家，阿姨又年龄大了，尽管待他很亲，但在沟通上偶尔也存在障碍。于是短短几天时间，他对这个“从天而降”的能陪他说话陪他玩、给他辅导功课、还做得一手好菜的大哥哥充满了好感，每天恨不得从起床起就黏在沈庭未身边。

康童黏人，却不烦人，沈庭未有时候觉得他有眼色得叫人看了心尖泛酸。沈庭未要是做家务，他就跑过去找力所能及的活帮着干；沈庭未要是看书，他就也找本书安静地跟沈庭未共用一张桌子看；沈庭未给猫咪钩项圈的时候，他就老老实实地坐在沙发上看动画，偶尔也看看他。

沈庭未对小孩子一向抱有很强的包容心，尤其是康童这样懂事听话的小孩。他知道连诀近期的事业可能处于低谷，每天早出晚归，眉宇间的疲惫从未卸下来过。沈庭未帮不上忙，只能在力所能及的范围内将家里打理好，至少让连诀不用为他和康童劳神。

吃过晚餐，康童换好了睡衣，却还没有睡意。他还在放暑假，连诀顾不上他，沈庭未对他也没有要求，他每天上午都能一觉睡到自然醒。起得晚了，睡得自然也比上学时晚了。

沈庭未把织好的项圈给猫猫戴上，康童蹲在旁边，一会儿摸摸小猫的脑袋，一会儿摸摸小猫的项圈，沈庭未开玩笑地问他：“你也想要啊？”

谁知道康童竟然真的点点头，问：“可以吗？”

沈庭未笑起来，点点他的鼻尖：“你也想做小猫咪吗？”康童不好意思地低下头。

沈庭未盘算了一下剩余的线，应该还够给他织条围巾，想着反正过不了几个月天气就要凉了，就说：“没问题。”

从地上站起来的时候，沈庭未瞬间感到一阵头重脚轻的飘忽，被旁边的康童赶紧抓住了手。

直到他站稳了，康童还紧紧地抓着他的手不敢松，神色慌张地问：“哥哥，你不舒服吗？”

身体上倒没有明显的难受，只是随着身体温度的升高，沈庭未又闻到了那股熟悉的味道。

沈庭未本身并不擅长喝酒，家里长辈对他的管教一向严格，也从未允许他在外面喝酒，于是身体上每次散发出这阵酒香，都会使得他头脑昏上一阵。

沈庭未试图安抚康童，轻轻拍了拍康童的手背，说：“没事，就是起来猛了，别担心。”

康童将信将疑地看着他，似乎在判断他这句话的真实性。

沈庭未笑了笑，语气和缓地说：“真的没事。”他尝试着转移自己的注意力，强行打起精神，将眼睛微微睁大，对康童说，“嗯……童童想和哥哥做会儿游戏吗？”

连诀进门的时候，康童正趴在沙发上，捂着眼睛小声地数着数字：“55，56，57……”

连诀扫了一眼挂钟上显示的时间，问：“怎么还不睡？”

冷不丁听到他的声音，康童吓了一跳，嘴里的数字都数重了。他抬起头，看着连诀：“我……我在和沈哥哥玩捉迷藏……”

找到沈庭未所躲藏的地方丝毫没有难度，或许存着故意让康童的心思，沈庭未留出许多破绽——比如杂物室的门都没关严，猫咪正翘着尾巴蹲坐在储物柜前。

推拉门被“唰”地打开，客厅的灯光骤然倾泻进来。甜中略带酸涩的果酒味原本拥挤地藏匿于这个狭窄而密闭的空间里，随着柜门打开争先恐后地涌出去，沈庭未抱膝坐在储物柜里，稍显迟缓地偏过头，不算十分清明的双眸望向柜门口连诀逆光而立的挺拔身形。

现在本就是酷热的时节，杂物室的大门平时不会打开，客厅的冷气自然吹不进来，更别提这样窄小的柜中，只会更加闷热。沈庭未在里面待了仅一分多钟，蜷着的腿都有些酸了，他的双颊像被热气蒸过，泛着不自然的红。

连诀居高临下地注视着他，沈庭未看不清楚他掩于阴影中的表情，却还是被他模糊却锋利的目光冰得一个瑟缩。

连诀好像在生气。

虽然弄不清楚他生气的理由，沈庭未还是微微抬了抬下巴：“连——”

“出来。”连诀冷冷打断道。说完没多看他，转身离开杂物室。沈庭未姿态笨拙地从柜子里出来，关好柜门，一声不吭地跟着连诀走出杂物室。

康童垂着脑袋站在沙发前，双手绞着睡衣下摆，听到声音后悄悄抬起眼睛看了看沈庭未。沈庭未站在连诀身后，正按着发胀的太阳穴出神，注意到康童的目光，背着连诀撇了撇嘴，表情无奈地冲他笑了一下。

康童原本还苦着一张脸，但看到他笑，似乎也忍不住想笑了。刚把头埋低咧了咧嘴，就被连诀面无表情地横了一眼，只好赶紧憋回去，不敢吭气了。

沈庭未有想打圆场的意思，他快步走到康童身边，想跟连诀说是自己的主意，让他别怪孩子。连诀却不等他开口，神情严峻而语气直冲地问："几点了？"

沈庭未没来得及说出的话被他一句质问噎回了肚子里，他微抿了下嘴角，自知理亏，也不吭声了。

连诀略沉的目光缓缓从眼前缩成鹌鹑的两人身上扫过，似是对他们的行为无话可说，随后转过身，打算上楼。沈庭未与康童交换了个眼神，皱了皱鼻子，无声地对康童说："你爸爸生气了。"

康童知道自己做错了事，惹了连诀，心虚地吐了下舌头。连诀走到楼梯口的脚步停了下来，他侧过脸，不知道是不是注意到了康童的小表情，眸色反正是又黯下几分，语气严肃地对康童说："过来。"

康童忐忑不安地看了看沈庭未，才耷拉着肩膀跟上。

0~4

连诀把康童叫去二楼书房谈话，沈庭未在门口踟蹰了片刻，还是没有敲门——他不知道该以什么立场进去打扰连诀教育孩子。但毕竟是他提议玩游戏，也是他纵容康童晚睡，害康童挨骂他实在过意不去。

沈庭未在门口站了片刻，书房的隔音实在太好，完全听不见里面的动静。他刚刚藏在柜子里，蜷了一会儿有点难受，只好按了按眉心，先回到房间里，到床上坐下休息。

他倚在床头，房门是半掩着的，心思也被书房那边的情况牵动着，手里的书看了半晌，仍然原封不动地保持在同一页。

不知道过了多久，沈庭未才听到走廊里传来一声门响，有两道脚步声响动，略轻的步子没几步就变成了小跑，沉稳的脚步声跟在后面。

连诀的声音响起："慢点。"沈庭未听到康童低低地应了一声"知道了"，脚步也变回了走，只是仍比先前的速度要快得多。直到康童的脚步声近了，沈庭未才合上书，打算从床上起身出来看看。

他刚一坐起来，就看到虚掩着的房门口探进来一个毛茸茸的小白脑袋。咪咪正伸着脖子打算往他房里钻。但还没等它钻进来，身体就被一双小手腾空抱起，康童轻手轻脚地抱着咪咪退出去，沈庭未听到他压低了声音在门口对小猫说："咪咪，嘘——"

沈庭未回房间以后就只开了一盏床前的台灯，光线被房门掩去大半，康童可能误以为他休息了，对猫猫说完，抬起手准备帮沈庭未把房门带上。

"童童。"沈庭未叫了他一声。

康童关门的动作停了下来，似乎有所顾忌地扭过头看了一眼身后。

沈庭未听到连诀说："早点回去睡觉。"康童点了点头，说："知道了爸爸。"

隔壁的房门关上，康童得到了允许，才敢走进沈庭未的房间里。

沈庭未往里挪了挪，给康童腾出位置来，拍了拍床："来。"康童脸上有点犹豫，最后还是走过来了。他脱掉拖鞋慢慢爬上床，坐到沈庭未的旁边。沈庭未把被他压在身下的薄被拉出来，盖在他身上，问："被爸爸骂了？"

康童摇了摇头，声音闷闷的："没有。"

看得出他的情绪有点低落，沈庭未抬起手帮他把头发往旁边捋了捋。

温热的指腹擦过额头，康童的眼尾微微向下耷着，眼睛盯着他，张了张嘴，似乎想说什么。

沈庭未问："不高兴了？"

康童再次摇摇头，停了一会儿，小声叫了他一声："喂。"

沈庭未先是愣了一下，猜测他可能还在因为刚才被连诀责备的事情闹情绪，随后佯装出一副生气的表情，用指尖轻轻在他额头上点了一下，说："没礼貌。"

康童赶紧摇着头说："不是。"他小心翼翼地看了沈庭未一眼，像是怕他不高兴了，垂下眼睛解释，"我不知道要叫你什么，爸爸说不可以叫哥哥……"

"啊？"沈庭未又愣了一下，说，"好吧……没关系，童童想怎么叫都行。"

康童垂着眼睛，看向沈庭未腰间堆起的薄被，沈庭未看他的表情，猜测到他想问什么，于是说：“爸爸和你说了？”

康童点点头，说：“爸爸说你生病了，不能打扰你。”

沈庭未没说话，默认了连诀跟他说的话，但很快他又想明白了康童为什么突然间变得这么小心翼翼的，他赶紧搂住康童的肩膀，轻轻拍着他的后背，说：“不会打扰的，童童很乖。”

康童捏着薄被的边沿，小心翼翼地贴在沈庭未怀里：“好久没有人哄我睡觉了。”

沈庭未愣了愣，手在他后背轻拍的动作微微一顿：“嗯？”

康童半晌不语，好一会儿才又突然闷声喃喃道：“小时候妈妈也是这样抱我睡觉的。”

沈庭未心里骤然一酸，只剩下满腔的酸楚，扭头去看他，柔声问：“童童想妈妈了吗？”

康童紧紧闭着眼睛摇摇头，眼缝里洇出的泪水却把睫毛打得湿漉漉：“未未，我想睡觉了。”

沈庭未看着他的样子，心软得不像话，无声地叹了口气：“你要留在这里睡吗？”

康童还闭着眼睛没睁，声音涩哑：“可以吗？”

“当然可以。”沈庭未关上灯，在他额头上亲了一下，“睡吧。”

康童吸了吸鼻子，说：“谢谢。”

沈庭未无奈地笑笑：“谢什么？”

康童没说话。

半晌无言，沈庭未后知后觉，意识到是不是连诀离开家的这段时间，康童在担心自己以后会被连诀抛弃？想到这里，沈庭未侧过身，面对着康童，在心里组织了一下语言，对他说：“童童，其实你爸爸很爱你的。”

康童在被子下簌簌动了一下，突然低落地说：“……爸爸不喜欢我。”

沈庭未哑然，不知道该怎么跟他解释连诀其实并不是他认为的那样，过了很长时间，才重新问他：“童童，你爸爸……你亲爸爸，他疼你吗？”

康童沉默了许久，再开口的声音带着哽咽：“嗯……”他抽噎了半天，才接着说，“每次医院的护士姐姐偷偷给爸爸拿了牛奶和水果，他都悄悄放进我的书包里……爸爸说要多喝牛奶才会越来越健康，明明他自己也在生病……”

沈庭未的眼睛有点酸，声音低低地说：“……我父亲，虽然他总是对我特别严厉，不许我做所有不是‘乖孩子’会做的事，但他也是真的很疼我……你知道芍药花吗？我祖父家以前有片很大的庄园，用于育苗和出售芍药花，我父亲从小在那片庄园长大，所以身上也总是带着一股很好闻的芍药香。后来祖父年纪大了，没有办法继续经营打理庄园，我父亲就把整片庄园里的花都换成了茉莉……因为我喜欢茉莉。”

沈庭未自从来到这个世界后，很少会主动回想曾经的事，他怕自己情绪会崩溃，但在现在这样的情况下，他实在不知道该怎么去安慰康童，才能让康童对连诀多一分理解。

他从床头柜的纸抽盒里抽出两张纸巾，一张递给康童，另一张拿来轻轻按了按眼睛。

“童童，我们都是很幸运的人。”沈庭未的嗓音有点哑，声音也低，他说得很慢，试图让康童听懂他的意思，“但是你连爸爸不一样，他……”沈庭未停顿了一下，胸腔里溢出的酸软蔓延上唇齿，他有点艰难地开口，“他可能，从来都没有被人疼爱过。”

康童愣了愣，睁大的眼睛在台灯的暖光中盈着明亮的水汽。沈庭未温声细语地哄他：“所以童童，连爸爸不是不爱你，是他还不会。你要耐心等一等，好不好？”

康童用力地点头。

“乖。”沈庭未从他手里接过潮湿的纸巾，怜爱地摸了摸他的头，“不是还有我吗？你也会有很多很多爱的。”

童童的手很小心地搭在他的腰侧，好像想要拥抱他，但在沈庭未丢掉纸巾重新躺回来的时候，改换成了抱住他的手臂。

“晚安，未未。”

“晚安宝贝。”

房间里的冷气被沈庭未设置了定时关闭，在他早晨醒来的时候已经停了。稍显闷热的空气里布满了浓郁的甜酒香气。

他不喜欢太厚重的窗帘，大概是连诀之前去过他房间几次，注意到了他房间的窗帘总是打开着，后来叫人过来给他换了薄纱质地的透光窗帘。

晨光充沛而不刺眼，温暖的光线均匀地铺洒进房间里，他慢吞吞地睁开眼睛缓了会儿神，抬手按着又胀又痛的太阳穴，慢慢把有些酸了的手臂从康童怀里抽出来。

沈庭未从床上坐起身，又看了看身边仍在酣睡的康童，下床过去把窗户都打开了。

夏季的晨风吹在身上不太凉，反而柔柔的，带着点阳光的温度。

不知道是不是因为昨天晚上和康童聊的话题太沉重，沈庭未这一晚睡得不是太好，乱七八糟的梦做了一整个晚上，刚睁眼的时候还觉得胸口堵着股沉闷。结果等他翻了个身，再坐起来的时候，梦已经忘了个干净。

刚睡醒，大脑还不太清醒，沈庭未站在窗前发了会儿呆，驱散掉脑子里的混沌。他才注意到今天自己比平时感觉还要乏力，挺直了腰背，轻而慢腾腾地伸了个懒腰，又扭动了一下脖子，想要活动活动筋骨，却平白感到一阵更别扭的滋味。

他的目光漫无焦距地望着窗外，细长的手指轻轻按摩着额头，企图缓解大脑的昏沉。

忽然听到一楼电子门打开时发出的“嘀”声，沈庭未垂下视线，正好看到连诀从房子里走出来。

连诀如往常一样穿了正装，合身的西装外套勾勒出紧绷而明朗的腰背线条，熨帖的西裤下一双腿笔直修长。沈庭未觉得连诀的穿衣风格实在很单一，颜色也统一以暗色为主，很少能在他身上看到鲜亮的色彩，与连诀本身给人的感觉一致，稳重到有些枯燥。

沈庭未看到他抬起手臂看了一眼腕表，应该是赶时间，脚下步调加快些许，却不显露半点慌忙。快走到庭院中央的石子道时，连诀的脚步稍顿，忽然不明缘由地抬起了头看向楼上，很快地，连诀的眼神在初始的平静中糅进了一层浅浅的波澜，薄而好看的唇形因他抿嘴的动作牵直了唇角。

沈庭未也没预料到他会突然看过来，目光猝不及防与连诀的视线相撞，一时连躲都无处可躲，只好硬着头皮与他对视，用口型无声地向他道了声“早”。

沈庭未说完，见连诀的目光迟迟不动，才想到隔了两层楼的高度，连诀未必能看清他的口型。但房间里康童还在睡，他只好对着连诀温和地笑了一下，没有重新开口。

过了几秒，连诀神色平静地对他点了下头，然后将目光收了回去，快速走出院子，钻进停在院门口的黑色汽车里。

沈庭未目送着那辆车离开，转过身，空气里的酒味好像散了很多。

沈庭未没打开房间的冷气，这个天气开着窗户也不会太凉。他把康童翻身时碰到地上的薄被捡起来，将被角搭在康童裸露的小肚子上，带上门出去了。

0~5

到了中午吃饭的时候，沈庭未才觉得不对，他拿出温度计量了量体温，果真又烧起来了，心里不由地愈发慌张起来，明明他已经有两个月没再发烧了，怎么这两天突然又……

吃完午餐，沈庭未坐在沙发里给康童织围巾，但注意力太难集中，被棒针的尖端扎了几回手指，康童就不许他做了。

康童跪坐在沙发上，看着沈庭未略显苍白的脸色，问："未未，你是不是不舒服啊？"因为亲生父亲因病离世，康童对生病这件事一直有很深的恐惧，但凡身边人有一点不舒服就会让他紧张得不行。

他摸摸沈庭未的额头，能感觉到热度，但又不确定是不是发烧："要不要去看医生？我给爸爸打电话……"

"叔叔没事。"沈庭未按住他的手，对他摇摇头，"爸爸很忙的，不要打扰他了。"

康童急得眼眶都红了："但是你……"

"真的没事。"沈庭未强忍着身体的不适，摸了摸他的脸，露出一副轻松的表情。潮湿的衣服贴在身上，被客厅的冷气吹过变得冰凉，一冷一热两种感觉让他十分煎熬，沈庭未扯了扯衣服，不得已回到房间，洗了个澡，又换了身干净的衣服。

他洗澡时没用太热的水，担心自己本来就不是太清晰的意识被热气彻底蒸昏头，随便冲了一下就出来了。

大脑稍稍清醒了一点，他从房间里出来后，怕康童为他担心，表现出一副若无其事的样子问康童有没有想做的事。

康童知道他不舒服也不敢闹他，摇摇头说自己要做暑假作业，叫他坐下好好休息。

康童可能是真的很担心他，一整个下午都寸步不离地跟着，沈庭未哭笑不得地强调了几次不要担心，他才点头，但牵系在沈庭未身上的心思却一点都没敢松懈。沈庭未只好摸了摸他的头，和猫一起窝在沙发上，康童就趴在茶几上写数学题，偶尔遇到拿不准或者不会做的题，沈庭未会凑过来给他讲讲。

沈庭未浑身都乏，靠在沙发里，具体是什么时候睡着的，自己也不知道。只知道醒来的时候外面的天色已经暗了下来。他身上盖了个布满卡通图案的薄毛毯，猫还团在沙发另一角睡着，而康童不知道跑到哪里去了。

他从沙发上坐起来，拿起茶几上的遥控器把灯打开，往四处看了看。

"童童？"沈庭未开口叫了一声，才发现自己的嗓子哑得发涩。

他皱起眉头清了清嗓子，房门"嘀"了一声，康童拿着几个塑料袋走进来，看到房间里的灯亮着，就问："未未，你醒啦？"

沈庭未沙哑着嗓音应了声"嗯"，扭过头："你出去了？"

"我去前面的商场里买了好多好吃的！"康童换好了拖鞋，小跑过来，把袋子里的餐盒一个个拿出来摆在茶几上，献宝似的推到沈庭未面前，"这个可好吃了，好多人排队呢，你尝尝。"

沈庭未大概看了一眼他买回来的东西，不光是小吃零嘴，还有菜有粥。这是看他不舒服，不想让他做饭了吧……沈庭未的心被小康童焐得暖融融的，说"好"。

睡意退了下去，他从康童递过来的纸盒里拿了一个奶黄包，细细地咀嚼，半天吃不出滋味。

康童注意到沈庭未鼻尖沾着薄薄的汗珠，歪着头问："未未，你很热吗？"

沈庭未随口应了声"嗯"，康童有点犹豫，说："可是爸爸说冷气不能调太低，你会生病……"

沈庭未拿了张纸巾擦掉了汗，对他笑笑："只是睡热了，一会儿就好了。"

昏昏沉沉地吃完了晚餐，康童帮他收拾好了桌子和餐盒，又趴在桌子上写了会儿作业。

等客厅的挂钟响到第二回，康童就抱着自己的暑假作业回房间洗澡睡觉了。昨天挨了训斥，今天不敢再那么晚睡觉了。

沈庭未跟他说完晚安，帮他把灯和门都关好后，才放松下来，不再强撑，整个人像脱了力一般。他将前额抵在冰凉的门板上，新换的睡衣早就再次被汗打湿了，又被体温烘得热了，黏而潮湿地贴在身上。

沈庭未的呼吸里尽是滚烫熏人的酒气，意识也逐渐模糊起来。

他前额渗出的涔涔冷汗让他有点抵不住门板，楼下的灯还没关，但他实在撑不住了，他用手按住门撑起身，扶着墙慢慢往自己的房间走。

沈庭未软底的拖鞋踩在地毯上，每一脚都踏不出实感，因而步调更慢。走廊亮着暖色的壁灯，在他愈发模糊的视线里融成大片大片昏黄的光晕，这条走廊好像怎么也走不完，被光影晃得望不到尽头。他的大脑一片恍惚，唯一残留的意识告诉他，现在应该立刻去一个安全而熟悉的地方。

于是沈庭未循着身体的本能，走向了一扇房门——他好像知道那里通往什么地方，又好像并不那么清楚。只是失控的欲望在逼迫着他赶紧做出选择，在手碰到冰凉的门把那刻，所有的犹豫和迟疑都随着按下把手的动作消失殆尽，他软得几乎站不住的身体随着房门朝前倾，最终踉跄着跌进去。

窗帘没有拉严，院子里有冷白的灯光顺着落地窗洒进来，沈庭未的眼皮被体内的热气蒸得泛红，耳朵也烫得灼人。这是他第一次进入连诀固定居所的卧室，这个房间不如之前别墅里那间大，整体风格也相对没那么冷淡，家具是偏欧式的，床头两侧嵌着复古的铁艺壁灯，与投影墙上简约的雕花相得益彰。床品是墨绿色，床边的地板上铺着一块浅色的羊毛地毯，上面摆着一双拖鞋。

连诀清晨走得匆忙，换下的浅灰色睡袍还丢在床头，床头柜上放着一副金丝细边的眼镜，和剩了半杯水的玻璃杯，以及一副大概是随手搁下的腕表。

沈庭未攀着墙壁，迈开几乎用不上力气的双腿，每一步都走得煎熬。他头昏脑涨地与自己斗争，又无法抗拒地紧紧闭了闭眼……实在太难受了。但没多久，他便躺在床上安静下来，感受着一股令他安神的味道将他包裹住，从而冲淡了他周身的酒气。

连诀手里的烟还没被掐灭，放在桌子上的手机响了。是康童打来的。

连诀先看了一眼时间，九点半了，康童还没睡。他把烟头按灭，接起电话："怎么还没睡？"

"爸爸，你什么时候回家啊？"康童的声音很小也很闷，像是躲在什么密闭的空间里，怕被人听到。

连诀回想到昨天回家的那一幕，以为康童又在拉着沈庭未玩什么捉迷藏，他双眉颦蹙，语气有些严肃："怎么了？"

"未未好像生病了。"康童还是很小声地说，"……白天就不舒服了，我想给你打电话，但未未不让，说会打扰你工作。"

连诀顿了顿："生病？"

"他一直出汗，脸也好白……我偷偷给你打电话的。"

连诀很快说："我知道了。"他挂断电话，拿了外套起身，从办公室里走出来。林琛正引着律师迎面走来，看到他似乎要走，愣了愣："……连总，您这是？"

"有事。"

连诀向来人点了下头，随后对林琛使了个眼色，林琛这才赶紧对律师说："刘律师，您跟我到会议室详谈吧。"

律师自然不会在意，点头道："好。"

连诀虽然待人一向不算热情，但对待工作的态度从来都很严谨，像这样临时改变工作计划，还是第一次。林琛扭头看着连诀匆匆离开的背影，有点疑惑。

连诀没有等司机过来，自己拿了钥匙去地库开车。沈庭未昨天蜷缩在那个狭窄的柜子里被闷红了脸看着他的眼神他还记忆深刻，连诀本想找位医生一起回去，又不清楚沈庭未是哪里出了问题，该请哪方面的医生，于是决定先给沈庭未打了通电话。

电话里的提示音响了许久，直到连诀系上安全带，将车子启动，电话才终于被人接通。

连诀看着后视镜，将车倒出停车位，问沈庭未："哪里不舒服？"

电话那头只有极轻的窸窣声响，像是听筒在布料上摩擦产生的，被连接了蓝牙的车载音响放得很大，声音持续了一段时间，有点刺耳。连诀的性子几乎被这阵扰得人心烦的噪音磨没了，沉着声音又问了一遍："你怎么了？"

对面半天才有声音响起。沈庭未的嗓音有点哑，先是轻轻地"嗯"了一声，像是从鼻腔里挤出的低哼，接着又用一种非常奇怪的音调说："没有……"

连诀的动作顿了一下，神色变得怪异。接着，他沉默地将车开出地库，在路边停了下来。

沈庭未喉咙里发出的声音连诀并不陌生。凌乱的呼吸声与被子发出的细微响声重叠在一起，轻细而沙哑的低吟不时混入其中……几种声音都不是很大，却汇集成一种让人很难不产生担忧的动静，正清晰地从音质颇好的车载音响中传出来。

连诀感到一阵烦躁。

见对面半天没有要挂电话的自觉，连诀的眉心蹙得更紧，他拿出烟，叼在嘴里，欲打开车窗点燃，却又因为这满车的声音把烟丢回副驾，从而更加烦躁。

"沈庭未，你又怎么了？"他没能很好地控制住自己的语气，声音里透着恼火，也泛着寒意。

对面过了一会儿，又响起一声："嗯……"沈庭未颤抖的声音从音箱里放出来，沙沙的嗓音里夹杂着不太明显的哭腔。

"连诀，我发病了……"

CHAPTER 11

◎第十一章

我很需要你

Need you

0~1

连诀面色略僵，眼看刚因为回归了理智而被压下去的火又有重新燃起来的势头，按捺住险些脱口的脏话，直接挂断了电话。连诀把车窗降下来想要透会儿气，蹙起的眉头却没能舒展开来，他很快发动汽车，在不自觉间将车速提到了最快。

等连诀开车回到家，那股蹿起的火非但没被夜风吹散，反而在踏进家门的时候又烈上几分。客厅的灯还亮着，却没有人，猫趴在猫爬架的最顶层，撩起眼皮悠悠地看了他一眼，接着睡了。

连诀看了一眼时间，又坐在沙发上抽了一支烟。

他咬着过滤烟嘴，将烟抽到尽头，视线里却没寻到烟灰缸的影子，这才想到自从沈庭未搬进来，他就没在客厅抽过烟，久而久之也用不上烟灰缸了。最终连诀把烟头放在洗手间的水龙头下浇灭后丢进了垃圾桶里，还放慢动作洗完了手。他从洗手间出来后，把客厅的窗户打开留着通风散味，这才上了二楼。

沈庭未的房间门紧闭着，连诀站在房门口，敲了敲门，门里没有动静。想到距离那通电话挂断已经过去半个多小时了，沈庭未怎么也该睡下了，连诀心道算了，看沈庭未那个样子……也不像身体有什么大问题。他往房间走，决定明天再去咨询医生。

连诀走到自己的房间门口，刚按下门把，唇角忽而变得僵直，表情也顿在脸上。

一股熟悉的浓郁甜酒香从门缝里渗透出来，连诀几乎立刻反应过来——这股独特气息的“源头”在他的房间里。

他脚步顿了顿，推开门走进去，房间里的窗与空调都没打开，闷热的空气里掺杂着熏人的酒气。院子里的灯被连诀进门时顺手关了，此刻只有浅白的月光顺着落地窗倾洒进来，在床前投出一片朦胧的光影，淡淡地笼罩着床上的身影。

连诀的眼皮不受控制地跳动了一下。他没猜错，沈庭未确实已经睡下了，而且睡得酣甜，在他的床上。

沈庭未背对着他，可能是因为房间里太热，也或许是沈庭未刚才做别的事时弄的，被子掉了大半在地上，只留了一小片被角还搭在腰间。

“沈庭未。”连诀站在床边，试图叫醒他。

沈庭未微微动了一下手臂，将头埋得更低，像是对他的到来毫无察觉，保持着原本的姿势没再继续动。连诀站在床的另一侧，看不到沈庭未的脸，更无从判断沈庭未是不是醒了。

连诀看着他把整张脸埋进自己的枕头里，他的头发有些长了，漆黑发尾下裸露着一截雪白的后颈，颈椎的棘突上方有块拇指大小微鼓的小包——连诀很早就留意到了他这处突起，人身体某处长出小块息肉不是稀罕事，但沈庭未后颈处的鼓包却在冷白的月光下泛着浅浅的红，仿若有生命般细微地跳动着。

连诀眼里闪过一丝疑惑，伸出指尖轻轻在那处触碰了一下，没等疑惑在脑中展开，床上的沈庭未突然将身体蜷缩得更紧。他的下颌线绷得僵直，闷在枕头下发出一声像是经过了痛苦抑制却仍无意泄露出的闷哼。

连诀的脸色陡然阴沉了下来，他神色不耐地扯松了勒紧咽喉的领带，拿起遥控器打开空调，转身快步走进浴室。

听到浴室门被用力关上，水声随之响起，沈庭未过烫的眼皮才慢慢抬起来。他湿漉漉的眼睛蹭在枕头上，体内的热浪却仍层层叠叠地翻涌不止。空调启动的声音呼呼地响着，冷气慢慢覆盖整个房间，沈庭未却仍感觉热得要命，他身体乏力，大脑却清醒着，细长的手指攥着枕边，骨节泛起浅浅的白痕……

过了许久，连诀穿了件新的睡袍从浴室里走出来。

房间里的温度降下许多，夹杂在空气里的甜味却更浓了，连诀扫了一眼床上与先前姿势相比有少许变化的沈庭未，走到床前把床头的壁灯开了。

沈庭未的睫毛在灯光亮起时不自然地抖动了一下，连诀的视线淡淡地从他脸上掠过，随即他从柜子里拿出一床新的被子和枕头，转而看向他身下皱作一团的床单。其实连诀本打算把床单也换了，但看他装睡装得认真，于是没打扰他的“雅兴”，弯腰把他身上只搭了个角、掉落了大半在地上的薄被拽走。

他拉上窗帘，重新将壁灯关了。房间里陷入伸手不见五指的黑暗，耳边听到细微的动静，很轻，也很快停了。

次日，连诀从房间里出来，看到康童正打着赤脚鬼鬼祟祟地站在沈庭未房间门口，似乎想敲门，又有点犹豫的样子。连诀停住脚步，问他："起这么早干什么？"

康童被他吓了一跳，转过身站直了，吞吞吐吐地说："我想看看未未好一点了没有……"

连诀看了看他光着的脚，蹙了蹙眉，说："他没事。"又叫康童回去把鞋穿好。

康童乖乖应了声好。

连诀昨晚是自己开车回来的，于是没叫司机，自行开车去公司。一直到启动汽车开出小区的时候，他才突然嗅到自己身上萦绕着一股淡淡的甜酒香——这股味道闻了一整个晚上，已经适应到了如果不是刻意去想，几乎都会被自己忽略掉的地步。

经过一小段时间的思考，他开车穿过两条不能停车的林荫窄道，驶上了大路，找了个车位把车停下。正解下安全带打算拿手机出来给司机打电话，车窗被人从外面敲了两下，连诀看到车窗外站着的交警，手中动作一僵，迟疑了几秒，才将车窗摇下来。

车窗一降下来，站在他车边的交警就皱了皱眉头，但很快向他敬了个礼，礼貌地对他说：“您好，请配合我们工作。”

连诀看到伸到面前的酒精测试仪，神色一顿。他这才注意到不远处拦了几辆车，这边属于市区的繁华路段，现在又处于早高峰时段，显然车上的司机都是被突击逮到的“宿醉驾驶者”。连诀的眼皮不明显地跳了一下。

交警见他迟迟不肯吹酒精测试仪，向不远处的同事打了个招呼，又有两个人朝连诀走过来。

“您好，麻烦您吹一下。”

连诀皱了皱眉，最后还是轻轻吹了口气。之后，连诀与交警一同屏息，看着面前的酒精测试仪——没有任何反应。连诀暗自松了一口气，舒展了眉心，那根绷紧的神经也随之松懈下来。

交警低头看着手里显示没有异常的酒精测试仪，又狐疑地看了看连诀，大概是看他刚才犹豫的时间太久，认定他有心虚嫌疑，小声跟身边的同事说了句什么。另一名交警显然也嗅到了他身上的酒气，跟旁边人换了一个酒精测试仪，重新递到连诀面前，一边对他说：“请您出示一下驾驶证和身份证。”

再次测试仍然显示驾驶人没有饮酒，交警核实过身份信息后，将驾驶证与身份证还给连诀，又觉得奇怪，看了看手里的检测仪。连诀脸上闪过一抹不自然的神色，明知解释多余，还是道了一句：“早晨喷了点香水。”

交警皱了皱鼻子，说：“行，感谢配合。”说完又像是无奈，多了句嘴，“您这香水的酒精味也太重了……”

0~2

“我找连诀。”

“您好，请问您有预约吗？”

前台的女孩看着眼前年轻漂亮的女人，第一眼就注意到了女人微微隆起的小腹，对方抱着一只白色的小狗，从穿着到举止都透露出一股端庄优雅的气质。女孩心念稍动，但对方的话很快打消了她心中编织出的八卦猜测，也让她的表情很快变了。

“我找我儿子还要预约？”余曼细长的眉尾微微挑起，脸上却没显露出不满。

女孩一怔："……儿子？"

"嗯，我是他妈。"余曼对她笑了笑，见她神色犹疑，又很好心地补充，"哦，后妈。"

女孩赶紧说："啊，那您稍等一下，我去跟连总——"

"不用。"余曼说，"他在忙？我等他一会儿就好了，休息室在哪里？"

"我带您过去。"

前台女孩引导着余曼穿过两个办公区域，走进一个明亮的会客室，让她在这里稍等一下，然后帮她倒了杯热水。

从会客室出来，前台女孩先上楼去找了林琛。

连诀在与合作方谈事情，林琛难得空出时间坐在自己的独立办公室摸鱼看会儿游戏视频解说，就听到有人敲门，眼角的笑意很快绷了回去。他正襟危坐，维持住自己冷酷专业的人设，说："进来。"

"林助。"女孩探了个头进来，张了张嘴想说话，又扭头看看外面，担心被人听到影响不好，还是走了进来。

"什么事？"

"有位余女士，自称是连总的……呃，后妈，在会客室里等连总。"女孩有点犹豫，"我不知道她说的是不是真的，先上来问问你。"

林琛皱了皱眉，低头恋恋不舍地看了一眼电脑上进度条还没过半的视频，心中暗叹了一口气，关掉电脑，说："你先过去吧，我和连总说。"

林琛敲了敲门，走进连诀办公室，俯在连诀耳边低声说："陈太太来了。"

连诀的表情没有明显的变化，但原本随意放在桌上的手却无声地叩了一下桌面，林琛对他说："需要我先过去吗？"

连诀说"不用"，让他先出去，自己等下过去。

余曼在会客室坐了一会儿，转过头从透明的玻璃墙向外张望，打量着连诀的新公司。这家公司与连诀原本所在的风决可以说是完全没有对比的价值，余曼来时粗略地看了看，这里大概占据了三到四层，各部门倒也都分配齐全，麻雀虽小五脏俱全。但连诀离开风决后没几个月就能在国内重新创立起一个新的公司，由此不难看出连诀的个人能力。

她四处张望得过于明目张胆，以至于从外面办公区域不时投来窥探的视线，余曼也正好坐得无聊，索性抱着狗起身，去外面转转。

连诀与合作方的负责人从楼上下来，正好看到余曼坐在一楼茶水间的沙发上，跟市场部几个女孩聊天。

“这绝对是我见过的最安静的博美，我家那只博美能叫得整栋楼的人都来投诉。”

“我们家 Lulu 很通人性的，它好像知道我怀孕了，所以现在变得好安静，也不那么爱闹了。”余曼摸着 Lulu 的脑袋，笑意温柔，“不过它偶尔也叫，最近我只要不在它身边它就不放心似的，叫得家里的阿姨都受不了了，所以我现在走哪儿都要把它带着。”

“是，我也听说过有的小狗特别灵，之前看到国外的一个新闻，女主人发现家里的小狗突然不爱叫了，而且变得特别温顺，后来没多久，女主人去医院检查，发现自己怀孕了。小狗好像真能感应到，不知道是怎么做到的。”

“味道吧。”余曼想了想，说，“小狗对气味很敏感的，Lulu 就不喜欢我丈夫的味道，现在我怀孕了，它甚至都不允许我丈夫靠近我，可能是我丈夫看起来太不和蔼了。”

几个女孩笑作一团，开玩笑道：“好黏人啊，这是保护你呢。”

“它是很黏人，我现在怀孕了不许它上床，它竟然学会偷偷叼走我的袜子藏进它的窝里。”余曼笑起来，“那天家里有阿姨打扫，一打开它的小窝，全是我丢了一只的袜子。”

平时市场部的工作氛围就比较轻松，经常加班出差的也是他们，虽说连诀平时表面上看起来不近人情，实则对他们的包容性很高，只要工作按时做完了，很少会管他们太多。几个人看到连诀，打了个招呼，稍稍有所收敛。

连诀从市场部招呼了个闲在那里装样子的员工，叫她把合作方负责人送出去。

余曼抱着狗从沙发上站起来，刚走到他旁边就皱了皱鼻子，抬手在鼻子前扇了两下：“你这坐办公室里谈生意还喝酒？”

连诀难得感到无言以对，没有说话，转身朝电梯的方向走。余曼跟在后面进了连诀的办公室，将门关好，就把怀里的小狗放了下来。

小狗来到陌生的环境，把鼻子贴着地面好奇地到处嗅，连诀皱着眉头看着在他鞋尖前嗅来嗅去的小狗，问余曼："你来找我，陈褚连知道吗？"

余曼很不客气地在沙发上坐下："你走了，丢下风决那么大个烂摊子，"似乎是觉得沙发不舒服，她又从旁边拿了个抱枕放在腰后垫着，"现在他可没时间整天盯着我的动向。"说完又自顾自笑着补了一句，"只要到时候亲子鉴定孩子是他的就成。"

"找我什么事？"连诀刻意地将椅子拖出很明显的声音，驱走了脚边的小狗。

余曼没有跟他兜圈子，直言道："听说郊区那边一直空着的房子有人住了？"

连诀抬起眼睛看着她。余曼轻易地读懂了他眼神里传达出的意思，赶紧解释："我可没那么多闲工夫调查你。主要是你做得太隐秘了，知道吗，这人就是越刻意地想藏起什么，就越容易露出马脚……你也不想想，陈褚连连你上学那会儿偷偷看心理医生都知道，怎么会发现不了你这一礼拜请一回的医生？"

连诀的脸色不是太好看："他想干什么？"

"谁知道那个疯狗能干出什么事。"余曼从包里掏出手机，摆弄了两下，放在桌子上，见连诀坐着没动，柳眉一扬，不满道，"怎么，还等我给你送手里啊？你就是不看我也看看我肚子里你弟弟妹妹的面子上吧，你就屈尊降贵来拿一下。"

连诀盯着那部手机看了几秒，才起身走过去，弯腰将它拿起来。

余曼倚在沙发里看着他，抚着肚子："昨天有人寄到家里来的，我怕被老陈发现，就随便挑着拍了几张照片，你自己看看，心里也有点数。"

余曼的手机相册里有几张照片，角度和像素都不怎么样，但能清楚地看到他在郊区的那套别墅的外景。有几张照片里是一辆白色的 SUV 停在院门口，医生或是在下车或是正往院子里走，身上穿的衣服都是不同的，代表照片不是同一天拍摄的。旁边还有一张没拍全的医生资料，只露了半个角，标注着医生所工作的私人医院与科室。

再往后翻，连诀的手就顿在了屏幕上。这张照片可能因为天气原因有些过度曝光，但还是很清晰地拍到了沈庭未的侧脸——沈庭未在院子里浇花，手里拖着一条长长的水管，看起来很重，他微微弯着腰，看起来有些虚弱。

连诀不确定这张照片是什么时候拍的，根据衣服猜测是刚入夏，那会儿沈庭未才刚住进去养病，但他脑子里那根神经却仍然绷紧了——如果真是那么早之前的照片，保不准之后还有人在拍。

余曼也不在意他的沉默，收起手机："可能是我肚子里揣了个小玩意儿吧，来给你提个醒，也算是给还没出生的小崽子积点德，反正你自己提防着点吧。"

"嗯。"连诀看着她，极少发自内心地对她说，"谢谢。"

"行了我走了……"余曼扭过头，在视线里寻着小狗的身影，"Lulu？"

话音还没落，就听见一阵嗞嗞啦啦的水声。连诀与余曼一同转过头，余曼的狗正跷起一条腿，对着连诀办公室靠窗的花盆，酣畅淋漓地……撒了泡尿。然后小狗放下腿，在那处嗅了嗅，欢快地朝余曼跑过来，扬着头邀功："汪！"

余曼面色尴尬，赶紧把它抱起来："……那什么，我回去就揍它。"连诀一时无言，半天不知道该摆出什么表情。余曼抱着狗赶紧往外走，快到门口的时候又站住了，转过头对还杵着没动的连诀说："哦对了，你留意着点陈旭，打你走了以后那小子来陈家比去他姥姥家都勤快，我估摸着那小子是憋了一肚子坏水正找处撒呢……"

连诀抬起头，余曼对上他的视线，有点抱歉地说："你这……好好打扫一下，多拖两遍地，没什么味的。"

沈庭未：你今天忙吗？

连诀收到沈庭未发来的消息时，身旁的导购正在喋喋不休地向他推荐店里的新品，连诀看了一眼时间，刚过六点。沈庭未上次主动发消息过来，还是几周前向他汇报检查结果。

连诀问：怎么了？

沈庭未的消息很快回了过来，问他：你什么时候回来啊？

不等连诀回复，又发过来一条：我有点不舒服……你今天能不能早点回来？

其实沈庭未向来是个有分寸的人，难得有几次失了分寸，借口都是他嘴里所谓的“发病”。连诀没见过沈庭未这么矛盾的人，他平时表现出的样子是内敛和温和的，却又偶尔显露出与这份恬静相悖的急躁。

他一边回复知道了，一边打断导购的推销，对她说：“有没有舒适一点的，布料软一点，最好穿在身上没有束缚感的。”

导购看了看他，恍然道：“哦，有的，在这边。”

连诀心不在焉地扫了一眼，说：“都包起来吧。”

司机等在商场门口，替连诀开了车门，目光留意到连诀手中购物袋上显眼的商标，表情有些微妙。连诀没注意到，从上了车就盯着手机，司机问：“连总，回家吗？”

“嗯。”连诀看着屏幕里的几条消息，对司机说，“快一点。”

连诀回到家里时，康童正跪坐在客厅的地毯上搭上回没搭完的灯塔乐高，看到连诀今天这么早回来，一时间手里的零件都忘了要安在哪儿。他惊讶地看着连诀：“爸爸？”

“沈叔叔呢？”连诀走进来。

“未未说他有点累，回房间休息了。”康童说。

连诀听完就径直朝楼梯方向走去。上到二楼的时候，连诀又好像有所预感，原本走得很快的步子放慢了许多，最后停在距离沈庭未的房间只有几步之遥的自己的房门口。

他按下门把手，推开门，入眼只有一片晦暗。房间里没有开灯，窗帘也拉着，空气里还弥漫着清早醒来时那股淡淡的甜味。

连诀走进门，把手里的购物袋放在门边的柜子上，没等反手将门关好，一股比房间里的甜味要更浓郁的甜酒香就朝他袭来。

不知道是什么原因，昨天沈庭未靠着连诀身上的气味退了烧，今天莫名其妙地又发热了起来。沈庭未从吃完午饭就觉得浑身无力，他靠着意志力硬撑到了傍晚，直到准备晚餐时眼前发昏，几乎站不住，他撑不下去这才给连诀发了信息。

他凑近走进门的连诀，近乎贪婪地汲取着连诀身上散发出的令他安心与舒适的气息，对连诀说：“……谢谢你这么早回来。”

连诀的神色微微变了，对于沈庭未时不时说出的感谢感到疲惫。少许的沉默后，沈庭未凌乱的呼吸逐渐平息下来，连同肌肤上的热度都慢慢降了下来。沈庭未移动了两步，眼睛也重新睁开，抬头看着连诀，发自内心地向他道了声："谢谢。"然后碰了碰自己热度渐退的脸颊，说，"我好了。"

连诀：……

连诀还没完全从沈庭未突如其来的感谢里缓过劲，又被他戛然而止的一句"我好了"给怔住，他认为自己好像被这个看上去单纯天真的沈庭未给耍了，但又拿不出证据。

很长一段时间的缄默后，他突然听见沈庭未轻声问了一句："你饿了吗？想喝点粥吗？"

连诀脑子里的回答几乎是脱口而出，但忍耐住了没说出来。沈庭未看出他脸上的恼火，以为他在为临时被叫回来的事情生气，沈庭未自知理亏，也心怀愧疚，摆出每次办了连诀眼中很蠢的事时那副垂着眼睛有点可怜的表情。

"我不知道，"沈庭未盯着脚边条纹地毯上拼接出的图案，声音越说越低，像是很怕会被连诀笑话似的，说，"只是我很需要你……"

连诀解纽扣的手停了下来，沈庭未的声音放得很轻，像是路上渐黄的落叶飘进平静无澜的河道里，分明很轻，飘落于水面的那刻却漾起层层浅浅的水纹。

连诀对"需要"这个词并不陌生。

小时候："明天会有一场考试，需要你全力以赴。"

长大后："过两天陈老先生会有一场记者会，需要您陪同出席。"

工作后："这个合同需要您来签。"

……

他不是第一次"被需要"，却是第一次在"被需要"的时刻表现得如此无所适从，他缓缓看向沈庭未有些躲闪的眼神。

沈庭未的刘海有些长了，垂着头有点遮眼睛，他说完话就轻轻咬住了嘴唇，又很快松开，好像很不好意思那般，搭在身体两侧的手隐秘地捻着家居服的裤缝。

"对不起啊，我不是故意想给你带来困扰的，我……"

沈庭未的话没说完，视线里出现一双鞋尖，他抬起头怔怔地看着不知什么时候重新走到他面前的连诀，扬起头对上他的眼睛。

连诀的眼窝极深，从而显得眼神深邃，眼中蕴含更多的是他从未见过的晦暗而陌生的情绪。许是盯久了有些别扭，沈庭未又低着头盯着脚下的地毯发呆，时间有点长了，竟还注意到自己家居服的下摆不知什么时候冒出一个线头，他伸手想要把线头扯断，却被线头勒得指根疼。

沈庭未缓解尴尬的行为在连诀眼里是傻乎乎的，透着点不合时宜的滑稽。

“还站着干什么，不是要吃饭吗？”连诀从他手中敛回目光，朝衣柜的方向走去，“我换个衣服就下去。”说着把身上的衬衫脱掉丢在旁边。

沈庭未在原地杵了一会儿，这才如梦初醒地“啊”了一声，说了声好，接着就动作颇僵地转过身向外走，还非常顺手地把靠近门边墙上的灯关了。

连诀刚打开衣柜，眼前霎时一黑。他的思绪被迫中断，回过神，意识到沈庭未做了什么之后，脸色也跟着黑了。

沈庭未已经走出去几步，才猛地意识到房间里还有人，赶紧退回来把灯打开：“……不好意思，我忘了……”

0~3

连诀下楼的时候沈庭未已经把粥端上桌了，他用砂锅煲了生滚鱼片粥，从给连诀发消息前就煲上了，现在米糯肉软，掀开盖子香味就裹着热气扑出来。

康童拿了勺子帮忙盛粥，第一碗先给沈庭未，第二碗才给连诀。连诀注意到这个顺序，心头莫名产生了一些微妙的酸意，他拿起汤匙，问沈庭未：“明天几点去医院检查？”

这边的小区靠近市中心，地理位置可以说是闹中取静，沂市但凡有点钱的都挤破了头往这周边搬，加上这里住了不少艺人，尽管安保不断加强，偶尔也会有神通广大的狗仔混进来蹲点拍照，从某种程度上来说，这里其实并不是特别适合沈庭未居住。

连诀没大张旗鼓地在这边弄一个同样的医疗室，每周约医生过来又太容易让人起疑，因此在沈庭未身体情况稳定后，连诀就将他每周一次的身体检查改成了每月一次，直接让林琛在私人医院的闭院日送沈庭未过去，明天是他第一次去医院体检。

连诀一向不关注沈庭未的体检时间，沈庭未没想到他会突然问起这个，愣了一下，才说："约了早上八点半。"

连诀还记着余曼今天拿来的照片，他不知道那些照片是陈旭找人拍下来给陈褚连的，还是陈褚连自己找人拍的。如果是陈褚连倒是还好，陈褚连这个人虽说心狠手辣，但在处理事情上一向就事论事，很少会因为琐事迁怒于旁人。但陈旭不一样，从连诀进陈家那天开始，不知道见小叔来找陈褚连解决过多少回陈旭惹出的麻烦，小到打架斗殴，大到挪款行贿，没有什么是他不干的。

连诀舀了一勺粥送到嘴边，若无其事地淡淡道："我陪你去。"

沈庭未原本想问他明天不用工作吗，又觉得这句话好像有点不太欢迎他陪自己体检的意味，于是点了点头，说："好。"

沈庭未觉得今天的连诀有点奇怪，不由自主地多看了他两眼。连诀刚将粥送到嘴里，抬眼就见沈庭未莫名其妙地盯着自己看，然后错误地理解了他的意思，夸赞不太娴熟而显得有几分生硬："粥不错。"

连诀今天提前回来，但工作还没做完，吃完晚餐后就去了书房。

康童每天晚上要上一对一的外教网课，沈庭未给他热了杯牛奶，切了些水果送进房间里。其实他准备了双人份，但路过连诀书房的时候没好意思敲门，只好将连诀那份原封不动地端回楼下。

暑假快要结束了，沈庭未看到网上说沂市的九月就像从夏入秋的分水岭，每年一到开学的时间，天气就会骤然降温。沈庭未打开电视，随便找了个热闹的电视节目，把声音调得很低，一边给康童织围巾，一边不时抬头看两眼。小猫从猫爬架上跳下来，伸着爪子抓他手里的毛线，沈庭未怕它把线挠散了，无奈地用棒针敲了下它的脑袋，从盘子里叉了块哈密瓜喂给它。

猫吃完了瓜，又不安分地去够沈庭未手里抖动的线绳，沈庭未没办法，只好抱着毛线起身上楼去了。

沈庭未回到房间继续织围巾，下午在短视频 App 上学的菱形格织法他还不熟练，织了两排总觉得形状有点奇怪，他拆了后重新织了两遍还是觉得不够好看，于是打算放弃这个花式，明天再找个简单点的学。

他坐在沙发上发了会儿呆，忽然想到常开心很长时间没有跟他晒猫，便摸出手机给常开心发了几张咪咪的照片。

常开心回消息很快，说好可爱，然后问他怎么养了猫。

沈庭未想了想，回复："是家里人的猫。"

常开心发了一个意义不明的可爱表情包，问："你家人的事情解决了吗？"沈庭未看到"家人"两个字的时候耳根一热，正不知道该怎么回复，常开心又发过来一条："我最近怕你心烦，都没敢打扰你。"

沈庭未和她说解决了，又问起她的猫。

常开心发来一张猫咪蔫头耷脑地趴在窗台前的照片："正在为它失去的蛋蛋默哀。"

沈庭未看到照片忍不住笑，咨询了常开心几个关于猫咪绝育的问题，两人你一句我一句发得麻烦，常开心干脆给他打了语音电话过来。

两个人聊着天，提到小猫的生活习性，沈庭未突然想起那盘水果还放在楼下的桌子上，咪咪好像很喜欢吃的样子。常开心对他说哈密瓜含糖量太高了不适合猫咪大量食用，他赶紧起身准备下楼去把水果收起来。

常开心好像在吃薯片，语音里有嘎吱嘎吱的声响，她含糊地问："你最近在干吗呀，也不见你发朋友圈。"

沈庭未趿着拖鞋从房间里走出来，一边跟她闲聊："没什么事情做，家里的小朋友放暑假了，我就在家里陪陪小朋友。"

"之前来咱们馆里玩的那个眼睛很大的小孩子吗？他长得好乖哦，一口一个姐姐叫得甜死我了。"常开心随口问，"亲戚家的小孩啊？我记得他好像管陈小姐叫——"

常开心的话音突然顿住，才反应过来："等一下，他管陈小姐叫姑姑？"

沈庭未"嗯"了一声，说："他是我家人的孩子。"

电话那头停顿几秒的当口，沈庭未听到一声很轻的门响，几步外的书房门被人从里面拉开，连诀拿着水杯走出来，没留意到身后的沈庭未，朝着楼梯口走去，似乎要去倒水。

电话那头常开心的声音陡然拔高了几度："什么？！"

沈庭未被她吓了一跳，连忙对她说："稍等一下……"

常开心的话却已经自顾自喊出了口："他还有个那么大的儿子？！英年早婚好可惜啊！"

沈庭未没有开免提，但走廊里太安静了，加上常开心震惊之下没压制住的音量，仍然让快走到楼梯口的连诀停在原地。沈庭未赶紧压着声音对她小声说了一句“我先挂了”，然后手忙脚乱地挂断了电话，再抬起头的时候正好对上连诀转过来的视线。

沈庭未在他不善的目光下有些慌乱地把手机收起来，跟他解释：“我朋友乱说的，你别在意……”

连诀脸色沉了沉，冷冷留下一句“我没结过婚”，转身下了楼。

沈庭未的手机又接连振动了几下，他看了一眼屏幕，都是常开心发来的。

“什么情况啊？”

“怎么突然挂了？”

“你一定要搞清楚啊，别傻乎乎地被人给骗了！”

沈庭未很快在屏幕上打字，说：“不会。”

又说：“我有点事情，改天聊。”

常开心说：“好好好，你先去忙。”

沈庭未收起手机，走下楼。

猫果然趴在茶几上，伸着脖子去舔盘子里的水果，连诀不知道是没看到，还是看到了不想管，在净水机前喝水。

沈庭未挥开小猫，把果盘拿去厨房的厨余垃圾桶里倒掉，洗好了盘子回来，连诀还站在净水机前。

“对不起啊。”沈庭未看着连诀的侧脸，有些局促地解释，“我朋友不是故意的，她不知道。”

连诀“嗯”了一声，将手里的水杯放回桌上。沈庭未见他神色冷淡，担心他还在生气，又不希望自己的好朋友因此被误解，忍不住替常开心辩解了几句：“她就是这个样子，有时候说话有点不经大脑，但是她没有恶意的……”

连诀眼中的不悦原本已经在沈庭未下楼前淡下去了，现在听他不断提起电话里的那个女孩，无端联想到之前林琛和他说的“沈庭未带女人去山里过夜”，眸色又黯了几分。

他没想过问沈庭未和别人去哪里做什么，源于两人约定的条件之一是互不干涉。沈庭未把这一点做得很好，除了今天临时发来的消息，基本不曾打扰过他做任何事，也从未对他提出过任何要求，生活独立而又对他保持礼貌疏离的态度。

这应该是沈庭未的优点，绝不越界，信守承诺。但由于他做得太好，好到似乎从来不曾动摇，让连诀莫名对自己产生怀疑，沈庭未为何能够如此坚定地与他保持着这段一成不变的契约关系。

这点认知让连诀忽然感到烦躁，以至于沈庭未在替其他人辩解的语句都让连诀感到刺耳和不愉快，不自觉地冷下脸，挑了个明知沈庭未答不上话的问题来打断他的话："你很在意？"

沈庭未果然被他堵得说不上话，过了一会儿才道："没有。"

连诀没再看他，转身上了楼。

沈庭未看着他愈发暗沉的面色，犹豫着跟上去，在心里盘算着如何组织语言让他消气。

一直到连诀走到房间门口停下，沈庭未在几米外站住，也没想出来，只好干巴巴地说："我没有在意……"

连诀转过头看着沈庭未，目光在他脸上停了很久，好像在等他继续说下去似的。沈庭未只好继续说："康童很乖，我很喜欢他……"然后他就不知道要说什么了，张着嘴看着连诀，重复道，"真的喜欢。"

沈庭未觉得自己的话好像取悦了连诀，连诀板着的脸柔和下些许，但也没有太明显的变化，他按下门把手走进房间，没开灯，而是很快拿了什么东西出来。沈庭未怔怔地接过他递来的购物袋，抬头去看连诀，连诀已经回了房间，将门带上了。

沈庭未拿着连诀给他的纸袋回到房间，他不认识太多品牌，但还是很轻易地从纸袋里精致华丽的礼盒上判断出价值不菲。沈庭未摩挲了一下礼盒上柔软的绒布，然后像是对待一份珍贵的礼物那样，小心翼翼地把盖子打开。

连诀可能看出他身上的睡衣不太合身，所以给他准备了这个。想到这里，沈庭未的心口又被缓慢流入的暖意包裹起来，指尖发烫的触感也变得绒软。

连诀洗完澡，倚在床头看林琛五分钟前发来的更改后的工作安排。

明天上午要陪同沈庭未做体检，将所有的工作都挪到下午和晚上就显得时间很紧，他给林琛回了消息，对不必要的工作进行了简单的调整。林琛那边很快回复“好的”，然后没几分钟又将新的时间安排发给他。

连诀正在核对，房门被敲响，他抬起头，听到沈庭未在外面问：“连先……连诀，你睡了吗？”

连诀打开门，看到门口站着的沈庭未，眼尾不易察觉地动了一下，才问：“什么事？”

沈庭未的头发还没干透，不知道是没吹还是只吹到半干，他的双手交叠着抱在胸口前，身上裹着一件银灰色的丝绸睡袍，是连诀今天给他买的。沈庭未的脸有点红，是被刚洗完澡的热气蒸红的还是不好意思无从考究，声音细若蚊蚋：“谢谢你给我买的睡衣……”

“你一定要为每一件事道谢吗？”连诀看着他。

“啊？”沈庭未显然没明白他的意思，抬起眼看着他。

“如果真想谢我，就好好养病，早点康复。”连诀看着沈庭未半干的头发，语气有些强硬地道，“先去把头发吹干。”

0~4

林琛把车开进院子的时候连诀还在吃早晨，沈庭未小口啜完了杯子里的热牛奶，上楼去叫康童起床，并在康童穿衣服时交代他一个人待在家里的注意事项。

私人医院开在新开发区，开车要很久，沈庭未早晨醒得很早，坐了一会儿车，又有点困了。他头靠在车窗上，好像很快就睡着了，但睡得不熟。

林琛开车不如之前的司机稳，顾忌着他在睡觉，车速没有提得太快，在每一个减速带前都有意放得更慢。这种时快时慢的行驶方式让沈庭未有些晕车，他闭着眼睛，意识也有些模糊，但能清晰地听到连诀在一旁接打了几通电话，其中不乏几句“改天”和“抱歉”。沈庭未心想连诀今天是不是很忙，又想他每天好像都很忙。

车驶过一个隧道，呼啸的风声从耳边穿过，透过眼皮的光线也暗了。沈庭未的困意被眼前忽然的暗沉感染得愈浓，有只手好像触碰了他的脖子，抵在车玻璃上的冰凉触感从额头上渐渐消失了，沈庭未只觉得自己落入一个很舒适和有力的地方，便很快睡沉了。

车驶出隧道，林琛看了一眼后视镜里那辆黑色的旧桑塔纳，低声叫了句："连总，还在跟。"

连诀看着手机上一个账号发来的那辆车的车主信息：车主是个将近四十岁的中年人，前两年刚因为失手杀人刑满释放，前妻改嫁，家境也因此败落。家里现在有两个儿子，一个在读初中三年级，一个准备读高三，都是用钱的时候。连诀把手机收起来，对林琛说："甩开他。"

林琛说了声好，将车速提快了一些，朝与医院相反的大路上开去。但没过多久，他发现那辆车并不需要他们特意甩开，它跟着他们转到第一个转盘时就朝另一条路开走了，不像是想找机会下手的样子。

连诀不用猜就知道是陈旭找人跟的车，却摸不准他的目的。陈旭究竟是察觉到了沈庭未的异样想要拍到点什么作为要挟，还是真那么胆大包天想要对他或是沈庭未做点什么，这些暂时无从考究，总之目的肯定不纯。

待那辆黑色轿车彻底消失在后视镜里，林琛的车速又变回了刚才那种慢而不匀的速度。

连诀几次忍耐不住想开口叫他开快一点，余光却留意到沈庭未睡得很熟的样子，最终憋住了。

车绕了一大圈，距离约定时间迟到了近半个小时，才停在医院门口。

沈庭未在车停稳以后就醒了，意识到他正靠在连诀的肩膀上时，赶紧坐直了。沈庭未还记得上次无意中靠在连诀肩膀上睡着惹连诀生气的事，他看着连诀稍显苍白的脸色，正想说点什么，连诀已经推开车门先行下车了。

沈庭未只好赶快跟下去。

连诀抿唇站在车边，拧着眉很久没动。沈庭未快步走到他面前，才发现他的表情不像是生气，更像是……不舒服。

"你怎么了吗？"沈庭未站在他面前，神色担忧。

连诀一言不发，胸口几不可见地起伏着，脸上也缺乏血色。

沈庭未抬手用手背碰了碰他的额头："不舒服？"

连诀这才不自然地偏过头躲开他的手，过了一会儿，紧绷的神情才略微变得和缓，说："没事。"

沈庭未是在下意识间抬起的手，现在被他躲开才突然觉得有点尴尬，手悬在半空中稍稍僵了一下，很快收回来，又为了缓解尴尬似的他若无其事地冲连诀笑："正好在医院嘛，你要是不舒服的话去看看医生吧。"

连诀的眼神在他收回的手上停留了片刻，说："不用。"或许是觉得自己的语气太生硬，又补了一句，"没不舒服。"

沈庭未的脸上写着怀疑，看着他，不知道脑子里在想些什么，匆匆点了头，说："好。"

连诀刚压下那股反胃的冲动，抬眼就被沈庭未搞得莫名其妙，也不知道他在"好"些什么，一时有些失语，然后沉默着转身走进医院。

沈庭未低着头跟在他身后，回忆着大学课本上被划了重点的"心理健康"单元，严重怀疑连诀是不是心理上有什么问题，分明总是对别人很好，却又冷着脸不愿意承认，也不愿意接纳别人的好意。或许是受儿时经历的影响，他觉得连诀是缺乏安全感，才会对别人突然的关心不适应。沈庭未回想起连诀这两天的行为，也的确与课本上的描述相同——身体不适、性情改变、黏人……

沈庭未心不在焉地分析着连诀的性格变化，一边回忆着课本里的安抚方式，没注意到几步外的连诀停下脚步，一头撞上连诀的后背。他因惯性往后踉跄了两步，被反应很快的连诀抓住手腕，才没摔倒。沈庭未心有余悸，抚了抚胸口，又赶紧对他说谢谢。

连诀似乎对他走路时分神的行为很不满，但也没多说什么，只让他赶紧进去："医生在等你。"

上午的检查和往常一样，沈庭未对医生说了自己又开始发烧的事请，以及连诀身上的气味似乎能够帮助他抑制发烧的情况，医生开始有些怔，而后神色惊喜地连道几遍"神奇"。

他一边拿着记录簿详细地记下沈庭未被气味抑制发烧的特征，一边面带喜悦地说："这样说起来，和我们研究的方向倒是逐渐对应上了。你体内超标的那项激素，据研究表明是可以通过费洛蒙来抑制的，但拥有这样费洛蒙的人少之又少，我们目前还在寻找中。如果您说连总身上的气味可以抑制你的发热现象，那我大胆地推测一下，连总或许就是我们要找的人。"

但很快，医生又有所顾虑地看向连诀，“就是不知道连总……”

在医生与沈庭未沟通的过程里连诀的手机仍不断有电话进来，连诀将手机设置成了静音，站在一旁，直到听完医生的话，才开口：“那我需要做些什么？”

医生没想到连诀会如此配合，怔了一下，连忙道：“我们需要采集您的血液样本进行检测，不会浪费您很多时间的！”

采血结束后，沈庭未对连诀说：“要是很忙的话，要不你和林先生先去忙，我等司机来接我？”

连诀看着手机，谎话说得不太有诚意：“不忙。”沈庭未看了看他，没再吭声，两个人一前一后地走出医院，上了车。

林琛将车启动，连诀又突然很赶时间似的，让林琛开快一点。

车里开着空调，车窗是紧闭着的，车里的空气不太流通，因此连诀刚缓和下来的晕车又有点卷土重来的意思。他闭着眼睛强压着恶心的感觉，听到身边有轻细的动静，他半睁开眼睛用余光扫了沈庭未一眼，沈庭未正慢吞吞地将身体朝他这边挪。

连诀以为他又想睡，于是将背微微挺直了，闭上眼睛，却迟迟没等到沈庭未靠过来。他重新睁开眼睛，发现沈庭未正欲言又止地看着他，耳根莫名又开始热起来。

连诀看上去有些忍无可忍，他问：“你想说什么？”

在沈庭未的印象里，连诀是个很怕痛的人，他很小心地看着连诀手上的针眼，声音里带着犹豫：“……你想让我抱抱你吗？”

车上一时陷入一种诡异的安静，只有空调出风口运作时的呼呼声响。

连诀看着沈庭未。

沈庭未红着脸。

前排开车的林琛像是忍耐不住很轻地“嗤”了一声，又很快用一声咳嗽伪装成清嗓掩盖过去。

几秒后，连诀黑着脸：“我为什么要……”

沈庭未像是下了很大的决心，朝他伸开双臂，问他：“抱吗？”

连诀盯着沈庭未的眼睛，沈庭未有点不好意思地躲开他的眼神，执拗地摊开双臂摆在那里。连诀板着的表情有些松动，随后他僵硬地伸开手臂，极不娴熟地和沈庭未拥抱了一下。

沈庭未的脸靠在连诀的肩膀上，他以一种充满关怀和安全感的方式用力地搂住连诀，企图让他心安一般。

连诀只觉得沈庭未抱得太紧，让他想起沈庭未曾经对他说过的“需要”，这又让他产生了一种沈庭未是不是真的很需要他的拥抱的念头。

他的呼吸间充斥着来自沈庭未身上的那股独特的甜酒香气，酸甜里混杂的酒精味在很短时间内加剧了他晕车的不适，他不自觉地偏过头，避开了香气。沈庭未注意到他眉头紧锁，于是语气柔和得像是在哄康童那样：“好点了吗？”

连诀只觉得自己被这股味道熏得头更昏脑更涨，全靠着意念撑着自己没把沈庭未推开，问他：“好点什么？”

“还难受吗？”沈庭未抬起头。

……

连诀只觉得自己的后槽牙咬得很疼。

沈庭未看着他更加难看的脸色，恍然意识到连诀没有热感症，可能这种气味的安抚并不能让他放松，于是他赶紧松开连诀。果不其然，连诀被他放开后第一时间打开了车窗，让窗外涌进来的空气稀释掉了车里的气味。

连诀维持着表面上的镇静，不动声色地面向窗外换气。等不适感稍退，他再回过头，沈庭未已经移回到离他很远的另一侧车窗边，好像故意与他保持距离。

沈庭未还在为自己矫枉过正的行为自责，发觉连诀在看他，脸上的笑容有些勉强：“是不是我身上的味道让你有点不舒服？”

沈庭未在心里绞尽脑汁地思考着更柔和的安抚方式，连诀却觉得他的话像在赌气。意识到自己刚才的抗拒表现得太明显，连诀不着痕迹地往他身边坐近了一些。沈庭未愣了一下，再抬起头，就看到连诀面无表情地将脸转回窗外。

连诀看着车外后视镜，没再看到可疑车辆，林琛却仍保持着警惕，自作主张地在南郊绕了两段路才朝回家的方向驶去。

林琛和来时一样，直接把车开进了别墅院子里，停在正门口。

连诀让林琛在车上等他，打开车门时又停下来，对林琛说：“叫司机过来开车。”林琛怔了怔，很快说：“好。”

沈庭未跟着连诀回到房子里，快到午餐时间，他问连诀：“你不留在家里吃午饭了吗？”

连诀说了句“不了”，径直上了楼。不久就重新走下来，沈庭未正在厨房准备午饭，听到声音走出来看，连诀应该是洗了澡，换了一身比早晨正式一些的衣服。

沈庭未记得连诀早晨出门前就洗了澡，现在又洗了一遍，难免揣测连诀是不是嫌自己身上的酒味太浓，让他感到不适。

“要走了吗？”沈庭未问了一句一出口就后悔了的废话。

连诀在他几步外停下来，隔着厨房与客厅之间狭窄的吧台看着沈庭未。

沈庭未的手还是湿的，因此手臂微抬起来，他身上系着一个连诀没有见过的围裙，上面有一只戴着厨师帽拿着锅铲的卡通小熊，显得更笨拙也更可爱。沈庭未的眼睛很亮但是有些空，这让连诀想到沈庭未刚才在车里向他索取的拥抱。

沈庭未想弥补一下自己的蠢话，跟他说注意安全，却听到连诀对他说：“过来。”沈庭未绕过吧台走到连诀面前，连诀搂了一下他的肩膀，没有太用力，手在他肩头不轻不重地压了一下，又将两个人的距离拉开。

沈庭未还没回过神，刚才在车上他意图安抚连诀，连诀却并不如他所想的那样接受他的好意，所以沈庭未认为连诀大抵是不喜欢他身上太浓郁的酒味。可是此刻这个拥抱来得突然，又温柔轻巧得好像是自然而然发生的事，沈庭未方才那一点点没有被发现的小小失落突然就被融化了，连自己都不知道为什么，心中忽然软了下来。

“不用准备我的晚餐。”连诀说。

沈庭未这才点头说了声好。

连诀离开的时候，沈庭未透过防窥玻璃看到他拉起自己的外套嗅了一下。

和那个礼貌的拥抱一样，沈庭未想，连诀不喜欢他身上的味道，但好像很需要他。

连诀晚上回到家里的时候已经很晚了，沈庭未还没休息，但已经洗完澡了，换了家居服坐在沙发上织围巾。听到房门声响起，沈庭未手里的动作停了，转过头看连诀进门。

尽管连诀让他不用准备自己的晚餐，沈庭未还是问了一句："你吃过晚饭了吗？"

"吃了。"连诀看了一眼墙上的挂钟，时针快指向十二点了，问他，"怎么还没睡？"

沈庭未放下手里的棒针站起来，刚洗过的头发在沙发旁的暖色立灯的照映下显得更柔软，他没有跟连诀说自己想了一下午用于缓解他心理上抗拒他人的方式，想等他回来实践，只简单地答："还不困，就等你一会儿。"

连诀进门前没想到沈庭未还没睡，进门后没想到沈庭未是为了等他，顿了顿，让他去睡觉。

沈庭未是跟在连诀身后上楼的，连诀在他前面不紧不慢地走进了房间，但房门没有关。让跟在后面的沈庭未有一瞬间怔愣，甚至产生了一种他在给自己留门的错觉。

连诀回房间后就直接进了浴室，沈庭未没在他房门口站太久，加快了脚步走到自己房间。

他把床上整理好的床品拿起来，朝连诀房间走去。

连诀洗完澡从浴室出来，先朝房门扫了一眼，门已经被关好了。他擦着头发走进卧室，房间里的大灯亮着，沈庭未背对着他好像在铺床。连诀不知道他哪里来的洁癖，昨晚刚换过的床单今天又要换，但出于对他生活习惯的尊重，还是在旁边耐心地等着。

见沈庭未低着头忙活了半天，连诀绕过床尾想去窗边的单人沙发上坐着，无意中往床上扫了一眼，表情一僵，下意识问出了口："……你在干什么？"

沈庭未也是第一次帮别人铺床，他从自己房间里找到最柔软最舒适的床品往连诀床上一层一层地堆，他记得课本上说，睡得舒服可以大大缓解心理问题，于是沈庭未背着他很不好意思地对连诀说："也许这样你会舒服一点。"

——"小狗对气味很敏感的，我不许它上床，它竟然学会偷偷叼走我的袜子藏进它窝里。"

——“也许这样你会舒服一点。”

连诀脑子里有一瞬间的空白，满腹言辞却在此刻像是泻了火的哑炮，一句也说不出来。

他少有如此情绪失控和气急败坏的时刻，甚至背过身去强压了半天火气，认为自己的恼怒缓和了几分才重新转过来，再次看到沈庭未羞涩里透着无辜的表情，还是忍不住先深吸了一口气。

“沈庭未。”连诀的脸色很难看，“我是你养的狗吗？”

沈庭未迷惘地看着连诀，表情变得有些呆：“……什么狗？”

好像条件反射一般，连诀的脑子里立刻浮现出余曼那只白色的博美。不知是为自己脑中不合时宜的画面生气，还是为沈庭未这番故意为之的羞辱而生气，他冷下脸对沈庭未说：“你在给我搭窝吗？把你这些乱七八糟的东西拿走。”

这种无异于将沈庭未的心意踩在地上践踏的行为有点伤害他的自尊，让沈庭未一瞬间血液发凉。但毕竟是他自作主张，他无法责备连诀，只能在心里责备自己。

沈庭未低下头，一言不发地将自己的东西用毯子兜起来，抱起一团床品打算离开。

连诀看着他抱着满怀的鸡零狗碎往外走，又不明缘由地为他不肯为自己辩解一句感到心烦，问他：“去哪儿？”

沈庭未不太想继续留在这里，于是他的脚步变慢却也没停，闷闷不乐地说：“回房间。”

他用手握住门把下压，将门拉开一道窄缝，一条手臂却擦过他的耳侧将他面前的门重新按上。关门声贴着耳边响起，像是在沈庭未的心口不轻不重地撞了一下，让他忽然感觉到一股无名的委屈，紧接着胸腔里溢出的酸涩从鼻腔蔓延上眼眶。

沈庭未背对着连诀站在门边，他强稳住自己的声线让它尽量保持平缓：“连……先生，有什么事吗？”

这个称呼的转变让连诀心里产生出细微和短暂的不适，但这种感觉一掠而过，他也没有在这种无关痛痒的事情上多想。连诀看着沈庭未慢慢浮起绯色的后颈，对他说：“转过来。”

沈庭未微微眨了一下眼睛，试图驱散掉眼前漫上的雾气，然后作出一副若无其事的表情，转过身来：“……啊？”

连诀靠得很近，刚洗完澡的身体上带着清新的凉意，却没有那股淡淡的木质香氛的味道，沈庭未的个头并不算矮，但站在连诀面前大概只能到他的下巴或嘴唇的位置。他不太想直视连诀的眼睛，会让他觉得更丢脸，于是视线放得很低，停在连诀的胸口。

连诀垂着眼睛盯着沈庭未的脸看了一会儿，表情比刚才缓和了一些。

他有时候觉得沈庭未很笨，有时候又觉得世界上没有比他更聪明的人了，连骂人都能委婉地绕出这么一大道弯来。突然他又觉得沈庭未很不讲道理，骂完人自己倒是先生上气了。

“我今天惹到你了吗？”连诀问他。

沈庭未不知道他是怎么理解出这个意思的，莫名其妙外又觉得自己被他冤枉，从而感到更委屈了，他抬起眼睛很快地看了连诀一眼，低低地说：“没有。”

他的眼眶有点红，鼻翼薄而光滑，在灯光下泛着朦胧的光，连诀看着他这副表情莫名跟着情绪糟糕起来，但声音还是不由自主地放轻很多，跟他说：“我没觉得你身上的味道不好闻，是车里太闷。”怕他没听懂一样，解释得更细，“林琛的驾驶技术太差，我在晕车。”

沈庭未从没想过他会有晕车的毛病，诧异地抬起头，嘴唇微张着看他：“晕车？”

连诀被他盯得很不自在，很轻地“嗯”了一声，又像是想转移话题，语调平和却夹杂着生硬的责怪：“你怎么这么爱多想？”

沈庭未被他说得无地自容，也顺着他的话责怪自己怎么这么爱多想，只是晕车而已，就被他脑补了一大堆有的没的……他觉得自己愚蠢至极，从原本自以为是的羞耻变成了自作多情的难堪，他低着头小声说了一句“对不起”，匆匆转过身想要赶紧逃离这个让他尴尬到快要窒息的场景。

但连诀并不会如他所愿，手仍按在门板上，他拉不开门，只能祈求连诀把手挪开：“可以开门吗？”

连诀将他的身体转回来，让他重新面向自己。沈庭未垂着眼睛，对连诀说：“……我想睡觉了。”

“别赌气。”连诀压低了声音说。

房间里只剩下床头两盏壁灯还亮着，将卧室照出一片暖黄色的柔光。

CHAPTER 12

◎第十二章

变化

Change

0~1

沈庭未早晨醒得很早，但连诀应该更早就走了，离开前替他将房间的窗帘拉开一半，太阳还没完全升起，淡薄的晨曦穿透玻璃洒在床尾，映着柔和的白光。床头半掩在窗帘遮挡的阴影下，因此让他比平时醒来时更容易适应眼前的光线。

沈庭未翻了个身，将脸转向床侧，闭着眼睛适应刚醒来的混沌。

康童今天下午要返校，干洗店早晨就送来了洗好的制服，是那种英伦风的短袖衬衫和浅灰色短西裤，衬衫的右上角印着一枚小小的校徽，穿起来很洋气。沈庭未帮他把领带系好，将衬衫领子翻下去整理整齐，隔着玻璃目送他上了司机的车。

沈庭未一个人在家里，织完了那条要给康童秋天戴的围巾后就没事可做了。

常开心约他出门喝奶茶，但他的身体情况令他不便外出，又找不出好的理由，只能借口自己最近一段时间都不在沂市。常开心听了有些失望的样子，说等他回来再约。

不比沈庭未在家里闲得发慌，连诀那边忙了一个上午，到两点多才开始吃午饭。林琛在他休息时敲门进来跟他确认下午和晚上的工作安排，见连诀没有异议，忍不住多了一句嘴：“晚上这个会议其实可以挪到明天上午九点，对方与我们有十二个小时的时差，所以时间上是完全可以——”

连诀抬头看了他一眼，林琛的话音卡了一下，委婉地提醒道：“今天是七夕节，连总。”

连诀不明所以地看着林琛，反而让林琛有些不自在，仿佛自己想要早点下班回去做网游七夕任务的想法被连诀一眼看穿。但由于任务奖励丰厚，是他一直没刷出来的那套装备，他咬咬牙，装出一副很为老板着想的样子，问：“您不用早点回去吗？”

连诀看了林琛许久。林琛从大学毕业就进了他的公司，与他共事多年，一向很清楚他并不过七夕或是情人节这种没有意义的节日。现在听林琛特意提及，又一反常态地再三劝说，好像是刻意要提醒他这个节日的重要性。

连诀又想到，平日里沈庭未与林琛往来甚多，让连诀心里隐约产生了某种联想，从而误解了他的意思。沈庭未是那种很会过生活的人，会喜欢鲜花和甜点、猫和可爱的东西。如果是沈庭未想过，让林琛来游说，他觉得情有可原。

于是连诀沉吟片刻，淡淡地说：“那就推了吧。”

下午林琛与连诀一同离开公司，司机先送连诀回去，路上经过花店，林琛问他要不要买束花。连诀历来不喜欢鲜花，但还是接受了林琛的建议。他还记得沈庭未昨天晚上等他到很晚，垂着眼睛闷闷不乐的样子，觉得如果鲜花能让沈庭未开心的话，偶尔他也愿意买单。

连诀不常踏进花店这种地方，他在花店老板的热情推荐下认真挑选了很久，最后还是选择了货柜中央平平无奇的百合花束。

他来的时间不算很巧，店里只剩下两束包装好的玫瑰。在他挑选的过程里进来一个学生模样的男孩，目的明确地买走了其中一束。

付款时店家拿出一张卡片，问他要不要写点什么，连诀接过对方递来的钢笔，想了很久，又放回柜台上，说算了。

连诀付完款，拿着这捧花束大得有些夸张的百合返回到车上后，司机对他笑了一下，说：“好漂亮的花。”

连诀也这么认为。他将花束轻轻放在自己的座椅旁，接过林琛递过来的笔记本电脑，看他刚刚在文档里标注出来的内容。

车子掉头从花店门口驶过，连诀抬眼往花店门前扫过，清晰地看到又有人抱着与他手中相同的百合走出来，他这才意识到店主口中所谓的只剩两束不过是花店的促销手段。好在摆在身旁的百合绽放得很绚烂，他并没有因为自己难得的糊涂而感到任何懊悔，只让司机适当地将车速提快一些。

车在别墅院外停下，连诀拿着那束被黑色的光面纸与材质很硬很容易造型的黑纱装点好的花束下车，走进院子。

他的表情与步调都与往常没有什么区别，拿着鲜花的样子也从容，鲜花外被柔软的雪梨纸包了好几层，总拿一个地方容易皱，他在走过院子的很短一段路途中换了次手。

鼻间萦绕着馥郁的花香，他习惯性地将嗅到的气味与沈庭未身上的味道做对比，又不由自主地给出不算客观的结论。

他今天回来得很早，加上进门的声音很轻，沈庭未背对着他窝在客厅的沙发里，腿上盖着昨晚被连诀要求拿走的毛毯，可能看书看得入迷，并没有留意到门响。直到连诀换好拖鞋有些刻意地将鞋柜门关上，弄出不大不小的动静，他才好像被吓了一跳似的转过头，看到连诀，有些惊讶："你怎么这么早——"

视线又停在了他手里的百合上，话音停了，眼中更是诧异。

在连诀朝他走过来的短短几步里，他都沉默着，除了视线跟着越来越近的连诀，身体并没有任何动作，眉心细不可察地蹙了起来。

连诀将百合放在离他不远不近的茶几上，接着他没说完的话，回答："今天没事。"

沈庭未迟迟没动，也没去看他的脸，视线停在那束摆放在他眼前的盛开的百合上，脸上逐渐褪去血色，连嘴唇的颜色都慢慢淡了。连诀没能从他脸上找到自己想要的表情，正有些疑惑，就见沈庭未突然抬手捂住嘴，眉头紧锁着，生硬地将视线从百合上别开，像是十分难以忍受那样，快速掀起盖在腿上的薄毯起身。

沈庭未匆匆推开挡在茶几与沙发中央的连诀，甚至连拖鞋都没来得及穿，赤着脚跑进洗手间。他面色苍白，细长葱白的十指攀着盥洗池的大理石面，血色尽失的脸像一张被水浸过的白纸，只有眼睛里泛着明显的红，眼眸里浮起因生理不适而氤氲上的雾。

他趴在盥洗台前呕了很久，其实并没有吐出什么东西来，胃部条件反射似的紧缩让他觉得很难受。一些不太清晰却让他感到不舒服的记忆，因为那捧百合散发出的有些劣质的香味慢慢浮现出来。

逐渐拉远的警笛声与嘈杂的人声，模糊视线里晃动的人影，呼吸间那股混杂着花香的酒味……

沈庭未紧紧闭着眼睛，听着耳边湍急的水流声，企图缓和这阵压制不住的头痛欲裂。他清楚自己这种强烈的不适感并不来源于那束花，而源自这股香味勾起的某些被他刻意埋进记忆角落里的画面——那场将他的生活彻底割裂的车祸，让他被迫开启苦难的始作俑者。

……不，也不全然是苦难。

他缓慢地睁开眼睛，看着镜子里狼狈的自己。

沈庭未经常觉得自己太过情绪化，尽管他很少表达。他从小到大的毕业结论上老师给出的评语大都用上了“性格乖顺”“与人和善”相关的词汇，但其实他也常常会在心里判定一个人的好坏，能否与之交往，交往到什么程度为宜。

邻居家的阿姨是愿意往来的。

父亲介绍的朋友是可以往来，但不会发展的。

连诀……是不能。

在他看来，连诀这样的人是应该被他划分进“无法往来”这个分类里的，哪怕他们的相遇发生于沈庭未曾经生活的世界，他们都是不可能产生交集的人。

可如今，连诀却是这个世界上知道他最多秘密的人，也是他在这个世界上唯一可以无条件信任的人。

这一切都不在沈庭未的预料当中，却千真万确地发生了。

想到连诀，沈庭未的情绪从混乱变得有些低落。他一度非常不客观地认为连诀是造成他不幸的开端，但是其实站在理性角度来讲，连诀除了起初对他有很深的偏见和误解外，并没有做错过什么。是他生病找上连诀，连诀也明确拒绝过他，是他死缠烂打，可连诀最后还是照顾着生病的他。单是从这件事本身，哪怕是在他原本的世界里，连诀也是值得被发锦旗的。

他光着脚踩在冰凉的地板上，水龙头里流出的水也凉。沈庭未将水龙头扳到了热水那边，将手放在温热的水流下浸湿，等待指尖的暖意慢慢流回身体里，才擦干了手。沈庭未垂下眼眸，看着自己的指尖，又想到连诀拿给他的花。

在这种不稳定情绪逐渐冷静下来后，他心里又突然生出一种矛盾的、无法言说的小小雀跃。

连诀为什么会送花给他？

沈庭未从洗手间出来的时候，连诀已经没在客厅了，桌子上的花也不见了。

沈庭未的情绪在短短一天内转变得未免太多，他从洗手间出来时发现客厅里空荡荡的，心头微弱的雀跃转瞬便消失了。他走到沙发前穿上拖鞋，转身时才注意到那束静静地躺在垃圾桶里的花束。

花束很大，外面又裹着蓬松的黑纱，沈庭未从垃圾桶里将花拿出来的时候，精致的束纸已经被垃圾桶的边缘挤压出明显的折痕。

他整理了很久，都没能将它重新变回开始的样子，只好解开捧花的丝带，将包装纸一层层拆开。花店的人处理得并不细心，因为外面裹了很厚的包装纸才没有暴露出没被清理掉的茎刺。

沈庭未没有太在意，去洗手间简单清洗了一下，走进储藏室。之前的阿姨应该是很会打理鲜花的人，他在储藏室找到了齐全的工具，回到客厅将茶几上的百合一枝枝重新修剪好。

中途他实在有些忍受不了这股人工合成的香气，还将花拿去就近的客卧浴室，打开花洒用细微的水流全都小心地冲洗了一遍。经水浸过的花朵色泽更润也更鲜艳，散发出的很淡的、属于百合本身的气味也变得不那么令沈庭未反感。

他在家里找了很久，才终于找到一个尺寸合适的花瓶。他将花瓶里枯萎的茉莉取出来，认真地将百合重新插进花瓶里，最后思索再三，将花瓶摆放在餐桌最显眼的位置，又调整了一番花枝的位置与花朵的稠密，找了小喷壶往花瓣上喷了些水，让这束百合显得更富生机。

他猜想，这样的话，等连诀下楼的时候看到它，应该就不会那么生气了。

沈庭未做完了这些事情，才在客厅的药箱里找出一片创可贴，将泡了水后伤口边缘开始发白的指腹贴上。

作为连诀赠予他百合的回礼，他准备了丰盛的晚餐，煮饭的过程中康童打来电话，说自己今晚想留在同学家住，问他可不可以。沈庭未拿不定主意，拿着手机上楼敲了连诀书房的门。

连诀过了半分钟才过来开门，看着沈庭未没有说话。

沈庭未从他没有太多表情的脸上读出了不高兴，指了指手里的手机，对连诀说："童童的同学在家里办开学派对，问今晚可不可以在同学那里住。"

连诀没有很快回答，而是将视线放在他脸上，随后表情变得更不高兴。

连诀没说可以也没说不行，而是直接从他手中接过手机，向电话那头问："哪个同学？"

康童听到连诀的声音似乎有些紧张，仔仔细细地将同学的名字和家庭住址一一汇报给连诀，似乎还作出了一些行为上的保证，沈庭未低着头，没听得太清楚。他有些出神地听着连诀不时用简短的话语回应康童，后知后觉连诀刚刚是不是在等自己解释。

等连诀跟康童结束通话，将手机递还给沈庭未，他接过来，对连诀说："晚餐快做好了，再有十分钟就可以开饭了。"

连诀"嗯"了一声，朝书房转过身，沈庭未看着他的后背，很快也很小声地说："刚刚的花……"

不等他把"我很喜欢"说出口，连诀的态度好像很不耐烦，不愿意继续这个话题似的，冷淡地打断道："林琛准备的。"

沈庭未没说完的话就这么卡在了喉咙里。他对连诀会送百合给他的行为并不是全无疑惑，因而回想到刚才连诀确实只是将花拿回来，并没有"送"，所以在连诀说出这句话的时候心里并没有产生太大的落差，只是话堵在一半让他感觉胸口发闷，最后在书房门完全关上前说了一句："哦，好……"

0~2

沈庭未将最后一道菜端上餐桌，盘子摆放的位置就显得有点紧凑。沈庭未迟钝地意识到如果康童晚上不回来，就只有他和连诀两个人吃晚餐，自己做了这么多菜有些浪费。

连诀很守时，在距离他下楼的十分钟后也从楼上下来。

沈庭未注意到他扫了桌上的那束花一眼，伸手拉椅子的动作出现了不足一秒的停顿，紧接着平静地在桌前坐下。

他的表情比起刚才似乎有所松动，但也没流露更多，在沈庭未试图从他脸上找出更明确的情绪时，连诀已经目不斜视地开始吃饭。

沈庭未想要向连诀解释自己刚才的行为，几次抬头看向连诀，连诀都神色淡漠地保持缄默，看起来丝毫没有与他交流的欲望，于是忍住了，低着头沉默吃饭。

花是林琛买的，或许连诀根本不在意他是否喜欢或是如何处理。

连诀没吃太多，甚至连沈庭未给他盛好放在手边的汤都没动一口，简单饱腹后就先离席了。沈庭未因为刚才吐过的缘故，胃里还有些隐约的不适，也没吃什么。

连诀不允许家里有加热过第二遍的菜，沈庭未一开始不清楚他的习惯，有一次中午剩下很多的鸡翅晚餐时热了一遍重新端上来，连诀一口没碰，康童想去夹的时候被他瞥了一眼，怯生生地收回了筷子。后来沈庭未就开始控制菜量，哪怕最后吃剩一点倒掉了也不心疼。

但今天他做了太多菜，思来想去，还是将两盘一筷没碰的菜放进冰箱，想着趁明天中午连诀不在的时候翻炒一下还能吃，只将吃剩下的菜有些心疼地倒掉了。

清理完餐桌，他将碗碟收好放进洗碗机，擦干净手从厨房走出来。时间还太早，沈庭未不知道回房间做什么，于是回到客厅沙发前坐下，把电视打开，调到一个会在晚间黄金档播放电视剧的频道。

他漫无目的地看了会儿广告，又不由自主想到那束花。他想了想，从口袋里拿出手机，编辑了一条礼貌的、表示感谢的信息，给林琛发送过去。

林琛一反常态地没有立即回复他的消息，沈庭未也没刻意等，电视里的广告时间终于结束了，跳进黄金时间的放送预告。

“接下来，您将看到的是某台为您准备的七夕特别节目《鹊桥同乐会》，今晚参与演出的嘉宾有……”

没等到电视剧的预告，沈庭未意外地抬头看了一眼。

预告时间很长，有一大段出演晚会的明星名单播报与海报展示环节，嘉宾介绍环节冗长枯燥，沈庭未有点想转台，又好奇这个“七夕”是个什么东西，于是将遥控器放下。

电视卡着准点报时进入正片，先是一个会场的远景，晚会被布置成古色古香的风格，舞台上的主持人也身着古装，扮相特别，让沈庭未产生了一些兴趣。

“各位电视机前和网络前的观众朋友们大家好，又到了每年农历的七月初七，迎来了我们一年一度的传统节日——七夕。”

电视节目里的主持人说今天是七月初七，然而今天日历上的日期却是八月二十六号，沈庭未已经不像第一次得知农历这种说法时那样震惊。他来到这个世界的时间已经不短了，早就明白这里的人有两种纪年的方式，只是他还不是很熟悉，所以现在才明白原来这个“七夕”也是这个世界里某个重要的传统节日。

两位主持人一唱一和说着开场词，讲述七夕节的典故和来历，沈庭未觉得稀奇，也听得认真。

“据说在每年的七月初七，天上的牛郎和织女会在鹊桥相会……”

他盯着电视心不在焉地看了一会儿，从沙发上站起来，关闭了电视走上二楼。

敲响书房的门时，沈庭未有些不自觉的紧张。他只敲了两下就放下手，垂着眼等待连诀过来开门。

房间的隔音太好，他听不到任何脚步声靠近的动静，他心中思绪万千五味杂陈，一方面思考用来讨好连诀的说辞，一方面惴惴不安地想这次会不会又是误会。

眼前的门在他猝不及防下从里面拉开，他的视线里出现了一双深蓝色的家居拖鞋。

“什么事？”连诀问。

沈庭未听到他的声音，只觉得自己心跳得太快，又没完全想清楚措辞，脑袋里有片刻空白。于是回答也跟不上。

连诀不太有耐心地等了他几秒，见他不说话，就要关门。

沈庭未从余光里看到连诀抬手，心里一慌，手比脑子快了一步，拉住了连诀的衣角，慌慌张张地抬起头叫住他："连诀！"

连诀低头看着他攥得很紧的手，又慢慢将视线移到他脸上。沈庭未的耳朵很红，眼神也失焦地散着，不知道在看什么地方，但拉着连诀衣角的手没松。

"我对百合……有点敏感。"他有些语无伦次地说，手心也热，攥着连诀的衣角一边担心手心的汗会弄湿他的衣服，一边低低地说，"我以前因为一些事情，对百合有点阴影……不喜欢那个味道……但是我很开心，我很喜欢你送我的花。"

连诀看着他，没说话，安静得像是在等待他的后文。

沈庭未抬起头，书房明晃晃的灯光映进他细而上扬的眼睛里，他的眸子逐渐有了神采，有些不好意思地盯着连诀的眼睛，轻轻说："下次想送花的话，可以送茉莉吗？"

连诀的脸上似乎有了细微的变化，眼中隐秘地蕴藏着极不明显的波澜，薄唇牵直的嘴角轻轻动了一下，但没开口。

"明天……你可以送茉莉给我吗？"

连诀低着头，看着离自己很近的沈庭未。沈庭未的胸口随着呼吸轻微起伏，等待他回应的样子看起来很紧张，连耳朵尖上的小痣都变得更红。他手里还紧牵着连诀的衬衫衣角，不是轻轻捏着，而是用力地抓着，好像很怕他会将自己拒之门外那样。

连诀看着沈庭未的脸，用他低沉和富有磁性的声音问他："喜欢茉莉？"

沈庭未低着头"嗯"了一声，松开了手，这才注意到鼻间萦绕着一股淡淡的烟草味。他想连诀果然生气了，还偷偷抽了烟。又想到连诀不需要偷偷，这段时间不在他面前抽烟大概是出于照顾。

沈庭未这才忽地想起很多他不曾细想的画面，连诀其实并非他想象中那样情感淡漠，连诀对他一直都很好，会体贴地替他准备他所需要的一切，也会细心地察觉到他的情绪变化。也许早在他不知道的情况下，他和连诀的关系已经开始发生了变化，不再像最初那样只是冷冰冰的交易，而是像家人一样，可以互相依赖，互相信任。

第二天沈庭未反常地睡过了头，被手机的振动吵醒时已经上午十点了。

沈庭未的脸被掩在半边窗帘拉好的阴影中，不等惺忪的双眼适应午时强烈的光线，鼻间先嗅到一股熟悉的清香。

床头柜上摆着一盆小小的、翠绿的茉莉，洁白的花瓣半展，中间的花苞尚未完全绽开，却不妨碍它散发淡雅沁人的香气。沈庭未有所预感，自己这一整天的心情都会很好。

手机的振动停了下来，他这才回过神来，把手机拿到眼前，看到屏幕里静静地躺着“连诀”的名字。

沈庭未按下回拨，对面很快就接了起来，他刚睡醒，嗓音里还带着倦意，拖着不自觉的长音：“喂——”

“醒了？”连诀在电话那头问。

沈庭未回了一声：“嗯。”

“我去了花店。”连诀的声音听起来很平静，像是在向他阐述一件稀松平常的事，“花店没有茉莉花束，我只买到盆栽。”

沈庭未从床上坐起来，看着床头柜上那盆手掌大的盆栽，轻轻笑了：“我看到了。”

连诀似乎不知道该怎么接他的话，停顿片刻，也“嗯”了一声。

沈庭未对他不善言辞的温暖习以为常，没计较他这个严格意义上不能算作“送花”的行为，态度真挚地向他道了谢谢。

沈庭未拿起那盆小茉莉。花盆里只有一株茉莉，郁葱的枝叶中有一簇小花苞，都还没开花，装着它的花盆是个造型和材质都很普通的陶瓷碗状小盆，绿色的小花盆上还印了个有些幼稚的卡通笑脸——很可爱，但沈庭未不太能想象连诀拿着它的样子。

“你早上去买的吗？”沈庭未一边问，一边可惜这个花盆有点小，想着等茉莉长大一些可以移出来种在院子里。

“去公司，恰巧路过花店。”连诀的语气少见的不自然，又重新将问题抛给他，“你不是喜欢吗？”

沈庭未没拆穿他上班路过又特意返回来的借口，只肯定了他的话：“我很喜欢。”

连诀没再说话，也没挂电话。

沈庭未心想连诀应该没有太多送礼物的经验，所以不知道该如何回应他，于是换了个话题："你晚上回来吃饭吗？"

这次连诀回答得很快："回。"

电话那边有人说话，沈庭未想说让他先去忙，听到连诀低声说了一句"稍等"，不知道是对自己还是对那边的人说。沈庭未只好继续拿着电话等着。

连诀的声音很快在听筒里响起："我会尽量早点回家。"

沈庭未怔了一下，说："啊，好。"然后连诀就挂断了电话。

沈庭未拿着停在挂断页面的手机一时失笑，他发现连诀没有和人说再见的习惯，最像结束语的一句话大概就是在看守所里隔着玻璃对他说的那句"走吧"。

沈庭未心里想着太没有礼貌了，眼里的笑意却浓了。

不知道从什么时候开始，连诀这些不通人情的木讷在他这里被附着上某种特属于连诀的可爱的色彩。他想连诀若是知道他在背地里用"可爱"这种词来形容他，恐怕又会闹脾气。

沈庭未觉得自己胡乱解读连诀的行为有点好笑，又忍不住被自己逗乐了。

他把盆栽放回床头柜上，注意到自己手指上的防水创可贴——是连诀昨晚给他换的。

其实一个花刺能扎出多大的伤口呢，沈庭未早就感觉不到痛了，但他盯着自己的手指看了一会儿，还是没把它揭掉。

等沈庭未洗漱完从卧室出来，发现康童的房间还是空的。他打电话过去，康童说同学的妈妈要留他们在家里吃午餐，下午就回家，早上和连诀通过电话了。沈庭未说好，又交代他在同学家里要有礼貌，康童乖乖答应了。

沈庭未下楼的时候看到那束百合还跟昨晚一样摆在餐桌中央，却又有些细微的不同。由于花茎吸收了充足的水分，那束百合绽放得更加娇艳欲滴，连同散发的香气都比昨晚更加浓郁。

沈庭未意外地发现自己并没有对这股馥郁的花香感觉到任何不适，反而觉得这股味道也没有原本以为的那样难以忍受了。

与这束百合一样，好像很多东西都从昨天晚上开始，悄无声息地发生了变化。

0~3

沈庭未在这天发了自从拥有手机后的第一条朋友圈。

发送前他盯着文字框看了很久，也尝试着编辑了不同的文案，但最后都被他一一删除掉，真正发送出去的只有一张照片。

照片里是一盆小小的茉莉。

如同他许多不宜宣之于口的秘密，他将悸动藏匿于心底，珍视地好好封存。

朋友圈发出去没过多久，林琛和常开心分别给他点了个赞，常开心在下面评论："茉莉最好不要养在卧室哦。"而林琛则在点赞后的半分钟取消了赞。

沈庭未忍不住揣测林琛是不是担心上班时间玩手机被连诀发现，又有些偏心地在心中为连诀辩驳他才不是那么小气的人，正这么想着，林琛又把赞重新点了回来。

林琛不是第一次做这种莫名其妙的事，沈庭未心生疑惑，又觉得没必要因为这种小事问他。

他看着常开心那条评论，突然冒出了一个强烈的、不知道是分享还是炫耀的念头，驴唇不对马嘴地回复："收到了一束花。"

准备按下发送的时候，盯着这几个字，手上的动作顿了顿，沈庭未又将这几个字删除，重新编辑："家里人送的 :)。"

沈庭未看着这个笑脸的表情，不知为什么觉得很可爱，他又打开个人资料页面，把自己的聊天昵称从"*<|:-1"改成了"*<|:-)"，然后放下手机为自己准备午餐去了。

没过几分钟，他就收到了常开心给他发来的语音条。常开心气呼呼地说："好家伙！我好心关心你，你竟然嘲讽我！"

沈庭未哭笑不得地说没有，问她怎么想到这里去了。

常开心说："你看看你自己发的，炫耀！太过分了。"

很快她又发来一条："看来你七夕过得不错，本小姐就不跟你计较了，什么时候回来，请我喝奶茶哦。"

沈庭未回复她，说好。

送花的误会好像是给他与连诀风平浪静的生活中打下一剂催化剂，让二人原本不远不近的关系陡然密切了许多。在他们自己都没有意识到的情况下变得亲近起来，夏季也在不知不觉中悄悄落下帷幕。

沂市是从一场秋雨后开始骤然降温的。

换季是流感高发期，连跟在连诀身边的林琛都中了招，连诀下达了规定让公司感冒的员工戴口罩上班，林琛清楚连诀是担心他自己感冒回去传染给沈先生，于是也尽量避免和连诀过近距离的接触。

沈庭未渐渐在相处中发现连诀与之前相比有了一些实质性的变化。过去连诀总是在所有温柔的细节上闭口不言，如今却能不时说出一些让沈庭未觉得有些温暖的话。

比如某天早晨连诀离开前要求他等下上楼换件厚些的衣服，再比如说连诀开始陪同他每一次体检，并且会在适当的时间提醒他医生口中交代过的注意事项。虽然仍是那副冷淡的口吻，但沈庭未却切切实实地感受到连诀正在尝试用一种分明不擅长的方式对待自己。

于是沈庭未也在有意无意中越来越多地注意到连诀的生活习惯。连诀虽然不太将喜好挂在嘴边，但沈庭未仍在很多次共餐的情况下摸清楚了连诀的口味。他有一些喜欢的菜，当天会多吃一点，也有些并不那么爱好，几乎一筷不碰。于是慢慢地，连诀也察觉到，饭桌上出现的菜越来越合口味。

而每次他有意无意提起，沈庭未都只是抿抿唇笑得很轻，有时也会装作不知道的样子，表现得好像很惊喜，说：“啊，你喜欢吗？那我晚上多做一点。”好像他什么都没做过，一切就是这样自然而然地进行着。

沈庭未重新对生活产生期待，也是在这段时间开始出现的。从进入十月他就在心里数着日子，每个更接近十六号的早晨，他都在更多的期待中醒来。

沈庭未的睡眠很轻，浴室里的水声响起时他就睁开了眼睛，不知道是天还没亮还是又阴天了，没拉严的窗帘中间投进暗淡的光。他眯着眼睛扫一眼床头柜上的电子时钟，还不到六点，但他从醒来这一刻就开始开心了。

沈庭未将胳膊伸出被子外慢腾腾地伸了个懒腰，昨晚他给窗户留了条缝，现在吹进来的晨风有些凉了，但沈庭未还想再躺一会儿，没去关窗，把手臂重新收回被子里。

浴室的取暖灯透过磨砂玻璃映出暖黄色明亮的光，有些刺眼，他将被子往上拉了拉，将大半张脸掩在被子下，整个人陷入熟悉的气息与温暖里。

浴室的水声停了，开门声很轻，连诀走动的声音也轻。沈庭未探出一双眼睛，声音有点闷："你今天这么早就走啊？"

连诀走到窗前把窗户的缝隙关严，听到他醒了又将一半的窗帘拉开，说："不走。"

可能怕吹风机的声音吵到他，连诀的头发还是湿的，他走到床边拿起自己放在床头柜充电的手机，起身时水珠顺着发丝淌落下来，不偏不倚地被他甩在沈庭未的眼皮上。

沈庭未睁开眼睛看着他，说："吹吹头发吧，天冷了，要感冒的。"

连诀"嗯"了一声，站在床边查看了一下未读消息，才放下手机回到浴室。

连诀吹头发的时候沈庭未就起床了，站在盥洗池前刷牙。他从镜子里看着自己和因为给他让出位置而只占用了镜子小半边的连诀的肩膀。连诀的个子很高，肩膀也宽，两个人并肩站着就显得沈庭未太瘦也太矮。

连诀吹头发时水珠不时甩到他脸上，他前几次抹掉脸上的水珠时还不厌其烦，发现连诀是故意的以后，就变成了不胜其烦。

在沈庭未吐掉嘴里的泡沫、抬起头想让连诀别这样了的时候，连诀就关掉了手里的吹风机，像是看出他有点不满，决定不再戏弄他，眼中却还含着很浅的笑意，知趣地说："好了。"

沈庭未漱好口，突然想起康童昨天提到的考试，他转过头对连诀说："童童今天月考，给他煮两个鸡蛋吧，再烤个法棍？"

连诀可能是觉得他有点好笑，垂眼扫了他一下："迷信。"

"讨个好彩头嘛。"沈庭未打开水龙头低头洗脸。

"随你。"连诀把吹风机收好，放回柜子里。

早餐的鸡蛋最后被换成了鹌鹑蛋。

康童早餐总是吃得很少，沈庭未今天催着他吃完盘子里的培根和两个剥好的鹌鹑蛋，又要求他喝完整杯牛奶，才允许他离开座位。

沈庭未管束康童的时候连诀很少插嘴，他坐在餐桌上目不斜视地看着平板电脑中播放的财经新闻，非常慷慨且自觉地将监护人的责任转移到沈庭未的头上。

今早气温又降了几度，沈庭未拿出此前特意给康童织的白色围巾帮他戴上。康童的脸小但是眼睛很大，厚厚的围巾裹了两圈，就只露出一对亮晶晶的眼睛，扑闪扑闪的，一副很高兴的样子。沈庭未把他脸上的围巾往鼻尖下压了压，有些苦恼地说："好像有点大了。"

康童摇摇头说："不大，刚刚好！"围巾就又顺着他的动作遮住了大半张脸。

连诀坐在餐桌前吃早餐，抬眼扫了过来，说："嗯，刚好。"

康童在白色围巾下露出的一对耳朵尖就红了起来。

沈庭未把烤好的法棍包上纸巾递给他，让他上车以后慢慢吃。

康童不太想接，犹豫地说："我已经吃饱了……"

沈庭未就板起脸恐吓他："如果不吃的话你这次月考就只能考两个鹌鹑蛋了。"

不知道是他的恐吓生了效，还是不想辜负他的好意，康童虽不太情愿但还是接过了面包，说知道了。

送走了康童，沈庭未回到餐桌前坐下，他好似若无其事地对连诀说："你应该多夸夸他。"

连诀抬起眼看了看他，沈庭未没再说什么，专注地吃起了早餐。

连诀吃完早餐司机还没到，他坐在餐桌前接了一通电话，对方好像有重要的事情找他，两个人交谈了许久。

沈庭未想要越过连诀去拿他手边的杯子，错误预估了桌子与手臂的长度，够了半天才摸到杯沿。更没想到杯子里还有没喝完的咖啡，从而对重量的判断也有些失误，等连诀从电话中分出心想帮忙已经来不及了，咖啡洒在桌子上，液体蜿蜒着向连诀的方向流淌。

连诀一大清早无端被泼了一身咖啡，抬起头看着沈庭未。

沈庭未从他沉默的眼神里读出了无语，碍于连诀还在通话，只能无奈地用口型跟他说了抱歉。连诀拿着手机上楼换衣服，沈庭未作为给连诀造成麻烦的罪魁祸首，也跟了过去。

连诀的手机开着免提，沈庭未帮他找了干净的衣服，并一反常态地没在连诀换衣服的时候回避，让连诀有些奇怪。

他打断电话那头喋喋不休的工作汇报，说："晚些打给你。"对面才终于挂断了电话。

连诀将衬衫纽扣扣好，看了一眼沈庭未拿过来的领带，没接，对他说："你帮我。"沈庭未说好，他让连诀稍微低下来一点，连诀顺应做了。

沈庭未站在他面前，抬起手认真地帮他打领带。连诀垂眼看着他额前微微遮挡眼睛的刘海，心想他的头发是有些长了，要叫人过来帮他剪，或者干脆晚上自己回来帮他修剪。

连诀没给人剪过头发，但想来沈庭未应该是愿意让他来剪的。

沈庭未一边帮他系领带，一边轻声问他："你今天忙不忙啊？"

他用闲聊的口吻，让连诀怀疑沈庭未现在还会因为靠近他而紧张，连诀回忆了一下自己今天的工作安排，没有什么特别的事，回答："不忙。"

沈庭未帮他系好领带，将他的衣领整理平整，抬起头对他笑了一下："好，那我等你回来吃饭。"

连诀说"好"的同时，接到了司机发来的到达门口的消息。沈庭未跟他说了再见。

二十四岁的第一天，沈庭未结束了对十六号的期待，开始期待晚上。

0~4

沈庭未对于过生日其实并没有太大的执念，反倒是他的父母和朋友们一向比较热衷于为他筹备生日惊喜，以至于让他在不知不觉中对每年的生日有了期待。

他还记得去年的生日，他的家人和朋友围坐在餐桌前，所有人亮着眼睛等待他许下生日愿望，就好像比他本人还要期待心愿的达成。

其实那次生日和之前的每一次生日都没有什么不同，他的愿望依旧是：平安顺遂，一家人幸福安康。他的父亲含笑的眼睛里映着温暖的烛光，说："沈庭未，该换个愿望了。"他的母亲也摸着他的头笑："是啊，我们未未就没有想帮自己许的愿望吗？比如找一个你喜欢的……"

"妈……"沈庭未无奈地打断了母亲的话，吹灭蜡烛后笑得很知足，说，"日子慢慢过，想要的都会有。"

沈庭未在之前的二十二年里都认为自己的运气很好，至少他每年的生日愿望都可以实现。

他有时会猜想是不是因为他许的愿望都太容易实现，所以偶尔也会期待下一个生日换成更具体的愿望，但不论他在心里打过多少回草稿，每到最后闭上眼睛那一刻，他的第一个念头都会变回平安与和睦。

可惜沈庭未的好日子在二十三岁那一年戛然而止，他想要的所有平淡生活都没有了，他的平安顺遂没了，他的一家人……也没了。那场车祸将他的生活撞得支离破碎，他在这个陌生的世界面临着一无所有的迷茫未来。

沈庭未以为自己再回忆起那段记忆会感到痛苦，可他今天才发现自己竟然已经能够十分平静地接受现在与过去两种生活的巨大变化。连他自己都没察觉到脸上浮现的笑意，抿了会儿唇，才暗自收回了自己的思绪，不再去想那些失去的时光。

他知道自己和连诀正处在一个还不错的阶段，他的新生活未必不好。

连诀偶尔流露的温柔给了他极大的安全感，在不知不觉中，连诀已然成了他在这个世界上唯一的依靠。

沈庭未一向是个容易满足的人，他只要想到今年有连诀陪他度过一个简单的生日，心里的那些落寞就被更多不易外露的情绪取代。

连诀和康童都出去了以后，沈庭未开始为自己筹备在这个世界的第一个生日，他并没有想到太隆重的方式，在力所能及的事情上琢磨了一下，决定做两个蛋糕。

连诀与他一样并不喜甜，所以做了一个奶油小蛋糕后，他又做了一个低脂少糖的戚风蛋糕。

但戚风蛋糕的造型很难做得出彩，他怎么看都觉得单调寡淡，缺少气氛，最后还是选择了用水果与糖霜进行点缀。甚至在装点的过程中几次打扰常开心，参考常开心给出的建议，才终于完成了这个企图让连诀感到惊喜的蛋糕。

由于撒了糖霜，蛋糕可能还是会有点甜。沈庭未想尝尝，又怕破坏好不容易装饰好的美感，只好寄希望于连诀对他的包容。他相信连诀一定会包容这一点点不合口味的甜，连诀总是这样，看上去不近人情得很，事实上又不太会苛责他什么。

因为身体的缘故沈庭未不太能够久站，这两个蛋糕他断断续续做了很久，耗费了很长时间和很多精力。

奶油蛋糕做好后被他摆在桌子上，等康童回来分享，而那个戚风蛋糕则被他小心地收进冰箱里。

林琛作为连诀的私人助理，需要做的工作包括但不限于帮他维系商务上的人际往来，因此他手上存储着部分重要合作方的个人信息，需要时常替连诀准备合适的礼物并在恰当的时间送出。但由于某年连诀忘记了陈宁雪的生日，被陈宁雪不依不饶地念叨了很长时间，从此以后林琛的生日备忘录里又多了一个叫作“家庭成员”的列表——不是他的家庭成员，是他老板的。

沈庭未的身份证与户口本是他代替办理的，信息看了没有百次也有几十次，出于职业习惯和对沈庭未身份的推测，他习惯性地将沈庭未的个人信息一并记录了下来。备忘录里提示，今天是沈先生的二十四岁生日。

临近下班的时间，林琛敲响了连诀办公室的门，准备提醒他沈先生的生日。

“连总，今天……”

话音未落，连诀的手机响了起来，连诀扫了一眼来电信息，脸上流露出几分笑意，向他抬了下手，示意他噤声。

连诀接起电话，不等他开口，就被对面抢先一步，对方的声音听上去十分愉悦也十足真诚：“贵公司给出的企划案我这边已经开会讨论过了，董事会一致认为方案可行，我们公司对本次的合作大有信心啊。”

连诀对于这个结果虽说早有势在必得的信心，但毕竟公司上下连轴转了大半个月，为了拿下这个单子可谓是煞费苦心，如今真正落实下来，还是让他松了一口气：“那是再好不过。”

“我今日已经到达了沂市，本想登门拜访，又怕打扰了连总那边的正常工作。敢问连总现在是否能够赏光，合作事宜我们面谈？”

连诀简单客套几句，询问了对方约定地点，对方表示等下发送至他的手机，连诀便很爽快地跟他说：“待会儿见。”

林琛为连诀工作许多年，鲜少见到他将情绪带在脸上，于是理所当然地确定了电话那头的人是沈先生。

连诀拿起外套准备离开，看到还站在门口的林琛，脚步顿了顿。他本想带林琛一同去，但想到对方发来的地址是某酒店的私人餐厅，恐怕不好带林琛过去，便改口问："你刚才想说什么事？"

林琛见他已经与沈先生约好了时间，自己的提醒显然变成了多余，于是摇摇头，说没什么重要的事情，并祝他今晚愉快。

连诀显然心情不错，离开前对他说："今天早点下班。"

康童放学回来看到蛋糕的时候果然眼睛亮了一下，沈庭未借口说是提前庆祝他月考结束，实则是有些不宜被康童发现的私心，他想把许愿的时间留到晚上，准确地说是留到连诀回来之后。

毕竟生日愿望之所以珍贵，是因为一年只能许一次。他猜想连诀应该是不知道他的生日的。

沈庭未早上没有特意提醒他，因为连诀已经很忙了，不需要在为他挑选礼物上耽误时间。

沈庭未觉得自己想要的很少，只要一株茉莉和生日时分一块蛋糕，他就能开心很久。

但沈庭未的愿望却很贪婪，只有连诀才可以帮他实现。

康童吃完晚饭，帮沈庭未收拾好餐桌就回了房间，他明天还有两门考试，需要复习功课，也需要早点休息。

这天好像与平时的每一天没有什么不同，除了沈庭未在等待连诀回家时心情从喜悦与期待逐渐变成焦灼以外。

黄金档的电视剧从上集回顾播放到片尾曲，钟表"嘀嗒"响了几次，沈庭未的心情也跟随着指针循环的转动从起到落。

当电视已经在播放夜间新闻的时候，他握着手机纠结了许久，还是编辑了一条消息，问连诀什么时候回来。但直到他很累也很困了，蜷着身体在沙发里睡着，也没有收到连诀的回复。

睡着前沈庭未忽然想到，还好他做的是戚风蛋糕，没有用上奶油，否则这么久了奶油可能会化掉，蛋糕就不好看了。之后又迷迷糊糊地想，他下午就把蛋糕放在冰箱里了，怎么会化掉……其实今天做的奶油蛋糕味道也不错，应该给连诀留一块的。但还是算了，连诀不喜欢吃奶油。

沈庭未断断续续地做了几段模糊的梦，梦里看到的无一不是连诀的脸——

连诀对他说生日快乐，甚至给他唱了生日歌。

他觉得连诀唱生日歌的样子很奇怪，笑得也很不像他，这让沈庭未很快就意识到了是梦——于是他在门锁发出短促的“嘀”声中醒过来。

连诀似乎也没想到客厅的大灯还亮着，他进门的动作顿了片刻，因为沈庭未平时只会留一盏沙发前的立灯给他。

沈庭未刚从一个算得上甜蜜的梦中醒来，还没完全退去睡意，就听到门口的动静，很快从沙发上坐直了。

他转过头看着进门的连诀，细长的眸子不自觉地弯了起来，眼睛很亮，好像得到了一份迟来的惊喜，连语气都变得很欢快：“你回来啦？”

连诀应该是刚结束一场应酬，他的神色有些疲惫，眼眶下泛着浅青，沈庭未从他眉宇间没有好好掩藏住的倦意中推断，他应该是喝了酒。

听到沈庭未的声音，连诀抬起头看过来，脸上的疲惫消失了些许，目光却在越过沈庭未看到他身后的时钟时顿住了。

连诀从时钟上收回目光再看向沈庭未，舒缓到一半的脸色已经彻底沉了下来。半夜近一点半了，沈庭未还不知缘由地在客厅守着，既没有遵守医生再三叮嘱的好好休息，也没有按照他前几天提醒的多穿一点。

连诀的脸色变化没有被沈庭未发现，或许是看到迟归的连诀后太开心，沈庭未难得粗心地忽略掉了连诀严肃起来的脸色。他半跪在沙发上眼睛一眨不眨地盯着连诀换鞋，表情与眼神中都是满满的期待，只是刚一开口，却不受控制地轻轻打了个喷嚏。

气氛转瞬僵滞，即便是沈庭未也发现了连诀眼神中的严厉。

他或许还沉浸在刚才梦中甜蜜的场景中，没有办法把睡梦里为他庆贺生日的温柔连诀和眼前这个冷气森森的连诀重叠在一起。

沈庭未看着他的表情，莫名有些心虚，却还记挂着连诀没有遵守诺言早点回来的事情，声音里不由自主地带入些许的埋怨：“你怎么才回来啊？”

连诀没有回答他的问题，从进门就冷着脸，他的声音很低，掺杂了醉意催生出的不满，口吻与这段时间的温和大为不同，不太和善的语气里裹挟着非常明显的质问：“几点了还不睡？”

沈庭未经他提醒，才赶紧去看客厅的挂钟，眼中噙着的笑意不太明显地顿了一下。原本还被连诀突然低沉的情绪所牵动的沈庭未，在意识到自己的生日已经潦草结束后，唇角的弧度缓慢地拉直了。

他从挂钟上收回目光，短暂地垂了垂眸，将眼底那抹失落掩下，重新抬起头的时候已经收敛好了情绪。他不想让连诀发现自己的情绪从兴奋转为失落，是他没提醒连诀，因此并不能责怪连诀错过他的生日。

“今天很忙吗？”沈庭未佯装出一副若无其事的口吻，小声说，“回来得好晚啊。”

连诀抬起眸子不冷不热地扫了他一眼，好像偏偏不要如他的意，硬要将他艰难收拾起来的心情毁掉，重复刚才说过的话，问他：“几点？”

沈庭未看着他的眼睛，只觉得心脏好像被什么东西狠狠地撞了一下，让他满腔的喜悦与期待在这个不轻不重的训斥里瞬间消失。但他弄不清楚自己做错了什么事惹得连诀一进门就发火，只觉得胸腔里溢出的难过让他鼻子发酸。

沈庭未盈着水光的眸子慢慢暗了下来，他垂下眼睛，不知道该怎么回答他的话。

他从失落里重新打起的精神犹如一簇十分微弱的火苗，刚刚燃起来，就被连诀无情地从根源掐断了，连同他醒来那一刻看到连诀的喜悦也一起熄灭了。

沈庭未张了张嘴，喉咙像是被人用力捏住，紧涩的感觉让他一时没发出声音，停了足有半分钟，才低低地回答：“……一点二十。”

连诀已经走到他面前站定，低头注视着他手边叠好的毛毯，又将视线放回沈庭未身上。

沈庭未似乎意识到自己的错误，坐在沙发上，垂着头一副接受批评的模样，宽敞的裤脚下露出一截光净的小腿，脚上的毛绒拖鞋也在刚才起身的时候不知道被踢到哪里去了。

连诀的眉心还紧蹙着：“你不知道自己的身体吗？医生怎么交代的？”

连诀的身上沾染着深秋的凉意，清冽而浓郁的酒气覆盖住了沈庭未因情绪低落而淡下来的甜酒香，沈庭未快速地眨了下眼睛，驱散掉了眼底隐约泛起的雾气。

见他垂着头不说话，连诀似乎在心里有了判断，又好像非要听他说出来：“在等我？”

沈庭未抿起嘴，牵起一个好像发自内心实则很勉强的笑容，抬起头对上连诀的眼睛，连诀的轮廓在视线中重新清晰起来，他轻轻摇了摇头，轻声说：“没有，不小心睡着了。”

连诀这才注意到他有些湿润的眼角，神色稍稍怔了一下。沉默地看了他片刻，沈庭未这样不高兴的样子他见过很多次，眼眶和鼻尖都红，好像再多听一句批评就能落下眼泪那样，又好像打算依靠这副可怜的模样讨得连诀的同情。

连诀原本对沈庭未的任性的确有些生气，但终究也还是在他的眼神中软下心来，原本紧蹙的眉心不自觉地舒展开，挺直的肩背也放松了不少。

“下次困了就早点上楼休息。”连诀的语气分明还是那副冷淡的样子，但声音明显缓和下来，“怎么睡个觉还睡得眼泪汪汪的。”

沈庭未微微躲开了他的手，瓮声说没有吧，但还是下意识跟着他的话用手背碰了碰自己的脸。触碰到的皮肤是干燥的。

连诀仿佛没有意识到他的躲避，抓了抓他睡乱的头发，无声叹了口气，语气比起刚才柔和了许多：“上楼睡吧。”

沈庭未说好。

这天晚上连诀洗完澡从浴室出来接了通电话，他站在床边，半是故意地重复早上的行为，把头发上没吹干的水弄在沈庭未脸上。沈庭未很好脾气地任连诀捉弄，只是将被子拉过半张脸，额头上被滴上的水珠他也没擦，安安静静地看着连诀打电话。

连诀应该是与今天吃饭的人通话，中间提到了“合作愉快”与“改日拜访”，之后礼貌地与对方道了声再见。沈庭未这才知道，原来连诀是会和人说再见的。

连诀将手机放在床头柜上，回视着他的眼睛，心情恢复回很好的样子，好像刚才发脾气的人不是他，问沈庭未看什么。

沈庭未摇了摇头，脸蹭在柔软的被面上，闷声说困了。

沈庭未闭上眼睛的时候想，其实他的心里并没有多少委屈，只是觉得有点可惜，浪费了一次许愿的机会。

于是二十四岁的第二天，沈庭未决定还是不要告诉连诀昨天是自己的生日了。

CHAPTER 13

◎第十三章

沈先生出事了

Mr. Shen has an accident

0~1

沈庭未醒来时鼻子有点塞，可能是昨晚睡在沙发上有些着凉。他从床上坐起来，喉咙里的痒意引得他不由自主地咳嗽起来，连诀很快端了杯水过来。

“眼睛怎么红了？”

连诀起床应该有一段时间了，他换好了衣服，看样子是准备出门。

沈庭未顾着咳嗽，没回答他的问题，接过连诀递来的玻璃杯，捧在手里抿了口温水，润了润嗓子，才抬眸看着他：“要去公司了吗？”

“出差。”连诀漫不经心地答了话，还站在床边看着他有些肿的眼睛，“做梦了？”

沈庭未不想继续这个话题，避开了他的目光低头喝水，含混地应了。过了一会儿他又突然抬起头，眼睛微微睁大了一些，诧异道：“你要出差啊，现在就走吗？”

“十点的航班，去江城。”连诀和他简单解释了昨天晚归的事情，饭局上的谈话进行得非常顺利，今天要飞过去签个合同，顺便敲定具体细节，又交代沈庭未以后太晚就不要等他了。

沈庭未很乖地答以后不会了，听他说话的期间看了一眼时间，已经快七点了。他计算了一下早高峰从这里到机场需要消耗的时间，有点着急地掀开被子准备起来："你怎么昨天没和我说啊？行李收拾好了吗？早餐也还没准备……"

"看你很困，没来得及说。"

连诀按住他，好像赶时间的不是自己，让他不用着急，说林琛已经送了早餐过来，不用准备了。他在床边坐下，拿起昨晚随手放在床头柜上的腕表不紧不慢地给自己戴上："做了什么梦，怎么还哭了？"

沈庭未咬了咬嘴唇，随口说记不清了，他看着连诀单手戴表的别扭动作，伸手过去帮忙，连诀就抬着手腕由他代劳。

"要去多久啊？"沈庭未低着头，或许是鼻塞引起的声音低闷，"康童月考结束后要开家长会的，你不参加了吗？他昨天回来的时候看起来蛮开心的，应该考得不错。"

连诀低头看着沈庭未有些长的刘海，其实他原定的计划是一周，不过回程的机票还没订，但沈庭未看起来好像很舍不得他，加上沈庭未的头发实在长了，他擅自改变了计划，认为那些工作压缩到三到四天应该是可以完成的。

于是连诀说："三四天吧，家长会应该是来不及，但我会尽量早点回来。"

沈庭未帮他扣好手表，抬起眼睛说好，又说："那你回来记得夸夸他。小孩子不能总是打击的，也要适当地表扬一下。"

连诀说知道了，抬手把沈庭未的刘海往旁边捋了捋，露出他细长的眼睛："头发长了。"

沈庭未"嗯"了一下，也扒拉了一下头发，但没提出让连诀请人帮他剪头发的需求，只说："过段时间就能剪了。"

连诀用有些平淡的口吻询问他的意见："等我回来给你剪？"

沈庭未总算笑了，没对他还会剪头发这件事提出质疑，语气很开心的样子，说："好啊。"

连诀的手机响了，他把手机拿过来看了一眼来电人，又很快地看了下沈庭未。

沈庭未留意到了他的目光，让他去忙，连诀才拿起手机站起来。看沈庭未也要起床了，便想帮他找点事做，说："帮我收拾几件衣服吧。"

沈庭未应了声好，连诀就出去接电话了。

卧室的门被关上后，连诀脸上那些在沈庭未面前表现出的温和立马消失殆尽，他接起电话，沉声问："怎么样了？"

"连先生，早上好。"对方闷声闷气，连寒暄都听起来不富含任何个人感情，仿佛一个有血有肉却冷血的机器，按照撰写好的程序进行一场稀松平常的通话，"陈旭的行动仍在我们的监视范围内，前往港岛的邮轮会在海上行进六天，他对这场活动十分投入，最近几天都不可能再有别的动作，一切进展都很顺利。"

他报告完，又直截了当地继续自己的目的，并不等待连诀回复："连先生，想必您找到我们的时候就清楚，我们只是拿钱做事，并不明白商人的生意之道，希望您不要怪我唐突。剩下的钱请您尽快交付，我这边收到后，会有人将监控录像发送到您的私人邮箱。"

"稍后打进你的账户。"连诀说。

对方显然对他的爽快感到满意，说完再见就挂断了电话。

几乎是在汇款完成的同一时间，他的邮箱就收到了一封没有署名的电子邮件，里面是两段视频。连诀没看，将手机收了起来。

不论是否在生意场上，连诀从来都不是一个只会坐以待毙的人，他向来擅长先发制人，习惯掌控所有，看着事情按照自己的预设发展，以此保证在与他人的交锋中稳操胜券。

陈旭尽管还没有对他们的生活造成什么恶劣影响，但连诀不打算在沈庭未身上冒任何风险，他让人监视陈旭，不过是以其人之道，还治其人之身，想将隐藏的威胁从沈庭未身边隔绝开。

当然连诀对陈旭还是留有一定余地，手里的东西并不能够完全将他置于死地，只是也不会让他过得太好罢了。

沈庭未帮连诀收拾好行李，跟着连诀下楼的时候，康童已经吃完了早点，抱着书包准备上学去。沈庭未把他送到门口，司机问连诀一会儿是否还需要回来接沈先生去医院。

连诀原本打算推几天，待自己回来再亲自陪同沈庭未过去，但看到沈庭未站在门口，被凉风吹得咳嗽，还是决定让他今天先去医院看看。陈旭的所有动向都在监视中，在这个节骨眼上出差错的可能性不大。

他离开前对沈庭未说："把检查报告发给我。"

"嗯。"沈庭未因为呛风咳嗽得眼圈更红了，嗓音有些沙哑，对他说，"一路顺风。"

连诀说好，跟林琛一同离开了。

沈庭未把门关好，看着空荡的客厅，心里一时有些空。不知道是因为已经习惯了连诀不论多忙都会陪他去医院，还是因为连诀依然没有跟他说再见。

今天的早高峰路况异常顺畅，车几乎没有减速，一路向机场驰行。

由于昨晚是沈先生的生日，林琛特意没有打扰连诀，于是没按照往常那样将工作安排提前一晚发给连诀过目。市区到机场路途不近，他在车上抓紧时间跟连诀确认时间安排。连诀却一反常态地不时打断他，要求他将时间压缩，并提出取消不必要的安排。

林琛及时拿出电脑来更改，无意中从电脑包里带出了什么东西，他眼神一瞟，小声"欸"了一声，这才反应过来，为什么今天好像一直感觉忘记了什么似的。

他赶紧弯下腰从座椅缝隙里把掉落的东西拣出来，然后打开电脑把工作弄完，给连诀确认后，才把手中的平安符递到连诀眼前，面露尴尬地说："连总，早晨离开匆忙，我忘记把这个给沈先生了，能不能麻烦您回来以后帮我转交一下？"

连诀接过那个坠着流苏的刺绣祈愿袋，看了一眼，问："这是什么？"

"平安符。"林琛说，"我想沈先生肯定也不缺什么，我不知道送什么礼物合适，昨天正好在山顶餐厅吃饭，就顺便去庙里请了个平安符回来。"

他看连诀表情疑惑，猜想连诀应该不信这些，于是解释道："我不知道您信不信这个，不过我本命年的时候，我妈跟我说佩戴个平安符可以交好运、挡煞气……其实主要是求个心理安慰，不都说人到本命年就不顺嘛。"

连诀愣了愣，抬起头问道："本命年？"

林琛看着连诀脸上出现的与他不太相符的茫然，眼中也现出片刻茫然，但没几秒，心里飞快地闪过了一个念头，让他心头跟着突地一跳。林琛半是忐忑半是猜测，不确定地问："连总，您该不会不知道……昨天是沈先生的生日吧?

连诀的疑惑与迷茫在他话音落下那刻滞在脸上，手里那个做工精致的红色平安符仿佛随着林琛的提醒开始产生温度，灼着他被凹凸不平的刺绣硌到的指腹。从昨晚到现在，沈庭未的所有不对劲都变得有迹可循。

他僵硬地垂下眼睛，看着手里那个刺着“平安喜乐”的祈愿绣囊，心口异常地紧了一下。

这才后知后觉地明白过来，沈庭未昨天清早帮他打领带时笑着说的那句“等你回来吃饭”不是随口闲聊，而是真的在等他回去。

甚至是从他出门那一刻，一直等到了凌晨一点半。

连诀还记得昨天晚上沈庭未看到他回来的那一刻眼睛里的闪烁，也记得自己对沈庭未发过的脾气，记得自己责备他晚睡，质问他时间。沈庭未垂着眼睛回答他的问题，声音里隐含着被他错当成认识错误的低落，红着眼睛说没有在等他，只是不小心睡着了……

连诀向来不具备与人共情的能力，但回想起沈庭未早晨醒来时有些肿的眼睛，和对他说忘记了梦里的内容时闪躲的眼神以及若无其事的语气，他好像在这一刻忽然感受到了这三十年来最多的负面情绪，导致他很长一段时间都没能把脸上的表情调整好。

“以后太晚就不要等我了。”

“以后不会了。”

连诀平白被早晨这段对话堵得胸口沉闷，仿佛是想要给自己突如其来的情绪找到一个合适的理由和释放的出口，他抬起头。

“……生日，”连诀用一种不太自然的表情和有些怪异的语调，问林琛，“很重要吗？”

连诀并不能够完全理解，沈庭未对错过生日时表现出来的超乎他认知的难过。在连诀的记忆中是有过几次生日的，比如陈褚连需要一场合理的商务晚宴时，会以他生日的名义大张旗鼓地举办宴会，并需要他表现得大方得体。在开场时准备冗长的致谢词来向来参加晚宴的人士表示欢迎和感谢，然后在众人瞩目下切开蛋糕，接着让他陪同陈褚连跟各位业界精英敬酒交谈，一直到深夜送走所有客人。

连诀对这几段差别不大的回忆没有太大的感触，如果硬要他形容自己对于生日的感受，只有枯燥和漫长。

但沈庭未眼里不易察觉的失望与几次躲避问题的沉默，让他在满心迷惘中产生出从未有过的、强烈的内疚。

林琛没有给他答案，甚至没敢出声。

连诀的神色变得严肃起来，从刚才朦朦胧胧的探知转换成对待一项重要的工作那样的态度与口吻，重新问他："生日是很重要的日子吗？"

林琛难得面露几分不知所措，尽管提醒老板家人的生日并不在他的工作范围内，但他仍然在连诀的目光中感受到一股巨大的压力与失责的不安。他不知道该怎么回答连诀的问题，最后只低声地给出了一个模棱两可的答案："……本命年的话，应、应该还是重要的吧。"

连诀听完他的话，沉默了许久，在林琛的冷汗快要爬满后背的时候，连诀第二次做出了打破了自己原有计划的决定，对司机说："掉头。"

0~2

在遇到沈庭未之前，与连诀建立了稳固关系的人只有收养协议落实后的养子。

他曾经不懂得如何与康童相处，如今也同样不大懂得该如何与沈庭未相处。

在他的认知里，对待家人的方式都是相对实际的，于是他也切切实实地按照自己的认知，在力所能及的范围内最大限度地为沈庭未和康童提供稳定和优渥的生活条件。除此之外，他对处理家庭关系这种事没有任何头绪。

尽管这段时间里他与沈庭未都默契地对当初口头上的契约缄口不言，但连诀仍用了很多工作之余的碎片时间来思考如何更为明确地让两人的契约关系更进一步。最后他决定用最简单也最无新意的方式，找个合适的契机请沈庭未吃顿饭，直截了当地告诉沈庭未，自己决定与他解除契约，从今以后真正地像家人一样去跟他相处。

但很显然，这个最合适的契机已经被他错过了。

不被察觉的自责与愧疚驱使着连诀打破了所有的计划和设想。

或许他应该翻一下日历找个更严肃和重要的节日或是纪念日，但他现在不太有耐心继续等下去。沈庭未轻描淡写的那句“以后不会了”让他如鲠在喉，于是连诀在确定了市区到机场的路况后，为自己腾出了半个小时，让司机驱车就近去了一家奢侈品牌店。

他认为沈庭未应该会喜欢这些亮闪闪的东西。

在短短的半个小时里，连诀艰难地选择出沈庭未或许会喜欢的款式。

连诀不是没想过直接将照片发给沈庭未让他自己挑选，但林琛貌似对他这个想法很无奈，用一种平时不可能会用的、几乎教导的语气坚定地说：“您自己挑就好了，沈先生一定都会喜欢。”

连诀甚至有一瞬间想要把犹豫不决的款式同时买下来，被林琛哭笑不得地按住，解释道：“连总，我的意思是，您选择一样就好，物以稀为贵。”

连诀思索了片刻，让林琛去附近的药房为他买了一包防水的儿童创可贴来。林琛以为自己听错了，呆怔地问：“啊？”连诀没有心情和精力跟他解释，说了个牌子就让他赶快去，不要耽误了起飞，林琛这才赶紧跑去找他要的创可贴。

从拿到创可贴到模拟尺寸和推算沈庭未能够佩戴的尺码，又浪费了不少时间，从珠宝店离开后，为了避免误机，前往机场的一路上司机将车开得飞快。

连诀将四四方方的礼物盒放进口袋，一言不发地看着窗外迅速流动的街景。

林琛揣测出连诀在哄人方面一窍不通，一路上给他出了很多可行的主意，连诀没有表现出专注在听的样子，却也没有出言打断。

车停在航站楼的时候，距离登机时间已经所剩不多，连诀没有让林琛和司机陪同，独自拿了行李箱朝航站楼走去。

连诀很少有这种理不清头绪的混乱思维，从买到礼物的那一刻，他沉闷的心情骤然分裂出许多枝丫，抽条出无数情绪，不全然是负面的。有将要送出一份迟到的礼物的局促，有对沈庭未收到礼物的期待，甚至还有几分不合时宜的愉悦。

口袋里的礼物盒很轻，却好像在他错综复杂的思绪中沉甸甸地坠着他的脚步，让他每一步都走得焦灼。最后连诀还是没忍住，在步行前往登机口的短暂路途中，拿出手机给沈庭未拨了过去。

等待通话的提示音加重了他心口的焦炙，连诀从来没有像这样急迫地渴望过什么人尽快将电话接通，他听到了机场广播里响起的登机提示，脚步却在有序的“嘟——”声中逐渐放慢。在沈庭未接通电话的那一刻，连诀想，航班要是赶不上就算了。

沈庭未在电话那头软声细语地说：“喂？”

连诀的脚步停了下来。一边问他“出发了吗”，一边将自己想说的话快速地在脑中整理了一番。

“在路上了。”沈庭未回答完顿了顿，好像在跟他解释为什么这么晚才接起电话，“手机刚刚掉在车座下面了，司机在路边停车帮我拿的。”

连诀显然已经不再在意这种无关紧要的问题了，但还是耐心地听完了沈庭未的话，然后在沈庭未停下后，突兀地开口：“我不知道昨天是你的生日。”

他猜想沈庭未可能愣住了，因为电话里很久没再有声音响起。在一段不算短的停顿后，沈庭未的声音才缓慢地传到他耳朵里：“没事的，”不知道是因为感冒还是别的原因，嗓子比刚才哑了一点，但语气很轻，反过来安慰他，“你不说我都忘记了……我本来也不太过生日的，你别放在心上……”

连诀不太想听他这副若无其事的语气，也可能是不太忍心听他说下去，于是不太礼貌地开口打断了他。

沈庭未在下一秒听到了他在梦里听过的、他本以为不属于连诀的声音。

连诀用一种极其温柔的语气，很低声也很简洁地向沈庭未认错：“是我不好。”这或许是他生平第一次向人道歉。

沈庭未仿佛有些无措，在连诀紧接着的一句“对不起”后，意味不明地拖着长音“啊”了一声，彻底地沉默下来。

连诀并不擅长应对道歉之后的回应，在沈庭未沉默不语的时间里，也跟着无言。

机场的广播不停地提示登机时间，连诀看了一眼手表，认为还来得及，并没有加快步伐。

直到机场的广播又一次在安静的通话中响起，沈庭未才重新开口，问他：“是不是到时间了？”

连诀扫了一眼机场大屏上的登机提示，“嗯”了一声。

“你快去吧。”沈庭未在电话里温声催他。

在连诀说“知道了”的同时，他不太确定地听到沈庭未小声地说了一句：“……不然又该错过了。”

连诀顿了顿，沈庭未就跟他说了再见。

他在登机快要截止的时候走进了登机口。

等待起飞的过程中，他才忽然想到刚才的通话里似乎漏说了一件非常重要的事。连诀重新拿出手机，忽略掉头等舱空姐灼灼的注视，找到沈庭未的聊天框，想要将遗漏的祝福补上。

但他看到对话框里的“正在输入……”，预备打字的手停了下来，暂时改变了主意，决定先看看沈庭未要说什么。

然而沈庭未的“正在输入……”在几秒后停了下来。

空姐两次委婉地提醒他该关机了，连诀却仍没有如愿收到沈庭未的消息。他有些疑惑，又忍不住回想起刚刚电话挂断前沈庭未那句意义不明的话，猜想是不是沈庭未输入了什么骂他的句子，最后出于自身修养决定不跟他计较。

沈庭未不是没有脾气的人，他还记得上次惹到沈庭未时，被他兜着圈子骂的事情。于是在空姐欲言又止的眼神里，连诀只能放弃等待，匆匆发送过去一句生日快乐，将手机关掉。

客舱内响起即将起飞的广播提示音。

连诀从狭窄的机窗看向窗外停机坪上搬运行李的工作人员，不由自主地摩挲着口袋里的丝绒礼物盒。

他知道沈庭未其实很好哄，但连诀不想再看到沈庭未红着眼睛说没事，他想等回来后好好陪沈庭未过个生日。

头等舱的隔间外忽然响起一阵经过压制的嘈杂，紧接着他身旁的舱门被人从外部仓促拉开。一位工作人员步调急促地闯进来，或许因奔跑而声音显得不太平稳：“请问您是连诀先生吗？”

连诀的眼皮倏地跳动起来，在这一瞬间心中生出强烈不祥的预感，他沉声问：“什么事？”

“连先生，”工作人员的声音里带着还未缓和的喘息，“有位姓林的先生……在登机口，说有非常重要的事情找您，需要您立即下机。”

在离开机舱到原路返回登机口的过程中，连诀好像出现了短暂的记忆缺失，他的大脑一片空白，直到看到被几位工作人员拦在登机口处的林琛，被屏蔽的感官才在刹那间重新活过来。

连诀粗重急促的呼吸声与心脏跳动的声响盖过了工作人员的无奈拦阻，也盖过了林琛看到他的瞬间隔着几米距离焦急的喊话。但他却在这一刻反应异常敏捷地读懂了林琛的唇语。

沈先生出事了。

0~3

从机场前往医院的路上，林琛向连诀交代了沈庭未的情况，因为着急而显得逻辑和语言都有些混乱。

他说不是连诀安排人监控的那辆车，驾驶者也没有肇事逃逸，甚至在车祸后第一时间拨打了急救电话。由于车祸路段偏僻，救护车来得并不及时，林琛在接到通知后立刻安排人将沈庭未转去连诀名下的那家私立医院，确认了车祸路段的监控和来往车辆，确保没有其他人看到沈庭未被送上救护车。

林琛在陈述这些内容的中途，不时穿插着毫不客观的“沈先生不会有事的”话语，试图安慰连诀。后来他发现连诀表现得超出平常的镇定，神情专注地听他说着话，只是不曾给出任何回应。

实际上连诀的大脑好像从刚才那刻开始，就与整个世界隔断了，唯一重重砸在心口的只有一件事：沈庭未出车祸了。

他的指尖在愈发寒凉停滞循环般的血液里感受到一股不受控制的酸麻，仿佛需要握住些什么来缓解心口这份无法忽略的慌张，因此只好将口袋里仅有的礼物盒攥紧。冰凉的掌心被礼物盒边缘的棱角硌得生疼，在这种牵动神经的细微痛感中，他的大脑逐渐清醒过来，耳边开始接收来自四面八方的声音。

他听到司机在车流中焦急按响的车鸣，听到林琛仍在喋喋不休的言语。先听到林琛说医院刚才发来了消息，正在抢救沈先生；又听到林琛重复说着"会平安的"，和自我矛盾的"本命年怎么会出事"。

司机也跟着附和，说一些颠三倒四的句子，例如"沈先生吉人天相，福大命大"，甚至用上了"好事多磨"。

他们两个人紧张的情绪加剧了连诀的心烦意乱，好像沈庭未真的出了天大的事。

连诀自欺欺人地想，是他们太夸张了，于是连诀打断了二人的话："还有多久能到？"

他话音落下，林琛与司机不约而同地闭上了嘴。

连诀的语气仍是与平日相同的沉稳，嗓音却好像一下之间沙哑了许多。自以为掩藏得很好的慌乱与不安在话落时尽数显露，让车里原本焦灼的气氛在顷刻间变得寒峭。

司机的眉头皱得更紧，看着眼前不太理想的路况，只给出一个模糊的回答："很快了。"

医院不够流通的空气里充斥着清冽浓重的消毒水味，由于这间私立医院并不完全对外开放，以至于在工作日中显得更为冷清和寂静。

连诀跟随前台接待的指引走进电梯，没有等待还差几步就跟上来的林琛，就匆匆按下关闭键，仿佛每一秒钟都尤为珍贵。尽管他知道沈庭未并不可能这么快就出来，他上去了也未必能立刻看到人。

他目不转睛地盯着屏幕面板上比平时还要跳动缓慢的数字，平静地问身旁的人电梯故障了为什么不报修。

前台接待的护士愣了愣，她一边心怀忐忑，一边毫无头绪地在电梯里环顾，甚至有一瞬间对连诀产生了怀疑，是否是在故意刁难。但出于对老板的忌惮，她不太确定地回答："连总，电梯没有问题啊……"

迟迟等不到连诀的回答，她抬起头才发现连诀并没有在听她讲话。

电梯在"叮"的一声后打开门。

手术室门口的红灯持续地亮着，站在门口等待的一位医生迎了上来，看到连诀严肃的脸色后，很快省略了不必要的客套，对他道："目前的情况不算十分糟糕，所幸肇事车辆并没有直接冲撞到沈先生，才没造成……"

连诀没有耐心听他说完，直接打断了他的话："他呢？"

医生顿了一下，才说："沈先生受到惊吓摔倒了，头部受到重创，暂时处于休克状态，现在正由刘主任亲自主刀为沈先生进行手术，具体情况还要等刘主任出来后才能确定。"

连诀"嗯"了一声，过了一会儿，好似非常疲惫地闭了闭眼睛，问了一个极不专业甚至有几分刁难的问题："会有生命危险吗？"

医生沉默片刻，或许是出于对方的身份，他并没有用应对病人家属那套相对委婉的说辞，而是实话实说："是有可能的，不过概率较小。"又说，"但是刘主任在沈先生的脑部发现了部分损伤，因此情况可能并不乐观。暂时我还给不了您答案，一切要以手术结果为准。"

连诀说知道了。

林琛是在五分钟后乘坐电梯上来的。

连诀沉默地坐在手术室门口的长椅上，双手放在口袋里，目光沉沉地望着脚下一尘不染的地砖，脸上没有他想象中的失魂落魄，只是也没好到哪里去罢了。林琛走到他面前，将手里刚刚从救护人员那里取来的手机送到连诀眼前："这是沈先生的手机，连总。"

连诀迟迟没有动作，像是没有听到林琛的话那样，维持着原本的姿势一动不动地坐着。直到林琛提高了声音，再次叫了他一遍，他才慢慢抬起头，蕴含着几分失意的眼睛在对上林琛的脸后逐渐恢复了清明，语气平缓地问："什么事？"

林琛有些不忍看他这副表情，轻而快地收回目光，重复了刚才的话："沈先生的手机，他们让我交给您。"

林琛重新将手机送到他面前的时候，破碎的手机屏幕因重力感应亮了起来，连诀注视着眼前密布着细小裂纹而有些模糊的手机屏幕，眼睛好像被突然亮起的光线给灼烫了一下，他不自然地眨了眨眼。

林琛看着连诀从口袋里伸出有些潮湿的手，从他手里接过那部手机，然后低着头，用比在车里时更为沙哑和疲惫的嗓音对他说："你订一张明天去江城的机票，我稍后会和李总沟通，将这个项目交予你对接。"

林琛很快沉声答道："好的。"

连诀垂着眼睛，目光僵直地凝在锁屏页面的消息提示里。那里躺着一条还没来得及被沈庭未查看的“生日快乐”。

连诀从模糊的屏幕间将这四个字看得清晰明确，突兀地回想起沈庭未催促他登机时小声说的那句好似抱怨的“不然又该错过了”。

他的心脏一瞬间仿佛被一根软刺穿透，令他感受到了前所未有过的、被一语击中的愧疚和自恼，强烈的负面情绪如丝如缕地将他的心脏裹缠住，挤压得他许久喘不过气来。

沈庭未说得对，他又错过了。

落空的生日、出差的航班、迟到的祝福、还未送出去的礼物……他懊恼地想，甚至连七夕的茉莉也是在迟到了整个晚上才补上的。

连诀盯着手里因长时间无人操作而暗下去的手机屏幕，眸子也跟着黯了下去。

他在不自觉间抓紧了手机，在漫长的痴怔后，质问如浪潮般向他的心口席卷而来，每一个都砸得他久久无法抽离。他问自己：为什么让沈庭未一个人去医院？怎么总是这么自以为是？又问自己到底是哪里来的自信认为他有掌控一切的能力？

手心里越来越多的潮湿打断了他愈发低迷的思绪，他分出神去看自己的手，虎口因收紧而无意间被屏幕上的裂纹划出了几道细小的伤痕，渗出的血珠很快融入掌心的薄汗里，晕染出不那么刺眼的红色。

连诀是对疼痛相对敏感的体质，但现在好像并没有感到疼，只觉得掌心附着的黏腻感让他有些不舒服。

康童过来的时候，他正因为找不到纸巾而随手拽出领带来擦拭手机上的血渍。康童来得匆忙，身上的校服扣子没按照沈庭未的要求规规矩矩地系好，挂在脖子上的那条宽大得有些夸张的白色围巾松松地缠了一圈，坠着苏穗的两端垂得很长。

“爸爸……”康童离得很远，小声叫他。

连诀很轻地扫了他一眼，“嗯”了一声以作回应，收回目光便没再说话了。

康童双眼通红，明显刚刚哭过，或许是眼泪在来的路上流光了，现在没有继续哭了。

这点让连诀感到少许的轻松，原因无他，只是认为自己此刻不具备安抚康童的心情与能力。

康童的眼睛里噙着泪光，他在慢慢走近连诀的时候用袖子擦干了。连诀没有经历过这样的事情，康童在心里想，他要表现得比连诀坚强才行。至少在应对这样的情况上，他比连诀要有经验得多。

在没有被连诀收养前，他的爸爸做过很多次手术。每次爸爸进手术室，他一个人坐在门口的时候都在想，要是妈妈在就好了，要是妈妈可以抱抱他就好了。但是妈妈一次都没有回来过。

康童看着独自坐在等候椅上的连诀。他曾经一直认为连诀是他见过的最厉害的人，他很高大，有很大的公司和很大的房子，会赚很多钱，很多人都害怕他。其中也包括康童自己。

但沈庭未说过，连爸爸很可怜，他从来没有被人疼爱过。连爸爸和他一样没有妈妈，所以也没有人能抱抱他。于是他站到连诀的面前，伸出细瘦的胳膊，轻轻地抱住了面前的连诀。

连诀的身体明显地一僵，短暂地从情绪中抽离，他听到康童稚气未脱的声音里佯装出来的、不伦不类的成熟，说："爸爸，你别害怕。"

康童脖子上垂下来的围巾贴着连诀的脸，柔软的毛线间沾染着不太明显的甜酒香，连诀不由自主地闭上眼睛，这股熟悉的气息裹挟着些许暖意覆上他干涩的眼睛，让他无处释放的沉闷获得了瞬间的排解。

康童生涩地模仿着沈庭未显示出的温柔，用不宽阔的手掌一下一下抚着他的后背，轻得如羽毛抚过不具实感，让连诀绷直的背逐渐放松下来。他抬手搂住康童，手臂不易察觉的颤抖传递上康童的脊背，撑起的肩膀也缓慢地耷了下来。

连诀听到自己同样不平稳的声音，说："不怕。"

康童的眼泪在泛红的眼眶里打转，感受到连诀的不安后，被他硬生生地克制住悬着没掉。

他想要安慰连诀，但说话却语无伦次："未未说过的，以后他要去学校帮我开家长会……他从来不骗人的……"似乎是怕语言太单薄，他忍着眼泪，极力地想要找出事实来论证自己所说的话，"他给我织了围巾，还有上个礼拜我的背诵作业，他说我背好了就给我签名字……

“昨天早上我吃得太饱了，那个面包我放在书包里……未未说，我不吃的话就要考两个鹌鹑蛋，我今天两门都没有考……”康童绞尽脑汁找了很多很多事情来讲，最终哭得抽噎，身体抖动得厉害，用一种从没有在连诀面前表现过的闹脾气的语气重复，“他不骗人的……”

连诀过了许久后才不轻不重地拍了拍他的后背，意欲安抚，实则却在他压抑的哭声里有些出神地想，康童怎么会觉得沈庭未不骗人呢？沈庭未分明常常说谎，甚至用那种很容易被揭穿的谎话骗过他很多次。

“没有，不小心睡着了。”

“我也不记得做的什么梦了。”

“没事的，你不说我都忘记了，我本来也不太过生日的……”

但到最后，连诀还是什么都没说，只低低地回了一声“嗯”。

这天他在医院等待手术结束的时间里打了两通电话。一通回拨给了清早的收款人，没头没尾地冷声撂下一句：“让他留在海上。”另一通拨打给康童的班主任，在对方认为没有必要的情况下，礼貌却固执地让康童参加补考。

十月十六号，沈庭未说了两个心愿：一个是康童月考满分，一个是让他早点回来。连诀想，总要实现一个。

0~4

陈氏集团二公子坠海溺亡的消息一出，在短时间内便迅速占据了各大媒体的重要版面。

起初新闻爆出陈旭溺海身亡的消息时，网友和媒体对于这场突然以及带着几分离奇的事件表达的看法与推测里，不乏各式各样的阴谋论。

在他确认死亡后的第二天，网络上爆出一件有关陈旭的丑闻。

那名学生模样的女生在接受媒体采访时表现出了无措与恐惧，在面对媒体对于她“为何现在才站出来指认陈旭曾对你做出过不轨行为”的质疑时，她泫然欲泣地说：“……我当天晚上就报警了，但当时游艇还没抵达海港，警方无法第一时间赶到现场进行取证，我、我一个学生，我也没办法的啊……”

随后警方提供了当日的视频监控，清晰地拍到了陈旭在游艇派对结束后从甲板上将她强行拖抱入房中，以及女孩于当晚凌晨两点左右衣衫不整地哭着从他房间里跑出来的画面。

紧接着爆出的第二桩丑闻是警方在调查的过程中，从陈旭所住的房间里搜出少量的、此前因为被查出具有极强成瘾性和致幻性作用而被封处的违禁药物，后经检测，陈旭尸体中也出现了同样的药物成分，警方由此推断，陈旭是死于意外。

除此之外则是一件不相关的新闻报道，沂市某银行的支行行长落马，通报的受贿明细里出现了陈旭的名字。

死因的反转与更多丑闻的揭露让这个事件在一周时间里发酵成了全国民众茶余饭后的谈资，事情的真真假假在几次报道中已经无人再去关心。

陈褚连的弟弟，也就是陈旭的父亲将电话打到连诀这里时，沈庭未身边正围了一堆医护人员为他进行检查。

连诀被手机不断发出的振动声搅扰，烦躁地挂断，顺手将电话拖进黑名单，然后心急如焚地询问刘主任沈庭未的身体情况："怎么样？"

刘主任愁眉不展地看着仪器上各项数值的波动，问他："您确定看到沈先生有苏醒迹象吗？"

连诀在他的疑问中短暂地迟疑了一下，认为自己并不能够完全确定刚才看到的细微动作究竟是真实发生的，还是仅仅只是他的幻觉。

事情发生在两个小时前。

沈庭未手背上因近期频繁输液而泛起的皮下淤青终于消退下去，连诀注视着他搭在身侧的光洁漂亮的手，心中突然生出一股难以压制住的冲动。于是，他在这个非常平凡且不浪漫的清晨，在穿透纱帘的薄光笼罩下与清冽刺鼻的消毒水味中，为沈庭未佩戴上了他提前准备好的、原本想等沈庭未醒来再送出的礼物。

连诀很难用某种词汇来形容自己此刻的心情，只觉得很急切。

他认真地看着沈庭未轻合上的双眼，用一种仅用于在两人之间传递话语的气音，对他说："你醒醒好不好？"

沈庭未的头上缠绕着厚厚的纱布，漆黑纤长的睫毛乖顺地垂着，躺在床上安稳地沉睡着。

连诀抬手抚上沈庭未不具血色的面颊，指腹停在他唇角旁边的肌肤处轻轻按压，自我蒙蔽式地想在他嘴角那里压出浅陷的酒窝，又问沈庭未做了什么好梦，为什么还不愿意醒过来。

他偶尔会揣测沈庭未的梦境，问沈庭未一些哪怕是他醒着恐怕也很难回答的问题——他有时问沈庭未是不是梦到他了，有时问沈庭未是不是很喜欢现在的生活，或是问沈庭未记不记恨他。

但沈庭未是没有酒窝的，他平时笑起来都很腼腆，眼睛轻轻弯着，抿着嘴笑得很浅。连诀的手离开他的脸，沈庭未的唇角就慢慢地恢复回没有弧度的样子。连诀眼中的笑意也随之淡了，平静地看着他被晨曦镀上柔光的脸，与沈庭未开始昏迷后的每一天一样陷入漫长的思维空白。

就是在这个时候，他的余光被珠宝折射出的细碎的光闪了一下，他的呼吸先是一滞，很快回过神来低头去寻沈庭未的手。连诀好像看到沈庭未的手指微不可见地蜷了一下，只是一眨眼的工夫，又好像什么都没变。

连诀的心跳在这一刻骤然加速，他再度握住沈庭未的手时，感觉到自己的手在控制不住地颤抖，他很快也很用力地按了几次呼叫铃，一边目不转睛地看着病床上的人，一边一遍遍地叫沈庭未的名字。

但最后却没有如他所愿。

沈庭未细微的小动作仿佛只是在他绷紧的神经上不轻不重地拨动了一下，并没有要醒过来的意思。刘主任或许是出于安抚和慰藉，对他说："如果您确定看清楚了沈先生动过，那么说明沈先生很有可能是可以听到您说话的，您不要放弃，多陪沈先生说说话，或许他很快就会醒过来。"

连诀看着沈庭未过于苍白的脸，胸膛里悬着的心慢慢下沉，过了一会儿，说了声"好"。

刘主任离开前，看着连诀眼下泛起的浅青，忍不住多了句嘴，劝说道："连总，您已经在这里守了一个礼拜了，不然先回去休息吧。"

连诀没有掩饰脸上的疲惫，但表情是一如既往的沉稳，他语气很淡，却带着明显的不容置喙："不了。"

刘主任看了看他，没再坚持。

连诀这几日的模样与往日里高高在上的连总判若两人。

其实医院给他安排了距离不远的临时居所，但连诀却执意要留在这里，以连诀的身形与养尊处优的性子，不知道是怎么在独立病房里狭窄的沙发上睡了这么久的。

病房里的人一一退出去后，刘主任将房门轻轻带上，视线无意透过门上的玻璃扫到连诀，目光微顿，好似从那个笔直挺拔的肩背中读出几分不匹配的落魄与狼狈。

午时将过，病房里来了一位不速之客。

连诀刚将遮光窗帘拉上一半，将床头掩于窗帘遮挡的阴影之中，以免过于充沛的光线打扰了沈庭未的美梦。他拉好窗帘转过身，帮沈庭未把被子往下拉了些，抬眼时无意撞上病房门外那张粉黛未施却不掩风情的脸。

连诀的眼神在对方不断窥探的眼神里愈发凛冽，冷得瘆人，他克制着自己由心而生的愤怒，动作尽可能轻柔地将沈庭未的手臂从被子下拿出来，这才起身朝门口走去。

余曼隔着病房门上的玻璃看着躺在床上的沈庭未，尽管她已经在照片里看过几次了，但亲眼看到眼前的人时，还是觉得很奇妙。

提醒他注意陈旭，也不过是因为她对陈褚连明明知晓陈旭要有所动作却仍坐视不理的行为感到不满。她在陈褚连的书房看到了沈庭未的身体检查单与研究报告，虽不能完全看懂那些密密麻麻的数字，却也能从研究笔记中察觉出不对，她匆匆将照片与检查单放回原处，回到房间愣怔。她没见过这样的事，但这件事却切实地在身边发生了。

她有一瞬间想要质问陈褚连为何要收集这些信息，是否真的要置连诀于死地，却在当晚走向陈褚连的书房时，听到他与人通话，花了高价将对方手里待发的劲爆新闻压了下去。她这才知道，陈褚连记恨连诀是真，对连诀的欣赏与失望是真，想让连诀坐牢也是真，但还不至于恨到要靠伤害外人来平愤。

她还记得陈旭最后一次从陈家骂骂咧咧地离开时，嘴里叫嚣着："到现在你还护着他，他不过就是陈家养的一条狗罢了。"陈褚连站在二楼冷声对他说："那也要看是谁养的狗。"陈旭甩下一句"那就等着看吧"，之后念着"也不知道谁才是陈家的人，我看你真的是老糊涂，该去看看脑子的人是你吧"，便摔门离去了。

接着就是那场源于陈旭的恼羞成怒而造成的车祸。

得知车祸后，余曼的手都在抖，她第一次和陈褚连正面发生冲突，质问他知不知道陈旭的举动，陈褚连给出的答案是肯定的。她在这一刻从对他的不满彻底转变成了失望，她实在不能接受与自己同床共枕许多年的男人有如此冷漠与视人命为草芥的一面，而陈褚连只淡淡地看了她一眼，说：“我已经救过他一次了，还要怎么样？”

在她决定离开前，愧疚驱使着余曼来到这里，她想确定一下沈庭未的状况，也想为肚子里的孩子积点德——他亲爹败出去的德。

连诀打开门，用身体挡住了她的视线，面色发寒：“你来做什么？”

“……我来看看他。”余曼明显底气不足，她往后稍退了几步，问，“他还好吗？”

连诀意味不明地轻嗤了一声，将门带上，才冷声说：“拜你们所赐，还没死。”

余曼沉默了一会儿，跟他说了对不起，又出于私心，不愿意让连诀将所有的责任归结于丈夫身上，刻意隐藏了部分真相，只告知他：“是陈旭做的。”

连诀听了毫不意外，脸上也没有展露出任何波澜，冷淡地将矛头重新指回她刻意回避的人：“陈褚连知道了？”

余曼被他问得心里一慌，好一会儿才低低地说了声：“……啊。”

在对上连诀的眼神时，她才意识到连诀所说的“知道”并不是指那场车祸，而是指沈庭未现在的状况，因此她才会在这个时候过来。她被连诀盯得心里发毛，硬着头皮说：“但是你放心，陈褚连不会找你的麻烦，你也清楚的……陈褚连不是那样的人。”她的声音越说越轻，仿佛快要跟着空气里飘浮的尘埃一起散了，停了片刻，才接着说，“陈旭出了那样的意外，他之前造的孽牵扯了家里不少产业，现在整个陈家已经乱套了，陈褚连不可能再有精力来对付你，他也不会……毕竟你们相处了这么多年，他对你下不了狠手的。”

她在说这些话的期间，连诀始终没有给出任何回应，她抬起眼，看到连诀的目光虚虚地落在病房门上的玻璃窗中。待她说完了话，连诀才收回目光，态度和语气都是一如既往地疏离：“还有事吗？”

余曼从他身侧看向病房，目光还没在床上那人身上落实，连诀已经生硬地挡住了她的视线。余曼只好收回目光，她看着连诀，说："我要走了。"

连诀没问去哪儿，甚至没有回话，余曼好像也根本不需要他的回应，自顾自地说："我查了天气预报，后天是个不错的天气，适合开启新生活。"

连诀对她的新生活或是旧生活并不感兴趣，只是出于对孕妇的尊重以及自身修养，站着没动，等她把话说完。

余曼走之前犹豫了很久，最终从包里掏出一支口红，在纸巾上写了一串号码，塞进连诀手里，说如果实在放心不下可以联系她，她在国外有处住址非常适合静养，陈褚连肯定找不到，如果需要的话可以把沈庭未送过去。

连诀没有跟她道别，但收下了那张写了号码的纸巾。

余曼离开以后，连诀的手机响了。他看着病房里安睡的沈庭未，在门口接了电话。

对方简单说了一些合作上的事，又问起沈庭未，说等工作结束后亲自过来探访。连诀的视线很柔和地、仿佛怕太沉重会惊扰沈庭未那样轻飘飘地落在床上，礼貌地拒绝了对方的好意。

"不用麻烦了。"连诀说，"他很快就会好。"

通话中途有名护士找他，让他去一下刘主任那里，他说知道了。对方显然也听到了，于是跟他道了别，让他先去忙。

连诀挂断了电话，在门口站了片刻，才朝主任医师的办公室走去。

C H A P T E R 14

沈先生不见了

Mr. Shen is missing

◎第十四章

0~1

刘主任的表情比平时轻松许多，在连诀进门时几乎是笑着让他坐下。他指着脑部 CT 上的一小片不明显的阴影，对连诀说：“沈先生的脑部现在仍然残留少量淤血，暂时压迫着神经，导致人仍处于昏迷状态。但沈先生现在恢复得很不错，按照这样下去也许不出三天就能醒过来！”

连诀揪着许多天的心口在这一瞬间骤然放松下来，他听到自己说“好”，然后张了张嘴，又说了一遍，“好”。

刘主任显然与他同样开心和激动，几经克制才接着跟他说了一些病人醒来后可能会出现的后遗症，譬如头疼眩晕、嗜睡、食欲不振、记忆力减退等，也有一定概率会出现短暂的神经错乱或是记忆缺失，又找出几个典型病例给他一一过目。

连诀接过来，粗略地翻了一下手里的病例，在大致阅读到其中一桩病例中的患者在醒来后言之凿凿地陈述自己见过 UFO 时，平时负责为沈庭未换药的护士突然跑了进来，气喘吁吁地喊：“连总，刘主任！不好了！沈先生……不见了！”

听到消息以后，连诀以最快的速度赶回了病房。

在从办公室跑回病房的几步路中，连诀脑子里的念头还都是正面的，积极的。或许是沈庭未醒来了，看病房里没有人，独自去了洗手间或是别的什么地方。再或者是沈庭未醒来了，看不到他，着急地出来找。

但这些所有的幻想随着连诀进入病房寻找无果、又差遣所有人放下工作将整个医院翻寻一遍，甚至连床底和能容纳下人的储物柜都没放过之后，彻底地破灭了。

他离开病房时为沈庭未盖好的被子还平展地铺在床上，那双崭新的、他让人准备好了还没来得及派上用场的拖鞋也还摆在床边，新拿来的衣服都在柜子里叠好放着，好像一切都没有变过，唯独沈庭未，千真万确地消失了。

连诀第一时间让人调取了从他离开到回来的这个时间段中整个医院里每个角落的监控。

起初，他还能维持着冷静和清晰的思维，报警，安排人继续找，去确认医院周边的商铺与道路上的监控……可在整整一宿的毫无线索后，他像突然之间患上了被迫害妄想症一般，仿佛再也无法信任身边的任何人。

他将所有人赶出去，将自己一个人锁在监控室，翻来覆去地将监控画面看了无数遍，从白天看到夜里，确认每一个来往的人。

男的、女的，与他相似的，甚至不相似的。

到最后，他终于无力地相信了眼前所发生的事，确定了监控视频根本没有留下丝毫有关沈庭未离开病房的画面。

沈庭未，在他离开没有十分钟的这一段短暂的时间里，凭空地消失了。

连诀开始发疯的那一刻，吓到了所有的人。他红着眼睛打碎了床头柜上盛满水的玻璃杯，床上的被子与柜子里的衣物散落在地板上，吊瓶架倒在满地的玻璃碎片中，还没输完的药水淌了一地，苦涩的药味与营养剂淡淡的辛甜混杂进空气里弥漫着的消毒液的味道中，让病房里的气氛在顷刻间降至冰点。

连诀的耳边响起一阵压过喘息与心跳的刺耳嗡鸣，那些在沈庭未发生遭遇车祸时都不曾有过的崩溃在这一刻尽数显露，仿佛这段时间里强撑的坚强都在此时被彻头彻尾地卸了下来，驱使着他迟到了三十年的情绪猛然间突破桎梏。

“为什么不看好他？”连诀厉声质问在场所有的人，叱责他们，“这么大一个医院，为什么连一个大活人丢了都找不到？”

所有的医护人员都战战兢兢地放轻了呼吸不敢吭声，生怕喘气声太重引来他更为狂躁的迁怒。

连诀几近抓狂地一把揪住距离自己最近的医生的领口，对方被迎面而来的压迫感震慑到，慌张地躲避连诀的注视。

连诀最终却只是紧紧地抓着他的衣领，因用力而泛白的手指不住地颤抖着，茫然无措地问他：“你知道他刚做完手术吗？他的伤口还没拆线，身体还没好……”

“知、知道的……”医生的声音里也带着被感染上的不安与干涩，“连总您先别急，我们继续找，肯定能找到的……”

连诀在他并不具有安慰效果的言语中逐渐松开了他，转过头，眼眶通红地看着在场的人。他问：“你们知道他还生着病吗？”又问：“你们知道现在外面有多冷吗？”后来用很低也很轻的气音，自言自语地问：“为什么不看好他？”

他的语气一句比一句轻，却又一句比一句重地砸向众人。

没有人敢搭话，只敢垂着头极力地降低自己的存在感，与此同时也不约而同地在连诀终于宣泄出的愤怒中稍稍地松了一口气。

连诀这些天紧绷的冷静让每个人都跟着忐忑不安，此刻的爆发更像是让这些日子里仿若悬在他们后颈的寒凉总算落入实地。毕竟人是在医院消失的，每个人都有无法推卸的责任，所有人的心都为之牵动着，提心吊胆地度过这段难挨的时间。

最后连诀在抑制不住的歇斯底里中吼着让他们滚，众人几乎是在他这句赦过宥罪般的怒吼中逃一般地散了，离开病房后又马不停蹄地继续搜寻沈庭未的下落——这太离奇了，一个大活人，怎么可能说消失就消失？

林琛接到通知从江城赶回来的时候，连诀正独自待在满地狼藉的病房里，弓着背坐在沙发上，盯着那张床单皱起的病床，双目放空，不知道在想什么。

林琛推开门走进来，叫了他几次，他才迟缓地回了一声“嗯”。

林琛说已经派人去盯沈庭未的出入境记录与消费记录了，但他清楚自己所做的都是徒劳，他能想到的方式连诀又怎么会想不到。于是林琛沉默了一会儿，说了一句没有任何依据和道理的肯定语句："沈先生一定会平安的。"

连诀在他说完话的几分钟后突然从沙发上站起来，对林琛说："车钥匙给我。"

林琛下意识去摸车钥匙的手在触碰到口袋里的钥匙时停住了，他看着连诀与平时天差地别的状态有些忧心。倘若现在让他一个人开车，恐怕不太安全，所以林琛并不敢轻易将钥匙递出去，而是问："您去哪儿，我送您。"

连诀并没有心情猜测林琛话语里流露出的顾虑，只对于他的迟疑感到几分不耐，所以没有执着于拿到钥匙。他迈步快速朝门口走，声音里带着寒意："陈家。"

他在用人的阻拦下推开书房的门时，陈褚连撩起眼皮淡淡地看了他一眼，似乎对他的到来没有感到丝毫意外，因而加深了连诀的怀疑。

陈褚连本想问你来干什么，在看到连诀阴沉的脸色与身旁人无可奈何的神情后，冷哼一声，悠悠收回目光，不轻不重地砸去一句："怎么，上次闹得还不够？"

连诀并不与他周旋，单刀直入地问责："沈庭未呢？"

陈褚连原以为连诀是来质问车祸的缘由，不想竟是来找他要人，脸色从而暗下来，冷冷道："我怎么知道？"

连诀却对他的否认充耳不闻，重复刚才的话："沈庭未呢！"

陈褚连眉头紧蹙，习惯性地对他表露出不满："那个怪胎？我绑他做什么？"

不知道是否是陈褚连话语里的某些字眼刺痛了连诀，从而戳破了连诀勉强维持的镇定，他看着陈褚连，好似要用如芒似剑的目光将陈褚连刺穿："你在调查他。"

陈褚连在被他接二连三的质问后摔下了手里的钢笔，墨水从桌上的文件甩到暗红色的实木地板上，溅出一片入眼突兀的墨蓝色稠汁，声音提高了几度，怒道："是又怎么样，调查他就代表了我要绑他？我看你该看的不是心理医生，是脑子！"

余曼听到动静从房间里出来的时候，父子二人已剑拔弩张地对峙了许久，用人正面色犹豫地站在走廊上，见她过来，赶忙来劝："太太您怎么出来了，您赶紧回去休息吧，别再……"

余曼挥开用人走到书房门口，听到连诀质问沈庭未的下落，怔了怔，问他："小沈怎么了？"

连诀目光炽灼地凝视着陈褚连，陈褚连被他这副从未展露出的难缠和不讲道理惹得心烦，不耐烦地回视着连诀："他活生生一个人，丢了你不去找警察，找我有什么用？"

"丢了？"余曼呆望着连诀，难以置信道，"怎么会，昨天不是还……"她话说到这里赶忙收住，飞快地看了一眼陈褚连，所幸陈褚连正在气头上，并没有留意她的失言。

余曼轻轻拉了拉连诀的衣袖，用尽量柔和的方式安抚连诀的情绪："小诀，这真的不是老连做的……老连最近忙得连轴转，没有时间去弄这些事情的，你不信可以去问公司的人，或者去问问二叔，这些日子二叔每天都和老连待在一起的……"不知是为了替丈夫洗脱嫌疑还是确实想给出建议，她忍不住恶意揣测那个满肚子坏水的陈旭，"有没有可能是陈旭——也许是陈旭之前安排的……"或许是自己也觉得这个可能性有些匪夷所思，于是没再继续说下去。

陈褚连在她话音未落前，怒声呵斥："你跟他说这么多干什么？他就是条疯狗！见人就咬！"

"你也少说两句吧。"余曼皱着眉头说，她神色担忧地看着连诀冷冰冰的表情，安慰道，"再好好找找，我这边也派人去找，肯定不会有事的。"

她的言语显然没有对连诀起到丝毫安慰的效果，但确实让连诀冷静下少许。陈褚连这个人虽心狠手辣，但从不藏着掖着，连诀心知陈褚连没有骗他的必要，却因为此刻满腔的悲愤无处宣泄，只有迁怒于眼前的人。

"是，他最好不要有事。"连诀死死地瞪着陈褚连，下颌绷紧的线条有几分锋利，他嗓音干哑，几乎是从齿缝中挤出几个字，"要是他有事的话，你也别活了。"

连诀转过身，挥开挡在门前的管家，声音沉沉地说："大家都别活了。"

身后随之响起物品砸落在地的声响，陈褚连重重地拍了拍桌子，嘴里骂着："我看你真是疯了。"又在连诀即将抬腿离开的那刻，仿若毫无关联地骂出一句，“真是疯了！你别以为我不知道，我们陈家根本就没有碰违禁品的！”

余曼原本担忧的表情在他这句话落下的那刻僵在脸上，她震惊地转过头，望向连诀匆忙离去的背影。

0~2

连诀从陈家出来以后，林琛很快替他开了车门，小声问他：“回家吗，连总？”

连诀上车以后，显然又陷入了先前那种只要独处就会产生的沉寂中，他沉默地看着窗外的浓稠夜色，黯然的眼神空洞得像是无法聚焦，车里半晌只能听到他有些粗重的呼吸。于是林琛自作主张地驱车将连诀先送回家中。

连诀此刻的状态实在太差了，下巴上不知何时冒了泛青的胡茬，头发也因为几日没有好好打理过而凌乱地散在额前，眼里布着细红的血丝，眼下青痕比林琛一周前离开时还要重。

“……连总，”林琛从后视镜里看了一眼后排的连诀，犹豫着开口，“您已经很久没好好休息了，需不需要我安排医生过来？”

连诀似乎在他提到医生的时候，才抬眼对上他的目光，说：“不用。”

“沈先生他……”林琛刚一开口却又停了下来。他原本想安慰两句的，但又怕措辞不严谨，显出隔岸观火的冷漠。

沈庭未忽然消失得无影无踪，又杳无消息，甚至生死未卜，林琛明白连诀在这个时候是不太可能听得进任何安慰的，所以他干脆随便说了些别的，想让氛围轻松一些，但一直到停车，都没有得到连诀的任何回应。直到车停在别墅的院子里，连诀才从一阵长久的愣神中收回思绪，问他：“你刚刚说什么？”

林琛在心中暗自叹了一口气，说：“没什么。”

连诀回到家以后就径直上了二楼，回到房间里将门从里面上了锁。

林琛敲了敲门，连诀没有给他任何回应，没有人见过连诀这样的精神状态，他担心这样下去会出事，决定先留在这里，以便随时听着楼上的动静。

卧室里没有开灯，连诀回到房间后就直接躺在床上，从暗淡一片的视线里望着头顶看不清晰的天花板。

这张床已经一周没有人回来睡过，床上沾染的属于沈庭未的气味已经很淡了。

连诀的眼睛有些酸涩，他闭上眼，想到的是沈庭未当初将自己的毯子铺在床上，希望他能舒服地入睡时有些蠢的样子。

“也许这样你会舒服一点。”沈庭未说。

又想到沈庭未当初急忙催他回家后，垂着眼睛很小声地向他表达心意的样子。

“……只是我很需要你。”沈庭未说。

连诀原以为自己并不会因为沈庭未身上怪异的气味而感到舒服，也以为自己并不是那么必不可少地需要沈庭未，但现在他的认知好像不对了。连诀想，床上这一丁点沈庭未的气息好像是现在唯一能让他在这样的状态下感到慰藉的东西。

他捞来沈庭未的枕头，又觉得不够，不由自主地拉起沈庭未常盖的半边被子，连同枕头一起将自己裹住。

他将下巴抵在沈庭未的枕头上，鼻间萦绕着混杂在洗发水和洗涤剂的人工香味中那股极淡的甜酒香，又忍不住想，沈庭未在他生日的那个晚上，背对着他一声不吭的那个晚上，是不是真的偷偷蒙在被子里哭了很久。

这个突然的念头仿佛让周身这股淡得几乎快要散掉的甜味里突然掺杂进了几分苦涩，他飘散的思绪被这股味道重新拽了回来。

后知后觉地反应过来自己穿着两天没换的衣服躺在床上，于是连诀把被子掀开，慢慢坐了起来。充沛的空气稀释了呼吸间令他留恋的气息，他从床上起身，站在床边将身上的衣服一件件脱掉。

沈庭未有些以前并不太在他面前展露的洁癖。

在他结束了某个应酬有些疲惫的晚上，沈庭未从浴室里出来，看到他因为等待太久而暂时坐在了床上，欲言又止。

连诀问：“怎么了？”

沈庭未走到衣柜前，帮他拿出了一套干净的家居服，在递给他的时候小声地要求：“以后回来可不可以把衣服换掉再上床啊……”

在连诀转身想要去找家居服的时候，鞋尖无意中踢到了什么，他听到了滚轮在地板上滑动出的声响。连诀在黑暗里伸手过去摸了摸，是机场送回来的行李箱，可能是康童去学校寄宿前帮他把箱子拿回了房间。

或许是太久没有休息，从床上起身的刹那连诀感到前所未有的疲惫向他袭来，他懒得去开灯，也懒得去衣柜里翻找，索性将手边的行李箱放倒，摸黑打开箱子，将箱子里的衣服一件件拽出来，靠手感去寻找沈庭未给他收纳起来的睡衣。

指尖触碰到的有几分熟悉的柔软触感让他往外拿衣服的手顿了顿，几乎是在这一瞬间有所预感，他将那个叠好的棉线质地的物品拿了出来，走过去打开了房间里的大灯。

灯光亮起的刹那，连诀眼睛被刺痛的同时，呼吸也轻轻停滞了一下。

他的手里是一条毛线织成的深灰色围巾。

围巾和康童那条有几分相似，花式又有些许变化，两端也没有垂着的稚气苏穗，款式看起来简单大方，仔细看却不难发现针脚里复杂的花样。

连诀很重地喘了几口气，好像要将沉在肺里有些堵的浊气排出去，好一会儿才让自己平静下来。

他还记得沈庭未把那条白色的围巾拿给康童的那个早晨，看似随口问的那句："织得是不是没有外面买的好看啊？"他当时正低头回复 Alex 的邮件，随口回了一句："都行。"

沈庭未又问他："你不会觉得丑吧？"连诀好像抬眼扫了一下，又好像没有，敷衍地说了句："不会。"他记得沈庭未的语气好像很高兴，说："那就好。"

连诀这段时间回忆起的有关沈庭未的画面都会让他痛苦，他的眼睛仿佛被围巾传递出的温暖灼痛，将围巾展开时，夹在中间的黄色便笺纸从围巾里掉了出来。

沈庭未留字条的风格一如既往地将心情展露于纸上：

"我查了天气，江城这周最低气温不到十度，要是冷的话戴这个凑合一下吧 :-) 。"

下面还跟着一行放进括号里的小字：

"(要是觉得傻的话就算了，注意保暖啊)。"

连诀摩挲着纸条上娟秀的字迹，出神地想沈庭未怎么脾气这么好。他错过了沈庭未的生日，害他等了一整天，又惹他哭了一个晚上，到底哪里来的心情关心他要不要注意保暖？

那条迟到的生日祝福，沈庭未甚至都没来得及收。连诀想，沈庭未当时是看着手机的，他要是再早几秒发出去，也许沈庭未就看到了。

早几秒？

连诀的脑子里忽然闪过一个猜测，他几乎下意识地低头去翻找自己大衣口袋里的手机。

他将手机拿出来，亮起的屏幕上显示了电量过低，连诀一边在房间里找手机充电器，一边尝试着破译沈庭未的手机密码。

他先后试了沈庭未的生日，自己身份证上的生日，又试了康童的生日。

沈庭未是个想法很简单的人，锁屏密码应该很容易破译，但或许是连诀想得有些复杂，他尝试了四次，最后在不抱希望的试探下，用沈庭未手机号码的后四位数解开了锁。

尽管连诀已经有所预感，但在系统自带的锁屏界面打开后，看到页面停留在两人的聊天框上时，他的喉咙在这一瞬间仿佛被一双冰冷无形的手扼住，让他在很长时间里都没能将刺痛的眼睛挪开。

文字发送框里躺着半句还没输入完成、断得很突兀的："那明年你要记得我的……"

输入法界面留着没打完的"shengr"，是那条沈庭未"正在输入"、他却始终没有等到的消息……

连诀拿着手机的手慢慢退去温度，盯着那行没输入完整的句子，大脑持续空白着，一直到手机屏幕跳出自动关机的页面，他才机械地走到床边，将手机连上电源。

沈庭未的未读消息里很空，这几天只有一个叫"开心"的人给他发过几条消息。

开心：蛋糕家里人喜欢吗？

开心：不是吧不是吧，一开心就忘了我。

开心：好气啊，一天都没回我的消息了，淡了淡了，感情淡了！

开心：未未未未未未？

开心：你怎么这么多天都不回我消息！ QAQ。

开心：你没事吧？

对方的新消息占据了整整一页，连诀往上翻了几下，看到了十月十六号那天下午两个人的聊天记录。

沈庭未：我做了一个蛋糕，但是好像有点丑 :(。

开心：你到底是从哪个世纪来的啊大哥，还用这么土的表情。

开心：哈哈哈哈哈哈对不起，刚点开图片，我笑了，这蛋糕真不是一般的丑，我还以为你整了块海绵呢。

沈庭未：戚风做不出好看的样子呀，要不然我切成心形？但是我这里没有模具，估计有点难。

开心：你弄点奶油嘛，加点装饰试试看。

沈庭未：家里人不喜欢吃甜的，我也不太喜欢 :-(。

沈庭未：这个表情是不是好一点？

开心：并没有好好吗。

开心：不喜欢吃甜的啊，那你切点水果上去？再撒点糖豆啊糖霜什么的。我之前在网上看到几个图片还挺可爱的，我找找发给你，不喜欢太甜的话到时候弄掉就好了。

沈庭未：好 :)。

连诀脚步匆促地从楼上下来的时候，林琛刚把自动喂食器和喂水器里的食物填满。

因为近期事情太多，康童没有人照顾，被连诀暂时安排去学校住宿，家里一下有几分空荡。

他看着连诀朝厨房走去，先是一怔，然后赶紧说："连总，需要我帮您叫餐吗？"

连诀听到他的声音，脚步没停，语气有些冷淡："你怎么还在这儿？"

林琛被他话里话外的驱逐搞得又是一愣："啊，我喂个猫，这就走了……"

连诀"嗯"了一声，径直走到冰箱前，打开了保鲜层。

冰箱里暖黄色的灯将那个被精心装点的蛋糕勾勒出一圈柔和的光边，用来点缀的草莓与樱桃上结了一层薄薄的冷霜，蛋糕的边缘也因为放了许久而慢慢塌了下来。远不如沈庭未完成以后发给那个女孩确认的照片上好看。

连诀看着眼前这个早在这么长时间的冷藏中变得不再新鲜的蛋糕，仿佛能看到沈庭未小心翼翼地将它收进去，翘首企盼着等他回来再将冰箱打开，又随着漫长的等待渐渐失望的模样。

这天在林琛离开别墅以后，连诀独自坐在餐桌前吃完了整个蛋糕，没有品出沈庭未在聊天记录里一再担心的甜，只尝出了苦和咸。

0~3

“你还好吗？”中年男人担忧地看着面前的年轻人，礼貌地问，“需要帮助吗？”

几分钟前，他刚从花店买了一束鲜花出来，恰巧看到马路对面的人行道上那个失魂落魄的年轻人，于是快步走过去想要看看对方需不需要帮忙。待他走过去，才注意到眼前的青年有些奇怪，他身上穿着干净整洁的条纹病号服，头上还裹着厚厚的纱布，却没有显露太多邋遢与憔悴，只是过于苍白的脸色让他看起来有些虚弱。分明像是被精心照料的病人，此刻却一个人赤着脚走在这条有些偏僻的街上，让他不禁起了一丝疑惑。

他脑子里正在快速回忆着最近电视新闻里常常提到的 su 市周边流窜的碰瓷团伙，眼前的青年忽然按着头，干燥泛白的嘴唇紧紧抿了起来，表情看上去十分痛苦。

善良的男人顿时放弃了思考，连忙在他身体开始晃动的时候扶住了他，神色担忧地问：“不舒服吗？要不要我送你回医院？”

已经十月底的天气，气温正逐渐往冬日转变，地上的寒凉从赤裸的脚底传递上来，冷得沈庭未的小腿有些酸麻。这段时间只依靠流食和营养剂度日，使得他的身体一再消瘦，身上的病号服显得更加松垮。沈庭未被眼前好心的先生扶着站稳了，才轻轻摇了摇头，哑着嗓子低声说了句：“谢谢您……不用了。”

回什么地方呢？

他抬起眼睛，恍若隔世地望着眼前似乎很熟悉却又让他觉得莫名陌生的街景。

刚才在街角醒来，他混沌的意识仿佛骤然被拉回到了几个月前，他同样茫然地站在某个对于他而言较为陌生的巷口，看着眼前改天换地的街景出神。但沈庭未从没想过再次回到这个梦寐以求的世界，是在这样的情况下。

他忍耐着因胡乱思索而引发的愈发剧烈的头痛，耳边那道隔了很远而显得不太清楚的“你醒醒好不好”，与脑海中那张他闭上眼睛仿佛就能描绘出的轮廓，让他犹如刚做完一场不完整的黄粱美梦。在即将看到结局的那一刻，他从梦中惊醒，而睁开眼的瞬间编织好的奇幻梦境便通通随着眼前逐渐清晰的事物消散了。

沈庭未下意识抬手轻轻探了探自己的心跳，感受着心脏跳动的实感，让他不得不从自我欺瞒的幻想里醒过来，认清楚现实。

回忆是真的，心跳是真的，连诀也是真的。

但他回来了。

在他以为自己已经快要拥有一个荒诞却又美好的结局时，他怀揣着想要开始忘记过去的念头，重新地回到了这个本就属于他的世界。

沈庭未在这时嗅到了淡淡的茉莉花香。男人留意到他的目光，脸上露出几分不好意思却抑制不住的浅笑，将手里的茉莉花束大方地送到他眼前，或许是以为他对这束茉莉有些与大众相同的想法，男人笑着说：“茉莉花被包装成花束是不是有点奇怪？像野菜一样，我第一次看到的时候也这么觉得。”

沈庭未轻声说不会，又夸赞他手里的花束很漂亮。男人显然被他的称赞取悦，很开心地说：“su 市很难找到卖茉莉花束的店，我跑了很久才在这边的花店里找到，所以每周都会过来买一束。”

沈庭未被这束茉莉勾起的回忆使得他的头又痛了起来，但由于与男人闲聊可以暂时转移自己的注意力，而让自己不再胡思乱想，于是他低声有些生硬地抛出一个话题：“您太太喜欢茉莉花吗？”

中年男人的脸上流露出少许赧色，但嘴角挂着很愉悦的笑容：“还不是太太，我还在追求她。”见沈庭未对自己的话题很感兴趣，于是男人并没有因为他与自己不过是萍水相逢的陌生人而有所保留，或许也带着些许分享和炫耀的心态，跟他描述起自己喜欢的女孩有多么温柔，又说到，“她很喜欢茉莉花，只有看到茉莉花才能开心一点，我想让她开心。”

沈庭未在听到眼前这个看上去与自己父亲的年纪相差不大的先生，满怀幸福地用“女孩”来形容自己喜欢的人时，脸上露出一抹不自觉的柔和笑意，于是他很真挚地对这个可爱的男人说：“祝您成功，她一定会喜欢的。”

“希望吧。”男人小声说，又加了一句，“但她短时间内应该不会接受我。”

在看出沈庭未疑惑的表情后，他轻轻摇了摇头，没有继续解释的打算，只说：“不过也没关系，我慢慢等就是了。”

男人在结束了自己的话题后，又重新担心地问他怎么光着脚，一个人要做什么。

沈庭未不知该怎么回答他的问题，下意识避开他的目光，仓促地编造出一个连自己都觉得蹩脚的借口：“我的鞋子不合适，我家人去帮我换新的，我、我在这里等他……”

男人明显被他的理由说得愣住了，然后有些惊讶地说：“……他让你光着脚在这里等？”

沈庭未也被自己的借口蠢到，他张了张嘴，没好意思回答他的话。

“这怎么行，这么冷的天气……”

男人说话间低头去看他的脚，沈庭未心里有丝慌张，他心虚地往后退了一小步，正努力地想要找出一个新的借口来弥补时，男人已经将目光移开，抬起头朝街上四处张望。

“你稍等我一下。”男人突然将茉莉花束塞到他的手里，说，“我很快就回来，稍等一下。”

几分钟后，男人重新跑回来，将一瓶还带着温度的热牛奶递给他，又把夹在腋下的东西拿出来，拆开包装袋。男人在他面前蹲下来：“便利店里卖的拖鞋都不太好看，你别介意啊。主要是你现在受着伤，天又已经这么凉了，光着脚很容易生病的……”

沈庭未感激地穿上男人从便利店里给他买回来的棉拖鞋，不住地向他道谢。男人很无所谓地跟他摆了摆手，笑着说没关系的，让他不要太有心理负担，又不知是为了缓解气氛还是什么，说：“其实我刚刚见到你的时候，就觉得你长得很像……”

但他的话还没说完，上衣内兜里的手机就响了起来。他有些抱歉地对沈庭未点了下头，沈庭未摇摇头表示自己不在意，示意他先接电话。

他看着男人从口袋里拿出电话，脸上的笑意在看到亮起的屏幕那一刻变得更浓也更柔和，他接起电话温柔地跟对方说地址。

沈庭未与他停止交流后就垂下了眼睛，视线发直地望着脚上深蓝色的棉拖鞋。他又不可抑制地想到连诀，连诀也总是爱穿这种款式简单的蓝色拖鞋。

连诀。

连诀。

直到面前的男人结束了通话，跟他开口道别，才终于打断了令他头痛欲裂的思绪。

“她要到了。”男人说，又看看沈庭未不太好看的脸色，犹豫着说，“需要我帮你联系一下你的家人吗……他好像离开很久了。”

沈庭未低低地说：“……没有很久。”

男人没听清楚：“什么？”

“我是说他很快就来了，您快去忙吧，不用管我了。”沈庭未抬起眼睛看着男人，嘴角牵起一道有些勉强的弧度，又看着他拿在手里的茉莉，很轻声地说，“我也收到过茉莉。”

男人笑着说：“那真是太巧了。”

两人道完别后，沈庭未沿着人行道漫无目的地往前走。

或许是心里出现了某个明确的目的地，但他的脚步却刻意地与自己的想法背道而驰。他很想回家，很想去看看他的爸爸妈妈，但……他害怕。

沈庭未不擅于应对发生在自己身上的种种离奇遭遇，但他有时擅长逃避。他不敢去思考现在正处于另一个世界的、因为他的突然消失而茫然无措的连诀，也不敢去思考自己该怎样以现在这样落魄和狼狈的样子出现在父母面前。

他低头看着自己的手，看着那个从他醒来后就一直戴在手上的珠宝首饰，鼻间忽然感觉一阵酸楚。

沈庭未很快地眨了眨眼睛，又用手背抹掉眼里眨出的泪，轻轻吐出一口气，迈着小步缓慢地走着。

他听到那个很好心的先生提高了声音叫了什么人的名字，脚步顿了顿。接着那个先生又叫了一遍：“佩淑，这边。”沈庭未的脊背僵了一瞬，他胡思乱想的大脑在此刻变成一片空白，下意识地、动作僵硬地转过头——

他看到了马路对面的中年女人害羞地接过男人递来的花，小声地对他说了什么，然后捧着花轻轻嗅了一下，那张仿佛在短短几个月中就苍老许多的脸上慢慢露出了少许轻松的笑容。

是他的妈妈。

0~4

改变想法的那一刻，沈庭未在最短的时间内回了家。

他敲了敲门，没有等来回应，才想到这个时间点父亲大概还没从学校回来，他受着伤自然也不方便去学校里找父亲。

刚刚走了太久，小腿有些疲惫，沈庭未站在门口休息了一会儿，想到了门口的奶箱。

他的父亲是个很古板的大学教授，一心钻研学术，似乎生命里只有工作是头等大事。他曾经常听母亲无奈地抱怨：“你不对家里上心也就算了，对自己稍微上点心行吗？要是我和未未都不在家，我看你连门都进不来。”后来母亲每每发现父亲忘记带家门钥匙，就干脆在当天将备用钥匙放在门口的奶箱里，以免父亲太晚回来敲门吵到他们休息。

父亲和母亲都不爱喝牛奶，但总是要求他喝很多，或许是在他消失以后奶箱就彻底被闲置了，上面落了厚厚一层灰尘，将奶箱原本的淡绿色掩盖住了。

他没有奶箱的钥匙，只好艰难地将手伸进缝隙里摸了一会儿，竟真让他找到薄薄一把钥匙。只是不知道是母亲为了避免父亲遗忘放下的，还是为了他回来的时候能够进入家门而放下的。

沈庭未打开门，被推门时扬起的灰尘扑了一脸，他一边咳嗽一边挥开面前的扬尘，走进去。不知道是否是早有预感的缘故，沈庭未在看到与往昔截然不同的、很久未经打扫的家时，并没有产生出太多复杂的情绪。

原本餐桌前挂着的全家福已经被摘掉了，只留下了因被遮盖很久而比周边墙体要白很多的有些许突兀的痕迹。那张在他大学毕业时穿着学士服拉着父母去拍的全家福，被反扣着立在厨房的门边。

沈庭未短暂地屏息，不知是因为密闭的空气中这些令他难以忍受的灰尘，还是因为别的什么原因，他的双腿或许是因为刚才一路走得太急，在此刻像被灌进了铅，让他朝那个半人高的相框走过去的每一步都沉重和煎熬。

他伸手去触碰那个背对自己的相框时才发现自己的手有些抖，相框的重量也不像他亲手挂上去那样。在他将照片翻过来后，明白了缘由。

相框里内嵌的玻璃不见了，只剩下薄薄的底板与一张没被好好封存而有些褪色和蒙尘的相片。

沈庭未的手颤抖着，没能拿稳那个相框，随着相框砸落在地上，他几乎丧失了所有的力气。他勉强将餐桌旁的椅子拖出坐下，椅子在地板上摩擦出刺耳的声响，休息片刻后，有些缺氧的大脑重新开始感到钝痛，他大口地呼吸着，又被空气里的尘埃呛得咳出眼泪。

其实并不需要思考，沈庭未就知道这个相框是谁取下来的，又是被谁彻底摔碎的。

父亲从来想不到这些，他向来只会在母亲生气的时候平静地撂下一句："等你冷静下来再和我谈。"

沈庭未仿佛能看到母亲在积压已久的情绪完全崩溃的那刻歇斯底里地对父亲大吼，父亲一言不发地等待她将气出完。沈庭未想，也许就是在相框玻璃被摔碎的那一刻，母亲决定了离开。

他从桌上的纸抽盒里抽出几张纸巾，拿最下面没有沾染上灰尘的那张擦掉了脸上的泪痕。

他坐在这个冷冷清清的家里发了会儿呆，好像在这短短的一段时间里，回想到很多曾经刻意被他收起的记忆。

譬如他在晚读结束后回到家，开门那一刻家里的争吵声戛然而止，母亲在一种古怪的气氛里温柔地招呼他："今天怎么回来这么早？快去洗手，给你留了饭。"

譬如他在小说里读到男女主角在社会地位上差距过大的情况下仍然相爱的故事，并将其复述给父亲时，父亲从报纸里抬起头，一板一眼地对他说："沈庭未你不能再这么天真下去了，这样是没办法在社会中生存的。"

再譬如他在每年生日的晚上，提到今年的愿望仍然是阖家幸福，母亲会摸着他的头说：“会实现的。”

沈庭未常常认为自己是全世界最幸福的小孩，因为他有一个世界上最温柔的妈妈和最聪明的爸爸。

但他从来没想过自己的阖家幸福会在一场车祸后变得荡然无存。

在他被父亲安排去相亲的前一个晚上，母亲照旧柔声细语地劝父亲：“未未才多大，让他自己去找一个喜欢的……”接着就和往常一样，她的话还没说完，就被父亲以冷嗤打断，问她：“你一天到晚待在家里，你懂什么？我问你，你知道社会的运作规则吗？他当然可以自己找，如果他一直找不到呢？如果找到的不合适呢？你可以养他一辈子吗？”

在这个时候，母亲就沉默不语，然后仿佛若无其事地说：“我养他啊，我的儿子我当然要养他。”接着父亲就表露出那种对她所说的话感到不可理喻的态度，不愿再与她沟通。

沈庭未又想到刚才远远看到的母亲。他看过母亲年轻时候的照片，很漂亮，脸小，眼睛细长但很灵动。今天她穿了那条明明很喜欢却常常因为要做家务事所以不能穿的蕾丝长裙，头上戴着一顶点缀着薄纱与珍珠的黑色礼帽，这抹浓稠的黑色，将那些沈庭未未曾在母亲头上见过的白发衬得很显眼。

沈庭未看着母亲珍惜地抱着手里的茉莉，坐上那位先生的车，他想，母亲是不喜欢茉莉的。母亲曾对他表露过喜好，她说：“喜欢的花啊，当然是玫瑰啊，怎么会有人不喜欢玫瑰。”

她说完这句话，似乎担心自己的话会影响沈庭未的心情，又很可爱地补充：“不，我想了一下，最喜欢的是康乃馨，第二才是玫瑰。”

一个代表了她炽烈却得不到回应的爱情——愚笨的父亲从未察觉到她的喜好。

一个代表了她倾尽所有的亲情——沈庭未在感恩节送给她的康乃馨，被她精心照料得很好。

沈庭未还记得父亲在晚餐时间对他们说，上周末将老家的庄园改种了茉莉，母亲眼里分明很开心，却努了努嘴，说：“你怎么只记得儿子喜欢什么，那么大的庄园怎么就不能留一半给我？”

父亲这才迟钝地意识过来，问她喜欢什么，她想了想，说："还是茉莉吧。"

沈庭未虽然对母亲的回答有些不满，但并不觉得意外，因为母亲总是把自己的喜好排在儿子和丈夫后面，仿佛在她的世界里，如果按重要程度排序，也会自动将自己放在儿子与丈夫后面。

所以他在刚刚看到母亲的那一刻，并没有出声叫住母亲，只觉得喉咙一阵紧涩。

他似乎很久没有看到母亲那样开心的模样了，脸上是那种发自内心的笑容，她侧头与那位先生说话，又刻意和含蓄地撤了一小步，以免两人之间的距离过于亲密而显得有失得体。

她收到鲜花的惊喜和雀跃是沈庭未从来没有见过的，就如同那位先生所说的"女孩"。沈庭未看着她，觉得她在那一刻确实像个含羞的少女，尽管她的头发有些白了，眼角也不知何时生出了明显的皱纹，就连举止都不如八个月前那样自然。

沈庭未甚至在目送着那辆不算昂贵且有些旧的轿车离开时，心里生出一种或许母亲早该这样活着的感觉。

情绪牵动了伤口的疼痛，让他从短暂的回忆里抽回思绪。沈庭未从椅子上起身，先走进了父母的卧室里。

家里已经很久没有人回来过了，那个大得塞不进柜子里的、沈庭未每次进父母房里都会觉得很突兀和碍眼的暗黄色皮箱，不见了踪影。

他打开衣柜，父亲的穿衣风格一向很单一，那几件母亲擅自买回来的颜色稍亮的风衣和外套都还原封不动地挂在衣架上，父亲只带走了那几件很旧的深色夹克。一如既往地固执和古板，不过也如他所愿，如今总算不用为了他和母亲的要求，每天深夜里匆匆从学校赶回来了。

沈庭未平静地关上衣柜，又打开那个放着家里所有重要证件与贵重物品的储物柜，他没去拿那两张一模一样的绿色小本、房本，以及他从小到大的毕业证书和几张医保卡，只拿出了一沓纸质很差的传单。

传单上面印着他的照片、失踪陈述和悬赏电话，其中所用的言辞客观、条理清晰、书写格式规范。沈庭未粗略地看了一遍，有些不合时宜地想要笑出来，他甚至能够想象到父亲在他失踪后写下这些信息时冷静的模样，也怪不得母亲生气到要砸碎全家福。

他准备合上抽屉的时候听到一声重物撞击木板的轻响。他愣了一下，又重新将抽屉拉开，将手伸进去摸了两下，拿出那部被修好了的他的手机。半天没有开机成功，沈庭未拿着它回到自己的卧室里。

卧室里的陈设跟他离开时没有丝毫区别，房间是浅蓝色的壁纸，吊灯上坠着有些幼稚的小行星吊饰。

沈庭未自己的卧室没有连诀别墅里的那间大，也没有那么明亮的窗户。但他在这间小小的卧室里住了二十多年，书桌前的墙壁上还贴着他小时候的学习计划、毕业后的职业规划。

沈庭未从抽屉里找出自己的充电器把手机连上后，拿下那张贴在墙上的便笺纸。他看到曾经的自己傻里傻气地写着：

1. 要尽快背熟律所的职业规范。√

2. 要每天第一个去律所打卡。√

3. 要把秦律推荐的书籍读完。

4. 要尽快训练好口头表达能力。

5. 要学会多看多听多思考。√

6. 要独立接下一个案子。

最后还在后面写了一句更傻的：

沈律师今天也要打起精神啊！

明明是之前每天都会看到的内容，沈庭未却在这一刻有些想笑。

秦律给他推荐的五本书，他才只读完了两本。口头表达能力也练得不怎么样，常常在需要发言的前一天就开始紧张并进行多次模拟练习。独立接下一个案子就更不要说了，他在那家很有名的律所实习了半年还处于接待来访客户的阶段。

沈庭未有时觉得自己并不适合学法律，更很难成为一名合格的律师，但他从很早以前就习惯了按照父母给出的规划走，也习惯于不让别人对他抱以的期望落空。

他盯着那张纸看了一会儿，想将它原封不动地粘回墙上，但便签纸后面的不干胶已经没有了黏性，沈庭未只好把它随手夹进桌上的某一本书里。

他把充着电的手机开机，输入了几次解锁密码都不对，他才忽然想起这部手机用的是他过去的号码位数。

沈庭未打开自己的社交软件，刚登录上去手机就卡住了。未读提示在手机不停的振动中弹出来，最近的聊天界面很快被铺天盖地的消息堆满。沈庭未挑着看了几条关系较好的朋友的，有些在这八个月里发来了很多很多条，他翻了半天也翻不到顶上，只好大概地看了看。

大都是问他去哪里了，怎么还不回来，中间穿插着许多很难听的辱骂，骂那个与他相亲的人。沈庭未停下滑动的手看了看，大概是在埋怨一场相亲害死了沈庭未。

沈庭未只扫了一眼，就把这些信息划走了。基本上这些朋友的最后一条消息都是在一周前跟他说生日快乐。

有几条很感人的消息让沈庭未很想回复，但他最后还是忍住了，好像大家已经将他的失踪默认成了最消极的结果，他不想这么突然地吓到别人。

沈庭未坐在书桌前，漫无目的地翻着朋友圈，有些失神地看到以前的好朋友已经有了他不曾见过的新朋友，看到同学发布的即将结婚的喜讯，看到那个不太喜欢他的同期实习生发布了案子完美收官的庆功宴……

沈庭未茫然滑动的手在这条动态上停了下来，忽然想到一个曾经不被他留意的记忆片段。

那个与他同期的实习生比他小一岁，常常被律所的前辈责骂，说他的粗心和一些别的小问题。反而沈庭未一直以来好像都在被大家关照着，他整理卷宗也好，起草文书也好，几乎没有出过任何差错，也常常会在周会上得到表扬。所以即使秦律从来没有提过将他转正，但沈庭未对这份工作也一直怀抱热情。

因为他做事很细心，秦律似乎有提拔他的打算，常常让他帮忙整理案卷。

某一天沈庭未将整理好的案卷送去秦律的办公室，秦律的门虚掩着，背对着他站在窗口打电话，有些无奈地说："是，他是很优秀。我知道的，我看过他那篇很厉害的毕业论文，我一直对他这方面是很满意的……怎么扯到歧视上去了，我哪有这个意思啊，哎，反正你到时候自己接触一下就知道了，不是能力的问题，是性格，真的不合适。"

沈庭未以为他在打工作电话，并没有多想，一直在门口等他把电话打完，才敲了敲门。

现在他才想起，秦律在看到他的那一刻表情有些怪异，语气有些僵硬地说："啊，小沈啊，都弄完了？"

沈庭未忽然冒出一个想法：好像他一直牵肠挂肚的过去，都在不停流失的岁月中逐渐走向更好。他的父亲如愿以偿地拥有了更多的时间去做他毕生追求的研究；他的母亲也终于拥有了她理想中的幸福生活；他的朋友有了新的朋友，与他相亲的人也找到了合适的结婚对象；那个因为总是被他压了一头而对他心怀不满的实习伙伴，也成了一名合格的律师。

分明是该高兴的事，但沈庭未却在努力牵了牵嘴角后，发现自己好像一点也高兴不起来。

沈庭未有些悲观地想，其实并没有那么多人需要他。他想，每个人都在按照自己的方式更好地继续生活着。他想，他二十三岁的愿望也不是完全落空了。

平安顺遂，家人幸福安康。

只不过是用他自己的平安换取了所有人的顺遂，用他自己的安康换取了一家人的幸福。

沈庭未盯着慢慢熄灭的手机屏幕，沉沉地想，他好像并没有因为回到了这里而感到高兴。

待他回过神来的时候，窗外的天色已经在他漫长的怔神中暗淡下来。

CHAPTER 15

回家

Go home

◎第十五章

0~1

手上的针孔淤青处突然传来一阵刺痛，迫使沈庭未猛然间多了几分清醒——是有人需要他的。

沈庭未忽然想，是有人需要他的。

他想到连诀在电话里跟他道歉，低声且笨拙地说："是我不好。"他还没来得及跟连诀说一句"没关系"，还没来得及跟连诀说"那明年你要陪我过生日"。

沈庭未拔掉充到一半电量的手机，在床上躺了下来。

棉被与枕头上浮起的灰尘让他忍不住咳嗽起来，胸腔里每一次的震动都使得他的大脑针刺一般地疼着。眼泪在疼痛里决堤，他遏制不住地抖动着肩膀，止不住地咳嗽，泪腺也分泌出越来越多的泪水。

他大口喘着气，无法控制自己有些颤抖的手，在模糊的视线中拨打那个熟记于心的号码。

"对不起，您拨打的用户是空号，请核对后再拨——"

沈庭未在提示音下挂断电话，添加上区号，重新拨打过去，但手机里仍然是那句冷冰冰的机械音。

"对不起，您拨打的用户是空号，请核对后再拨——"

他在提示音结束的自动挂断后，一遍一遍地重拨。

“对不起，您拨打的……”

沈庭未想，连诀你什么时候来接我啊。

“对不起，您拨打的……”

沈庭未想，我不想待在这里了。

“对不起，您拨打的……”

沈庭未想，我好想回去啊。

“对不起，您拨打的……”

沈庭未想连诀。

连诀把自己关在漆黑的卧室里这晚，做了一件不算坦荡的事。

他擅自翻遍了沈庭未的手机，将那些与沈庭未有关的片段翻来覆去地看了无数遍。在沈庭未的手机相册里找到的唯一一张可以算作自拍的照片，是一张角度刁钻、画面没有聚焦的模糊照片。

沈庭未耳朵后面长了指甲盖大小的一片红疹，或许是因为很痒而自己看不到耳后，他很聪明地用相机拍下来，在照片里留下一小半看不清楚的侧脸。

连诀长按照片，一遍遍播放这张照片拍摄时的 live，只为了看到沈庭未将手机拿回面前时飞快闪进画面里的一抹眼角。心里想的却是，沈庭未和他相处了这么久，他为什么连沈庭未耳后长了湿疹都不知道？

连诀听到沈庭未和那个叫作“开心”的女孩再三保证：“他没犯罪，是误会，他真的是很好的人。”

后来被对方接连砸来的质疑问得有一点无奈，沈庭未用那种很温柔的语气，能听出来是在安抚对方，又好像带着一点不好意思：“好啦，你别乱猜了，他对我真的挺好的……有机会介绍你们认识。”

他对沈庭未手机里空荡荡的联系人列表感到迷惘与疑惑，但这样的念头很快就被心口溢出的酸苦所取代，仿佛心脏跳动的频次都变得钝涩难挨。

没拉严的窗口透进一方淡白的天光，照亮了空气里飘浮着的细小尘埃。

连诀从沈庭未手机里藏匿的孤独中抽出思绪，茫然地从床上坐起来，目光不落实地地虚望着投在被面上的那束浅光。

在意识慢慢回笼后，连诀很快从床上起身，走进浴室洗漱，又换好了衣服，驱车去派出所询问结果。

在长椅上等待的过程里，口袋里沈庭未的那部手机很轻地响了一声。连诀拿出来看，沈庭未的号码在他不知道的时候绑定了康童学校的校信通，班主任将康童补考的成绩发了过来。

康童很争气，或许是太过懂事也或许是无形中被他施加了压力，在被连诀忽视的这阵子里看得出来康童很用功地读书了，连平时最不擅长的英文都在补考中拿了满分。

连诀扫了一眼日历，今天是周五，下午他可以亲自去学校把康童接回来，按照沈庭未对他的期待，给康童一点表扬，再给他一点奖励。

尽管他现在根本没有心情考虑要具体用怎样的方式进行表扬，但沈庭未提出的要求，他都做。

0~2

沈庭未醒来的时候仍躺在那张沾满灰尘的床上，每一下呼吸都包含着尘螨的怪味，熏得他头昏脑涨。他撑起酸涩的眼皮，睁开眼睛，眼前仍然是合眼时那样黑沉沉的夜。

他回房间时没有关卧室的门，耳边的寂静里有指针卡顿的走动声，或许是钟表里的电池电量快要耗尽，走针声时而长，时而短，并不规律。

沈庭未的家紧临着一条主路，偶有车辆经过，发出将夜风带起的呼啸。

他看了一眼手机，才知道自己睡了很久，从一个晚上睡到了第二个晚上。

混乱的梦里那些奇幻的事情一件都没有发生，正如他昨天在熟悉的转角醒来时那样，现实逼迫着他打破幻想，他逼不得已让自己面对现实，保持冷静。沈庭未调整好呼吸，慢慢从床上坐起来，大概是两天没有进食，营养与体力都跟不上，他在起身的时候感到了短暂的晕眩，胃里也隐隐作痛。

沈庭未看着手机上自己拨出的无数通永远不会被接通的电话，后知后觉地反应过来自己昨晚的行为和想法有多么异想天开。但他在几分钟的思考后，仍然怀抱着不切实际的希望，点开了应用下载商店，天真地想要找到与另一个世界相交的线索。

当他看着不同的应用搜索都显示空白时，只能无力地握着手机发怔。

沈庭未回过神来的时候，想到房间里这些灰尘对呼吸道有害，也许会对恢复身体不好，于是行动缓慢地挪到床边，想着自己几个月前从相亲的餐厅出来后随手放进车里的储蓄卡，有没有被母亲收起来。他有些不舒服，需要先吃点东西，再尽快去趟医院。

晚上就不回来住了吧，家里太乱了，明天白天他再回来好好把家里打扫一遍算了。给父母报平安的事情也干脆放在明天再说吧，现在太晚了，沈庭未想，妈妈看到他一定会很开心。

沈庭未从床边站起来的时候有些脚软，他撑着旁边的书柜，站了一会儿，等眼前这阵可能是因为低血糖引起的头晕过去了，才走过去打开窗户。

窗外刮进的冷风吹透了沈庭未身上单薄的病号服，但总算驱散了房间里的怪味。他站在窗前换着气，目光虚望着楼下宽敞僻静的街道。夜深了，道路上没有太多车经过，两旁的路灯发出亮黄色的光，沈庭未想起自己小时候也常常趴在书桌上伸着脑袋往窗外看，在看到父亲的车时会开心地跟他挥手。

母亲偶尔会说：“房子买错地方了，应该再靠市区近一点，这样周围还能热闹些，不至于这么冷清。”沈庭未当时不懂母亲嘴里的冷清，只觉得每次趴在窗口都满心期待。现在他期待回家的人都不在身边了，才第一次感受到这里的深夜原来确实像母亲说的那样冷清。

沈庭未从衣柜里拿了件自己的大衣套上，是他母亲去年圣诞节给他买的领口嵌着一圈绒毛的那件，原本他是想把身上弄脏的病号服也一起换掉，但他没有找到现在能穿的尺码，只好作罢。

他从柜子里取出自己的医保卡，那张存了他所有实习工资的储蓄卡没找到，或许是他太饿了，没有仔细找，只好拿出母亲习惯放在脚柜里的备用现金来用。

他把钥匙和手机装进口袋，把房门锁好，顺着人行道朝记忆中那家营业到很晚的小店走去。

su 市的秋冬都很冷，还不到十一月夜风就寒得刺骨。

沈庭未很怕冷，每年不到深秋家里就提前开了暖气。他父亲对母亲这种铺张浪费的行为表示过几次不满，认为是沈庭未身子骨太娇贵。或许在沈庭未不在的情况下家里还爆发过几次争吵，之后，父亲慢慢地就没再说过了。

沈庭未裹紧了大衣，步履缓慢地拐进那条破旧的窄巷。窄巷里有家开了很多年的云吞店，经营那家店的老奶奶年纪很大了，沈庭未起初觉得她有点可怜，所以偶尔会来光顾，后来吃惯了这家店的味道，来的次数就更多了。

可能是身体还太虚弱，沈庭未又走得很慢，他觉得这条巷子好像比他曾经走过时要长很多，仿佛久久走不到尽头。沈庭未有些疑惑，他拿出手机打开地图，想看看是不是自己太久没来记错了路口。

还不等他把地址输入完成，就听到一阵由远及近的自行车铃声，他抬起头，看到一个穿着附近中学校服的男孩蹬着山地车从巷子深处的拐角飞窜出来。

这条小巷很窄，沈庭未吓了一跳，匆匆侧身躲避，那个男生看到他也有些紧张，好像想要减速，但已经来不及了，他一边刹车一边慌忙地喊出一句："我去——"

刹不住车的男生在与他擦身而过时车把不小心蹭过沈庭未的手臂，好在沈庭未身上的大衣很厚，没有伤到，但本身就发软的腿脚因为车把的惯性带得有些踉跄。沈庭未扶着巷壁粗粝的墙砖站稳了，本就昏沉的大脑随着他刚才的小步踉跄变得更加发晕，连带着视线里的画面也天旋地转起来，让他胃部一阵痉挛，生出想要作呕的感觉。

他抿住有些苍白的嘴唇，抬手按着自己的胃，却感觉一阵恍惚，好像这条他走过许多遍的窄巷在眼前蒙眬和模糊的重影中变了模样。沈庭未用力眨了眨眼睛，视线里仍是有些摇晃的窄巷，分明什么都没有变过。

他只好暂时闭上眼睛，因用力而泛白的手指攀着墙壁上凸起的红砖，等待这阵难受的晕眩尽快过去。他觉得自己可能没办法继续去找那家云吞店了，他得赶紧去趟医院……

耳边那阵刺痛他耳鼓的刹车声终于停了下来，刚才的男生在远处朝他大喊："对不起——"沈庭未却在耳边突然安静下来的那一刻，仿佛从大脑里听到另一种由远及近的嘈杂声——他听到有人在很远的地方说话，听到音乐声，听到纷杂混乱的脚步声……他所有的意识都在这阵莫名其妙的嘈杂中陷入了混沌，只能听到耳边远远地响起男生惊惧而害怕的询问：“你没事吧？”

沈庭未很想回答一句没事，让他不要害怕，可是却在这刻忽然怎么也张不开嘴。

等不到回应的男生迅速丢下手里的脚踏车，快步朝漆黑的深巷跑进来。但他在几乎跑到巷子尽头的时候脚步逐渐慢了下来，茫然地在原地踯躅了片刻，疑惑地望着一路空荡的巷子，喃喃自语道：“欸？人呢？这么快就走了？”

0~3

“你没事吧？”

一道清晰的、有些稚嫩的声音在沈庭未面前响起。

沈庭未在逐渐缓和的头晕中睁开眼睛，他怔了一下，眼前骑着单车的男生忽然消失不见了，取而代之的是一个看上去比康童小很多的小男孩。

沈庭未低下头，茫然地看着眼前的小孩。小男孩很不怕生，他腮帮子里鼓着一颗糖球，指了指沈庭未缠着纱布的头：“哥哥，你没事吧。”

沈庭未怔怔地看着他，指间粗粝的触感好像也变得光滑了几分，在意识到这点时，心跳猛然变得很快，沈庭未抬起头，看着手扶着的墙壁上凹凸不平的白色瓷砖，视线发僵。

不远处的商场传来散场时舒缓柔和的音乐，巷口有行人匆匆走过，几步外有小吃摊用小喇叭叫卖的声响……在他回过神来的瞬间眼前的画面开始变得模糊，视线所及处所有的事物都融化成了大大小小的朦胧的光斑。

小男孩似乎被眼前这个突然哭起来的大哥哥吓了一跳，歪着头问：“哥哥你怎么哭了呀？”

沈庭未抬起手抹了把脸，又用袖子重重地蹭了蹭眼睛，却怎么也没办法止住愈发汹涌的泪水。他想对小男孩说没事，张开嘴却几乎泣不成声，只好边继续用力地擦泪，边拿起紧握在手里的手机。

因为手抖几次都没办法按到他想选择的数字，好不容易在几次错误提示后解开了锁，沈庭未绝望地发现自己的手机卡正处于无服务的状态。

小男孩好像意识到他想打电话，于是拉开自己的袖子，热心地将胳膊伸出来：“用我的电话手表吧。”

沈庭未几经抑制自己声音的颤抖，匆匆对他说了句谢谢，艰难地弯下腰去触碰那块很小的屏幕，眼泪顺着下巴簌簌地砸在小男孩手腕上那个方形的屏幕上。小男孩毫不在意地将屏幕上的泪痕蹭在自己的衣服上，将手腕重新递到他面前，沈庭未极不熟练地在仍有些模糊的手表屏幕上输入那串打了近百次的号码——

电话只响了一声，很快就被接了起来，那道沈庭未熟悉的、却在此时听来异常沙哑的声音从手表里传了出来：“哪位？”

沈庭未艰涩地从喉咙里发出很低的声音：“连诀……”他在对面愈来愈重的呼吸声里，颤抖着说，“……我想回家了。”

他问：“连诀，你什么时候来接我回家啊？”

连诀从接到电话的那一刻脑子里就闪过了无数个想法，他所有乱七八糟的思路都在沈庭未那句“你什么时候来接我回家”落下时彻底地停滞了。

他拿起钥匙匆匆冲出家门，甚至没有来得及跟身后追出来的康童解释自己出门的缘由。

在这一刻，连诀感觉到好像多年以来冷静的自己都只是一个不真实的自己，而正是那个在不远处等待他的沈庭未，将他从过往的浑噩中唤醒。

连诀在许多个亮起红灯的路口都险些没能忍住闯过去的冲动，但这股冲动最后都被“沈庭未还在等他”的念头给遏制住了。他数着红绿灯漫长的秒数，在变灯的那一刻压着当前路段的最高码速开往电话里那个小男孩跟他说的地址。

仿佛他要赶赴的不是一场久别重逢的相遇，而是一场水深火热的救赎。

他带着炽烈与迫切的情绪赶来，要救沈庭未，也要救他自己。

连诀将车停在巷口禁停的街边，闯进那条繁华街中不起眼的窄巷。

昏黄的暖黄灯光斜投进巷口，将脚下坑坑洼洼的地面映照出一片柔和的光晕。他在那片狭长的光影中慢慢停下了奔跑的脚步，停在了光影的明暗交界处，他看着被掩于巷口浓重的阴影下、那个仿佛与巷外的热闹毫不相关的沈庭未，身体中紧绷的弦在这一刻顿然松懈。

在靠近沈庭未的每一步里，连诀都走得心焦却缓慢，仿佛沈庭未消失的这短短两天变成了一寸寸难挨的岁月，让连诀在面对沈庭未的这一刻变得生疏与笨拙。

他极力地想要稳定下自己过快的心跳，半张脸藏在光晕未覆的阴暗里，专注而贪婪地注视着站在黑暗里的那抹瘦弱单薄的轮廓，生怕稍一眨眼，沈庭未又会在他眼皮下消失。

“我来了。”连诀用极度沙哑与不平稳的声音，在低声喘息间，将语句断得有些奇怪，“我来，接你回家。”

沈庭未氤氲着雾气的眼睛在浓稠的夜色里好像装了一捧明亮的光，他闪动着睫毛，对上连诀的眼睛，睫毛扇动，带下来没能噙住的泪水。

连诀脱外套的动作在看到沈庭未身上的大衣时停了下来，温热粗糙的拇指揩去沈庭未淌落脸颊的湿润，他恍然如梦地用力抱住沈庭未，急迫地想要确认沈庭未是真的。连诀有许多话想要说，譬如你这两天跑去哪儿了，譬如我和康童都很担心你，又譬如我很想你。最后却只是用力捏了捏他的肩膀，说出一句没能止住微颤的话：“……以后的生日，每一年的，我都陪你过。”

沈庭未用力地点头，沙哑着嗓音说：“好。”沈庭未或许是真的累了，从看到连诀的那一刻就没了力气，紧靠着他。

连诀将他的大衣拢紧，揽着他的肩膀把他带回车上的时候，忽然回想到了第一次见到的沈庭未。同样是这副楚楚可怜的模样，垂着眼睛，在车流穿梭的嘈杂声响中，用微弱的音量对他说“回家”——连诀在对他做出那些荒唐混蛋的事之后，才反应过来他当时说的大概是“可不可以带我回家”，而当时连诀也是同样对他充满疑惑。

但与之前不同的是，比起当初态度冷淡地“施救”，此刻却多出了许多溢出心口的酸软与疼惜。比起那些发生在沈庭未身上微不足道的离奇，他更在意沈庭未是不是平安。

沈庭未说一些不着边际的话也好，做一些愚蠢又可爱的事也好，只要沈庭未好好的。

连诀帮他打开后座的车门，把他送上车，又不加思考地绕到车门另一侧，挤到沈庭未的身边。沈庭未听到他给司机打电话，用已经恢复了冷静的声音交代自己的地址，催促他尽快过来。

沈庭未看着连诀仍然紧绷的下颌线与手臂用力而显现出的肌肉线条，想要触碰他的手臂让他放松下来，刚抬起手却被连诀用力攥住。连诀用眼神示意他乖一点，继续用没有波澜的语调对电话那头的司机说："南边，让医生也尽快过去。"

挂断电话后，连诀看着沈庭未，露出几分夸张的警觉："做什么？"

沈庭未看着他的手，认为他未免有些过于谨慎，哭了太久有些红肿的眼睛忍不住弯了一下，带着浓浓的鼻音，瓮声瓮气地说："我饿了。"又故意想要激起连诀同情那样，很可怜地看着他，"两天没吃东西了，饿了。"

连诀显然因为他的话有些时迟疑，目光很快地扫过车窗外，看到马路对面那家卖手握披萨的小店。

"等我。"连诀松开他的手，推开车门，看着他，沉声重复了一遍，"等我。"

沈庭未乖乖地点头，看着他关上车门，很快地跑过马路对面，站在一个已经熄灭门头灯箱的窗口，跟里面的人交谈。或许是交谈得并不顺利，沈庭未看到连诀从口袋里掏出皮夹，看也没看就拿出几张纸钞生硬地放在柜台上。

沈庭未有点想笑，但笑了一会儿，又觉得鼻酸。连诀不擅长表达情感，但这种生疏中带着几分笨拙的方式让沈庭未这两日无处着落的心突然之间落入了实地。

很显然连诀与他一样，这段时间过得并不好，连诀脸上那些被刻意掩藏的憔悴让沈庭未感到难过，同时却也矛盾地让沈庭未感到高兴，让他在目睹了自己破碎的家庭后，发现连诀比他想象里还要重视他，因而产生了安全感。

沈庭未小口咬着手握披萨热乎乎的卷边，看着连诀下巴上明显的青茬，说："你长胡子了。"

连诀说了声"嗯"，又说："回去就刮。"

"这样也很好看。"沈庭未想了想，又笑起来，"还是刮了吧，老了再留。"

“好。”

沈庭未闷闷地笑起来：“你没办法帮我剪头发了，我剃了光头。”

连诀很快接上了他的话：“那就等留长了再剪。”

沈庭未看着他笑了一会儿，就着连诀手里拿着的热饮喝了一口，或许是想让气氛轻松一点，沈庭未若无其事地说：“其实你这样我有点不适应。”

连诀顿了顿：“哪样？”

“就我问你什么都回答我、我说什么你都答应的样子。”沈庭未抬眼看着他，笑得嘴角都有些酸了，“感觉好怪啊，你的人设变了。”

连诀仿佛被他的话逗笑了，嘴角虽没有上扬，但眼里总算流露出少许的笑意来：“我什么人设？”

沈庭未佯装思考地“嗯——”了一会儿，抛出一个回答：“冷酷无情？”又故意补充，“薄情寡义？”

连诀像是没想到他会说出这样的词汇，冲他略扬了扬眉，露出一个有些不快的神情。

沈庭未看着他重新板起的那副故作冷淡的表情，很好笑地扯了扯他的袖子：“我发现你有时候挺幼稚的。”

沈庭未显然真的有些饿了，他在司机赶到前举止很斯文地吃完了两个手握披萨，然后倚靠着座椅，有些困了。司机驱车一路安静地在深夜的汽车道上行驶，沈庭未闭着眼睛，感受着身侧属于连诀的气息与温度，听着他缓和下来的呼吸，不由自主地小声叫了一声连诀的名字。

连诀转头时下巴擦过包裹沈庭未头顶的纱布：“怎么了？”

沈庭未在少许的沉默后，语气很轻地说：“我没有家了。”

“我给你。”连诀没有任何迟疑地回答，同时握住他不知为何冷下来的手，嗓音低沉地说，“我带你回家。”

车驶入南郊那片别墅区后，沈庭未在一段小憩后睁开眼睛，他从车窗外看到不远处那个笼罩在暗淡夜幕中的庭院有片刻恍惚，他曾经闲暇时打理的花园似乎还保留着原来的模样，显然是常有人打理。

大概是已经住进了人。

沈庭未的脸上表露出些许失落，连诀仿佛一眼洞穿了他的想法，淡淡地问："喜欢这里？"

"还好。"沈庭未说，"哪里都好。"

紧接着车拐进了院子，停了下来。沈庭未怔了怔，不明白连诀这么晚了怎么突然带自己过来，而连诀也没有留给他太多思考的时间，正要下车，被沈庭未急急忙忙地扯了扯袖子："是有什么东西落下了吗？我们要不然明天再过来取吧，这么晚打扰别人太不礼貌了……"

连诀却只是抬手拍了拍他拉着自己衣袖的手，给了他一个安心的眼神，没有回答他的问题。直到连诀牵着沈庭未走到门口，用自己的指纹解开了门锁，沈庭未才猛然意识到什么，转过头看着连诀："这栋房子……没有卖出去？"

"嗯。"连诀打开灯，带着他进门，从鞋柜里帮他拿了新的拖鞋，"这边大一点，以后活动得开。"

沈庭未原本还没明白他嘴里的"活动得开"是指什么，在看清眼前这栋在短短几个月时间里焕然一新的房子时，才明白连诀说的意思。

沈庭未曾经一直觉得这套房子冷清得让他心里不安，但现在已经完全换掉了原本灰白色调的极简风格，从装修到陈设都变成了那种清新淡雅的欧式田园风。虽然都是符合连诀喜好的简约路线，但在连诀将手边所有的开关都打开时，整栋房子被笼盖上一层柔和的暖光，让这间大得有些夸张的房子在转眼间充满温馨的烟火气息。

"二楼设计了儿童房和活动室。"连诀用沈庭未非常熟悉的语气，仿佛仅仅只是向他陈述一个既定的结果，"你想要什么样的家？不喜欢可以换。"

沈庭未愣怔少顷，转过头对上连诀略带问询的眸子，小声地、认真地对他说："这样就很好。"

连诀带领沈庭未上了二楼，按照自己记忆里那份确认过多次的设计图纸，语气徐缓地与沈庭未介绍新家的布局。

医生在他们上楼后没多久就赶到了，看到楼上下来的沈庭未那刻，脸上露出了少许克制过后的激动，一边轻车熟路地朝医疗房走，一边在兴奋状态下有些口无遮拦地说："您这两天可把我们吓坏了，大家都紧张疯了，我还从没见过连总发那么大的……"

话音未落，就被连诀态度稍显冷淡地打断："先给他检查一下身体。"

医生这才察觉到自己失言，赶紧赔着笑说："好好，人找到了就好，找到了就好。"

医生尽可能详细地给沈庭未做了身体检查，又打算为沈庭未检查伤口、拆线和换药。连诀还在这里，这点让沈庭未感到有些难为情。

尽管他与连诀算得上是家人了，但他仍不太愿意让连诀看到自己光着脑袋的样子，连诀显然看出了他的顾虑，企图安慰却用了最愚蠢的方式，平铺直叙道："我已经看过了。"

……

沈庭未有些恼羞成怒地背过身去不理他了。

拆线的过程里沈庭未能感觉到连诀手掌压在自己肩头的力道在加重，他想告诉连诀其实没有很痛，但线从伤口抽出来的那种清晰的钝涩感让他有些说不出话来。

医生夸他恢复得很好，又对连诀说："沈先生还有一点轻微的脑震荡，所以常常会感到头晕恶心，多休息吧，没什么大问题。"

已经很晚了，这边刚装修好不久，不方便住人，尤其是沈庭未现在还没完全康复。两个人故而没在这边多待，让司机送他们回了市区的家。

康童难得不遵守连诀的规定在九点钟以前回房间睡觉，或许是对连诀晚上匆促出门的行为有所预感，他才听到门声就猛地抱着小猫从沙发上站起来。看到沈庭未进门的那一刻，好像这些天压抑的思念与害怕一齐爆发出来，康童丢下小猫，小心翼翼地捧起茶几上那一小盆花苞尽绽的茉莉，走到还没换好拖鞋的沈庭未面前。

"……它都开花了，你怎么才回来啊？"康童的眼眶红了，沾了水汽的长睫毛垂着，"我每天都给小花浇水，放在教室的窗台晒太阳，它前天就开花了，我怕你看不到，还拍了照片给你看……"

沈庭未红着眼睛把他搂进怀里，康童像是受了天大的委屈那样哭得很大声，仿佛在连诀面前强撑出那副拙劣的伪装都在的时候卸了下来，问他"你这几天去了哪里啊"，责怪他"你怎么这么不听话啊"，最后哽咽着说："我月考拿了满分。"

沈庭未摸着康童的头发，轻轻吸了下鼻子，柔声哄他："我这不是回来了吗，别哭了，小男子汉哭什么。”

“未未，”康童紧紧搂着他不撒手，有些可怜巴巴地跟他说，“你以后不许再乱跑了。”

始终在一旁保持沉默的连诀，俯过身，凑到沈庭未耳边浅浅笑了一声，语气好似刻意调笑与模仿一般，又甚是郑重地重复了一遍康童的话：“未未，以后不许再跑了。”

沈庭未的脸至脖子一瞬间泛起不自然的红，他避开康童期盼的眼神与耳边炙热的鼻息，认真地对他们说了一声：“好，不跑了。”

The End

坦白局

Confession Bureau

◎番外一

0~1

明明是一个该睡觉的深夜，一个病号、一个儿童和一个近一周都没有好好休息过的人此刻却都在客厅里正襟危坐。

“你们好严肃啊。”沈庭未被眼前一大一小两个人的眼神冻得缩了缩脖子。

不得不说康童的模仿能力是极强的，明明是一张稚气未脱的娃娃脸，板起脸装严肃的样子倒与连诀平日里有几分相似。

“你这两天跑到哪里去了？”康童扁了扁嘴，皱起眉头，“你知不知道我和爸爸很担心你！”

“……我知道，我也很想你们。”沈庭未轻轻说。

康童听到这里明显有些心软，他扭过头看了一眼连诀，发觉连诀脸上仍摆出那副冷冽的表情，于是被他的神色所感染，重新假模假式地板起脸：“老实交代。”

……

沈庭未被二人盯得神色有些许慌乱，决定使用拖延战术：“那个，我能不能申请喝点水……”

康童终究是不舍得苛责沈庭未，在听到他说口渴的时候，就下意识站起来："那你想不想喝点牛奶啊？"

沈庭未正想点头，连诀冷冷地扫了一眼康童，止住了康童欲要离开的动作，他眉头微蹙着，沉声问沈庭未："到底去哪儿了？"

沈庭未忐忑地看了看他，倒不是被他这句语气并不重的责问震慑住，而是心里实在有些犹豫：一方面他并不想对连诀和康童撒谎，另一方面他实在不知道该从何讲起自己这段离奇的经历。

在漫长的没有结果的思维挣扎过后，索性放弃了艰难的自我博弈，沈庭未有些紧张地看着面前的爷俩，实话实说道："好吧……我回去了。"

连诀皱了皱眉。

康童睁大了眼。

沈庭未苦笑道："其实我不是这个世界的人。"

连诀："？"

康童："？"

沈庭未被这两日艰涩的回忆拉回到难以自拔的苦闷里，他垂头丧气地说："我回到了我原来的世界。"

连诀：……

康童：……

沈庭未抬起因这段对于他来说有些复杂的回忆而再次泛红的眼睛："但是我现在只有你们了……"

连诀在他红起眼眶那刻，陷入了沉默。

康童张了张嘴，呆呆地问："未未……你是外星人吗？"

沈庭未轻轻吸了下鼻子，薄而泛光的鼻翼被情绪牵动着细微翕动，他张了张嘴，正想说话，却被一旁的连诀突然打断："好了，都上楼睡觉吧。"

康童小心翼翼地看了看沈庭未，又看了看连诀严肃的脸色，很快跟他们说了晚安，匆匆跑上了楼。

连诀看着眼前泪光闪烁的沈庭未，太阳穴突地跳起来。他无声地叹了一口气，脑子里回忆起在医院听过的那个昏迷醒来后的患者表示自己见过 UFO 的病例，一时有些无言。

片刻后，他无奈地走过去轻轻抱了抱仍未从失落中抽离出来的沈庭未，语气极其温柔，言辞却极其敷衍地说：“好了好了，不想了，都过去了。”

0~2

连诀：他今天又说自己是来自异时空的人。

医生：沈先生平时在举止上有什么不对劲吗?

连诀：没有。

医生：嗯……这种情况确实是比较罕见的，但也不是没有可能，建议您将相同的问题常问几次，或许某天沈先生就恢复正常了。

0~3

晚上洗完澡后，连诀从床头柜里拿出药膏给沈庭未涂耳后那片快好了的红疹。然后又一次问沈庭未：“你去哪儿了？”

沈庭未也再一次回答：“我回去了啊！”

连诀对他的答案没有表露出先前那种怪异的表情，习以为常地“嗯”了一声，摸了摸他新长出的细软的头发，温声道：“睡吧。”

沈庭未恼羞成怒地推他的手：“你不信还总是要问我。”

连诀眼里有些无奈，说：“我信，快睡吧。”

沈庭未的伤口还没好，医生建议不要总是牵动他的负面情绪，于是连诀谨遵医嘱，耐着性子哄他：“好吧……那你生活的世界是什么样子的？”

0~4

黑暗里。

沈庭未一本正经地说：“其实我生活的世界……”

连诀忍不住想要逗他的心思，打断道：“等下。”

沈庭未：“？”

连诀强忍住笑意，由衷地夸赞道：“你中文挺好的。”

0~5

连诀在沈庭未又要闹脾气前，赶紧找了一个新的话题出来：“那你们的代步工具是？”

沈庭未莫名其妙地说：“车啊。”

连诀：“住的是？”

沈庭未更莫名其妙地说：“房子啊。”

连诀：“吃的是？”

沈庭未语气里透着无奈：“柴米油盐啊。”

连诀庆幸地松了一口气，心想：还好，只是轻微的神经错乱。

沈庭未顿了顿：“但我之前生活的地方阶级差异还挺严重的，人类会被划分为三类，各自负责承担自己的社会责任。一类是能力者，在各个行业担任领导者；一类是热感症患者，也就是像我这类人，我们会受到国家和社会的保护，不需要参与劳作；而那些没有热感症的人则是社会的主要生产力。”

连诀无声地叹了口气，心想：算了，这口气还是提着吧。

0~6

连诀点了点头，看似意味深长实则糊弄地应道：“啊——”

大概是怕沈庭未听出他的敷衍，于是又补充了一句感想：“那没有热感症的人，也就相当于，这个世界的打工人？”

0~7

沈庭未沉默了一下。

连诀以为沈庭未在闹脾气，正想办法找补，就听沈庭未若有所思道：“你这么说，也不是没有道理。”

0~8

如果连诀知道沈庭未会在接下来的两个小时里滔滔不绝地为他描绘一个荒诞无稽的世界，他一定会把那句随口哄沈庭未的话在脱口而出前咽回去。

0~9

如果沈庭未知道连诀会对他生活了二十三年的世界有那么多偏见，他一定要把好不容易下定的决心收回来，让连诀离他过去的生活远一点。

1~0

第二天早晨，康童神采奕奕地跟沈庭未打招呼：“外星人未未你好！”

沈庭未无精打采地跟他说了早上好，康童趴在餐桌上看着他，饶有兴致地问：“你的星球是什么样子的呀？”

沈庭未看着康童，发现自己被勾起的倾诉欲并不是无处可出，从连诀那里败下的精神在康童这里重新打了起来，于是也神采奕奕地准备跟他描述。

不料刚要张嘴，就被连诀敏捷地一把捂住了，催促康童上楼换衣服上学。

康童扁了扁嘴，拖着长音不情不愿地说：“好吧——”

沈庭未被连诀放开以后，对康童说：“我晚上跟你讲。”

康童的眼睛一亮，欢快地小跑着上了楼。

1~1

连诀欲言又止地看着沈庭未。

沈庭未莫名其妙地回视他。

连诀委婉地说：“……康童还未成年。”

沈庭未眨了眨眼：“？”

连诀语气生硬：“学校有科学课，不用你瞎操心了。”

1~2

在短暂的对视后，两人同时叹了一口气。

1~3

连诀有些头疼地想，沈庭未的病到底什么时候能好？

沈庭未有些无奈地想，看来在证明自己不是精神病这件事上，他还有很长的路要走。

EXTRA CHAPTER 02

网游人的七夕节

Qixi Festival

◎番外二

0~1

林琛今年 27 岁，是玩某款仙侠网游的第九个年头。

在过去的起码十九年里，林琛都认为自己不会成为一个宅男，直到宿舍里与他关系交好的室友从某天开始沉迷一款网游，课也不好好上了，食堂也不去了，一有时间就猫在自己的桌前对着电脑傻笑。

当他不知道第几次托林琛帮他带饭之后，林琛终于忍无可忍：“你这叫玩物丧志，明白吗？玩物丧志！”

舍友从傻笑里分出一个“凡夫俗子你不懂”的眼神给他，语气里蕴含着浓浓的怜悯：“这是游戏吗？这不是，这是爱情。你懂吗？你不懂，因为你没有。”

舍友说这话的时候电脑屏幕正停在一个山好水好风景好的画面上，两个衣袂飘飘的虚拟小人头靠着头，肩并着肩，沐浴夕阳下，岁月正好时。

林琛对着他翻了个白眼，指着他的电脑屏幕，无情地说：“你老婆都穿模了兄弟。”

舍友“哎哟”一声，戴上耳机后声音立马变了调子，用一种十分恶心的、刻意压低了的气泡音，说：“老婆你没事吧，怎么这么不小心？”

林琛抖落掉自己身上的鸡皮疙瘩，因为站得太近，无意中将他耳机里娇滴滴的笑骂听了个清楚。

说一点不酸那是不可能的。

要单论长相，林琛在系里那怎么说也能称得上是半个系草了。但身处这个男女比例严重失衡的机械工程系，他对大学期间脱单的期待，早在学校南广场唯一一只母流浪猫意外怀孕的那个冬天彻底地破碎了。

他走到自己的位置坐下，掏出那本《机械原理》愤愤地翻了几页后，终于忍不住扭过头，咬牙切齿地问舍友：“你玩的那游戏叫什么啊？”

0~2

林琛在舍友手把手的教学下，安装好了这款据说只靠技术就能网恋的恋爱……啊不，仙侠网游，建立角色的时候他几次想点那个十分符合他审美的小萝莉，都被舍友拦住了。

“我是让你去网恋的，不是让你在角色页面选妃的，搞清楚你的目的成吗？”舍友擅自替他选了一个白衣飘飘的双剑少侠，“这个吧，好上手，飞起来贼帅。”

于是林琛恋恋不舍地在心里跟小萝莉说了再见，选择了舍友给他挑选的“飞起来贼帅”。

取名的时候，他思索再三，想到了一个非常霸气的、很符合他形象气质的网名：全服第一帅。

他于是顶着“全服第一帅 2698”的名字进入游戏。

这个游戏的取名机制实在太智能，或者说太弱智。检测出重复名字后会自动生成尾部数字，而林琛创立角色的时候手比脑子快了一步，当他注意到的时候已经跳出过场 CG 了。由于他实在不想再去捏一次脸，索性破罐子破摔，就这样了。

也就是说这个服务器目前有 2697 个“全服第一帅”，他排第 2698 位。

0~3

在室友换了第三个“情缘”后，林琛怀疑自己可能是个寡王。

玩这款网游的第一年七夕，室友翻山越岭奔现他的新“情缘”，林琛做完日常任务后漫无目的地在游戏里闲逛。看到NPC在世界窗口发布了七夕任务，本着闲着不如打本的想法去了活动点，发现自己满足不了任务条件。

他没有“情缘”。

他在活动点看到了一个与他同样落单的小萝莉。

没错，就是他当初想选被拦住的小萝莉。

小萝莉头上还顶了个和她一样可爱的名字：琳琳跳山山。

全服第一帅2698：小姐姐，一个人？组个“情缘”过任务，一起打本我带你。

琳琳跳山山：1。

0~4

全服第一帅2698：今晚有空一起打本吗？

琳琳跳山山：1。

全服第一帅2698：有空一起打本吗？

琳琳跳山山：1。

全服第一帅2698：一起打本吗？

琳琳跳山山：1。

全服第一帅2698：打本？

琳琳跳山山：1。

全服第一帅2698：本？

琳琳跳山山：1。

全服第一帅2698：？

琳琳跳山山：1。

林琛终于有了“情缘”，不过怎么和想象里的不太一样？

别人的“情缘”千娇百媚，他的“情缘”高贵冷艳。

别人的“情缘”人嗲声甜，他的“情缘”永不开麦。

但林琛总算有了一起打本的绑定“奶妈”，游戏水平也突飞猛进。

0~5

玩网游的第九个年头，他的“情缘”第一次主动在聊天软件上找他。

琳琳跳山山：七夕任务，极品紫装。

全服第一帅 2698：我去！我必冲！ Boss 掉落五五分，你先选。

琳琳跳山山：不用。

全服第一帅 2698：那多不好意思。

琳琳跳山山：1。

“今天是七夕节，连总。”

装备装备。

“您不用早点回去吗？”

任务任务。

“那就推了吧。”

哟呼——

林琛下班快速回到家里，沐浴焚香打开电脑。

全服第一帅 2698：话不多说，上号！

琳琳跳山山：1。

全服第一帅 2698：今年这个本有点难打啊，上语音吧，你要不想开麦的话听我指挥？

琳琳跳山山：1。

今年的副本果然难打，每对“情缘”共有三次挑战机会，林琛连续两次被 Boss 拍空血条，被强制踢出副本。

他叹了口气：“好难啊，烦死了。”

琳琳跳山山：下把我指挥。

“你是不是嫌我打得不好啊？”

琳琳跳山山：1。

虽然被嘲讽了，但林琛并没有那么不开心，因为琳琳跳山山要开麦了。

他对琳琳跳山山有过很多幻想，相貌啊年龄啊声音啊，等等，但他认为通过网络探究对方的隐私是件不礼貌的事，除了偶尔给“她”的朋友圈点个赞以外，没做过过界的事。

工作以后忙起来他们之间的关系就淡了。

但在他记忆里琳琳跳山山是个非常聪明的女孩，游戏打得好，功课也很好。他参加工作的第一年，看到琳琳跳山山发过一条庆祝毕业的朋友圈，配图里的毕业证书上面显示是一所国内很厉害的大学。

“她”偶尔也会在朋友圈发一些可爱的小动物，风景，分享歌曲，唯独没有发过自拍。

正要和琳琳跳山山一起再次进入副本，林琛接到了外卖电话，顺便看到了沈先生发来的消息。林琛一边点开聊天框，一边匆匆对耳麦那头的人说：“等下啊，有人找我。”

琳琳跳山山：？

林琛看着这条莫名其妙的消息：“……花我很喜欢，谢谢？”

琳琳跳山山：？

林琛扫了一眼电脑上的消息，发出了同样的疑惑，下意识发了个问号过去：？

琳琳跳山山：……你为什么七夕节送人百合？

“对啊？”林琛愣了愣，“我为什么要送人百合？”

七夕！

林琛想到这里赶紧撤回了那条问号，重新编辑了一条：“不好意思沈先生，我刚刚看到消息。那束花是连总亲自挑选的，这句感谢我受之有愧，您应该感谢连总。”

发完这条消息，他抬起头看了一眼屏幕，琳琳跳山山没回话。

“完蛋！”林琛恍然，“是不是沈先生不喜欢百合，我老板又让我背锅了？”

琳琳跳山山这才发过来一条：先生？

林琛赶紧又撤回那条消息，一边跟琳琳跳山山说：“光顾着跟你说话了，我回‘您喜欢就好’是不是很奇怪啊？我疯了吧我怎么可能七夕送我老板的家人百合啊——别搞我了吧老板！”

琳琳跳山山：……

琳琳跳山山：当工作消息回呗。

林琛生无可恋，索性破罐子破摔，又撤回了刚发过去的那条“您喜欢就好”，遵从“她”给的建议，回复了一句：“收到。”

0~6

林琛丢掉手机，戴上耳机说：“打本打本，今晚必把这套紫装刷出来。”

耳机里传来一道低沉的男声：“你回了什么？”

林琛下意识回答：“收到。”

对面笑了起来。

林琛傻了起来。

林琛握住鼠标的手微微颤抖：“我去——你你你是男的？！”

对面的人又笑了。

“你也没问过我啊。”

小丑竟是我自己。

时间碎片

Time confetti

◎番外三

【七夕节后】

qixijie hou

沈庭未醒来时看到的茉莉，确实是连诀找了很久才买到的。

连诀在市区的几家花店寻找未果，按照司机的建议去了外环的花卉市场，尽管这时距离他平时去公司的时间已经晚了许多。

驱车赶到花卉市场的时候那里刚开门，里面许多商铺的外卷帘门还拉着，没有开始营业。

连诀最后在一家破旧的小铺子里寻到了那盆小小的茉莉盆栽。

它不精致也不昂贵，算上那个陶瓷的小花盆也才二十块，比起那束被他丢掉的花，实在算不上一份拿得出手的七夕礼物。

连诀拿着那盆茉莉回到车上，司机将车发动，问:“回公司吗，连总？”

连诀看了一眼腕表，说：“先回家。”

沈庭未不喜欢百合，但沈庭未会为了让他开心，将那束闻到就会生理不适的百合从垃圾桶里捡回来，并且让它看上去比待在包装纸里时更加娇艳和富有生机。连诀也不喜欢茉莉，但他也愿意为了哄沈庭未高兴，偶尔迟到一次。

迟到了半个上午的连诀回到公司后，撞上迎面走来的林琛。

林琛看到连诀，总算松了一口气:“连总，您终于来了，陆总已经到了，昨晚那份合同您看完了吗？陆总那边……”

连诀的脚步顿了一下，昨天晚上沈庭未来书房找他的画面一闪而过，而那份被沈庭未弄湿的合同似乎被他随手丢在了书房的椅子上。连诀的脸上飞快地闪过一抹不自然的神色，很快淡声说："去重新打一份。"

林琛愣了一下，连诀不动声色地避开他窥探的视线，声音一沉："还愣着干什么，两分钟后送到我办公室。"

林琛这才很快说："好的连总。"

连诀径直朝自己的办公室走去，林琛看着他耳后泛起的薄红，暗自腹诽：重打就重打呗，至于生气成这样吗？

自从七夕得知"琳琳跳山山"是个男人后，林琛已经装了很长时间的鸵鸟了。

琳琳跳山山：晚上一起打本？

全服第一帅 2698：不好意思，今天要加班，改天吧。

琳琳跳山山：出了新活动。

全服第一帅 2698：抱歉我在加班。

琳琳跳山山：商城出了套情缘时装，做情缘任务加 buff。

全服第一帅 2698：在加班。

琳琳跳山山：送你了，有空上号领一下。

全服第一帅 2698：？

全服第一帅 2698：[撤回]。

全服第一帅 2698：啊这……谢谢啊。

全服第一帅 2698：[撤回]。

全服第一帅 2698：收到。

琳琳跳山山：1。

【十月十六号】

shiyueshiliu hao

林琛难得下了个早班，但他好像并没有因此而感到高兴。

他看着手机上相识九年的"情缘"又一次主动发来的消息，倒吸一口凉气。

琳琳跳山山：我记得你在沂市工作吧？

全服第一帅 2698：是啊，怎么了？

琳琳跳山山：我在高铁站。

全服第一帅 2698：？

琳琳跳山山：被大学同学鸽了，我现在不知道去哪儿。

全服第一帅 2698：？？

琳琳跳山山：人生地不熟的，一个人在高铁站有点害怕。

全服第一帅 2698：？？？

全服第一帅 2698：如果我没记错的话，你只比我小一岁吧。

全服第一帅 2698：26 岁，一个人，在高铁站，有点，害怕？

琳琳跳山山：哥。

全服第一帅 2698：……

全服第一帅 2698：高铁站南边有个快餐店，等我二十分钟。

琳琳跳山山：1。

高铁站附近的停车位很难找，林琛在附近转了几圈，最终迫不得已将车停到了附近一家快捷酒店的收费停车场。

如果放在七夕前，他想到要和“琳琳跳山山”奔现了，恐怕得激动得一整宿睡不着。如今，他心如止水地将车锁好，步行朝高铁站南广场的快餐店走去。

林琛第三次从街道旁的商铺玻璃窗反光里确认自己此刻的形象时，才意识到自己也不全然是心如止水，其实他的内心还是对稍后的会面有那么一丁点隐隐约约的期待的。

林琛看着玻璃反光中不清晰的自己——不错，高大威猛、冷酷无情，不愧是沂市第一帅 269……啊不，就是第一帅！

林琛轻轻吐了口气，将垂在身侧的有些潮湿的手微微攥紧了些，又挺直了腰背，顺便在握紧拳头的同时，活动了一下因在电脑前久坐而有些僵硬的脖子。

毕竟他从幼儿园毕业后就再没打过架了。

林琛在这一刻决定，今天务必要让这个骗了他九年的“琳琳跳山山”亲身感受一下什么叫“沂市第二实验幼儿园一霸”。

这个念头在心里停留了不到五分钟。在电话拨通的那一刻，林琛就决定贯彻君子动口不动手的原则，留这个“琳琳跳山山”一条狗命。

快餐店门口那个修长挺拔的男人不紧不慢地接起电话，迈着长腿几步走到自己跟前，眉眼带笑，听筒与面前两道声音同时响起——

“嗨，2698。”

林琛仰起头，难以置信地看着面前这个在聊天软件上臭不要脸地自称“有点自闭才会玩游戏”“不善言辞才从不开麦”“常常遭到霸凌才害怕人多”，以此来博得他的同情和谅解的“琳琳跳山山”。

后槽牙咬紧的声音传递上耳鼓，他用力地吸了一口气，面色阴沉地从齿缝中挤出一句：“嗨，琳琳！”

往停车场走的一路上，临山都没有问他要去哪里，或是要做什么，这副一切悉听尊便的德行，让林琛忍不住怀疑他是不是真的有点什么社交障碍，就不怕自己拐个弯把他卖了？

但很快他就打消了这个想法。

临山跟在他两步后，悠悠地叫：“2698。”

林琛不甘示弱：“琳琳。”

临山又叫：“2698。”

林琛重复：“琳琳！”

临山乐了：“2698。”

林琛脚步顿住，转过头瞪了他一眼：“你幼不幼稚啊！”

临山的眼里带着笑意，抬了抬手，似乎是想揉他的头发。林琛在意识到这点时几乎是条件反射地躲开了，临山便不动声色地收回手，脸上看不出什么异样的情绪。

他耸了耸肩，语气是显而易见地调笑：“我也没想到你会这么幼稚，哥。”

林琛被他噎了一下，决定不再搭理他。

临山从原本的跟在后面，变成了与他并肩。

太阳落下，夕阳将两道影子拉得颀长。

“2698？”

“琳琳。”

“2698。”

“琳……哎你好烦！”

岁月静好

Warm time

◎独家番外

【沈庭未的焦虑症】

jiaolv zheng

雨后的风里卷着湿泥的潮气，卧室里的窗开了条窄缝，凉凉的空气顺着缝隙透进来。

沈庭未靠在床头读一本有名的外文小说，是连诀上周推荐给他的，他每天睡前都会看一会儿。窗外有车灯闪过，映得室内一片暖黄，但很快车灯暗了，声音也没停下。

不是连诀。

沈庭未看了看表，今天连诀回来得有些晚了，他暗暗地想。

沈庭未轻轻吐息，空气里的凉意抚顺了他胸口的气闷，他又将注意力放回书里。沈庭未的焦虑症并没有因为生活稳定下来而有所缓解，由于这个时不时发作的热感症，沈庭未的心时刻是悬着的，容易焦虑的毛病也没有好转。

连诀下班回家时，康童正在喂猫，见到连诀，他指了指楼上。连诀点了点头，交代他做完功课早点休息，就上楼去了。

推开卧室门，沈庭未正靠坐在床头，腿上摊放着一本看了一半的小说，他的目光却没在书上，正直愣愣地盯着被面出神，甚至连连诀进门的动静都没注意到。

“在想什么？”连诀脱下外套挂在衣架上，走过来。

沈庭未这才回过神，扭头看了他一眼，一边将书合上放在床头：“你回来了？吃饭了吗？”

“吃了。”连诀回答，接着又重复道，“你在想什么？”

“没想什么啊。”沈庭未对他笑了笑，起身从衣柜里帮他拿出家居服，“今天怎么这么早就回来了？”

“没什么事情就早点回来了。”连诀从他手中接过衣服，边换衣服边问，“童童说你不舒服？怎么了？不是热感期刚过？”

沈庭未本想说没事，又怕连诀多想，便实话实说道：“有点心慌，总是静不下心来。”

连诀走到他身边，按着他的肩膀让他坐在床上，动作轻柔地按着他的太阳穴：“医生不是说了吗，现在已经有了抑制发热症的方法，虽然还没办法完全根除，但是已经影响不到生活了，别这么焦虑。”

沈庭未合上眼睛，感受着从他身上传过来的令人安心的香气，还有指尖温柔的安抚，紧绷的神经渐渐放松下来。

沈庭未轻声道：“我知道，其实就算在那边，也没有根治热感症的方法。我只是心里总是有点不踏实……”他睁开眼睛，抬手碰了碰连诀的袖口，抬眼对他笑，“其实也没什么，我没事，现在的生活对于我来说已经非常好了。”

连诀“嗯”了一声，手不轻不重地在他头上按着，手指微凉，让沈庭未舒服许多。

第二天，天光微亮，一缕泛白的晨光从没拉严的窗帘缝隙间钻进来，轻柔地穿透沈庭未薄薄的眼皮，他便清醒过来。

他闭眼躺在床上，等待着胸口这阵熟悉的心悸过去。老实说，这种感觉不算太好，心率过快总让他有一种下一秒就会猝死的不安全感。

等心跳逐渐恢复平稳之后，他从床上坐起来。

像是算好他的起床时间似的，沈庭未刚坐起身，手机就响了一声，他打开手机，看到连诀发来的消息：“我今晚回去吃饭。”

沈庭未回了句“好”。

连诀在公司，童童也上学去了，沈庭未闲不住，吃完早餐后把家里简单打扫了一遍，又去打理院子里的花。

沂市的秋天来得猝不及防，一场暴雨后陡然变了天，前两天还穿着短袖，今天套上毛衣都觉得凉。花园里的花被昨天的暴雨打得东倒西歪，沈庭未心疼得不行，在院子里折腾了好一阵子。

忙完已经过了午饭时间，沈庭未一个人也不急，洗干净手又换了身干净的衣裳，给自己随便找了点零食打发午饭，吃好了饭又无聊，便抱着猫窝在沙发里找了部挺老的电视剧看。

他时而逗逗猫，时而用手机刷刷新闻，看得不专心，半下午过去了也堪堪记住几个主角的名字。

每一天都是一样的过法，偶尔开心来别墅看看他，就是他最高兴的时候了。时间一久，沈庭未也有点觉得这日子单调了。尽管连诀给他提供了优渥的条件，他不工作也不至于过得辛苦，但依附着别人生活心里始终没有着落。

他有想过和连诀商量商量出去找份工作，又苦恼于自己这个周期性发作的热感症，每每想要跟连诀开口，又都不知道该怎么开口。

沈庭未心不在焉地看了会儿电视剧，见时间差不多了，他套了件风衣，打算出门去趟超市。降温了，这个天气最适合吃火锅了，他打算去超市买点食材回来。

沈庭未想了想，给连诀发消息，问他觉得怎么样。

信息刚发出去，就听一声门响，连诀进门的时候掏出手机看了一眼，脱外套的动作停了一下，对他说："好。"

连诀没叫司机，自己开车载着沈庭未去超市。正值下班晚高峰，路上车很多，很堵。车里放着舒缓的音乐，连诀的车缓慢地在车流中前行，时而随着前车停下，沈庭未便趁着这个间隙和连诀说话。

"那你平时不吃火锅吗？"连诀听到沈庭未问。

"几乎不。"连诀回答，想了想又说，"读书的时候吃过一次。"

连诀自幼在孤儿院长大，吃的是院里做的大锅饭，后来去了陈家，陈家一向注重餐桌礼仪，像火锅这类吃相粗鲁的东西自然是端不上陈家的餐桌的。连诀唯独吃过那一次火锅，还是高中晚自习下课后，被陈宁雪强行拉去校门口，吃的菜品都要自己选的旋转小火锅。

“我很会调蘸料。”沈庭未笑着对连诀说，“以前每次吃火锅朋友都要我帮忙调。”

连诀的目光从窗外扫过，忽地目光一定，有些失礼地打断了沈庭未调配蘸料的秘诀。

“你想不想开一家花店？”连诀蓦地开口。

沈庭未一愣：“……啊？”

连诀指着窗外一处街角，示意沈庭未去看：“像那样的花店，不大，你一个人也忙得过来。”接着连诀又问，“你不是喜欢花吗？”

沈庭未跟着他手指的方向，怔怔地望着不远处那家即将打烊的花店，又回过头看连诀：“怎么突然问这个？”

连诀没回答他的话，收回目光，点着油门继续往超市的方向开。

“家里的花你照顾得很好，只开在家里，可惜了。”连诀过了一会儿才说。

沈庭未偏过头看着他的侧脸，不知是车里的暖气开得足，还是心里的暖意在往外渗，让沈庭未的眼睛也跟着发热。

沈庭未的焦虑症仍然存在，但他已经不再需要用药物来稳定自己的情绪了，因为连诀取代了药物。

连诀就是他的安定片，沈庭未再次想。

【一间花店】

yijian huadian

炽烈的阳光钻过葱郁茂盛的梧桐叶片间细小的罅隙，在柏油路上投落出浅金的光，少年骑着单车快速穿过老旧的窄道，带起的热风吹鼓起他身上洁白的薄 T 恤，露在袖口下那截细瘦白皙的胳膊上泛起被阳光灼烫出的少许红色。

单车拐进别墅区与闹市区交接的道里，在临近街角的一间花店门前停了下来。少年急急忙忙地将车锁好，推开门跑进去：“未未！”

这间店的店面不大，但店内每一寸空间都透露出被精心打理过的别致。落地橱窗前挂着纯白色的法式蕾丝窗帘，桌上摆放着一盆盆含苞待放的茉莉，花瓶里娇嫩欲滴的鲜花散发着自然的香气。

“慢点跑，都上高中了怎么还跟小孩子似的，莽莽撞撞的。”沈庭未低着头，眉眼舒展，认真地修剪着手中的花。

“这不是又快到日子了嘛，我怕你发烧身体不舒服，想着赶紧来替你。”康童大口喘着气说。

沈庭未转过头，看着康童发红的脸与额角渗出的薄汗，无奈地将修剪到一半的洋桔梗放下，走过去拿走了康童刚从小冰柜里拿出的结着冷霜的冰可乐，又递了个接满水的杯子过去：“怎么出了一头的汗？”

“太热了今天。”康童接过沈庭未递来的水杯，眼睛却还直勾勾地盯着他手里的那瓶冰可乐。

“太冰了，一会儿再喝。”沈庭未把可乐放到一边，“你骑车骑得一身汗，现在喝冰水胃该痛了。”

康童一向听话，点了点头，捧着水杯喝了一大口，又接着问：“你没有不舒服吧？我一下课我爸就给我发信息说你头疼，我就赶紧来了。”

“我没事儿，离热感期还有一个礼拜呢。”

沈庭未觉得连诀未免有些大惊小怪，只是早晨起来的时候有点低血糖，随口跟他讲了一句，没想到一天了他还记着。

康童从他的表情里就读出了他的潜台词，哈哈笑了起来：“我爸也是关心你嘛。”

沈庭未被他笑得有点不好意思，在他脑门上轻轻拍了一下：“走啦！今天早点回家，咱们晚上炖大骨汤。”

“好哎！”

康童帮着沈庭未将门口的盆栽搬进屋里，沈庭未锁门前，目光顿了顿，重新进去，取了两枝被他精心打理过的洋桔梗，才又出门将门锁好。

“走啦童童。”他喊了一声正趴在隔壁宠物店橱窗前逗猫的康童。

康童应声，推着单车小跑着跟上他，两个人一路往家的方向走。

【康童 连康童】

lian kang tong

康童第一次见到连诀，是在医院。

爸爸的身上又多了几根管子。康童不再敢像之前那样踩着小凳子过去帮爸爸擦脸，怕自己笨手笨脚碰到哪里弄疼了爸爸。爸爸醒来的时间越来越少了，康童只能抓紧每一个爸爸睁开眼睛看他的时候，跟他讲自己在学校又拿到了什么奖状。

他知道爸爸最喜欢听这个。

连诀来的时候，他正站在床边，把自己的奖状举得高高的给爸爸看。爸爸的眼睛笑得弯弯的，气息很轻，夸他厉害。接着他就被常来照顾爸爸的护士姐姐拉开了。

狭窄的病房里忽然涌进来很多人，很快爸爸的病床就被围了起来，有人围着爸爸拍照，有人录像，康童被挤在外面，踮着脚往里看，中间站着的那个叔叔个子很高，穿的衣服也很好看。身旁跟他说话的那个康童倒是认识，是对他很和善的院长伯伯。

站在他旁边的护士姐姐蹲下来搂着他，小声对他说："中间那个是来帮你爸爸治病的人。"

康童不明白，懵懵懂懂地看着那个个子高高的叔叔，他明明没有穿白色的褂子，也没有带医疗用品，甚至站得离爸爸很远，他怎么帮爸爸治病呢？

康童从人群缝隙中看到病床上的爸爸正被人搀扶着从病床上坐起身，脸上是他从没见过的表情，眼眶泛着红，似是笑又像哭。爸爸声音很低，带着不均匀的气息，对着那个高个子的叔叔连声道着谢谢。

"你也要去跟叔叔说谢谢啊。"护士姐姐轻轻在他背上推了推。

康童很乖地走了过去，但或许是他个子太矮，被一群大人挤在中间实在不太显眼，没人注意到他。康童仰着头，本来想伸手拉拉面前高个子叔叔的衣服，那只搭在身侧的手却半天没能抬起来。

他从来没见过这么好看的衣裳，笔挺的黑色西装一尘不染，连一丝褶皱都没有。

康童捻了捻自己的裤缝，抬起头，叫了一声："叔叔。"

他的声音不大，但开口的同时，那人低头看了过来。那是一双很好看的眼睛，他的眼窝深，抑或是鼻梁高挺而显得深，连同嵌在鼻梁阴影下那双漆黑幽暗的眼眸也深邃得透不进光，却莫名让人看不出情绪。

康童被他盯了一下，后半句话不知怎么的没敢说出口，下意识怯怯地避开了对方的目光。

院长伯伯连忙揽过康童的肩膀，对面前的人道："连总，给您介绍一下，这是患者的儿子，叫童童。"院长又拍了拍康童，"童童，快谢谢连叔叔。"

"谢谢叔……"

还不等他说完，那个连叔叔已经淡淡地"嗯"了一声，接下来的时间里目光便没再在他身上停留过。

连诀一行人浩浩荡荡地离开了以后，爸爸被换到了楼上的一间很好的病房里，爸爸也不再拒绝医生给他用那个听说一瓶就要花很多钱的药，康童这才后知后觉地反应过来为什么那个叔叔明明不是医生却也能帮爸爸治病。

康童心里无比感激那个叔叔，一直等着再见他一面，跟他当面再说一声谢谢。却没想到，再见面已经是两年后。

爸爸与病魔斗争了两年，最终还是没能从那张窄小的病床上站起来。

那年康童已经读二年级了，从爸爸住院那天起，医院就成了他的家，他早就知道了什么是生死，也明白爸爸从这天开始就不会再痛了。

但是爸爸再也没有办法睁开眼睛看他有没有长高了，也再也没有办法看到他新得的奖状了。

连诀到医院的时候，康童一个人抱着书包站在病房门口，看着病房来去匆匆的医护人员，紧紧咬着嘴唇，眼眶通红。

蒙着白布的病床从病房门口推出来的时候，连诀往后站了些，又伸手拉了一下还傻怔在门边的康童。康童有些踉跄地后退，背撞到连诀的身上，接着眼前化入一片黑暗。滚烫的泪水从眼眶里涌出来，打湿了连诀的手掌。

接下来的几天，康童身上穿着连诀带给他的黑色小西装，茫然地跟在连诀身后参加爸爸的葬礼，年幼的他本能地对除了连诀以外的所有人感到恐惧，却又被连诀推着后背不得不硬着头皮去配合。或是迎送那些他从来没见过的客人，或是按照连诀教的应对来采访的记者。

连诀替他操办好了爸爸的后事，接着康童被院长伯伯找过去。

那个办公室很大，也很干净，却到处都是白茫茫的一片，空气里带着一股子冷森森的消毒水味。

连诀坐在偌大的办公桌后面，旁边还有一个他从来没见过的叔叔。那个叔叔善意地将他打量了一遍，对他笑了一下，又偏过头，低声对连诀说："小诀，这孩子还是大了些，跟我回去恐怕之后也很难再找到领养的家庭了。"

康童听到连诀跟他说了些什么，又叫他"院长"。他看着旁边的院长伯伯有些疑惑，怎么还有一个院长。

片刻的等待后，康童听到连诀问他。

"你叫什么名字？"

"康童。"他说。

"嗯。"连诀从那张大大的桌子后面起身，走到他面前，低头看着他，"跟我走吧。"

康童并不明白他说的走是去哪儿，但还是乖乖地点了点头，说："好。"

从此康童有了一个新名字——

连康童。

全文完

图书在版编目（CIP）数据

溺酒 / 奶口卡 著. —武汉：长江出版社，
2023.7
ISBN 978-7-5492-8891-5
Ⅰ. ①溺… Ⅱ. ①奶… Ⅲ. ①长篇小说－中国－当代
Ⅳ. ①I247.5
中国国家版本馆CIP数据核字(2023)第091082号

溺酒 / 奶口卡 著

出　　版　长江出版社
（武汉市解放大道1863号　邮政编码：430010）
选题策划　漫娱图书　巴　旖
市场发行　长江出版社发行部
网　　址　http://www.cjpress.com.cn
责任编辑　钟一丹
特约编辑　许斐然
总 策 划　重塑工作室
装帧设计　吴　琪
印　　刷　武汉鸿印社科技有限公司
版　　次　2023年7月第1版
印　　次　2024年4月第8次印刷
开　　本　635mm×940mm　1/16
印　　张　21
字　　数　320千
书　　号　ISBN 978-7-5492-8891-5
定　　价　49.80元

电话：027-82926557(总编室)　027-82926806（市场营销部）